KAREN NIEBERG

Ins Eis

GOLDMANN
Lesen erleben

Buch

Die junge Kirsten Stolt reist mit ihrem fünf Jahre alten Sohn Jonas nach Spitzbergen – in ein Land, das mehr Eisbären zählt als Menschen. Kirstens Schwiegervater Fredrik Stolt, Oberhaupt einer einflussreichen Bankiersfamilie, will hier im Kreise seiner Angehörigen seinen 75. Geburtstag feiern. Doch das Ereignis wird von der Trauer über den Tod von Kirstens Mann Kristoffer überschattet: Dieser kam vier Monate zuvor während der Vorbereitungen zu Fredriks Geburtstagsfeier bei einer Wandertour auf Spitzbergen tragisch ums Leben. Kirsten kann sich nicht damit abfinden, dass ihr Mann, ein erfahrener Alpinist, an Unterkühlung gestorben sein soll. Sie hofft, dass die Reise in den Norden ihr dabei hilft, seinen Tod zu verstehen. Doch Spitzbergen enthüllt bei ihren Nachforschungen mehr, als Kirsten lieb ist: Bedrohliche Gestalten scheinen sie zu verfolgen, dazu kommen die Kälte, anonyme Drohungen und Hinweise darauf, dass Kristoffer bei seiner Wandertour nicht allein war …

Autorin

In Nürnberg geboren, studierte Karen Nieberg Archäologie und arbeitet heute als selbstständige PR-Beraterin. Sie hat lange in Norwegen und Schweden gelebt und die nordischen Länder auf etlichen Reisen mit Auto, Zug, zu Fuß, per Kanu, Kajak, Hundeschlitten und Schiff erkundet.

Karen Nieberg

Ins Eis

Roman

GOLDMANN

Dieses Buch ist auch als E-Book erhältlich

MIX
Papier aus verantwortungsvollen Quellen
FSC® C014496

Verlagsgruppe Random House FSC® 001967
Das FSC®-zertifizierte Papier *München Super* für dieses Buch liefert Arctic Paper Mochenwangen GmbH.

1. Auflage
Originalausgabe Juli 2013

Umschlaggestaltung: UNO Werbeagentur, München
Umschlagmotiv: Getty Images/John Beatty
MR · Herstellung: Str.
Satz: omnisatz GmbH, Berlin
Druck und Bindung: GGP Media GmbH, Pößneck
Printed in Germany
ISBN: 978-3-442-47888-0
www.goldmann-verlag.de

Besuchen Sie den Goldmann Verlag im Netz:

78° nördliche Breite, 15° östliche Länge:

Kein Gras. Kein Strauch. Kein Laub. Nur Steine und Wasser und Schnee und gefrorene Erde. Und Wind. Vor allem Wind. Die Faust Svalbards. Sie alle sind seine Vollstrecker.

Wieso hat er die Jacke ausgezogen?

Seine rechte Hand ist aufgeschürft. Schneeflocken vermischen sich mit Blut. Er fummelt am Reißverschluss seines Fleecepullovers. Das Stück Stoff am Griff gleitet zwischen den tauben Fingern hindurch. Er zerrt an dem Kleidungsstück, greift erneut nach dem Verschluss am Kragen, aber bekommt ihn nicht zu fassen.

Die Berge beiderseits des Tals, durch das der Sturm Anlauf nimmt, verstecken sich hinter dem wechselhaften Antlitz des arktischen Wetters. Manchmal sieht er auf der einen Seite einen Höhenrücken wie einen gestrandeten Wal aufragen. Er hofft auf einen Überhang, eine Höhle, in der er vielleicht Schutz finden könnte, aber nein: Es gibt keine Höhlen. Nur eine in den Permafrost versenkte Kuhle, in die er sich wie ein Hund einkringeln wird, um warm an Kälte zu sterben.

Ein Schluchzen sitzt ihm in der Kehle. Der Schädel ist nur noch Haut über Knochen, ein nutzloser Kühlturm des Körpers über dem vergebens heizenden Herzen. Der Wind presst die nassen Kleider an die Haut, unter der die Muskeln nicht zu zittern aufhören. Die Böen suchen sich ihren Weg durch den Stoff hindurch, schlagen zu, wo der Kragen zu kurz ist, die Ärmel enden oder der Saum im Stolpern hochrutscht, ein Stück entblößtes Fleisch, das die Erinnerung an das letzte frostige Streicheln bis zum Ende bewahrt.

Er ist so müde. Er wird schlafen, sobald er zu Hause ist.

Er bleibt stehen. Dreht sich um, immer wieder. Er schreit. Ein Schemen bewegt sich im Schneetreiben hinter ihm, oder nicht? Er kneift die Augen zusammen, beugt sich vor, ganz Wachsamkeit. Der Wind schlägt ihm frontal ins Gesicht. Schleim läuft ihm aus der Nase über den Mund. Er will die Finger an die Oberlippe bringen, um ihn fortzuwischen, doch die Hand klatscht in einem trägen Bogen gegen die Wange. Als er versucht, sein Taschentuch aus der Hose zu zerren, nimmt der Wind es ihm fort. Eine Schneeflocke schmilzt auf seinen Wimpern, eine zweite auf den blauen Lippen. Ein Kuss. Freundlicher, bleibender als sein letzter.

Er macht einen Schritt rückwärts, noch einen, stolpert und stürzt auf dem losen Geröll. Wasser rinnt über seine Finger. Sein Oberkörper zittert so stark, dass der Tremor seine Knie ergreift.

Wieso hat er die Jacke ausgezogen? Die Gedanken dehnen sich. Einzelne Wörter verhaken, wiederholen sich, bis er vergisst, was er denken wollte. Was er tun wollte. So viel …

Das Tal entlang, der Wind treibt ihn vorwärts. Das Tal wird ihn nach Hause bringen.

Er rennt davon. Schon seit Stunden rennt er, vielleicht seit Tagen, aber manchmal ist er einfach zu erschöpft, und dann bleibt er stehen. Er wirft einen Blick auf sein Handgelenk. Verwundert starrt er auf das Ziffernblatt, schlägt auf die bedeutungslose Uhr ein, deren Zeiger reglos tanzen. Seine Faust trifft ins Leere. Und der Wind lacht und bedeckt ihn mit Schnee.

Er sieht über die Schulter zurück. Oder nach vorne? Das Treiben verdichtet sich, gräuliches Weiß schließt sich enger um ihn, ein Mantel. Es wird wärmer. Er zittert nicht mehr.

Er stolpert weiter, hinein in das Nichts des keine Vergebung kennenden Endes der Welt.

Kirstens Kopf kippte ein Stück zur Seite gegen die kühle Scheibe des Kabinenfensters. Die Vibration des Flugzeugs übertrug sich vom Plexiglas auf ihren Schädel, ein Dröhnen, das sich bis in die Zähne bohrte. Sie zog den Kopf zurück, schob mit der Schulter Jonas' Jacke, die sie sich für ein Nickerchen schräg in den Nacken gestopft hatte, ein Stück höher und spürte mit geschlossenen Augen den waagrechten Falten auf ihrer Stirn nach. Neben ihr schnatterte ihr Sohn auf seinen Sitznachbarn ein, während seine rastlosen kleinen Füße immer wieder gegen die Rückenlehne des Vordersitzes stießen. Kirsten war es egal; sollte die Frau sich doch beschweren, wenn Jonas' Tretattacken sie störten.

Es kostete mehr Mühe als gewöhnlich, die Stirn bewusst zu entspannen. Sie hatte wieder von Kristoffers Tod geträumt. Ein kurzes Einnicken bloß, irgendwo über der norwegisch-schwedischen Grenze, und schon hatte sie ihn gesehen, wie er durch Schnee und Wind stolperte, ein dunkler Schatten in heller, sturmdurchtoster Einsamkeit. In ihrem Traum jedoch war er nicht allein gewesen. Sie selbst hatte schräg über ihm geschwebt, ein körperloser Geist, so machtlos wie unsichtbar. Trotzdem hatte Kristoffer innegehalten und sich umgedreht. Er hatte gewusst, dass sie da war. Er hatte geschrien, aber der Wind hatte ihren Namen genommen und von seinen Lippen gerissen. Da war er weitergestolpert, mit zähen, schwerfälligen Schritten hinein in die leere, menschenfeindliche Weite Spitzbergens.

Das Flugzeug begann zu ruckeln. Jonas' Schnattern verstummte, aber der nette ältere Herr neben ihm beruhigte ihn, solche kleinen Turbulenzen seien völlig normal. Er begann, von einem anderen Flug zu erzählen, bei dem der Sturm den Flieger nicht bloß durchgerüttelt, sondern mit der Hand eines Riesen hin und her geschmettert hatte. Wie ein Tennisschläger einen Ball, und – patsch! – klatschte seine Handfläche gegen die Faust der anderen Hand. Der Fremde war ein guter Erzähler, doch Kirsten hörte nicht weiter zu. Sie war immer noch müde nach der Stop-over-Nacht in einem sterilen Hotel mit viel zu weichen Matratzen am Flughafen von Oslo. Nichts hätte sie lieber getan, als sich dem Schlaf hinzugeben, allerdings lauerte Kristoffers Tod nach wie vor auf der Innenseite ihrer Lider. Erschreckend reale Traumbilder, so dass sie nachts manchmal aufwachte und meinte, vom Heulen des Polarwindes geweckt worden zu sein.

Abermals ruckelte das Flugzeug, länger diesmal. Das Anschnallzeichen ertönte, gefolgt von einer Durchsage. Sie flogen durch ein Gebiet mit Turbulenzen, die Passagiere sollten sich bitte anschnallen. Es schlossen sich weitere Fluginformationen an. Sie waren von Oslo die Grenze zu Schweden entlang nach Norden geflogen und würden in Kürze nach Westen in Richtung Tromsø schwenken. Die Passagiere auf der rechten Seite konnten unter sich den schwedischen Sarek-Nationalpark liegen sehen. Das Wetter in Tromsø erwartete sie mit Temperaturen um minus vier Grad Celsius.

Kirsten öffnete die Augen und blinzelte hinab auf die Weite des nördlichen Skandinaviens. Als Jugendliche hatte sie einmal in Lappland Urlaub gemacht und den nördlichen Teil des Kungsleden erwandert, knapp zweihundert Kilometer Fernwanderweg von Abisko nach Kvikkjokk. Das letzte Stück hatte durch den Sarek-Nationalpark geführt, mückenbelastete Wälder nach Tagen baumloser Majestätik. Dort, wo sie jetzt hinflogen, würde es ebenfalls keine Wälder geben. Noch nicht einmal einzelne Bäume, hatte Kristoffer ihr nach seinen Besuchen vorgeschwärmt. Das, was an Gehölzarten wuchs, Zwergbirken, Polarweiden, schmiegte sich an den Boden und wurde nirgends höher als einige Zentimeter. Gräser, Moose und Flechten erkämpften sich ihren Platz in einer Erde, die im kurzen Sommer lediglich an der Oberfläche auftaute; jenseits davon war alles Permafrost, Eis und Stein. Dennoch hatten die Farben dieses Landes Kristoffer in ihren Bann gezogen: die weißen Blüten des Heidekrauts im Sommer, die Blauschattierungen der endlosen Dämmerung, wenn die Mitternachtssonne dem Herbst gewichen war, das Polarlicht klarer Nächte, das Rosa des frühen Lichtwinters. Kirsten hatte seine Fotos gesehen. Sie hatte sogar überlegt, sie als Vorlagen zu nehmen, zu malen, was Kristoffer so gerne beschrieb. Aber es waren nicht ihre Bilder, und sie konnte nichts malen, was sie nicht selbst erlebt hatte.

»Ich und Mama fahren nach Spitzbergen, um Papa zu finden.«

Jonas' Unterhaltung mit seinem Sitznachbarn drang durch die Farben aus Kristoffers Erzählungen. Alles kindliche Selbstverständnis dieser Welt lag in seiner Erklärung. Kirsten zuckte hoch. Jonas' zusammengeknüllte Jacke rutschte ihr von der Schulter hinab in den Schoß.

»Willst du ans Fenster, Schatz?«, fragte sie hastig, einer möglichen Nachfrage des Herrn auf dem Gangplatz zuvorkommend. »Schau mal, du kannst richtig weit sehen!«

Natürlich wollte er. Kirsten schnallte sie beide ab. Zwischen Jonas' Fingern klebte das Foto seines Vaters. Er musste es aus ihrer Tasche genommen haben, um es dem älteren Herrn zu zeigen. Es war bei Kristoffers vorletzter Reise nach Spitzbergen aufgenommen worden, im Juni, zwei Monate vor seinem Tod. Kristoffer stand auf einem gleißenden Schneefeld vor hellblauem Gletschereis, dahinter ragten die Gipfel der umliegenden Berge in den azurfarbenen Himmel. Ein Gewehr lag neben seinen Füßen, die Gletscherbrille hatte er sich auf die Stirn geschoben, die Funktionsjacke nachlässig geöffnet. Ein Eispickel steckte links von ihm im Schnee; er sah aus wie ein moderner Edmund Hillary. Kristoffer hatte Jonas und Kirsten damals am Telefon von dem Ausflug erzählt, und wie ihm bei einem Bild mit Selbstauslöser die Kamera beinahe in ein Schmelzwasserloch gefallen wäre. Er hatte den Rucksack als Auflage für die Kamera benutzt, den Selbstauslöser eingestellt und war dann einige Meter zurückgerannt, hatte sich umgedreht, nur um zu beobachten, wie die Kamera ins Rutschen kam, vom Rucksack fiel, weiterglitt über eine eisige Fläche immer näher auf ein Schmelzwasserloch zu. Lediglich ein gewagter Hechtsprung hatte die Kamera im letzten Moment retten können. Kristoffers lebhafte Beschreibung hatte Kirsten und Jonas zum Lachen gebracht; sie hatten ihn am Telefon so lange genervt, ihnen das derart schwer erkämpfte Selbstbildnis zu schicken, bis er versprochen hatte, es noch am selben Abend per E-Mail zu senden.

Jonas' Daumen mit den Keksbröseln unter dem Nagelrand klebte knapp neben dem lachenden Antlitz seines Vaters. Kirsten nahm ihm das Foto ab. Fast schon automatisch suchte sie ein Taschentuch, um die fettigen Fingerabdrücke fortzuwischen. Sie hätte es einschweißen lassen sollen, dachte sie, während sie und Jonas die Plätze tauschten. Kaum wieder angeschnallt, deutete der Junge mit dem Finger auf einen Fluggast, der sich gerade den Gang entlang in Richtung Toilette schob. Der Mann war groß und breit gebaut, seine Hände, die sich im Laufen von Sitzlehne zu Sitzlehne streckten, gewaltige, schwielige Pranken. Seine Gestalt schien das halbe Flugzeug auszufüllen. Als sein Arm versehentlich gegen den Kopf eines Sitzenden stieß, entschuldigte er sich nicht.

»Schau mal, Mama, der Riese da, der kann gar nicht aufrecht gehen!« Kirsten drückte Jonas' Hand nach unten und sagte, es sei unhöflich, mit dem Finger auf Fremde zu zeigen. Beleidigt wandte sich Jonas dem Fenster zu. Das Licht in der Kabine verdunkelte sich einen Moment lang, da sich der Hüne an ihrer Sitzreihe vorbeizwängte.

»Arbeitet Ihr Mann in Longyear-Stadt?«, erkundigte sich Kirstens Nachbar, nachdem sie sich endlich auf ihrem neuen Sitzplatz eingerichtet hatte.

Kirsten starrte einen Moment lang auf Jonas' Rücken. Ihre Fingerspitzen zausten zärtlich seine Haare, bevor sie sich dem freundlichen Herrn zuwandte und leise erklärte: »Mein Mann ist vor ein paar Monaten bei einer Tour auf Spitzbergen gestorben.«

Mit der Betroffenheit, die ihre Worte hervorriefen, war

Kirsten mittlerweile bestens vertraut: große Augen, in die Höhe wachsende Brauen, zu einem O geformte Lippen, die unbewusste Verkleinerung der Körperhöhe durch sich senkende Schultern, die stets ähnlich lautenden Kondolenzbekundungen. Dazu der schnelle Blick zu dem armen Kind, dem vaterlosen Buben. Ihr fahriges Drehen am Ehering, was sie sonst nie tat, nur in diesen Momenten des automatisierten Mitleids. Das Drehen des Rings: ein Tick der jungen Witwe.

»Darf ich fragen, was geschehen ist?«

Kirsten steckte das Foto sorgfältig zurück in die Tasche. Ihr Daumen strich im Verborgenen sacht über Kristoffers Gesicht, wie er früher oft über seine Lippen gewandert war.

»Man nennt es Hypothermie. Ein Absinken der Kerntemperatur des Körpers«, zitierte sie. »Unterkühlung auf Deutsch.«

»Er ist verunglückt?«

»Ja, im August, ein Tag, an dem das Wetter rasch wechselte. Ein Kälteeinbruch. Mein Mann ist von einer Wanderung nicht zurückgekehrt. Die Rettungsmannschaft hat ihn zu spät gefunden.«

»Wie schrecklich!«, entfuhr es dem Herrn, flüsternd zwar, doch so teilnahmsvoll, dass Kirsten sich genötigt fühlte hinzuzufügen: »Man hat mir gesagt, es sei wie ein sanftes Einschlafen. Der Körper hört irgendwann auf zu frieren.« Aber vielleicht waren das auch alles Lügen, dachte sie im Stillen, und wieso endeten solche Gespräche eigentlich immer auf dieselbe Art? Als ob man dem Sterben unbedingt ein positives Ende abringen müsste, den Frieden im Tod. Wenn da wirklich Frieden wäre, wieso träumte sie dann nicht von sanft rieselnden Kristallen und einer Decke aus Schnee über einem im letzten heiteren Lächeln erstarrten Gesicht?

Sie schienen die Turbulenzen hinter sich gelassen zu haben. Kirsten beugte sich zum Fenster, um eine Wolkenformation zu bewundern, die Jonas ihr unbedingt zeigen wollte: ein Gebirge mit einem Turm darauf und vor dem Turmeingang eine Schildkröte. Es dauerte eine Zeit lang, bis Kirsten sah, was er sah. Unterdessen gingen die Flugbegleiter durch die Reihen und begannen, die benutzten Plastikbecher und sonstigen Abfall einzusammeln. Jonas' Füße stießen erneut gegen den Vordersitz, Kirsten bat ihn halbherzig, das zu unterlassen. Um ihn abzulenken, reichte sie ihm seinen kleinen Lerncomputer.

»Darf ich fragen, weshalb Sie jetzt nach Spitzbergen fliegen?«, fragte der Herr nach einiger Zeit. Sie hatten die Reisehöhe verlassen; bis zur Zwischenlandung in Tromsø würde es nicht mehr lange dauern. Die Passagiere wurden aufgefordert, sich anzuschnallen. »Ich meine, was bringt Sie jetzt im Winter dazu, den Ort aufzusuchen, an dem dieses tragische Unglück geschah?«

»Mein Schwiegervater feiert seinen Geburtstag auf Spitzbergen. Er und mein Mann hatten das lange vorbereitet, und mein Schwiegervater möchte natürlich gerne seinen Enkel bei sich haben.«

»Verständlich. Trotzdem, verzeihen Sie meine Neugierde: Macht Ihnen das nichts aus?«

»Nein«, Kirsten blickte über Jonas' Scheitel hinweg aus dem Fenster, »im Gegenteil, ich wollte es so.«

Kristoffer war ein erfahrener Alpinist gewesen. Es fiel ihr schwer sich vorzustellen, dass er an so etwas Banalem wie Unterkühlung hatte sterben müssen; immerhin war es August gewesen, kein arktischer Winter. In der ersten Zeit nach Kristoffers Tod waren alle noch genauso ungläubig gewesen wie sie. Doch dann, nach der Beerdigung, nach den Besuchen bei Versicherungen und Behörden, nach etlichen Wochen der gerne zitierten »Anpassung an die Umstände«, hatte sich der Tonfall geändert. Sie solle Kristoffers Tod akzeptieren, hatte es seitdem geheißen, es sei eben ein tragischer Unfall gewesen, daran ließe sich nichts ändern. Es brachte doch nichts, über diesen fernen Flecken Land nachzugrübeln, in Spitzbergen seien schon viele Reisende erfroren. Kirsten jedoch blieb bei ihrem Wie und Warum. Sie verstand Kristoffers Tod nicht. Wie konnte sie ihn denn auch verstehen, auf einer Couch in Mitteleuropa sitzend, unter der die Fußbodenheizung die Zehen wärmte, während die Zeitungen über Klimaerwärmung schrieben?

»Dann kennen Sie also Spitzbergen?«

»Nein, mein Mann ist immer ohne uns dorthin gefahren.«

»Wollten Sie ihn nicht begleiten?«

»Es waren sich immer alle einig, dass Spitzbergen kein Ort für Mütter und kleine Kinder wäre.«

»So denken die meisten in Deutschland, nehme ich an.«

»Mag sein, aber mein Schwiegervater ist der Meinung, an seinem Geburtstag gehört die Familie zusammen.«

»Und nach dem Unglück hat er es sich nicht anders überlegt und die Feier abgesagt?«

»Das hätte den Tod meines Mannes doch nur noch sinnloser erscheinen lassen«, entgegnete Kirsten müde und so leise, dass ihr Gesprächspartner sich ein wenig zu ihr hinneigen musste, um sie zu verstehen. Sie schätzte ihn auf Mitte fünfzig, sein Atem roch leicht nach Kaffee.

»Mein Mann war im August nach Spitzbergen geflogen, um das Geburtstagsprogramm vorzubereiten. Er hätte bestimmt nicht gewollt, dass alles abgeblasen wird. Es ist das erste Mal seit dreißig Jahren, dass mein Schwiegervater nach Spitzbergen zurückkehrt. Er wird fünfundsiebzig.«

»Dann hat Ihr Mann seine Faszination für Spitzbergen wohl von seinem Vater geerbt?«

»Geerbt würde ich nicht sagen. Er hat Spitzbergen eher später im Leben …« – Kirsten suchte nach einem passenden Ausdruck –, »nun, er hat es sich irgendwann eigenständig angeeignet.«

»Wie das manchmal so ist zwischen Vätern und Söhnen.«

Sie musste lächeln, was ihr eine unverhohlene Musterung durch ihren Nachbarn eintrug. »Haben Sie sich die Haare nach dem Tod Ihres Mannes abgeschnitten?«

Verblüfft zuckten Kirstens Finger zu ihrem Ohr. Ihre knapp kinnlangen Haare fielen in einem sanften Bogen, unterhalb des Ohrläppchens wölbten sich die Spitzen leicht nach vorne. Sie trug einen Pagenschnitt, seit sie dreiundzwanzig war.

»Verzeihen Sie die Frage, es war nur so ein Gedanke. Es steht Ihnen sehr gut. Tut mir leid, wenn ich indiskret war.«

»Was treibt Sie denn nach Spitzbergen?«, wechselte Kirsten das Thema.

»Gar nichts. Ich steige in Tromsø aus. Ich bin Meeresbiologe und deswegen regelmäßig hier oben.«

Der Flieger legte sich in eine Linkskurve. Kirsten lehnte

sich über Jonas und blickte auf das tiefe Blau eines norwegischen Fjords, das an einer Stelle ins Türkise wechselte. Sie wunderte sich über das leuchtende Blaugrün, eine Farbe, die man eher in südlichen Meeren erwartet hätte, dort, wo Riffe wuchsen. Ihr Sitznachbar lachte, als sie den Gedanken aussprach.

»Sie unterschätzen die kalten Meere, meine Liebe. Vor der norwegischen Küste befinden sich riesige Wälder aus Kelp. Das sind meterhoch wachsende Algen. Das Leben brummt überall, man muss sich nur die Mühe machen, es zu finden.«

Kirsten lauschte den Ausführungen des Biologen, während das Flugzeug immer tiefer ging. Unter ihnen breiteten sich die ersten Straßen und Häuser von Tromsø aus. *Gateway to the Arctic* nannte sich die Stadt selbst. Das Tor zur Arktis. Nach einer Stunde Aufenthalt würden sie mit demselben Flieger weiter nach Longyearbyen, dem Hauptort auf Spitzbergen, fliegen.

Jonas wandte Kirsten sein zum Greinen verzogenes Gesicht zu. Einen Moment lang glaubte sie, er hätte ihrem Gespräch gelauscht und plötzlich begriffen, dass sein Vater tot war und was der Tod in seiner Endgültigkeit bedeutete, aber dann war es doch nur der Druckausgleich, der ihm zu schaffen machte, und sie war die nächsten Minuten damit beschäftigt, ihn dazu zu bringen, sich die Nase zuzuhalten und Luft hineinzupressen, bis die Ohren knackten.

Sie fuhren nach Spitzbergen, um Papa zu finden. Das war Jonas' Verständnis, in dessen Welt es kein »für immer« gab. Sie hatte Jonas gesagt, sie würden seinen Papa auf Spitzbergen nicht finden, aber dafür vielleicht einen

Teil von ihm, der dort geblieben war. Und sobald sie diesen verlorenen Teil fänden, erklärte sie ihm, würde er sie mit nach Hause begleiten.

Ihre Mutter hatte Kirsten für verrückt erklärt, weil sie Jonas mitnahm. Ein Fünfjähriger auf Spitzbergen, auf einer Inselgruppe zwischen Europäischem Nordmeer und Arktischem Ozean, jenseits des Polarkreises. Näher konnte ein normaler Linienflug-Tourist dem Nordpol gar nicht kommen. Ein Land, zur Hälfte von Eis bedeckt, wo zweitausendfünfhundert Menschen lebten und dreitausend Eisbären. Kirstens Argument, in Longyear-Stadt gebe es immerhin Kindergärten und eine Schule, hatte ihre Mutter nicht gelten lassen. Den armen Jungen in das Land zu bringen, wo sein Vater verunglückt war! Kirsten verstand das Gezeter nicht. Für Jonas, so glaubte sie, wäre es besser, eine Vorstellung von seinem Vater in der schneebedeckten Weite Spitzbergens zu bewahren als im Angesicht des Horrors eines grauen Steins auf einem Friedhof, den sein Vater zu Lebzeiten niemals betreten hatte.

Unter Kristoffers Sachen im Hotel in Longyear-Stadt hatten sich zwei Tüten mit Kinderwinterkleidung befunden, Ausrüstung für Jonas. Kristoffer musste sie bereits mit Blick auf die Geburtstagsfeierlichkeiten im Februar gekauft haben. Erland, Kirstens Schwager, hatte ihr die Kleidungsstücke mitgebracht, als er nach Kristoffers Tod nach Spitzbergen geflogen war, um die Formalitäten zu erledigen. Mit Ausnahme der Wertsachen hatte Erland die Besitztümer seines Bruders damals zurückgelassen, einzig die Geschenke für Jonas hatte er mitgenommen: eine Hose mit breiten Trägern, einen Daunenparka mit Kapuze, ein Paar speziell gefütterter Stiefel, dazu Schuhe aus

Rentierfell, in der Tradition der Samen Lapplands an den Spitzen nach oben gezogen, und eine Mütze mit Kaninchenfell. Kirstens Ausrüstung war bis wenige Tage vor der Abreise im Vergleich dazu eher dürftig gewesen, hatte sie doch ursprünglich geplant, lediglich ihre Skisachen mitzunehmen. Schließlich lag Spitzbergen im Einflussbereich des Golfstroms, der dafür sorgte, dass auf der Inselgruppe längst nicht die dem Breitengrad entsprechenden Tiefsttemperaturen erreicht wurden. Kälter als minus fünfundzwanzig Grad sollte es laut Reiseführer selten werden, das galt selbst für die frostigsten Monate Februar und März. Erst als sie drei Tage vor Abflug auf einer Website las, dass es aktuell in Longyearbyen minus neunundzwanzig Grad kalt war, war sie in den nächsten Outdoorladen gerannt und vier Stunden später mit zwei großen Tüten und um eineinhalbtausend Euro ärmer wieder herausmarschiert. Am Ende hatte es sich ihr Schwiegervater nicht nehmen lassen, ihr die Summe zu erstatten, sosehr sie sich auch dagegen gewehrt hatte.

Mit Fredrik Stolt diskutierte man höchstens über das Geld anderer Leute, niemals über sein eigenes.

Kirstens Kinn schwebte ein weiteres Mal über dem Scheitel ihres Sohnes, während sie beide aus dem Fenster auf das Schauspiel zehn Kilometer unter ihnen blickten. Der Flieger war pünktlich in Tromsø abgehoben; der letzte Abschnitt ihrer Reise in die Arktis hatte begonnen. Sie hatten den Punkt überschritten, der auf vielen Weltkarten bereits fehlte – eine bedeutungsvolle Beschränkung, die das Lebensfeindliche mit Nichtachtung strafte. Eine Zeit lang hatte sich unter ihnen im leichten Dunst nur dunkles Meerblau erstreckt, während der Airbus der Scandinavian

Airlines immer weiter gen Norden strebte. Dann waren sie plötzlich über sehr helles Grau geflogen. Wolken, hatte Kirsten im ersten Moment vermutet, bis ihr dämmerte, dass sie auf das arktische Packeis blickten. Unter ihnen trieben Schollen, an den Rändern dunkel umrahmt, losgerissen von der sich nach Norden hin verdichtenden Eisdecke. Aus zehn Kilometern Höhe war es schwer, ihre Größe zu schätzen. Waren sie so groß wie Fußballfelder? Etliche waren von Rissen durchzogen, andere bereits auseinandergebrochen, ihre geometrischen Bruchflächen drehten sich im Spiel der Strömungen voneinander fort. Ein Puzzle aus Packeis, mittendrin eine breite Wasserstraße, an den Rändern gezackt wie ein auseinandergerissener Reißverschluss. Eine Flugminute später tauchten die ersten Gipfel Spitzbergens unter der Tragfläche auf.

Svalbard – Kühle Küste –, so lautete der norwegische Name der Inselgruppe. Ein von Schnee und Gletschern bedecktes Netz aus Bergen, nirgends unterbrochen von Straßen, Häusern oder den Lichtern der Zivilisation. Die menschlichen Siedlungen ließen sich an einer Hand abzählen; Longyearbyen, im Westen der Hauptinsel gelegen, war mit gut zweitausend Einwohnern mit Abstand die größte unter ihnen.

Die Wolken hatten sich verdichtet, versperrten die Aussicht über den Archipel. Sie gingen tiefer, um die Wolkendecke zu durchstoßen und den Anflug auf den Flughafen zu beginnen. Der Pilot meldete minus acht Grad in Longyearbyen. Das klang gar nicht so schlimm, kaum kälter als Frankfurt, das Kirsten und Jonas am gestrigen Tag hinter sich gelassen hatten. Kurz darauf tauchte die Stadt auf. Sie näherten sich ihr in einem weiten Bogen über den

Fjord. Die Landebahn des Flughafens sah aus wie ein in die Schneelandschaft gestempeltes dunkles Band, neben dem die Straße zur Stadt zur Bedeutungslosigkeit verkümmerte. Bloß einige wenige Autos fuhren sie entlang. Auf dem Bergplateau über dem Flughafen tarnten sich die weißen Kuppeln einer Satellitenanlage in dem ebenso hellen Schnee. Longyearbyen selbst schmiegte sich im Norden an einen Fjord, im Süden zogen sich die Gebäude zwischen steilen Bergen hinein ins Talinnere. Wohnhäuser in gedeckten satten Tönen, rot, gelblich und grün, gruppierten sich zu versetzten Reihen. Masten überragten die Gebäude; aus einem Schlot am Ortsausgang stieg Dampf in den Himmel. Fünfzig Kilometer Straßen gab es in und um Longyearbyen, hatte Kirsten gelesen. Jenseits davon endete jegliche Infrastruktur, erstreckten sich zahllose, einzig von den Lebensadern der Flüsse durchschnittene Täler, in die im Sommer nur die eigenen Füße führten.

Dort, in einem dieser Täler, hatte Kristoffer sich niedergelegt, frierend und allein, um nie wieder aufzustehen.

Ein ausgestopfter Eisbär überragte das Gepäckband, auf dem sich die ersten Taschen drehten; die Touristen zückten bereits ihre Kameras. Kirsten hatte nicht mit Fredrik verabredet, dass er sie und Jonas abholen würde, aber es überraschte sie keineswegs, ihn auf sie zukommen zu sehen. Er hatte sich den Mantel über den Arm geworfen und winkte mit der freien Hand. Kirsten lenkte Jonas' Aufmerksamkeit von dem ausgestopften Eisbären auf seinen Großvater. Während der Junge auf Fredrik zurannte, hochgehoben und in die Luft geworfen wurde, folgte Kirsten mit den Jacken und dem Handgepäck.

»Deine Nachricht, dass ihr eine Woche früher anreisen würdet, kam recht überraschend«, bemerkte Fredrik, während er sich zu Kirsten hinabbeugte, um ihr zwei Küsse auf die Wangen zu drücken. »Ich bin selbst erst seit vorgestern hier.«

»Tut mir leid, dass wir dich so überfallen.«

»Nicht doch, ich freue mich. Ihr seid die beste Unterhaltung, die ich mir wünschen könnte.«

»Bist du denn alleine hier? Was ist mit deiner Frau?«

»Elisabeth kommt nächste Woche zusammen mit den anderen.«

Kirsten zeigte auf ihre Gepäckstücke auf dem Band: zwei große Taschen und einen Koffer. Schwungvoll hob Fredrik sie herunter. Nichts deutete darauf hin, dass dieser Mann in einer Woche fünfundsiebzig werden würde. Von Elisabeth wusste Kirsten, dass Fredrik jeden Morgen eine Stunde schwamm. Runde für Runde im hauseigenen zehn Meter langen Becken, je zwanzig Minuten Brust, Kraul und Rücken, jeden Tag ohne Ausnahme, selbst an Weihnachten. Genauso roch Fredrik auch immer: frisch gebadet.

Auf dem Weg zum Ausgang überholte sie der Hüne aus dem Flieger. Außerhalb des engen Flugzeuggangs wirkte seine Gestalt nicht minder massig. Er war bestimmt eins neunzig, womit er Kirsten um beinahe zwei Köpfe überragte. Dicke graue Strähnen mischten sich in sein nackenlanges Haar, der Bart wucherte vom Hals bis zu den Wangenknochen. Sein Blick glitt über Kirsten hinweg und blieb an Fredrik hängen. Die beiden Männer hielten zeitgleich inne. Fredrik stellte die Taschen ab.

»Lennart«, grüßte er.

»Fredrik.« Die Stimme des Hünen schepperte wie ein

Bündel rostiger Konserven, es klang nicht freundlich. Ein Junge blieb neben ihm stehen. Er war wohl noch keine sechzehn, aber schon größer als Fredrik.

Die beiden Männer wechselten ein paar Worte auf Norwegisch. Die sonst so melodische nordische Sprache klang auf einmal sehr hart. Jonas versteckte sich hinter seinem Großvater.

»Das ist mein Enkel Jonas und dies meine Schwiegertochter Kirsten«, stellte Fredrik sie auf Englisch vor.

Der Hüne zeigte mit dem Daumen auf den Teenager an seiner Seite. »Mein Jüngster«, sagte er, sparte sich jedoch, dessen Namen zu nennen. Mit seinem Zeigefinger auf Kirsten deutend fragte er in abgehacktem Englisch: »Die Frau deines toten Jungen?«

Fredrik rückte den Riemen der Tasche über seiner Schulter zurecht. »Du hast von dem Unglück gehört?«

»Jeder hat davon gehört. Es stand in der Zeitung.« Der Mann legte seinem Sohn eine Pranke auf die Schulter. »Deine Schuld, Fredrik. Du hättest deine Jungs damals mit hierher bringen sollen. Damit sie keine Dummheiten begehen. Kälte und Dunkelheit muss man lernen. Du hast es nicht gelernt. Du warst feige. Du hast deinen Jungs ein schlechtes Beispiel gegeben.«

»Ich nehme dein Mitgefühl für den Tod meines Sohnes zur Kenntnis, Lennart.«

Eine kleine Gruppe aufgeregter Briten rempelte an ihnen vorbei, auf dem Weg zum Bus, der sie nach Longyearbyen hineinbringen würde. Der Hüne sah ihnen nach und wischte sich mit dem Handrücken über den Mund. »Es gibt zu viele. Touristen. Idioten. Als was bist du zurückgekehrt, Fredrik? Ich habe gehört, du bist reich.«

»Das habe ich auch gehört.« Fredriks Miene war regungslos geblieben. Jetzt streckte er dem anderen eine Hand zum Abschied entgegen. »Immerhin scheint sich hier nicht alles geändert zu haben. Das ist gut zu wissen.«

Der Hüne schien einen Moment zu zögern, schüttelte dann jedoch die angebotene Hand fast widerwillig, bevor er mit seinem Sohn davonging.

»Ein alter Bekannter aus meiner Zeit beim Kohlebergbau«, erklärte Fredrik, während er erneut nach den Taschen griff. »Ein guter Mechaniker.«

»Offenbar kein Freund.«

»Lennart war schon immer so. Er mag keine Fremden. Und keine Veränderungen.«

»Mit solchen Leuten bin ich nie zurechtgekommen.«

»Das kann man lernen. Du musst ihnen einen Grund geben, dich zu respektieren. Dazu musst du sie verstehen, nachvollziehen, wie sie denken und welchem Wertekanon sie folgen. Heute verbrennen wir Kohle, damit es uns warm wird, aber früher wurde Kohle verbrannt, um Eisen zu schmieden.«

»Ich fand, er hat einfach nur Aggressivität ausgestrahlt.«

Fredrik lachte. »Ach nein«, sagte er. »Bloß verbrannte Kohle.«

Draußen auf dem Parkplatz machte Fredrik ein Foto von Jonas vor einem überdimensionalen Wegweiser, dessen Pfeile auf Orte in der ganzen Welt verwiesen. 1309 Kilometer waren es bis zum Nordpol, 18692 Kilometer bis zum Südpol. Es war fast windstill, der Himmel leicht bedeckt, doch es zog sich zu. Kirsten kramte in ihrer Tasche nach Jonas' Fäustlingen. Sie waren um halb drei Uhr nachmittags gelandet, und zu ihrem Erstaunen war es immer noch hell. Fredrik meinte, es würde erst in etwa einer Stunde dunkel werden. Um diese Jahreszeit, in der zweiten Februarhälfte, kämpfte sich das Tageslicht zurück, wo vorher über drei Monate arktische Nacht geherrscht hatte. Jeder Tag brachte nun zwanzig Minuten länger Licht. »Aber lass dich nicht täuschen«, fügte er hinzu. »Die Sonne schleicht sich zurück, doch es beginnt die kälteste Zeit des Jahres. Da steigt das Thermometer manchmal wochenlang nicht über minus zwanzig Grad.« Er drehte die Heizung im Mietwagen eine Stufe höher.

Sie fuhren die Straße am Fjord entlang in Richtung Stadt. Fredrik gab den Reiseführer, auch wenn es außer Berg – rechter Hand – und Fjord – linker Hand – wenig zu sehen gab. Er wies sie auf den Arctic Seed Vault, einen in den Permafrost gebauten Kältetresor für Saatgut aus der ganzen Welt, oberhalb des Flughafens hin und nannte einzelne Berge bei ihren Namen. In just diesen Tagen, erzählte er, schaffe es die Sonne zum ersten Mal über den Horizont. Zwar erreichten ihre Strahlen nicht vor dem achten März den Talgrund oder die Stadt, doch tauchten sie die Berggipfel bereits für mehrere Stunden am Tag in ein liebliches Rosa. Ein besonderes Licht, Kirsten würde es lieben. Kurz darauf bremste er ab. Vor ihnen am Straßenrand stand das berühmteste Verkehrszeichen Spitzbergens: ein rotes Dreieck mit einem Eisbären auf schwarzem Grund, dazu der Text: *Gjelder hele Svalbard* – gilt überall auf Svalbard. Fredrik knipste ein Foto mit Jonas vor dem Eisbären-Warnschild.

»Der Junge sieht genauso aus wie Kristoffer in dem Alter«, sagte er leise, um dann strenger hinzuzufügen:

»Jedenfalls bis auf diese unmögliche Frisur. Man sieht ja nicht einmal mehr die Ohren unter all dem Kraut. Meinst du nicht, du solltest diese Woche noch mit ihm zum Friseur?«

Jonas legte den Kopf in den Nacken und sah ängstlich zu seiner Mutter auf. Kirsten wuschelte ihm durch die hellbraunen Haare, die über dem Stirnband wild in alle Richtungen ragten. Jonas mit einer Schere zu Leibe zu rücken, war in etwa so schwierig wie das Fangen eines Fischs mit bloßen Händen. »Was meinst du?«, fragte sie. »Willst du dir Opa zuliebe die Haare schneiden?«

Jonas schüttelte sich wortlos, traute sich allerdings nicht, seinem Großvater in die Augen zu sehen.

»Da hast du deine Antwort«, sagte Kirsten, während sie wieder ins Auto stiegen.

»Was Eltern heutzutage alles ihre Kinder entscheiden lassen. Das hat es früher nicht gegeben.«

»Wikingerblut, Fredrik. Wikingerblut und -haare.«

»Zotteln gehören sicherlich nicht zum Erbe der Stolts.«

»Ja, klar. Weil Sturheit an der Kopfhaut endet.« Sie tippte mit ihrem Zeigefinger gegen Fredriks von kurz geschnittenem, dichtem weißen Haar bedeckten Schädel und brachte ihn damit zum Lachen.

Ihr selbst jedoch war nicht zum Lachen zu Mute. Sie dachte an die merkwürdige Begegnung im Flughafengebäude zurück. Von Kälte und Dunkelheit hatte der hünenhafte Mann gesprochen. Eine Anschuldigung hatte in seinen Worten gelegen und ihre Neugierde geweckt.

»Sag mal, was hat dieser Lennart gemeint mit der Kälte und Dunkelheit? Mit dem schlechten Beispiel?«

»Nichts. Er hat nichts damit gemeint.«

»Es klang irgendwie seltsam, wie er es gesagt hat. Warum sollst du feige gewesen sein? Weil du damals aus Spitzbergen weggegangen bist? Für mich klang es, als ob er etwas anderes sagen wollte.«

»Sein Englisch ist so schlecht wie seine Manieren. Vergiss ihn.«

Kirsten blickte aus dem Autofenster. Wenn Fredrik ein Thema für beendet erklärte, hatte Nachbohren wenig Sinn. Aber Neugierde ließ sich von einem Basta nun mal nicht stillen. Was für eine Geschichte verbarg sich wohl dahinter? Fredrik hatte stets den Eindruck erweckt, alle Rechnungen in Svalbard beglichen zu haben, als er fortgegangen war. Was nicht bedeuten musste, dass andere das auch so sahen; immerhin war Fredrik ein Meister darin, sich jeglichen Gepäcks zu entledigen. Eine Eigenschaft, die einst zur Entfremdung von seinen beiden Söhnen, von Erland, aber vor allem von Kristoffer, beigetragen hatte. »Er will einen gar nicht beherrschen. Er bestimmt einfach über einen hinweg, als ob Newton ein Naturgesetz direkt für ihn formuliert hätte«, hatte Kristoffer einmal über seinen Vater gesagt, ohne große Bitterkeit, nur voller Erstaunen über diesen Mann, der seine Söhne einst aus ihrer gewohnten Umgebung herausgerissen hatte und mit ihnen nach Deutschland gegangen war, ohne sie auch nur zu fragen, was sie darüber dachten. Damals hatte Fredrik von einem Tag zum nächsten aufgehört, mit Kristoffer und Erland Norwegisch zu sprechen, sie sollten die neue Sprache so rasch wie möglich lernen. Das Internat war am Ende ihre eigene Idee gewesen, die Rettung vor der offenen, zum Scheitern verdammten Rebellion. Sie waren Teenager gewesen, an der Grenze zum Erwachsensein. Teenager wollten gefragt werden. Sie mochten es nicht, ihre Geschichte zu verlieren. Sie hatten zu wenig davon.

Einige Sekunden lang herrschte im Auto Stille, bis Jonas aufgeregt die Hände gegen das Autofenster klatschte: »Da sind Motorräder!«

»Das sind keine Motorräder, Jonas«, verbesserte Fredrik, »sondern Schneemobile. Spitzbergens wichtigstes Verkehrsmittel im Winter.«

Die Schneemobile kreuzten vor ihnen die Straße und bogen auf eine extra ausgeschilderte Loipe ein. Die Fahrer trugen schwere Montur und Helme, sie saßen nicht auf den Sitzen, sondern standen in der Hocke leicht vornübergebeugt. Das Dröhnen ihrer Motoren passte wenig zu Kirstens romantischer Vorstellung von arktischer Stille. Unterdessen versprach Fredrik seinem begeisterten Enkel, er würde in den kommenden Tagen selbst mit so einem Motorschlitten fahren dürfen.

Sie hatten den Hafen und die ersten industriellen Gebäudekomplexe passiert. Fredrik schlug vor, mit dem Auto eine kurze Runde durch Longyearbyen zu drehen, damit sie sich ein wenig orientieren konnten, danach würde er sie zum Hotel bringen. Schon das erste Gebäude, auf das er Kirsten hinwies, stand ganz oben auf ihrer Liste: Es war der Sitz des Gouverneurs von Svalbard. Mit seinen Schrägen, der gelblichen Front und der Konstruktion aus Zinkverkleidung, Stahl, Holz und Glas mutete es sehr modern an. Hier war Kristoffers Tod untersucht worden, und hier, hoffte Kirsten, würde sie in den nächsten Tagen ein paar Antworten bekommen.

Sie passierten die Kirche, hinter der sich, auf hohe Stelzen gebaut, ein gräulicher Komplex erhob. »Ihr findet in der ganzen Gegend Zeugnisse des Kohlebergbaus«, erklärte Fredrik. »Das dort vorne ist eine alte Seilbahnstation, die zum Kohletransport gebraucht wurde. Ihr Kreischen hat einen früher in den Wahnsinn getrieben. Oben am Hang liegt die Grube 1a, aber sie ist schon lange außer Betrieb, wie überhaupt alle Minen um Longyearbyen herum bis auf eine, die Grube 7. Dort wird noch Kohle abgebaut. Natürlich nicht wie früher per Hand; heutzutage läuft das alles ganz anders, mit Maschinen.« Fredrik richtete den Blick auf seine Hände, die das Lenkrad umfasst hielten. Einst waren sie schwarz gewesen, eingerissen und von schwerer Arbeit gezeichnet. Jetzt waren es die Hände eines Bankdirektors, noch immer kräftig, mit wenigen blassen Altersflecken als einzige ausdruckslose Male eines langen Lebens.

Einen Moment lang glaubte Kirsten, Fredrik würde sich in Details des Bergbaus und seines ersten Lebens verlieren, aber dann fuhr er weiter, vorbei an den Überresten des im Zweiten Weltkrieg von den Deutschen zerstörten ältesten Teils der Stadt, von dem nur noch aus dem Boden ragende Pfähle zeugten. Wie Fredrik erklärte, stand alles auf Spitzbergen, was vor 1946 datierte, als Kulturdenkmal unter strengem Schutz. Selbst wenn es offen in der Landschaft herumlag, durfte man es nicht verändern, geschweige denn an sich nehmen.

»Longyearbyen hat sich unglaublich verändert. Früher, in meiner Jugend, hat die Kohle alles dominiert. Jetzt gibt es Forschungseinrichtungen, die Universität, Satellitenanlagen wie EISCAT und SvalSat. Ein Glasfaserkabel verbindet Spitzbergen mit dem Kontinent, und es gibt tägliche Flüge. Der Tourismus hat sehr viel bewegt. Dort drüben, siehst du dieses Gebäude? Gästehaus 102, das war früher eine Unterkunft für Bergleute. Als ich ein junger Mann war, haben wir es immer ›Millionärsheim‹ genannt, weil es über Doppelzimmer mit eigenen Waschbecken verfügte und die Besserverdienenden beherbergte. Jetzt ist es ein Gästehaus für Touristen.«

»Aber dort werden wir nicht übernachten?«

»Kristoffer hat ein paar Mal dort übernachtet. Das Haus hat noch etwas von seinem alten Flair bewahrt mit Zimmern, die nach wie vor weder über Toilette noch Dusche verfügen. Aber glaubst du, Elisabeth könnte auch nur einen Tag ohne eigene Dusche überleben?«

Kirsten versuchte sich Fredriks achtundzwanzig Jahre jüngere, stets wie aus dem Ei gepellte Ehefrau dabei vorzustellen, wie sie aus einer Gemeinschaftsdusche trat, vor der schon ein seit einer Woche nicht geduschter Trapper wartete, und kicherte. »Also doch ein Wellnessurlaub am Ende der Welt?«

»Oh, bestimmt nicht. Da ist schon noch etwas Spannenderes geplant. Euch beiden jedenfalls wird es gefallen.« Es schien ihn nicht weiter zu bekümmern, dass in seinen Worten die Erwartung mitschwang, dass sein Geburtstagsprogramm wohl nicht alle Familienmitglieder restlos beglücken würde.

Sie hatten den Stadtrand erreicht und fuhren nun auf der anderen Seite des Tals an rötlich braunen, zweistöckigen Häusern zurück in Richtung Zentrum. Linker Hand begleiteten dicke Rohre die Straße; rechts überholten sie einen Mann auf Skiern. Ein Geländewagen kam ihnen entgegen. Als sie auf gleicher Höhe waren, erkannte Kirsten den Hünen vom Flughafen auf dem Beifahrersitz. Der Fahrer, ein Mann im selben Alter, starrte sie im Vorbeifahren an. Kirsten drehte sich auf ihrem Sitz, bis sie zum Heckfenster hinausschauen konnte. Im Rückspiegel des anderen Fahrzeugs meinte sie zu sehen, wie sich ihre Blicke kreuzten.

»Hast du gesehen? Das war dieser unfreundliche Typ vom Flughafen!«

Fredrik hob die Schultern. »In Longyearbyen begegnet man sich ständig. Zu wenig Leute und immer dieselben. Hier ist jeder des anderen Schatten.«

»Er hatte ein Gewehr auf dem Schoß!«

»Wegen der Eisbären. Du wirst viele Waffenschränke in der Stadt sehen, sogar in der Kirche gibt es einen.«

Den Rest der Fahrt verbrachten sie schweigend. Erst als sie vor dem Hotel das Gepäck ausluden, wurde Fredrik wieder gesprächiger.

»Die Agentur, die nächste Woche das Geburtstagsprogramm arrangieren wird, hätte morgen noch Plätze auf einer Hundeschlittentour zu einer Eishöhle frei. Wenn ihr wollt, könnt ihr daran teilnehmen. Dann kommt ihr mal raus aus Longyearbyen und seht was vom Land.«

»Ich hatte eigentlich nicht vor, nur zwischen unserem Hotelzimmer und der nächsten Kneipe zu pendeln.«

Fredrik griff nach ihrem Arm. »Kirsten, ihr könnt euch nicht alleine außerhalb der Stadt aufhalten, das ist zu gefährlich. Bei Longyearbyen treiben sich immer wieder Eisbären herum, erst in den letzten Tagen sind zwei Bären bis in die Siedlung gekommen. Einer von ihnen hat einen Hund getötet, den zweiten haben sie mit einem Helikopter vertreiben müssen. Hier in der Stadt musst du dir keine

Sorgen machen, hier könnt ihr euch frei bewegen, auch nachts. Aber nur dass dir bewusst ist: keine Ausflüge jenseits der Stadtgrenze auf eigene Faust.«

Jonas hatte kreisrunde Augen bekommen. Sein kleiner Kinderrucksack baumelte vergessen in seinen Händen. »Hundeschlitten fahren?«, bettelte er und zerrte an Kirstens Arm. »Eisbären sehen?«

Damit war ihr Programm für den nächsten Tag beschlossen.

Fredrik erledigte die Check-in-Formalitäten an der Rezeption, gab dem Tourenanbieter Bescheid und ließ es sich nicht nehmen, die schweren Taschen aufs Zimmer zu tragen. »Mein Zimmer ist gleich den Gang runter«, sagte er, während Kirsten die Tür aufschloss. »Das vorletzte vor dem Notausgang. Damit ihr wisst, wo ihr klopfen müsst, wenn ihr etwas braucht.«

»Opa«, krähte es vom Flur her. »Deine Tür hat Buchstaben!«

Kirsten konnte nur ebenso ratlos wie Fredrik die Hände ausbreiten. Sie traten zurück in den Gang. Jonas stand vor dem Zimmer, das Fredrik beschrieben hatte, und deutete nach oben. Jemand hatte mit violetter Kreide etwas auf Norwegisch an die Tür geschrieben. Fredrik schnaubte empört.

»Jonas, hol ein wenig Toilettenpapier aus dem Bad und mach es nass. Wir werden das wegwischen, da hat sich jemand einen Scherz erlaubt.«

»Was für einen Scherz?«, fragte Kirsten, während Jonas davonstob. »Was steht da?«

»Das ist dumm und unangemessen. Nicht der Rede wert.«

Aber Kirsten hatte nicht vor, sich diesmal durch Fredriks Tonfall beeindrucken zu lassen. Sie trat vor und tippte mit der Fingerspitze auf das letzte Wort. »Fredrik, ich will wissen, was da steht. Ich kenne dieses Wort; es stand in der Kopie des Berichts über Kristoffers Tod. Dieses Wort dort bedeutet ›sterben‹. Also, was steht da?«

Fredrik begann, mit dem Daumen über den ersten Buchstaben zu reiben. Er sah verärgert aus. »Da steht:

Bist du hier, um zu sterben?«

Kirstens Schwiegervater war 1936 als Fredrik Kristoffer Stolt in einem ärmlichen Viertel am Rande Oslos geboren worden. Sein Vater starb sieben Jahre später im Widerstand gegen die deutschen Besatzer; sein älterer Bruder verschwand im letzten Kriegsjahr spurlos. Die Schwester heiratete mit siebzehn einen Engländer, den sie nur zweimal gesehen hatte, und schrieb danach selten Briefe aus Manchester. Die Mutter arbeitete hart, damit Fredrik möglichst lange auf der Schule bleiben konnte; doch mit fünfzehn schuftete der Junge bereits dreißig Stunden die Woche im Osloer Hafen, wo er Kähne be- und entlud. Er war neunzehn, als er, angeheuert von Store Norske Spitsbergen Kulkompani, nach Longyearbyen kam. Er verbrachte drei Winter dort, ein einfacher Arbeiter in den Kohlegruben. Nach Weihnachten 1957 erhielt er einen letzten Brief von seiner Schwester aus Manchester, in dem sie ihm mitteilte, dass die Mutter an einer Blinddarmentzündung gestorben war. Seine Mutter hinterließ Fredrik nichts außer einem Briefumschlag mit einhundertsiebzig Norwegischen Kronen. Mithilfe seiner Ersparnisse aus der Minenarbeit finanzierte Fredrik in den sechziger Jahren ein Ingenieursstudium, heiratete ein Mädchen aus Bergen und zog mit seiner jungen Ehefrau in die Dachgeschosswohnung im Haus der gut situierten Schwiegereltern. In Bergen machte der junge Ingenieur, ehrgeizig, diszipliniert und mit guten Manieren und einem gewinnenden Äußeren ausgestattet, schnell Karriere. Es folgten die Geburten seiner beiden Söhne, Erland und Kristoffer. 1975 kam er einem lukrativen Angebot seines alten Arbeitgebers Store Norske nach und kehrte nach Spitzbergen zurück. Er war jetzt kein gewöhnlicher Arbeiter mehr, sondern leitender Ingenieur. Seine Familie sah er in dieser Zeit oft monatelang überhaupt nicht. Als Fredrik 1981 Store Norske und Spitzbergen endgültig verließ, war Erland, sein ältester Sohn, gerade sechzehn Jahre alt geworden.

In Bergen übernahm Fredrik die Verkaufsleitung in der Firma seiner Schwiegerfamilie; eine Arbeit, für die er sich in langen Nächten am Schreibtisch weitgehende Kenntnisse in Finanzen, Buchführung und Handelsgesetzen aneignete. Ein Jahr später starb seine Frau unvermittelt an einer Lungenembolie. Fredriks Schwager, dessen Wunsch es war, die Firma einmal ganz in die Hände seiner eigenen Söhne zu geben, kaufte dem jungen Witwer die geerbten Firmenanteile ab. Üppig ausbezahlt, zwei widerstrebende Söhne im Schlepptau, emigrierte Fredrik 1983 nach Deutschland, wo ihm im Ruhrgebiet eine leitende Stelle im Kohlebergbau angeboten worden war. Zwei Jahre später bereits saß Fredrik im Vorstand des Unternehmens. Auf der Geburtstagsfeier eines Aufsichtsratsmitglieds lernte er Elisabeth Sophie Franziska Warthenberg kennen. Sie war dreiundzwanzig, als sie heirateten. Elisabeth entstammte einer alteingesessenen und angesehenen Bankiersfamilie;

ihr Vater, zehn Jahre älter als Fredrik, sorgte noch vor der Hochzeit dafür, dass sein vielversprechender Schwiegersohn in die Familienbank wechselte. Der Börsencrash im Oktober 1989 wurde zu Fredriks großer Stunde: Seine Begabung im Umgang mit Menschen – Kunden, Gläubigern, aber vor allem mit Mitarbeitern – ließ diese weiter an die Leistungsfähigkeit der ins Wanken gekommenen Bank glauben. Dank Fredriks Energie und Überzeugungskraft blieben alle Angestellten und Gesellschafter im Boot bis auf zwei Abteilungsleiter, deren Ausscheiden Fredrik forcierte. Ihr Abgang sollte seinen Weg in der Bank endgültig freimachen. In einem zweiten Coup übernahm Fredrik direkt nach dem Crash Anteile eines institutionellen Gesellschafters, später ließ sich Elisabeths Vater von ihm überreden, sich in Zukunft auf die Vermögensverwaltung und das Kerngeschäft mit institutionellen Kunden und großen Privatkunden zu spezialisieren, sich eine eigene Researchabteilung zu leisten und mit dieser verstärkt ins Investmentgeschäft einzusteigen. Fredrik selbst, der in der Krise sein eigenes Vermögen in die Waagschale geworfen hatte, sollte für seinen Mut fürstlich belohnt werden: Vier Jahre nach jenem stürmischen Herbst rückte er als persönlich haftender Gesellschafter in die Leitungsebene der Bank auf; wenig später stockte er seine eigenen Anteile am Bankhaus Warthenberg auf, indem er im Einvernehmen mit seinem Schwiegervater das Anteilspaket von dessen Schwester, Elisabeths Tante, übernahm. Ende des Jahrtausends, nachdem sich sein Schwiegervater aus dem Geschäftsleben zurückgezogen hatte, besetzte Fredrik schließlich den obersten Posten des Sprechers der Gesellschafter. Seit vierzehn Jahren thronte er nun nicht nur über der Privatbank, deren Geschicke er leitete und die er durch alle Finanz- und Wirtschaftskrisen des neuen Jahrtausends steuerte, sondern ebenso unangefochten an der Spitze der Familien Warthenberg und Stolt. Ein Patriarch alter Schule …

… und dessen Geschichte, als Kirsten abends im Bett so darüber nachdachte, doch die eine oder andere Lücke aufwies. Es fehlten die Schnittstellen, die Übergänge von einem Lebenskapitel zum nächsten. Dabei transportierten diese doch die eigentlichen Informationen über das Wesen eines Menschen, die Motivation hinter Taten, Entscheidungen und Brüchen. Fredriks Lebenslauf hingegen blieb ein Stakkato.

Wahrscheinlich war Kristoffer das ebenfalls aufgefallen, als er begonnen hatte, sich mit dem Lebensweg seines Vaters auseinanderzusetzen. Er hatte gespürt, wie ihm die Puzzlesteine zwischen den Fingern hindurchglitten, Stationen eines Lebens, die eine Liste, aber keine Geschichte ergaben. Zum 75. Geburtstag seines Vaters hatte er sich deshalb etwas Besonderes überlegt: ein Album mit den Spuren von Fredriks Leben. Auch um dafür zu recherchieren, war Kristoffer im August nach Spitzbergen geflogen. Berichte von früher, Zeitungsausschnitte, vielleicht sogar alte Fotos oder gar Bekannte, Weggefährten von einst – er hatte nicht genau gewusst, was er finden würde. Es war ihm dabei auch um mehr als nur um ein Geschenk gegangen. Nach Jahren der sorgfältig gepflegten Distanz war Kristoffer nach Jonas' Geburt wieder auf seinen Vater zugegangen. Das Album sollte der letzte Schritt sein.

Kirsten hatte nicht vor, Fredrik zu erzählen, wonach sein Sohn auf seinen letzten Reisen nach Spitzbergen noch gesucht hatte. Denn wem, so dachte sie, während sie über Jonas' Haar strich, der friedlich an ihrer Seite schlief, wem nutzte es schon, wenn sie Kristoffers Unfall mit seinem Wunsch, den eigenen Vater zu verstehen, verband? Die Tragik zur Schau stellte, als ob sie einen Schuldigen suchte für ein Unglück, das sie nicht verstand.

Als Kirsten und Jonas am nächsten Morgen in der Lobby erschienen, stand Fredrik bereits mit einer Frau an der Rezeption. Sie war in Kirstens Alter und hatte flachsblondes, kurzes Haar. Fredrik stellte sie als Oda vor. Sie war die Chefin der Agentur, die das Geburtstagsprogramm veranstaltete. Oda lebte seit sechs Jahren auf Spitzbergen. Ihr Deutsch war fließend und ein wenig atemlos. Sie würde nächste Woche das Damenprogramm begleiten, während einer ihrer Mitarbeiter, ein Schweizer, die Herrentour führen würde.

»Das war einer der Gründe, weshalb Kristoffer diese Agentur ausgesucht hat«, erklärte Fredrik, bevor Kirsten fragen konnte, was denn nun überhaupt geplant sei. »Damit die liebe Verwandtschaft im Urlaub Deutsch sprechen kann.« Fredrik selbst sprach neben Norwegisch und Deutsch fließend Englisch und Französisch. Das Ergebnis langer Jahre mitternächtlichen Lernens.

»Es tut mir sehr leid wegen deines Mannes«, sagte Oda, während sie Kirsten die Hand schüttelte. Sie hatte einen festen warmen Griff. »Er war ein wunderbarer Mensch. Sein Tod hat uns sehr bestürzt.«

Kirsten fragte, ob sie Fredrik und Oda unterbrochen habe.

»Überhaupt nicht«, sagte Fredrik. »Wir haben nur über

das Wetter geredet. Die Vorhersage ist nicht gut, um die null Grad und am Nachmittag Niederschlag. Sieht so aus, als würde ich meinen Plan für heute ändern müssen, aber eure Tour findet trotzdem statt.«

Kirsten fand, Temperaturen um den Gefrierpunkt klängen gar nicht so schlecht. Sie hätte nicht gedacht, dass es so warm werden würde, Golfstrom hin oder her. Der Wind hatte auf Südwest gedreht und blies nun warme Luft nach Spitzbergen, aber das konnte sich auch ganz schnell wieder ändern. »Spitzbergen ist für seine extremen Wetterwechsel berüchtigt«, bemerkte Fredrik. Kirsten sah ihn stumm an. Das wusste sie bereits. Sie hatte einen toten Ehemann, um das zu bezeugen.

Sie verließen Longyearbyen in Odas Kombi. Die Agentur hatte ihren Sitz in Adventdalen, einige Kilometer außerhalb. In der Stadt war es verboten, Hunde im Freien zu halten. Und selbst wenn dem nicht so wäre, erklärte Oda gut gelaunt, käme wohl nur ein Verrückter auf die Idee, mit sechzig Hunden in die Stadt zu ziehen.

»Sechzig Hunde«, wiederholte Kirsten, während sie an Jonas' Mütze herumzupfte. »Das sind mehr Hunde als Kinder in deinem Kindergarten.«

»Du brauchst dir keine Sorgen zu machen, Kirsten. Ich habe die Agentur von einem Ehepaar übernommen, das selbst kleine Kinder hatte. Die Hunde sind an Kinder gewöhnt. Außerdem wird Jonas bei mir im Schlitten mitfahren, da kann überhaupt nichts passieren.«

»Ich habe keine Angst vor Hunden«, verkündete Jonas ein bisschen beleidigt. »Nicht mal vor großen.«

»Das ist gut, denn kleine Hunde gibt es bei uns nicht.« Oda lachte; sie schien überhaupt viel zu lachen. Sie hatte einen breiten, schön geschwungenen Mund und ein Lächeln wie Julia Roberts. Kristoffer war ein großer Fan der Schauspielerin gewesen.

Sie passierten ein Eisbären-Warnschild und fuhren in schnellem Tempo eine von Plastikstangen markierte Straße entlang. Vereinzelte Schneeflocken tanzten vom wolkenverhangenen Himmel zu Boden, dennoch reichte die Sicht bis auf die andere Seite des Tals und die Hänge der dort liegenden Eintausender. Nach wenigen Kilometern bog Oda nach rechts auf eine kurvige Zufahrt ein. Sie parkten weiter oben bei einem Haus, vor dem ein weißer Schlittenhund aus einer Hundehütte lugte. Beim Öffnen der Autotüren erhob er sich, streckte sich und bewegte seine buschige Rute sachte von einer Seite zur anderen.

Die Agentur bestand aus zwei Gebäuden, um die sich die Hundezwinger gruppierten. Vier weitere Gäste – zwei Iren, ein Schwede und ein Franzose – waren bereits eingetroffen und probierten eifrig Hosen, Stiefel und Jacken an. Kirsten fühlte sich in den Kleidern, die Oda für sie bereitlegte, wie das Michelin-Männchen, aber Oda bestand auf die Größe. Die Oberbekleidung dürfe nicht zu eng sitzen, damit man noch mehrere Schichten darunterziehen könne. Heute sei es warm, aber während des Geburtstagsprogramms würde sie noch Tage mit ganz anderen Temperaturen erleben und dankbar sein. Auf Kirstens Frage, was Fredrik denn nun überhaupt geplant hatte, legte Oda lediglich ihren Zeigefinger auf die Lippen und schüttelte lächelnd den Kopf.

Jonas brauchte Hilfe beim Anziehen. Als Kirsten sich bückte, um ihm die Schuhe zuzubinden, lief an der Tür ein junger Mann vorbei. Er nickte verhalten, doch bevor

Kirsten auf den Gruß reagieren konnte, war er bereits im Nebenraum verschwunden.

Das Lager, in dem sie sich umgezogen hatten, grenzte an eine Werkstatt, und von dort ging es hinaus in den Innenhof. Kaum traten sie durch die Tür, begrüßte eine Kakophonie aus Bellen und Heulen die Besucher. Jonas hielt sich auffallend eng an Kirstens Beine, während sie den Zwingerhof durchquerten. Oda hatte nicht übertrieben: Etliche Hunde waren so groß, dass sie auf den Hinterbeinen stehend sogar Kirsten bis zur Nase reichten. Ein Drittel der Tiere trug grönländisches Blut in sich, erklärte Oda, alle waren Mischlinge verschiedener Hundeschlittenrassen.

»Hier, schau mal!« Oda winkte Jonas zu einem großen braun-schwarzen Rüden, der sich soeben noch aufgeregt gegen seine Kette geworfen hatte und nun an Oda hochzuspringen versuchte. »Das hier ist Bridgestone. Willst du ihn streicheln?«

Jonas trat tapfer vor und streckte Bridgestone seine Hand entgegen. Der Hund schnupperte daran; er stand mit einem Mal erstaunlich still.

»Es ist verblüffend, wie manche Tiere wissen, was sie bei wem machen können. Bridgestone ist mein Leithund; er zieht bei jedem Erwachsenen wie wild an der Leine, aber bei einem Kind läuft er brav wie ein alter Dackel.«

Sie ließen das Zwingerareal hinter sich und traten nach draußen, wo die Schlitten standen. Oda erklärte ihnen, wie diese funktionierten, zeigte ihnen die krallenbesetzte Hartbremse, die Matte zum weicheren Bremsen auf abschüssigen Hängen und wie sie die Anker setzen mussten, wenn sie anhielten. Die Hunde liefen immer dem Vordermann hinterher, erläuterte sie, sie müssten also nicht lenken, sondern sollten sich nur darauf konzentrieren, rechtzeitig zu bremsen, damit die Hunde nicht auf den Vordermann aufliefen oder ihn gar überholten. Oda selbst würde an der Spitze fahren, mit Jonas bei sich auf dem Schlitten, dahinter Kirsten, dann die zweite Frau der Gruppe und die drei Männer am Schluss. Jetzt begann das Hundeeinschirren. Mit Leinen bewaffnet zogen die Erwachsenen los und brachten einen Hund nach dem anderen zum Schlitten. Kirsten brauchte mehrere Anläufe, bis sie mit dem Geschirr zurechtkam, aber die Hunde zeigten eine unglaubliche Geduld. Als sie einem Husky zum dritten Mal die Pfote anhob, um sie durch das richtige Band zu stecken, nutzte der Hund die Gelegenheit und gab ihr einen feuchten Kuss auf die Wange. Jonas fiel fast um vor Lachen. Er kicherte noch mehr, als der Hund auch seine hingestreckten Finger ausgiebig abschlabberte. Unterdessen begann es heftiger zu schneien, große, unförmige Konglomerate aus mit Wasser aneinandergepappten Eiskristallen, die im leichten Wind wirbelten und auf Kleidung und Hundehaaren schmolzen.

»Hat Papa dir mal die Bilder von seiner Hundeschlittentour gezeigt?«, fragte Kirsten Jonas.

»Papa war Hundeschlitten fahren?«

»Ja, hier auf Spitzbergen. Das ist aber schon ein paar Jahre her, deshalb erinnerst du dich nicht daran. Damals warst du noch klein.«

»Ist Papa mit Bridgestone gefahren?« Er stolperte ein wenig über den ungewöhnlichen Namen.

»Ehrlich gesagt weiß ich das nicht. Aber es wäre schon möglich.«

»Wieso hat Papa keinen Hund gehabt?«

Kirsten kraulte ihren Leithund hinter den Ohren. Vega, die zweite Leithündin, drängte sich dazwischen und wollte ebenfalls gestreichelt werden. Wenn Kirsten die Finger in das Fell mit der dicken Unterwolle grub, die es den Hunden erlaubte, bei jedem Wetter im Freien zu bleiben, konnte sie die Wärme des kräftigen Körpers darunter spüren. Jonas wiederholte seine Frage, und diesmal verstand Kirsten, was er hatte sagen wollen: Mit einem Hund an seiner Seite wäre Kristoffer noch da. Schließlich gingen so die Geschichten in den Kinderbüchern und Fernsehsendungen aus. Kirsten dachte, mit einem Hund wäre Kristoffer zumindest nicht allein gestorben. Und vielleicht, vielleicht nur, hätte die Wärme eines lebendigen Wesens ausgereicht, um ihn einige Stunden länger am Leben zu halten.

Sie starrte hinunter ins Tal, wo ein einzelner Langläufer in Richtung Stadt unterwegs war. Trotz des Gewehrs auf dem Rücken wirkte die Gestalt zerbrechlich, ein aus Stecken zusammengesetztes, fellloses Männchen, von der Natur mit nichts ausgestattet, was ihm in diesen Breitengraden das Überleben ermöglichte, außer einem genialen Gehirn. Wie wenig doch nötig war, um das gefährlichste Tier der Erde zur Strecke zu bringen. Es reichte, ihm seine Kleider zu nehmen. Es alleine zu lassen. Es für einen Tag zu vergessen.

In der Zwischenzeit waren alle Teams eingeschirrt. Jeder Schlitten wurde von sechs Hunden gezogen, nur vor Odas Schlitten reihten sich paarweise zehn Huskys. Die Agenturchefin steckte allen Mushern, wie man die Hundeführer nannte, noch einen Zettel mit den Namen ihrer

Hunde zu, dann gab sie das Zeichen zum Aufbruch. Jonas kletterte in den roten Sack auf Odas Schlitten und winkte dabei in Kirstens auf ihn gerichtete Kamera. Oda packte den Jungen mit zwei Decken gut ein, bis von ihm nicht mehr zu sehen war außer den großen runden Augen hinter der Skibrille. Kirsten gefiel die aufgeregte Atmosphäre; sie erinnerte sie an die Zeit, als sie noch Rennen geritten war. Die Hunde warfen sich in das Geschirr, wild darauf, endlich loszulegen. Die Schlitten, von zwei Ankern gehalten, ruckten unter der geballten Kraft, mit der sich die Tiere nach vorne katapultierten, und dann war das vorderste Team mit Oda und Jonas auch schon fort. Kirsten, an zweiter Position, sprang ebenfalls auf. Der Ruck, mit dem der Schlitten sich in Bewegung setzte, hätte sie beinahe abgeworfen, noch ehe sie die Anker mit ihren scharfen Krallen sicher verstaut hatte. Danach jedoch entpuppte sich das Hundeschlittenfahren als erstaunlich einfach: Es gab keine engen Kurven und – ein Vorteil Spitzbergens – keine Bäume, an denen man hängen bleiben konnte. Die Hunde liefen automatisch Odas Gespann hinterher. Nach einiger Zeit ließ Kirstens Anspannung nach, und sie konnte sich auf andere Dinge außer auf den Schlitten, das Bremsen und die fliegenden Pfoten der Hunde konzentrieren. Erst jetzt bemerkte sie, wie schlecht die Sicht geworden war. Pappiger Schnee wirbelte in großen Flocken, die auf Jacke und Mütze schmolzen, dahin. Alles war nass, von ihren Handschuhen bis zur Nasenspitze und den Augenbrauen, ihre Gesichtshaut prickelte und spannte. Bei der ersten kurzen Pause nutzte Kirsten die Gelegenheit, sich Schneebrille und Gesichtsmaske überzustülpen.

Im Schneetreiben war es schwer, ein Gefühl für Zeit

und Geschwindigkeit zu bewahren, von Orientierung ganz zu schweigen. Sie hätte es wahrscheinlich nicht einmal gemerkt, wenn sie im Kreis gefahren wären. Irgendwann wurden sie von einem Schneemobil überholt und stoppten, damit Oda mit dem Fahrer sprechen konnte. Danach fuhr der Motorschlitten voraus und verschwand im Gestöber. Das Wetter wurde von Minute zu Minute ungemütlicher. Ohne ihre beschichteten Jacken wäre die Feuchtigkeit durch ihre Kleider und unter ihre Haut gesickert; so war die Nässe zwar unangenehm, doch im Kern blieben die Musher warm. Auf Kirstens Schultern, Armen und Handschuhen hatte sich eine Decke klebrigen Schnees gebildet, der haften blieb, wenn sie sich bewegte. Ein Blick zu den anderen Mitgliedern der Gruppe zeigte ihr eine Ameisenstraße aus Menschen und Hunden, die sich von Minute zu Minute mehr in Yetis verwandelten.

Sie fuhren eine weitere Viertelstunde bergauf, bis ihnen erneut das Schneemobil entgegenkam. Der Fahrer und Oda wechselten abermals ein paar Worte, woraufhin der Motorschlitten einen großen Bogen beschrieb und schließlich hinter dem letzten Gespann zum Halten kam. Der Fahrer stieg ab, folgte der eigenen Spur bis zu Odas Leithunden und begann, Bridgestone hinter sich herzuziehen, bis das ganze Team der gespurten Wendekurve folgte. Kirsten und die anderen schlossen auf. Während das Schneemobil schon wieder weiterbrauste, verließ Oda ihren Schlitten und lief die einzelnen Teams ab. »Weiter oben ist kein Durchkommen mehr. Tim hat gerade schon einen anderen Fahrer aus dem Schnee gezogen. Wir müssen umdrehen. Das war's für heute.«

So gerne Kirsten das Ziel ihrer Tour, die Eishöhle, erreicht hätte, die Nässe und die schlechte Sicht hatten ihrer anfänglichen Euphorie einen Dämpfer verpasst. Dabei fror sie nicht einmal. Sie spürte nicht die in die Knochen dringende Kälte, die Kristoffer gefühlt haben musste, bevor er starb. An jenem Tag mussten ebenfalls solche nassen, schweren Flocken gefallen sein, es hatten in etwa dieselben Temperaturen geherrscht. Nur dass Kristoffer alleine unterwegs gewesen war und ohne Winterausrüstung. Er war der klammen Kälte ungeschützt ausgesetzt gewesen. Mehr noch, in dem Bericht über die Auffindung seiner Leiche stand, die Suchmannschaft habe ihn ohne seine Jacke gefunden.

Kirsten war nach Spitzbergen gekommen, um zu verstehen, wie ihr Mann gestorben war. Alles, was sie jetzt tun musste, war, ihre Jacke auszuziehen. Sie zögerte. Dann schlug sie die Kapuze zurück, nahm Schneebrille und Gesichtsmaske ab und reckte ihr ungeschütztes Gesicht in Fahrtrichtung.

Den Rückweg legten sie ohne weitere Pausen zurück.

In der Agentur hängten sie die nassen Kleider vor den Kamin und wärmten sich mit Tee und Kaffee. Oda hatte einen Blick auf Kirstens fleckiges Gesicht und ihr feuchtes Haar geworfen und sie mit Jonas sofort reingeschickt. Im Schränkchen unter dem Waschbecken im Bad sei ein Föhn. Sie und die anderen würden sich um Kirstens Team kümmern und die Hunde ausschirren. Oda hatte keine weiteren Fragen gestellt, was Kirsten nur recht war. Ihr albernes Experiment hatte ihr außer schmerzenden Ohren keine tieferen Erkenntnisse über Kristoffers Tod beschert.

Der Wetterbericht hatte rasch fallende Temperaturen und für den kommenden Tag blauen Himmel gemeldet, was bei einem Blick aus dem Fenster unvorstellbar schien. Jonas bettelte, er wolle wieder mit den Hunden fahren, doch Kirsten hatte einen Termin mit dem Gouverneur von Svalbard, den sie nicht absagen würde. Fünf Monate lang hatte sie darauf gewartet, endlich nachvollziehen zu können, wie und warum Kristoffer gestorben war – Fragen, die kein förmlicher Schriftverkehr beantworten konnte.

Im Laufe des Nachmittags hörte es auf zu schneien. Während sich Oda in die Küche begab, folgten die Gäste einer Mitarbeiterin in die Zwinger, wo die Hunde auf ihr Fressen warteten. Jonas war entzückt, bei der Fütterung dabei sein zu dürfen, aber Kirsten verspürte den Drang, sich noch ein wenig zu bewegen, und wollte lieber eine Runde um die Gebäude drehen. Jonas hatte keine Lust, sich ihr anzuschließen, auch keiner der anderen Gäste. So trat sie schließlich allein durch eine Tür im Maschendrahtzaun nach draußen in das schwächer werdende Licht des fortgeschrittenen Tages.

Der Wetterbericht schien recht zu behalten. Die Brise in ihrem Gesicht fühlte sich bereits deutlich kühler an als am Mittag, und im Osten klarte es auf. Kirsten folgte dem Verlauf der Zwingeranlage ein Stück den Hang hinauf, die frische Auflage feuchten Schnees knarzte unter ihren Schritten. Oberhalb der Gebäude blieb sie stehen, um sich zu orientieren und zum ersten Mal mit allen Sinnen die Landschaft um sich herum auf sich wirken zu lassen. Bei ihrer Ankunft war sie ganz auf das Stadtbild konzentriert gewesen: Schneemobile, Langläufer und Fußgänger mit Gewehren auf dem Rücken, wegen des Permafrostbodens auf Stelzen errichtete Gebäude und Rohre entlang nicht geräumter Straßen. Die düsteren Ruinen der Minenindustrie an den steilen Bergflanken, die Münder der Grubeneingänge, die Seilbahnen mit ihren hölzernen Stützen und Reste von alten Kohlesilos. Am Abend auf dem Weg zum Restaurant hatten die durch Schneeverwirbelungen verwaschen konturierten Bergflanken ihre Aufmerksamkeit auf sich gezogen: Farben, Silhouetten, welche kein Foto einzufangen vermochte. Jetzt erst spürte sie selbst mit geschlossenen Augen die Weite um sich herum. Das breite Tal, über dessen Ende sich tiefblaugraue Wolken schoben, stieß auf der anderen Seite an steile Berge mit fast waagrecht verlaufenden Gipfelplateaus. Horizontal gelagerte dunkle Gesteinsschichten unterteilten die überzuckerten Hänge in Streifen, ein Wechselspiel von Hell und Dunkel, das die karge Schönheit von Fels und Gestein noch unterstrich.

Präsenz, dachte Kirsten, das war das Wort, mit dem sie die Wirkung der Inselgruppe auf sich beschreiben würde. Das Land war ständig präsent, selbst wenn es wie heute Nachmittag hinter Schneetreiben verborgen war, selbst in den Straßen Longyearbyens blieb es allgegenwärtig. Schon im Flugzeug, ja sogar noch während der Reisevorbereitungen in Deutschland, hatte es nach ihr gegriffen. Svalbard, die Kalte Küste. Sie hatte geglaubt, ihre Besessenheit sei mit Kristoffers Tod zu erklären, aber vielleicht nahm Spitzbergen einen Teil im Kopf eines jeden Reisenden ein, mehr noch als andere Destinationen, lange bevor die Reise überhaupt begann. Der Ruf des Endes der Welt, wo die eigene Sterblichkeit nackt stand angesichts der Selbstverständlichkeit einer Naturgewalt.

Kirsten stieg noch ein wenig höher, um ein Foto der Zwinger vor der Berg- und Talkulisse zu machen. Das Hundebellen, welches die Fütterung begleitet hatte, war verklungen, ein Auto kurvte den Hang hinauf zur Agentur. Sie stellte den Fotoapparat auf Videomodus und drehte sich während der Aufnahme einmal um dreihundertsechzig Grad. Vier Punkte erschienen im Fokus des Displays: Rentiere, keine zweihundert Meter von den Gebäuden des Nachbarn entfernt. Kirsten bedauerte sofort, dass sie nicht die Spiegelreflexkamera mit dem Teleobjektiv bei sich trug. Sie schaute sich um, wollte Jonas herbeirufen, doch die Gruppe war wieder nach drinnen gegangen. Selber schuld. Kirsten trabte los, den festgefahrenen Spuren des Schneemobil- und Hundeschlittentrails folgend. Die Rentiere trotteten langsam mit gesenkten Köpfen in Richtung Straße. Immer wieder blieben sie stehen, um am Boden nach Essbarem zu suchen. Daher konnte Kirsten zügig zu ihnen aufschließen. Beim nächsten Blick auf das Fotodisplay konnte sie bereits Kopf und Beine unterscheiden. Mit der Kamera vor der Brust lief sie weiter.

Kurz darauf hob eines der Rentiere seinen geweihlosen Schädel. Es schien Witterung aufgenommen zu haben, jedoch nicht in Kirstens Richtung, sondern in Richtung einer Stelle rechts von ihr. Ein wunderbares Motiv, als ob das Tier extra für sie posierte. Hastig drehte Kirsten an den Einstellungen des Fotoapparats, doch bevor sie weitere Aufnahmen machen konnte, verfielen alle vier Rentiere in einen aufgeschreckten Trab. Enttäuscht ließ Kirsten ihre Kamera sinken.

Sekunden später schlugen die Hunde an. Kirsten sah nach rechts.

»O Scheiße«, flüsterte sie.

Der Eisbär trottete direkt auf sie zu. Er war über einem

Hügel erschienen, oberhalb der weit verstreuten Gebäude. Das Haus von Odas Nachbarn lag schräg links von Kirsten, die Agentur hinter ihr. Der Eisbär war ihr näher als sie den rettenden Häusern. Von den Zwingern her kam ein Mann auf sie zu, sie hatte ihn zuvor im Flur des Agenturgebäudes gesehen, später auf dem Schneemobil mit einem Gewehr auf dem Rücken. Jetzt trug er keinen Helm mehr, dafür eine graue Wollmütze, unter der dunkelblonde Haare herausschauten. In der Rechten hielt er einen klobigen Gegenstand. Er streckte beide Handflächen zu ihr aus, als ob er ihr ein Stoppzeichen geben wollte, dann bewegte er die Hände bedachtsam auf und ab.

Zurückgehen. Langsam.

Im Zoo war sie Eisbären schon näher gekommen. Aber Wände, Käfige, Gräben schufen dort eine unverhältnismäßige Distanz. Hier, auf dem Hügel, wirkte das Raubtier größer als jedes Zooexemplar in ihrer Erinnerung. Seine dunkle Schnauze ruckte leicht nach links – es musste sie wahrgenommen haben, denn es hielt inne. Der Kopf hob sich, witternd, die linke Vorderpfote, groß wie ein Teller, baumelte in der Luft.

Kirsten spähte erneut in Richtung Agentur. Sie war wie erstarrt. Der Abstand zwischen ihr und ihrem Retter schien sich kaum zu verringern, seine Schritte waren irritierend ruhig und gleichmäßig.

Sie zwang ihre Beine loszugehen. Langsam, wie ihr signalisiert worden war, den Blick schräg nach hinten auf den Eisbären gerichtet. Das verrückte Bellen der Hunde schwoll weiter an. Jetzt trat ein weiterer Mann aus dem Nachbargebäude, erfasste die Situation und verschwand sofort wieder im Inneren.

Der Eisbär kam näher. Fünfzig Meter.

Kirsten vergaß, dass sie langsam gehen sollte. Ihre Schritte wurden hektischer, fast schon Sätze, ihr keuchender Atem kam in kleinen Wolken über ihre Lippen. Der Schnee unter ihren Füßen gab nach. Sie brach bis zum Knie ein, ruderte mit den Armen, um das Gleichgewicht zu halten, und stürzte zur Seite. Schnee drang zwischen Handschuhen und Ärmeln an ihre Haut. Sie rappelte sich auf, machte einen weiteren Satz nach vorne, kämpfte sich zunehmend verzweifelt mit schaufelnden Bewegungen durch den Schnee. Sie hatte den Trail verloren. Verdammt, wie blöd musste man sein! Nun steckte sie im Tiefschnee fest, während der Bär …

Ein fester Griff um ihren Arm, sie wurde hochgezogen. Im selben Moment hatte sie wieder Boden unter den Füßen, eine Autozufahrt. Odas Mitarbeiter schob sie hinter sich, es ploppte, dann der Feuerschweif eines Leuchtkörpers, gefolgt von einem scharfen Knall, als die Signalpatrone wenige Meter vor dem Eisbären zündete. Das Tier stoppte abrupt, fuhr herum und trabte hastig davon. Der Mann lud eine weitere Patrone nach. Das Gewehr hing wie zuvor über seiner Schulter, jetzt jedoch von seiner Hülle befreit. Schießbereit.

»Wenn sie so nahe sind, muss man aufpassen, dass man nicht aus Versehen über den Bären hinwegschießt«, sagte er, ohne das Tier aus den Augen zu lassen, das seinen Lauf verlangsamt hatte, aber keine Anstalten machte zurückzukommen. »Wenn der Knall hinter dem Bären zündet, würde ihn das bloß auf einen zutreiben, und das möchte man ja gerne vermeiden, oder?«

Er sprach mit einem angenehm beruhigenden Schweizer Akzent. Der Nachbar, mittlerweile ebenfalls bewaffnet, schloss zu ihnen auf, die beiden Männer wechselten ein paar Worte. Danach blieb der Nachbar zurück und verfolgte den Abgang des Bären. In der Tür zum Agenturgebäude war unterdessen Oda erschienen. Sie hielt sich ein Handy ans Ohr und sprach rasch, ein Fernglas in der anderen Hand.

»Oda telefoniert mit dem Büro des Gouverneurs«, erklärte der Schweizer. »Sie werden diesen Bären beobachten und sicherstellen, dass er sich von den Häusern fernhält, also kein Grund zur Besorgnis.«

Kirsten hatte noch immer nicht ihre Sprache wiedergefunden. Die übrigen Gäste drängten nach draußen, ein jeder mit mindestens einer Kamera bewaffnet, zwischen ihnen schob sich Jonas hindurch. Völlig aus dem Häuschen wollte er sofort wissen, ob Kirsten den Eisbären gesehen habe. Dort, er fuchtelte in den Himmel, vom Fenster aus habe er ihn gesehen.

»Ja, ja, ich habe ihn auch gesehen.« Sie ließ sich auf die Stufen zur Eingangstür fallen. »Er war sogar ganz nah.«

»Das ist gemein!« Jonas stampfte mit dem Fuß in den Schnee. »Ich will ihn auch von nah sehen!«

»Du siehst bestimmt noch viele Eisbären.« Kirstens Retter streifte sie mit einem amüsierten Blick und streckte ihr die Hand hin. »Ich bin übrigens Tim.«

»Kirsten. Und das kleine Monster hier ist Jonas.«

»Hallo, Jonas.«

»Hallo. Hast du geschossen? Ist das eine echte Pistole?«

»Ich glaube, wir essen erst einmal.« Oda hatte ihr Telefonat beendet. »Der Lachs ist wahrscheinlich angebrannt, aber das Gemüse sollte noch genießbar sein.«

Sie drückte Kirstens Schulter. »Willkommen auf Svalbard, Kirsten!«

Bis zum Dessert hatte sich Kirsten wieder einigermaßen gefangen. Tim saß neben Jonas, dessen Herz er sofort erobert hatte. Der Junge löcherte ihn mit Fragen; die meisten hatten mit Eisbären und Waffen zu tun. Tim war neunundzwanzig und damit drei Jahre jünger als Kirsten, was sie überraschte, denn sie hätte ihn älter geschätzt. Tim meinte, das liege am Bart, dabei hatte Kirsten es eher von den Fältchen um seine Augen abgeleitet, charakteristisch für einen Menschen, der viel Zeit im Freien verbrachte, jedoch selten eine Sonnenbrille trug. Er hatte eine zurückhaltende, scheue Art und ein lautloses Lachen. Als gelernter Mechaniker war er saisonal viel auf Montage im Ausland gewesen. Vor zwei Jahren hatte sein Chef Pleite gemacht, und seitdem arbeitete er hauptberuflich als Tourguide und Skilehrer. Die Zeit von Februar bis Anfang Mai und von Juni bis September verbrachte er auf Spitzbergen, im Dezember und Januar verdiente er sein Geld als Skilehrer in der Schweiz, und im Herbst organisierte er mit Freunden ein Fernwehfestival in St. Gallen. Auf Spitzbergen führte er Touren mit Schneemobil, Skiern sowie Hundeschlitten und im Sommer zu Fuß und per Kajak.

Ob Tim auch mit seinem Papa auf Tour gewesen war, wollte Jonas wissen.

Tim blickte etwas ratlos in die Runde.

»Kristoffer Stolt«, sprang Oda ein, ihr Gespräch mit den anderen Gästen kurz unterbrechend. »Jonas ist sein Sohn, Kirsten seine Frau.«

»Ah, okay.« Tim hatte gerade Zigarettenpapier mit Tabak gefüllt, jetzt spielten seine Finger mit den Enden des Papiers. »Ja, ich bin mit deinem Vater unterwegs gewesen. Einmal, auf einer Kajaktour. Das war eine gute Gruppe. Ich weiß das noch, weil wir damals stundenlang Walrosse beobachtet haben.«

»Was sind Walrosse?«

Tim stand auf, trat zu einem Bücherregal und zog ein Tierlexikon heraus, das er aufschlug und, auf ein Bild tippend, Jonas reichte. Dann ging er zum Rauchen nach draußen. Unterdessen packten die anderen Touristen ihre Sachen zusammen. Im Auto war nicht mehr genügend Platz für Jonas und Kirsten, aber Kirsten sagte, es mache ihnen nichts aus, erst mit der zweiten Fuhre nach Hause gebracht zu werden. Zum Abschied gaben sich alle die Hand. Der Schwede, ein dünner älterer Herr mit Glatze, schien ihren Nachnamen beim vorherigen Gespräch aufgeschnappt zu haben, jedenfalls fragte er Kirsten, ob der Mann aus dem Artikel in der Zeitung ein Verwandter von ihr sei: Fredrik Stolt.

Kirsten wusste nichts von einem Artikel.

»Es ging um einen Mann, der seinen Geburtstag hier feiert. Es stand im *Svalbardposten*. Das ist die örtliche Zeitung hier, angeblich die nördlichste der Welt.« Er habe das Blatt im Café gelesen, erzählte er weiter, als Schwede konnte er Norwegisch gut verstehen. Ein paar Tische weiter hätten Einheimische gesessen, die sich über den Artikel auf der letzten Seite unterhielten. Aber das interessiere sie wahrscheinlich gar nicht?

Kirsten wartete höflich ab. Der Schwede hielt noch immer ihre Hand. »Einer der Männer am Tisch ist sehr wütend gewesen. Fredrik Stolt, der sei für den Tod von Menschen verantwortlich, und jetzt würde er zurückkommen und ein Tamtam aus seinem Geburtstag machen, weil er nicht den Anstand hatte, früher zu sterben.« Er sah Kirsten in die Augen. »Wissen Sie vielleicht, was er meinte?«

»Ich habe keine Ahnung.« Sie zog ihre Hand zurück, fast mit Gewalt. Sie war verärgert genug, um hinzuzufügen: »Ist es hierzulande nicht unhöflich, sich derart für anderer Leute Angelegenheiten zu interessieren?«

»Der Mann an dem Tisch hat fast geschrien, das konnte man nicht überhören, selbst wenn man wollte.«

Sie schien dennoch einen wunden Punkt getroffen zu haben, denn der Schwede nuschelte danach bloß noch einen knappen Abschiedsgruß und schob sich an ihr vorbei ins Freie.

Fünf Minuten später war Oda mit den Touristen fortgefahren. Jonas hatte sich ein weiteres Buch aus dem Regal gezogen, einen Bildband über die frühen Arktisreisenden. Während er die Seiten durchblätterte, kam Tim vom Rauchen zurück. Er rieb sich die Hände über dem Ofen, dann setzte er sich neben Jonas auf die Couch. Zusammen beugten sie sich über das Buch. Bei einem Bild rief Jonas plötzlich, das sehe aus wie ein Foto von seinem Papa, und Kirsten musste in ihrem Rucksack nach der Brieftasche kramen und das Foto von Kristoffer vor dem Gletscher präsentieren. Tim sagte, er wisse, wo das Bild aufgenommen worden sei, es handele sich um ein beliebtes Touristenziel. Die alte Aufnahme, die Jonas im Buch aufgefallen sei, sei allerdings nicht dort gemacht, sondern auf Grönland. Damals habe es einen regelrechten Wettlauf zum Nordpol gegeben. Jeder Abenteurer habe, angetrieben von der Aussicht auf Ruhm und Ehre, der Erste sein wollen. Die Frage, wer tatsächlich die Nase vorne gehabt hatte, sei bis heute nicht entschieden.

Während er sprach, reichte Tim Kirsten die Aufnahme ihres Mannes zurück. Wie immer, nachdem Jonas das Foto in den Fingern gehabt hatte, zierte ein fettiger Fingerabdruck Kristoffers Gestalt. Seufzend wühlte Kirsten nach einem Brillenputztuch.

»Anhand des Sonnenstandes und der Schatten auf den Expeditionsfotos konnte man überprüfen, wie weit ein Mann tatsächlich nach Norden vorgestoßen war, oder ob er vielleicht gelogen hatte«, erklärte Tim weiter. »Denn zu einer bestimmten Zeit an einem bestimmten Ort sind Sonnenstand und Schatten ganz charakteristisch. Es lohnt sich also, die Beweisfotos, die die Teilnehmer von ihren Expeditionen gemacht haben, ganz genau anzuschauen. Denn sonst hätte ja jeder ein Foto auf einem beliebigen Schneefeld knipsen und behaupten können, er hätte den Nordpol erreicht oder wäre ihm näher gekommen als je ein lebender Mensch zuvor.«

Kirstens Finger mit dem Putztuch erstarrten über der Fotografie ihres Mannes.

Sie lehnte sich vor, bis der Lichtschein der Lampe direkt auf das Bild fiel.

Auf dem Foto fehlte ein Schatten. Der des Eispickels. Er hätte sich parallel zu Kristoffers Körperumriss nach hinten erstrecken müssen, selbst das liegende Gewehr brachte einen schmalen dunklen Schatten hervor. Stattdessen glänzte dort, wo sich der Schemen des Pickels auf den Schnee malen sollte, nur unberührtes Weiß. Zum zweiten Mal innerhalb einer Stunde fühlte Kirsten, wie ihr der Boden unter den Füßen entglitt.

Ihr Zeigefinger huschte wie an einem Marionettenfaden über das Foto, erst irrlichternd von einem Punkt zum anderen, dann systematisch von links nach rechts und rechts nach links entlang unsichtbarer Zeilen. Bis ihre Fingerkuppe zum zweiten Mal über dieselbe Struktur, eine wellenförmige Erhebung im Schnee, strich. Einmal rechts neben Kristoffer und dann noch einmal links von ihm auf Höhe seiner Brust. Stempeln nannte man bei der Bildbearbeitung diese Funktion. Auf diese Weise retuschierte man ein Porträt, indem man ein hässliches Muttermal mit einem Stück glatter reiner Haut, das man von einer anderen Stelle kopierte, überstempelte. Ein nützliches Werkzeug, wenn man etwas aus einem Bild entfernen wollte, ohne dass es auffiel.

Kirstens Hände waren eiskalt.

Hör auf!, warnte eine Stimme in ihrem Kopf. Tu das nicht!

Aber es war zu spät. Ihr Zeigefinger folgte dem Verlauf von Kristoffers Körper. Das Bild war in schlechter Qualität aus dem Drucker gekommen, die Auflösung, die Kristoffer damals per E-Mail aus dem Urlaub geschickt hatte, hatte nicht für mehr gereicht. Trotzdem fiel ihr jetzt eine weitere Stelle an seinem linken Arm auf. Eine Unsauberkeit im Foto, die nichts mit Kristoffers Jacke zu tun hatte.

Kirsten fühlte sich wie in dem Augenblick, als sie den Eisbären auf sich hatte zukommen sehen. Hilflos. Sie hatte sich zu weit hinausgewagt. Dorthin, wo man plötzlich alleine steht, auf brechendem Eis.

Die Expeditionsreisenden des frühen zwanzigsten Jahrhunderts hatten kein Photoshop gekannt. Auf ihren Fotos kündeten die Schatten von der Wahrheit. Der Abzug unter Kirstens Fingern jedoch hatte einen Schatten verloren, und mit ihm eine Wahrheit. Da war etwas gewesen an Kristoffers Seite. Etwas, so groß wie ein Mensch.

Kirsten saß auf dem Sessel unter dem Fenster in ihrem Hotelzimmer, eine Decke um die Füße geschlungen. Ihr Zimmer zeigte in Richtung Fjord. Sie blickte auf die Gebäude der Universität und des Museums, vor denen die Scheinwerfer zweier Schneemobile die Straße entlangtasteten, das Dröhnen der Motoren durch doppeltes Glas gedämpft. Jonas schlief im Bett neben dem Fenster mit offenem Mund und ausgestrecktem Arm. Schlafend sah er Kristoffer noch ähnlicher.

Ihre Mutter hatte Kirsten vorgehalten, dass sie bei Kristoffers Beerdigung nicht geweint hatte. Ein hemmungsloser Heulanfall wäre zweifellos unpassend gewesen, aber eine dünne, über die Wange laufende Tränenspur hätte echte Trauer bewiesen. Stattdessen diese kühle Beherrschung. Kirsten weinte auch jetzt nicht. Sie drehte das Foto in den Händen, die retuschierte Wahrheit für Ehefrau und Sohn. Bereits seit einer halben Stunde widerstand sie dem Drang, den Abzug in ihrer Faust zu zerknüllen. Doch das hätte sie am nächsten Tag Jonas erklären müssen, und so knallte sie lediglich die flache Hand mit Kristoffers Lächeln darin gegen die Wand unter dem Fenstersims. Ihre Handfläche erwachte zu prickelndem Schmerz. Das Foto rutschte die Wand hinab, fiel auf den Teppichboden und blieb dort liegen.

Sie und Jonas hatten Kristoffer damals genötigt, ihnen das Foto von seinem Ausflug zum Gletscher zu schicken. Wie sie über sein Missgeschick mit der fast im Schmelzwasser versenkten Kamera gelacht hatten; seine Erzählkunst ein Zauber, der aus alltäglichen Kleinigkeiten unterhaltsame Geschichten schaffen konnte. Sie hatten ihn genervt, bis er versprochen hatte, ihnen das Bild zu schicken, aus dem Hotel, sobald er Zugang zu einem Computer hätte.

Kirsten fiel nur ein Grund ein, weshalb ein Mann seiner Familie ein Foto schicken sollte, aus dem er etwas – jemanden – gelöscht hatte: eine andere Frau. Eine Frau an seiner Seite, die ihn vertraut, intim am Arm berührte, strahlend wie er selbst in der Freude des gemeinsamen Erlebnisses.

War er deswegen im August ein weiteres Mal nach Spitzbergen gereist? Wegen dieser Frau? War alles andere – die Geburtstagsvorbereitungen, das Album über Fredriks Leben – lediglich vorgeschoben gewesen? Und wenn ja: Wer war sie?

Und wer war Kristoffer Stolt?

Kirsten hatte gehofft, auf Spitzbergen die Erinnerungen an Kristoffer erneuern, das Bild dessen, wer er gewesen war, vervollständigen zu können, damit sie Jonas später einmal von ihm erzählen konnte. Doch jetzt war es zersplittert, ein Mosaik aus Geröll und Eis wie das Chaos am Fuße jenes Gletschers, der die Kulisse für Kristoffers Verrat geliefert hatte.

Das Zimmertelefon klingelte. Die unverbindlich freundliche Stimme von der Rezeption. »Frau Stolt, es gäbe morgen tatsächlich noch zwei freie Plätze im Flieger nach Oslo. Sollen wir sie in Ihrem Namen buchen?«

Kirsten lehnte die Stirn gegen die Wand. »Kann ich Ihnen in fünf Minuten Bescheid geben?«

»Sehr gerne.«

»Ich melde mich gleich.«

Sie legte auf. Jonas bewegte sich unruhig im Bett, schlief jedoch weiter.

Was machte sie hier? Morgen war der Termin beim Gouverneur. Er sollte ihr verstehen helfen, weshalb Kristoffer gestorben war. Die Frage, die sie die letzten Monate verfolgt hatte: Galt sie immer noch? Sie hatte den Tod ihres Mannes nicht nachvollziehen können, aber wie sie jetzt ahnen musste, galt seinem Leben der größere Zweifel.

Kirstens Blick fiel auf die Notiz und das aufgerissene Päckchen, das Fredrik für sie und Jonas an der Rezeption hinterlegt hatte.

Liebe Kirsten,
habt ihr trotz des Wetters einen schönen Tag gehabt? Ich bin morgen um 8.30 Uhr beim Frühstück – freue mich auf Jonas' Bericht.

Der Kompass ist für ihn. Morgen zeige ich ihm, wie er funktioniert.

Dein Fredrik

Das Foto lag noch dort, wohin es gefallen war, auf dem Boden neben Jonas' kleinem Seehund, der den Fingern seines schlafenden Besitzers entglitten war. Ein gefallenes Stofftier, zwei Menschen in diesem Zimmer, und zwei Gespenster. Eines namenlos, gesichtslos, zu viel.

Sie wählte die Nummer der Rezeption. »Buchen Sie den Flug nicht, wir bleiben. Dürfte ich Sie bitten, nichts davon meinem Schwiegervater gegenüber zu erwähnen?«

»Selbstverständlich, Frau Stolt. Es freut uns, dass Sie bei uns bleiben. Gute Nacht, Frau Stolt.«

»Gute Nacht.«

Kirsten saß einem Mann Anfang sechzig gegenüber, mit sich lichtendem Haaransatz, Brille und einem freundlichen Gesicht über einem blassblau karierten Hemd. Der Gouverneur von Svalbard – Sysselmannen lautete sein offizieller Titel – war der oberste Repräsentant Norwegens auf Spitzbergen. Er verantwortete die Verwaltung, war zuständig für den Schutz der empfindlichen arktischen Umwelt und leitete die Polizeiarbeit. Von seinem Büro waren die Suche nach Kristoffer und danach die Untersuchung der Umstände seines Todes koordiniert worden. Der Gouverneur hielt die Hände vor sich auf dem Schreibtisch gefaltet, während er Kirsten berichtete, was er über Kristoffers Unfall wusste.

Es war an einem Mittwoch Ende August geschehen. Am Tag zuvor war eine Wetterverschlechterung für Mittwochabend vorhergesagt worden; am Mittwochmorgen hatte sich die Schlechtwetterwarnung bereits auf den Nachmittag bezogen, aber da war Kristoffer schon unterwegs gewesen. Vormittags hatte die Temperatur bei etwa fünf Grad plus gelegen, bei mäßigem Wind und leichter Bewölkung. Kristoffer war alleine gewandert, mit kompletter Ausrüstung: Peilsender, GPS, Signalpistole, Gewehr, wind- und wasserdichte Oberbekleidung, Biwaksack für Notübernachtungen im Freien sowie Erste-Hilfe-Ausrüstung. An den Tagen zuvor hatte es bei ungewöhnlich hohen Temperaturen immer wieder geregnet, von den Gletschern floss Schmelzwasser in großen Mengen ab. Gegen Mittag musste Kristoffer eine Stelle gefunden haben, von der aus es ihm sicher schien, den angeschwollenen Fluss zu überqueren. Zu diesem Zeitpunkt hatte sich das Wetter bereits gedreht: Die Temperatur war gesunken, der Wind hatte aufgefrischt. Schneeregen hatte eingesetzt.

Wahrscheinlich war Kristoffer bei der Flussüberquerung ausgerutscht, von einem Felsbrocken ins Wasser gestürzt oder einfach nur gestolpert. Die Strömung musste stark genug gewesen sein, um ihn ein Stück mit sich zu reißen, das konnte auch bei seichtem Wasser schnell passieren. Um nicht unter Wasser gedrückt zu werden, hatte er sich seines Rucksacks entledigt. Er hatte es geschafft, sich aus dem Fluss zurück ans Ufer zu kämpfen, aber da war der Rucksack schon abgetrieben. Die Suchmannschaft hatte diesen später im seichten Wasser nahe am Flussufer gefunden, etliche Kilometer von dem Ort entfernt, an dem Kristoffers Leiche gelegen hatte. Gewehr, GPS, Signalpistole, Handschuhe, Biwaksack, Mütze, Regenhose und ein weiteres Fleece – das alles war für ihn unerreichbar geworden. Schlimmer noch: Er selbst war durch den Sturz ins Wasser nass bis auf die Haut.

Zu diesem Zeitpunkt musste ihm die Bedrohlichkeit seiner Situation bewusst geworden sein. Vielleicht hatte er sogar nochmals versucht, an den Rucksack zu kommen, und war dabei noch nässer geworden. Jedenfalls hatte er sich auf den Weg gemacht; weiter den Fluss entlang. Wahrscheinlich war er gerannt. Die fallenden Temperaturen hatten den Niederschlag bereits in großflockigen Schnee verwandelt, gegen ein Uhr nachmittags war in Longyearbyen der Gefrierpunkt um einige Grad unterschritten worden. Der Wind hatte den Körper in den nassen Kleidern heruntergekühlt. Auf starkes Zittern war Verwirrung gefolgt. Die zurückgelassene Jacke, die die Suchmannschaft zwischen der Stelle, wo er womöglich versucht hatte, den Fluss zu überqueren, und seinem Todesort gefunden hatte, deutete darauf hin.

»Wie meinen Sie das?«, fragte Kirsten. Es war das erste Mal seit zehn Minuten, dass sie sprach. Jonas saß zu ihren Füßen und malte mit Buntstiften auf einem Papier. Da sie Englisch redeten, verstand er kein Wort.

»Am Anfang einer Unterkühlung zittert das Hypothermieopfer, weil es friert. Mit der Zeit wird dieses Zittern ein richtiges Schütteln, das Bewusstsein beginnt sich zu trüben. Schreitet die Unterkühlung fort, passiert es oft, dass die Opfer nicht mehr frieren, sondern gar glauben, es wäre ihnen heiß. Und dann ziehen sie ihre Kleidung aus. In Kristoffers Fall war es die Jacke. Er hat sie ausgezogen und weggeworfen.«

»Mein Mann war ein erfahrener Bergsteiger. Ich möchte Ihnen nicht widersprechen, aber es ist schwer vorstellbar, dass er solche Fehler gemacht haben soll. Die Flussüberquerung, der verlorene Rucksack und dann die Jacke.«

»Glauben Sie mir, Ihr Mann ist nicht der Erste, dem das passiert ist, und er wird leider auch nicht der Letzte sein. Erst vorige Woche war es ein Mann aus Nordschweden mit seinen zwei Söhnen. Sie haben das Wetter unterschätzt, haben ihr Schneemobil im Schnee festgefahren und weder Zeltausrüstung noch Biwaksäcke bei sich getragen. Wir mussten eine Rettungsaktion starten. Was ich damit sagen will, ist: Jeder kann einen Fehler machen, jeder kann Pech haben. Ihr Mann hätte den Notpeilsender bei der Flussüberquerung am Körper tragen sollen, aber dass er dabei den Rucksack verloren hat, war keine Dummheit. Bevor Sie einen Fluss überqueren, öffnen Sie immer Brust- und Hüftgurt, damit Sie sich im Zweifelsfall schnell befreien können. Richtig war auch, dass er seinen geplanten Tourverlauf im Hotelzimmer hinterlegt hatte, nur so haben wir ihn überhaupt so schnell finden können. Gewiss hätte er an dem Tag besser überhaupt nicht zu einer Tour aufbrechen sollen, aber das ist typisch für Touristen: Sie kommen hierher, und dann herrscht tagelang schlechtes Wetter. Kaum öffnet sich ein Fenster, wollen sie unbedingt die Gelegenheit nutzen. Manchmal ist es auch das Vertrauen in die Technik – Notpeilsender, GPS –, das die Menschen unvorsichtig werden lässt. Wenn etwas passiert, denken sie, drücken sie einfach den Knopf, und dann wird alles gut.«

»Mein Mann war nicht so.«

Der Sysselmann zuckte die Achseln. »Glauben Sie mir, wir haben uns all diesen kritischen Fragen gestellt. Ihr Mann war im besten Alter und körperlich in guter Verfassung. Dort, wo er gefunden wurde, steht nicht weit entfernt eine alte Hütte, in der er Zuflucht vor dem Wind hätte suchen können. Tatsache ist jedoch auch, dass er völlig durchnässt war, die Temperaturen winterlich, der Wind eisig und die Sicht miserabel. Wer weiß, wie lange er versucht hat, an seinen Rucksack zu kommen, bevor er losgelaufen ist? Mit seinem Rucksack hatte er auch die Karte verloren und konnte die Hütte bei schlechter Sicht nicht finden.« Er deutete hinter Kirsten. »Wir haben die Sachen Ihres Mannes, die Ihr Schwager damals nicht mitgenommen hat, zusammengesucht. In der linken Kiste sind die Gegenstände, die er bei seiner letzten Tour bei sich trug. Die rechte Kiste ist vom Hotel. Wir haben auch eine Inventarliste von allem erstellt, falls Sie sie sehen wollen.«

Kristoffers Jacke, die er an jenem Tag getragen und von

sich geworfen hatte, lag ganz oben in der linken Kiste. Kirsten legte sie sich über den Arm, während sie langsam einen Gegenstand nach dem anderen berührte. Die Fleecemütze hatte er beim letzten Skiurlaub in Österreich erstanden; die abgegriffenen Handschuhe stammten noch aus seiner Studienzeit. Eine Plastikdose für Brote, eine Thermoskanne, beide leer. Der Rucksack mit dem Schlumpfanhänger an der Seite, ein Geschenk von Jonas. Der Anhänger war der einzige Gegenstand, den Kirsten sofort an sich nahm. Die Wertsachen – Geldbeutel, Kamera, GPS – hatte Erland, Kirstens Schwager, bereits kurz nach Kristoffers Tod nach Deutschland überführt. Vielleicht würde Fredrik ja die Funktionsjacke haben wollen, sie war neu gewesen. Kirsten drehte das Kleidungsstück in ihren Händen, zupfte fahrig an den zahlreichen Reißverschlüssen. Als sie in die Innentasche der Jacke griff, knisterte es unter ihren Fingerspitzen. Sie zog die Hand zurück. Es war ein Kondom.

Kirsten verhütete mit der Spirale. Sie und Kristoffer hatten seit Jahren kein Kondom mehr benutzt.

»Sagen Sie, gab es einen Anhaltspunkt bei Ihrer Untersuchung, dass mein Mann auf Spitzbergen eine Geliebte hatte?«

Die Frage ließ den Gouverneur die Stirn runzeln. »Nein, tut mir leid, davon weiß ich nichts. Verstehen Sie, der Tod Ihres Mannes war ein schrecklicher Unfall. Ich habe vollstes Verständnis für Ihren Kummer, dass es Ihnen schwerfällt, seinen Tod zu akzeptieren, aber es war ein Unfall, wie er immer wieder geschieht. Es gibt nicht den geringsten Hinweis auf Fremdeinwirkung oder die Anwesenheit eines anderen Menschen vor, bei oder nach seinem Tod.

Er ist eindeutig an Hypothermie gestorben. Hätten wir daran Zweifel gehabt, wäre seine Leiche für weitere Untersuchungen zum Festland geschickt worden.«

»Das habe ich auch nicht gemeint.«

»Dann bin ich für das, was Sie vielleicht meinen, wohl auch nicht zuständig. Wenn Sie hier länger bleiben, werden Sie nachvollziehen können, wie schnell die Natur Fehler bestraft. Ich kann Ihnen anbieten, dass wir Sie zu der Stelle bringen, an der Ihr Mann starb. Jetzt ist Winter, das Tal ist von Schnee bedeckt, doch vielleicht hilft es Ihnen. Sie können außerdem gerne mit der Ärztin sprechen, die die Leiche Ihres Mannes untersucht und die Todesursache bestätigt hat; sie wird Ihnen mehr über Hypothermie erzählen können. Aber ich fürchte, bei allem anderen, was Ihnen auf der Seele liegt, kann ich Ihnen nicht weiterhelfen, so leid mir das tut.«

Kirsten hasste es, für hysterisch gehalten zu werden. Das retuschierte Foto, das Kondom – verdammt, was sollte sie denn auch anderes vermuten? Sie wollte sich die Augen reiben, erinnerte sich im letzten Moment daran, dass sie nach der durchwachten Nacht mehr Make-up als üblich aufgelegt hatte, und klemmte sich stattdessen bloß eine Haarsträhne hinter die Ohren.

»Ja«, sagte sie langsam, während sie die Jacke in die Kiste zurücklegte, das Kondom in ihrer Faust verborgen. »Ja, das wäre nett. Beides, meine ich: Wenn ich mit der Ärztin sprechen dürfte, und wenn Jonas und ich die Stelle sehen könnten, wo Kristoffer starb.«

»Warten Sie kurz.« Der Sysselmann verließ sein Büro und sprach in der Tür mit einer Mitarbeiterin, die daraufhin ein Telefonat führte. »Sie haben Glück: Ingrid Solberg, die Ärztin, hat heute Dienst. Fragen Sie einfach im Krankenhaus nach ihr und sagen Sie ihr, dass Sie von mir kommen. Und wegen des Unglücksortes: Ihr Schwiegervater lässt sein Programm von Spitsbergen Polar Adventures durchführen, nicht wahr?«

»Ich weiß nicht, wie die Agentur heißt. Die Chefin heißt Oda, ich habe sie gestern kennengelernt.«

»Das ist sie.«

»Sie sind gut informiert.«

»Das ist unser Job hier. Außerdem ist ein Jubiläumsprogramm wie das Ihres Schwiegervaters nicht alltäglich, schon gar nicht vor einem solchen Hintergrund.«

»Welchen Hintergrund meinen Sie?«

»Fredrik Stolt ist ein beeindruckender Mann. Ich habe gehört, Store Norske war damals gar nicht glücklich über seine Kündigung; er war einer ihrer besten Ingenieure und Manager. Sie haben alles versucht, ihn zu halten, und ihm ein für damalige Verhältnisse astronomisches Gehalt geboten, aber er wollte nicht. Wahrscheinlich war das Angebot der Deutschen einfach besser.«

»Fredrik ist damals nicht gleich nach Deutschland gegangen. Er hat zunächst in Bergen in der Firma seiner Schwiegerfamilie gearbeitet.«

»Tatsächlich? Da habe ich wohl etwas falsch verstanden.«

»Sie haben ihn getroffen?«

»Ja, gleich als er ankam, aber nur kurz.« Der Gouverneur verschwand abermals im Nebenzimmer. Diesmal dauerte es ein paar Minuten. Danach verkündete er, einer von Odas Mitarbeitern würde sie morgen mit dem Schneemobil zu der Stelle bringen, wo Kristoffer gestorben war.

Die Agentur wisse, wo das sei, aber er würde ihnen zur Sicherheit noch die genauen GPS-Koordinaten faxen. Kirsten dankte ihm.

»Ich lasse Sie zum Hotel fahren, die zwei Kisten können Sie ja eh nicht tragen. Sie wissen, wo das Krankenhaus ist?«

»Nun, viele Gebäude stehen nicht zur Auswahl.«

»Ja, es ist überschaubar hier. Rufen Sie uns an, falls Sie noch weitere Fragen haben.«

Kirsten stand vor dem Eingang des Krankenhauses und rieb sich die in viel zu dünnen Lederhandschuhen steckenden Finger. Wenn sie etwas stärker durch die Nase atmete, fühlte es sich an, als ob ihre Nasenwände aneinanderklebten. Seit gestern Mittag war die Temperatur um erstaunliche 25 Grad gefallen. Dafür hatte man jetzt, in der klaren, trockenen Luft, einen wunderschönen Blick auf die umliegenden Berge. Sie hatte nicht drinnen warten wollen, sie mochte die Farben von Krankenhäusern nicht. Dabei wirkte das Gebäude von außen durchs Fenster betrachtet durchaus einladend mit einer Spielecke für Kinder und dem für Spitzbergen obligatorischen ausgestopften Eisbären.

Der Regen des vergangenen Tages hatte die Straßen Longyearbyens in Eisbahnen verwandelt. Kirsten beobachtete eine Gruppe Touristen, die mit wild rudernden Armen über die Wege schlitterten. Einem Fahrradfahrer, der in Richtung Universität unterwegs war, rutschte das Vorderrad weg – mit einem Scheppern stürzte das Rad auf den Asphalt. Kleine dunkle Splittsteinchen sprenkelten die Wege, mehr Kosmetik denn Schutz.

Fredrik war mit Jonas zu einer Besichtigungstour der in der Stadt verteilten Kohlebaudenkmäler aufgebrochen. Er hatte nicht gefragt, wie sie ihren Nachmittag zu verbringen gedachte, und sie war froh gewesen, es ihm nicht erklären zu müssen.

Sie spürte einen Lufthauch im Nacken. Sie drehte sich um. Hinter ihr war nichts außer der hölzernen Wand des Krankenhauses. Sie lugte um die Ecke. Am anderen Ende des Gebäudes sah sie gerade noch eine Gestalt verschwinden, den Zipfel eines Mantels, eine stiefelbewehrte Ferse. Den Saum einer Kapuze, Modell Dame.

Kirstens Handy klingelte. Auf dem Display leuchtete der Name ihrer Schwägerin, sie hob ab.

»Na, wie ist es im hohen Norden?« Mit ihrer herzlichen Art gelang es Monika, das Quecksilber ein paar Grad nach oben zu schrauben und Kirstens Unruhe für einen Moment zu verdrängen. »Hast du noch alle Zehen, oder sind sie dir schon abgefroren?«

»Noch nicht, aber wenn dieses Telefonat länger als zwei Minuten dauert, kannst du es live miterleben.«

»Was treibt mein Patenkind?«

»Vergnügt sich mit seinem Großvater. Wahrscheinlich kriechen sie gerade in irgendwelchen Minenschächten herum. Ich fürchte fast, das blüht uns auch noch.«

Monika lachte. »Ich bin ja schon so gespannt!«, sagte sie, während im Hintergrund Wasser rauschte. »Ich habe sogar heute schon gepackt, obwohl es ja noch einige Tage hin ist! Erland ist gerade los, um von Elisabeth einen Koffer abzuholen. Aber eigentlich rufe ich wegen etwas anderem an: Hat Fredrik mit dir über seine Pläne für die Bank gesprochen?«

»Nein, sollte er das?«

»Ich weiß nicht. Elisabeth hat nur, als sie eben wegen des Koffers angerufen hat, so komisch gefragt. Weshalb du plötzlich dermaßen früh nach Spitzbergen geflogen wärst. Du bist eben ein spontaner Mensch, hab ich ihr gesagt, aber das scheint sie nicht überzeugt zu haben. Sie wollte wissen, ob du mit Fredrik etwas unter vier Augen zu besprechen hättest.«

»Hab ich nicht. Und selbst wenn, was sollte ich denn mit Fredrik wegen der Bank besprechen wollen?«

»Keine Ahnung, ich wollte es dir nur sagen.«

»Das nächste Mal sagst du unserer lieben Stiefschwiegermutter einfach, sie soll mich direkt anrufen, wenn sie etwas von mir wissen will«, riet Kirsten, wohl wissend, dass die stets auf Harmonie bedachte Monika solche Zurechtweisungen nur schwer über die Lippen brachte. Daran änderte selbst die Tatsache, dass die beiden sich nicht ausstehen konnten, nichts: Monika hielt Elisabeth für intrigant und rücksichtslos, und Elisabeth fand, Monika habe ein eher schlichtes Gemüt. Für Kirsten schlug sich die Essenz ihrer Gegensätze in der Wahl ihrer Lieblingsfarben nieder: Elisabeths Farben waren Eisblau und Silber, während Monika Bordeaux favorisierte. Eines von Kirstens besten Gemälden zeigte eine Frau, in einen roten Poncho gekleidet, in einer von Gletscherblau geprägten Winterlandschaft. Sie trug eine silberne Kette um den Hals, deren zerfranstes Ende hinter ihr herschleifte, eine dunkler schattierte Spur in den makellosen Schnee riss, auf dem ihre Füße keine Tritte hinterlassen hatten. Kristoffer hatte sie gedrängt, das Bild Monika zu schenken, aber Kirsten hatte abgelehnt. Stattdessen hatte sie es bei ihrer Vernissage in Frankfurt im vorigen Winter für eineinhalbtausend Euro an die Tochter eines bekannten deutschen Filmregisseurs verkauft.

In Kirstens Rücken ging die Tür auf. Eine hochgewachsene Frau mit heller, glatter Haut und breiten Wangenknochen war ins Freie getreten und nickte ihr vom Eingang aus zu.

»Monika, ich muss jetzt Schluss machen. Wir sehen uns in drei Tagen, okay? Und mach dir wegen Elisabeth keine Gedanken, sie mag es nur nicht, wenn sie überrascht wird. Unsere frühe Anreise hat sie eben irritiert.«

»Wie du meinst, ich wollte dich nur warnen. Grüß Jonas lieb von mir!«

»Mach ich. Bis bald!« Kirsten wandte sich ihrer Verabredung zu.

»Tut mir leid, dass es gedauert hat, aber es kam noch ein Anruf, und den konnte ich nicht einfach abwürgen.« Ingrid Solberg, die Ärztin, an die der Gouverneur Kirsten verwiesen hatte, zog den Reißverschluss ihrer Jacke bis zum Kinn. Statt Winterstiefeln trug sie Langlaufschuhe. »Das Café ist hier gleich rechts im Lompensenter. Kommen Sie, Sie sind ja schon ganz durchgefroren!«

Das Café in der Ladenpassage war gut besucht, sie ergatterten den letzten freien Tisch direkt neben dem Eingang. Kirsten bestellte sich einen Cappuccino und Schokoladenkuchen mit Sahne. Seit sie den fehlenden Schatten auf dem Foto bemerkt hatte, hatte sie nichts mehr gegessen. Im Café war es so warm, dass sie bald ihren Pullover ausziehen musste. Als sie ihn über die Stuhllehne hängte, fiel ihr Blick auf eine hünenhafte Silhouette an einem der Tische am Fenster. Der Pullover entglitt ihren Händen und fiel zu Boden, gleichzeitig stellte sie fest, dass Ingrid Solberg etwas gesagt und sie nicht zugehört hatte.

»Tut mir leid, ich war gerade abgelenkt. Der Mann, der dort hinten sitzt: Wir hatten eine etwas unfreundliche Begegnung am Flughafen.«

Die Ärztin folgte Kirstens dezentem Fingerzeig. »Das ist Lennart, ein Alteingesessener. Er rumpelt ein bisschen, aber er ist harmlos.«

»Ich sehe ihn jetzt schon zum dritten Mal. Ehrlich gesagt fühle ich mich ein wenig verfolgt.«

»Ah, eine Großstädterin! Wir sind hier nur zweitausend Leute, da sieht man immer die gleichen Gesichter, Kirsten. Kirsten stimmt doch, nicht wahr?«

Kirsten riss ihre Aufmerksamkeit von dem Hünen los und wandte sich Ingrid zu. Sie nickte.

»Dann bist du also Fredriks Schwiegertochter. Die, von der er geschrieben hat.«

Die persönliche Ansprache irritierte Kirsten. Sie hatte sich als Kristoffer Stolts Ehefrau vorgestellt und kurz den Grund ihres Besuchs erwähnt: mehr über Hypothermie zu erfahren und Ingrids Einschätzung als Ärztin, die Kristoffers Leiche untersucht hatte, zu hören. Von Fredrik war nicht die Rede gewesen.

»Du kennst Fredrik?«

»Natürlich. Hat er dich nicht zu mir geschickt?«

»Nein, das war der Gouverneur.«

»Und meinen Namen kanntest du auch nicht?«

»Tut mir leid, sollte ich das?«

»Nicht unbedingt, aber ich dachte, da wir nächste Woche viel Zeit miteinander verbringen werden, hätte Fredrik seine Familie vielleicht vorgewarnt. Immerhin bin ich, wenn ich das richtig überblicke, das einzige Nicht-Familienmitglied, das eingeladen ist.«

»Fredrik hat dich zu seinem Geburtstag eingeladen? Wieso das denn?« Kirsten unterbrach sich. »Entschuldige, ich glaube, ich bin gerade sehr unhöflich. Ich bin nur etwas verwirrt. Ich wusste nicht, dass Fredrik noch weitere Leute eingeladen hat. Und wieso soll er dir von mir geschrieben haben?«

»Meine Schuld. Ich war einfach davon ausgegangen, du wärest im Bilde, aber egal.« Ingrid wedelte mit der Hand. Sie hatte ihre rötlich blonden Haare nach hinten gekämmt und mit einer Spange befestigt. In ihrem linken Nasenloch glitzerte ein bläuliches Stecknadelkopfpiercing. Sie war einen Kopf größer als Kirsten, nicht so athletisch wie Oda, dafür mit breiten Hüften und einem vollen Busen. Schlank, ohne modelschlank zu sein, keine Schönheit, aber mit ebenmäßigen Gesichtszügen und weit auseinanderstehenden, leicht länglichen graublauen Augen. Kirsten schätzte sie auf Mitte dreißig.

»Fredrik hat meine Ausbildung finanziert«, erklärte die Ärztin. »Ich kenne ihn, seit ich ein kleines Mädchen war. Ich bin hier geboren; mein Vater hat Ende der Siebziger in Longyearbyen mit Fredrik zusammen für Store Norske gearbeitet. Meine Eltern sind beide früh verstorben, danach hat Fredrik mir geholfen, mein Studium zu finanzieren.«

Kirsten konnte sich nicht erinnern, dass diese Geschichte in der Familie jemals erwähnt worden war.

»Fredrik und ich hatten nie eine enge Beziehung«, setzte Ingrid hinzu, die Kirstens Irritation auf ihrem Gesicht zu lesen schien. »Manche Leute übernehmen Patenschaften für afrikanische Waisen, und ich schätze, für Fredrik war ich so etwas Ähnliches, nur dass er eben meine Eltern gekannt und sich daher wohl irgendwie verantwortlich gefühlt hat. Glaub mir, mich hat Fredriks Einladung selbst am meisten überrascht. Seine Unterstützung war damals rein finanzieller Natur. Seit Jahren beschränkt sich unser Verhältnis auf ausführliche Weihnachtskarten. In denen hat er manchmal auch dich erwähnt. Wann hast du Kristoffer geheiratet?«

»Das war 2006. Kennengelernt haben wir uns drei Jahre früher.«

»Da war ich bereits mit dem Studium fertig und habe in Tromsø an der Klinik gearbeitet. Wie gesagt, das ist alles lange her.«

»Seit wann bist du wieder in Longyearbyen?«

»Seit letztem Jahr. Ich wäre gerne schon früher zurückgekehrt, aber es gab keine Stelle für mich, und man muss, um hier am Krankenhaus arbeiten zu können, eine gewisse Berufserfahrung vorweisen. Mein Mann arbeitet an der Universität; wir haben vor einem Jahr geheiratet.« Zum ersten Mal lächelte Ingrid. Sie hob die Hand mit ihrem Ehering und zeigte ihren Ringfinger.

»Hast du denn auch meinen Mann gekannt?«, wollte Kirsten wissen, den Blick auf den breiten Silberring geheftet.

»Kristoffer habe ich erst letztes Jahr kennengelernt. Vorher hatte ich nur mit Fredrik Kontakt, und bei Kristoffers früheren Reisen nach Spitzbergen hätten wir uns eh nicht über den Weg laufen können, weil ich da in Tromsø gelebt habe. Wir haben uns ein paar Mal getroffen, meistens hier, in diesem Café. Er war nicht schwer zu erkennen, die Ähnlichkeit mit seinem Vater war verblüffend. Es hat mich sehr mitgenommen, plötzlich vor seiner Leiche zu stehen. Auf jeden Fall war ich froh, dass nicht ich Fredrik anrufen und es ihm sagen musste.«

Kristoffer Stolt, Sohn von Fredrik Stolt. Verunglückt. Es war damals nicht Kirsten gewesen, die zuerst verständigt worden war, sondern ihr Schwiegervater. Fredrik war nach dem Anruf direkt von Köln zu ihr nach Frankfurt gefahren. Wie überrascht sie gewesen war, beim Öffnen der Tür ihn vor sich zu sehen! Jonas hatte sich auf seinen Großvater stürzen wollen, aber beim Anblick von Fredriks Gesicht hatte er abrupt gebremst. Seine Finger hatten sich in Kirstens Rock gekrallt. »Kristoffer hatte einen Unfall«, hatte Fredrik gesagt.

Ingrid entschuldigte sich für ihren letzten Kommentar. Das sei nicht passend gewesen, immerhin stehe ihr Entsetzen in keinem Vergleich zu Kirstens Leid oder dem ihrer Familie. Kirsten winkte ab, doch Ingrid insistierte: »Ich bin Ärztin, solch unangemessene Kommentare dürfen mir nicht entwischen. Das ist nicht nur anstandslos, sondern auch unprofessionell. Aber Kristoffer war mein erster Todesfall auf Spitzbergen, zumindest der erste, der in meiner Schicht hereinkam.«

»Wie kam es, dass du ihn untersucht hast? Weil du ihn gekannt hast?«

»Nein, das war purer Zufall. Ich hatte Dienst an dem Tag, als sie seine Leiche bargen.«

»Der Gouverneur hat mir ein wenig über Hypothermie erzählt.«

»Es gibt verschiedene Stadien der Unterkühlung. Ich habe einen sehr guten und umfassenden Artikel dazu, den kann ich dir nächste Woche mitbringen, wenn du magst.

Er ist auf Englisch und erklärt auch die physiologischen Abläufe.«

»Sie sagten mir, er habe seine Jacke ausgezogen.«

»Ich weiß. Es klingt paradox, aber das geschieht tatsächlich häufig. Bei fortschreitender Unterkühlung meinen die Opfer oft, es sei ihnen zu heiß, und ziehen sich aus. Zu diesem Zeitpunkt, wenn sie so verwirrt sind, können sie sich schon nicht mehr selbst retten. Es kann nur noch Hilfe von außen kommen, ansonsten sterben sie.«

Kirsten drehte ihre Gabel in der Sahne des unberührten Schokoladenkuchens. »Wieso hast du dich überhaupt mit Kristoffer getroffen?« Sie stellte fest, dass ihre Frage zickig klang, und schob nach: »War es wegen der Feier oder vielleicht wegen des Geschenks, das Kristoffer für Fredrik geplant hatte?«

»Das Album über Fredriks Leben? Ja, genau. Deswegen haben wir uns im Sommer auch getroffen. Ich habe ihm versprochen, einen Beitrag zu schreiben und ein paar alte Bilder von Fredrik aufzutun. Im August hatte ich ihn mit Zeitzeugen von damals zusammenbringen wollen, aber diese Treffen fanden schon nicht mehr statt. Es tut mir leid, ich hätte dich vielleicht anrufen sollen, aber ich glaubte nicht, dass das Album nach seinem Tod noch aktuell wäre.«

»Ist es auch nicht. Das war einzig und allein Kristoffers Projekt.«

»Eine schöne Idee. Fredrik hätte sich sehr gefreut.« Ingrid blickte auf die Uhr. »Kirsten, mein Mann wartet auf mich, ich muss jetzt leider los. Wenn du noch Fragen hast«, sie kritzelte eine Telefonnummer auf einen Zettel, »dann ruf mich an. Ansonsten sehen wir uns nächste Woche.«

»Wirst du am gesamten Geburtstagsprogramm teilnehmen?«

»Ich denke ja. Vielleicht war Fredrik auch nicht ganz selbstlos mit seiner Einladung: Ich glaube, er denkt, eine Ärztin dabeizuhaben, wäre für die Gruppe eine Beruhigung. Fredrik hat mich schon gewarnt, ich solle mich auf hysterische Nachfragen zu Frostbeulen einstellen, kaum dass jemand mal zehn Sekunden keine Handschuhe anhatte.«

»Darauf kannst du wetten. Die Damen der Familie sind eher Geburtstagspartys mit vorgewärmten Tellern gewohnt.«

»Und die Damen sind …?«

Kirsten zählte an den Fingern ab. »Da hätten wir zunächst einmal Fredriks Ehefrau Elisabeth. Sie ist seine zweite Frau, nicht die Mutter von seinen Söhnen. Sie und Fredrik haben keine Kinder, aber das weißt du wahrscheinlich. Außerdem kommen Fredriks Schwägerin Tanja und meine Schwägerin Monika. Mit dir sind wir fünf Frauen. Übrigens wirst du nicht das einzige Nicht-Familienmitglied sein. Peter Domhoff wird ebenfalls kommen, er arbeitet in der Bank und ist so etwas wie Fredriks Protegé. Damit seid ihr als Freunde der Familie zu zweit.«

»Gut zu wissen, und nett, dass du das sagst. Wenn Monika deine Schwägerin ist, dann ist sie die Frau von Fredriks älterem Sohn – Erland, korrekt? Der auch kommen wird?«

»Ja, genau.«

»Und Tanja? Wie ist sie mit Fredrik verwandt?«

»Die beiden sind nicht blutsverwandt. Tanja ist die Frau von Elisabeths Bruder Hartmut, also Fredriks Schwägerin. Wenn du sie ärgern willst, unterstell ihr einfach, sie wäre direkt mit Fredrik verwandt. Nichts hasst sie mehr.«

»Das klingt nach familiären Komplikationen.«

»Ich bezweifle, dass Fredrik solche zulassen wird.«

»Ja, er ist ein starker Charakter.« Ingrid erhob sich. »Ich freue mich jedenfalls, alle kennenzulernen. Das wird bestimmt eine ereignisreiche Woche.«

»Ingrids Vater starb, als sie ungefähr so alt war wie Jonas jetzt«, erzählte Fredrik beim Abendessen. »Ich habe nie vergessen, wie sie an seinem Bett stand und von ihrer Mutter wissen wollte, weshalb ihr Papa krank sei. Das war einer der Momente, wo du dich fragst, ob die Mutter das Kind oder das Kind die Mutter an der Hand hält. Schrecklich. Ingrids Mutter war Russin, eine tüchtige Frau, aber ohne Ausbildung. Nach dem Tod ihres Mannes hat sie Kleider für die Bergarbeiter genäht, um sich zusätzlich ein Auskommen zu verschaffen, aber viel bieten konnte sie ihrer Tochter in dieser Situation natürlich nicht, schon gar nicht als gebürtige Russin im norwegischen Longyearbyen. Damals herrschte noch der Kalte Krieg. Jedenfalls hat sie einen Minenarbeiter aus Barentsburg, der russischen Siedlung auf Spitzbergen, kennengelernt und ihn geheiratet. Da haben sie also ein paar Jahre in Barentsburg gelebt. In den folgenden Jahren hat sich ihr neuer Mann systematisch zu Tode gesoffen, dann kam das Ende des Kalten Krieges, und Ingrid und ihre Mutter gingen zurück nach Longyearbyen, wo sie zunächst bei Ingrids Onkel unterkamen, dem Bruder von Ingrids verstorbenem Vater, ein sehr großzügiger Mann. Später konnten wir Ingrids Mutter überzeugen, das Mädchen auf ein Internat nach

Oslo zu schicken. Ich sagte ihr, ich würde jene Kosten übernehmen, die sie nicht selbst aufbringen könne, vor allem natürlich für Flüge, damit sie sich besuchen konnten. Anfangs wollte sie Ingrid nicht gehen lassen, obwohl sie natürlich das Potenzial ihrer Tochter erkannt hatte. Ingrid war schon als Kind intelligent und extrem zielstrebig. Schließlich ließ sie Ingrid doch gehen. Ein paar Jahre später starb die Mutter an Methanolvergiftung; sie hatte irgendein selbst gepanschtes Zeug getrunken. Danach habe ich Ingrid während ihres Studiums finanziell unter die Arme gegriffen. Und weißt du was?« Fredrik lehnte sich vor. »Ich habe Ingrid nie darum gebeten, aber in den letzten Jahren hat sie mir das Geld, das ich ihr überwiesen habe, auf Heller und Pfennig zurückgezahlt. Ich hätte das niemals gefordert, das war ja kein Darlehen, aber sie wollte es so. Sie hat das Ehrgefühl und die Willensstärke ihres Vaters geerbt. Mehr noch, sie ist ein Mensch, der noch aus den heftigsten Schicksalsschlägen gestärkt hervorgeht und etwas aus sich macht.« Er nahm Kirstens Hand in seine. »So wie du, meine Liebe.«

»Und deshalb hast du sie zu deinem Geburtstag eingeladen.«

Fredrik füllte sein Glas mit Wein nach. »Sie hat voriges Jahr geheiratet. Einen anständigen Kerl, nach dem, was ich gehört habe. Ich wäre gerne zur Hochzeit gekommen, aber das ging leider nicht.«

Das Klirren von Jonas' zu Boden fallender Gabel begleitete die letzten Worte. Jonas zog die Schultern hoch, rührte sich jedoch nicht vom Fleck. Fredrik sagte: »Jonas, du bist alt genug, um die Gabel selbst wieder aufzuheben. Nein, benutze sie bitte nicht weiter. Hier, du kannst für den Nachtisch meine Salatgabel haben, die ist unbenutzt.«

Neben Jonas' Teller lag sein neuer Kompass. Er hatte Kirsten bei ihrer Rückkehr erst lang und etwas wirr erklärt, dass man damit Dinge finden könne, Straßen und Berge und so, dann hatte er von seinem Stadtrundgang mit Fredrik erzählt. Von Seilbahnen, mit denen die Kohle transportiert worden war, und was sein Opa früher in den Minen gemacht hatte, Geschichten, die Kirsten teilweise schon kannte. Der Mythos von Fredrik Stolt. Er hatte mit Ingrid an diesem Tag eine weitere Facette gewonnen.

Kirsten erstaunte es immer noch, dass er die Ärztin zu seinem Geburtstag eingeladen hatte. Fredrik war im Grunde ein konservativer Mensch, der Familie und Beruf auf eine sehr altmodische Art vereinte. Überraschungen waren bei ihm in familiären Angelegenheiten nie zu erwarten gewesen. Umso bemerkenswerter erschien daher Ingrids Teilnahme am Geburtstagsprogramm. Weder Monika noch Elisabeth hatten sie Kirsten gegenüber erwähnt, dabei war davon auszugehen, dass zumindest Elisabeth Bescheid wusste.

»Wann hast du dich entschieden, Ingrid einzuladen?«

»Im August, nachdem Peter sich von seiner Verlobten getrennt hatte und klar war, dass ein Platz frei war. Ich hatte Kristoffer die Einladung mitgegeben.«

»Das hat er mir gar nicht erzählt.«

»Hat er nicht? Nun, er hat dir doch auch nichts über das geplante Programm verraten, oder?«

»Er hat sich einen Spaß aus Andeutungen gemacht. ›Einmalige Erlebnisse in der Tradition Jack Londons mit der Option einer Meuterei auf der Bounty.‹ Das waren seine Worte.«

»Meuterei auf der Bounty, tatsächlich.« Fredrik erlaubte sich ein Lächeln. »Na, wir werden sehen, ob es zu einer Meuterei kommt. Gequengelt werden wird wohl, aber es ist kein Höllentrip geplant. Es handelt sich eher um das Paradies ein wenig verkehrt herum.«

Das Verkehrsmittel, das Kirsten und Jonas in das Tal, in dem Kristoffer gestorben war, befördern sollte, bewies einmal mehr die pragmatische Ader der Bewohner arktischer Gebiete: ein Schneemobil mit Kinderanhänger. Es fehlte nur noch der flatternde orangefarbene Wimpel, fand Kirsten und dachte: Das muss ich Kristoffer erzählen.

Manchmal passierte ihr das noch, selbst nach vier Monaten. Wenn etwas geschah, sie etwas Aufregendes oder Komisches sah oder hörte, ein Moment, der geteilt werden wollte, dann triumphierte die Vertrautheit geteilter Jahre über harte Realität, und der Gedanke sprintete los, bevor sie ihn einfangen konnte.

»Der Kinderwagen ist ziemlich winddicht«, bemerkte Tim, der Kirstens plötzliches Schweigen falsch deutete. »Jonas wird es darin wärmer haben als wir. Also keine Sorge. Ich habe dir einen Helm mitgebracht, Kleider und Stiefel liegen im Anhänger. Bist du bereit?«

»Ja, ich denke schon. Danke, dass du uns hinbringst.« Sie bemühte sich um ein Lächeln. »Ich verspreche, ich werde mich auch diesmal keine drei Meter weit entfernen.«

»Sehen wir wieder Eisbären?« Jonas war in den Anhänger geklettert und presste sein Gesicht gegen die nachgebenden Sichtfenster. Tim langte rasch an ihm vorbei und fischte sein Gewehr heraus, bevor der Junge darauf herumturnte.

»Vielleicht, wenn wir Glück haben. Diese Schneemobile sind sehr laut, das verscheucht die Bären.«

Kirsten war sich nicht so sicher, ob sie die Begegnung mit einem Bären als Glück bezeichnen würde. »Wann geht es los?«

»Sobald ihr euch umgezogen habt. Packt euch warm ein, wir werden nicht ewig unterwegs sein, aber es wird kalt werden. Außerdem dachte ich, wir könnten einen Umweg fahren, damit ihr ein wenig mehr von der Landschaft seht.«

Kirsten hatte ihre eigenen, immerhin beheizten Griffe zum Festhalten auf dem Schneemobil, weshalb sie recht bequem saß und sich nicht an Tim festklammern musste. Bereits nach hundert Metern klappte sie das Visier ihres Helms herunter, um ihre Wangen vor dem Fahrtwind und Erfrierungen zu schützen. Ansonsten trug sie dieselbe Oberbekleidung wie auf der Hundeschlittentour, die auf angenehme Art nach Hund roch. Unterwegs begegneten sie weiteren Schneemobilfahrern, die meisten schneller, da ohne Anhänger unterwegs, später sogar einer Gruppe mit dreißig Touristen, ein endloser Zug aus dröhnenden Motoren. So viel zur arktischen Einsamkeit. Ihr Ziel sei keine der üblichen Touristendestinationen, rief Tim ihr zu, während sie den Lindwurm passieren ließen, im Tal würden sie allein sein.

Nach einer Stunde Fahrt legten sie eine Pause ein. Jonas meldete, er müsse dringend pinkeln. Bis Kirsten ihn wieder richtig angezogen und alle Kleiderschichten geordnet hatte, waren ihre Hände so kalt, dass sie den kleinen Finger nicht mehr ohne Hilfe an den Ringfinger legen konnte. »Da ist man doch froh, wenn man nur ein Kind hat, an dem man herumbasteln muss«, murmelte sie.

Tim schenkte ihr Tee ein. »Das ist der sogenannte Windchill-Faktor«, erklärte er. »Wir haben minus siebzehn Grad, das ist Durchschnitt für diese Jahreszeit. Allerdings kommen heute ungefähr fünf bis sechs Meter Wind pro Sekunde hinzu, das sind etwa 20 km/h. Ein schwacher Wind bloß, aber er reicht, um die gefühlte Temperatur auf unter minus fünfundzwanzig Grad zu drücken.«

»Wie stark war der Wind an dem Nachmittag, an dem Kristoffer starb?«

»Mehr als doppelt so stark. Mit stürmischen Böen.« Er überlegte. »Null Grad fühlen sich bei solchen Bedingungen schnell an wie minus zehn Grad. Bei minus fünf Grad landest du dann schon bei gefühlten minus 20 Grad.«

»Dann ist Kristoffer der Wind zum Verhängnis geworden?«

»Der Wind war sicherlich ein entscheidender Faktor. Dazu kamen seine nassen Kleider, beides kühlt extrem den Körper herunter.«

Kirsten nippte an ihrem dampfenden Tee und füllte etwas Schnee in den Becher, damit er schneller Trinktemperatur erreichte. Sie saßen nebeneinander auf dem Motorschlitten, die Beine von sich gestreckt. Jonas hatte sich in den Schnee geworfen und formte mit wedelnden Armen einen Engel. Tim deutete mit dem Kinn auf ihn.

»Ist Jonas dein einziges Kind?«

Sie nickte, den Mund voll mit einem Schokokeks. Als Nächstes erkundigte sich Tim, was sie beruflich mache.

»Bis zu Jonas' Geburt habe ich in einer Galerie gearbeitet. Ich male noch – habe an einer Kunsthochschule studiert. Und ich bin Rennen geritten.«

»Als Jockey?«

»Amateur-Jockey. Ich hätte wohl auch das Zeug zum Profi gehabt. Zumindest das Gewicht.« Sie war aufgestanden, um den Becher auszuschütten, und drehte sich einmal um die eigene Achse. »Ich weiß, in diesen Kleidern kaum zu glauben.«

»Dann war die Hundeschlittenfahrt ja langweilig für dich.«

»Nein, gar nicht. Anders. Man fällt nicht so tief, das ist ein Vorteil.«

»Warum hast du aufgehört, Rennen zu reiten?«

»Ich bin mit Kristoffer zusammengezogen und dafür aus Stuttgart fortgegangen. Dazu die Arbeit in der Galerie, und so ist es eben eingeschlafen. Wenig später ist frau schwanger, bekommt ein Kind und überlegt es sich dreimal, ob Yoga für eine frischgebackene Mutter nicht das bessere Hobby ist.«

»Wirst du jetzt wieder anfangen zu arbeiten?«

»Natürlich. Ich hätte schon längst wieder anfangen wollen, aber irgendwie gab es immer einen Grund, weshalb es sich nicht anbot, etwas zu suchen. Jobs in Galerien sind rar gesät. Aber ich hatte in der Zwischenzeit eine Ausstellung mit eigenen Bildern. Sie haben sich recht gut verkauft. Das war eine tolle Erfahrung, sogar die Zeitung hat darüber berichtet.«

»Was malst du?«

»Meistens Aquarelle, früher mehr Öl. Viele Landschaften. Ich mag auch Farbspiele. Wie das hier.« Sie deutete mit einer schwunghaften Bewegung auf die sie umgebende Endlosigkeit. Je nach Höhe, Schatten, Neigung der Hangfläche strahlte der Schnee in bläulich-, blassviolett- oder rosafarbenem Licht. Am Himmel standen ein paar flache, spitzovale Wolken im reinsten Weiß, Formen, die eher an Ufos denn an kondensiertes Wasser denken ließen. Kirsten hatte noch nie etwas Vergleichbares gesehen. Diese Wolkenart würde in großer Höhe geformt werden, erklärte Tim.

Sie fuhren weiter.

Kirsten war gewarnt worden, dass das Tal sich jetzt im Winter ganz anders präsentierte als in den Berichten über Kristoffers Tod. Von einem Fluss war nichts zu sehen. Verborgen unter Eis und Schnee blieb er eine abstrakte Gefahr. Das Land bot sich nicht dar als die karge, unbarmherzige Hölle, die Kirsten sich vorgestellt hatte. Im Gegenteil. Obgleich noch unsichtbar für die Menschen, erreichten die Strahlen der Sonne bereits das obere Drittel der Berge, badeten die Gipfel in das Versprechen näher rückender Wärme. Darüber das nuancierte Azur des Himmels, dessen Ton mit der Höhe an Intensität gewann. Hier, in diesem weich geschneiten Frieden mit seiner von keinem menschlichen Eingriff belasteten Schönheit, sollte der Schauplatz von Kristoffers Todeskampf gewesen sein.

Tim schaltete den Motor aus und zog sich den Helm vom Kopf. Noch im Sitzen deutete sein Arm auf das Ende eines etwa fünf Meter hohen Rückens, über dessen Grat sich Wechten schoben. Ein Stück dahinter hatte der Wind den Schnee davongeweht und Flecken karger Erde und Gestein entblößt, ein schmutziges Braungrau bar fast jeglicher Vegetation. »Dort«, sagte er.

Mit steifen Bewegungen glitt Kirsten vom Schneemobil.

Sie nahm ihren Helm ab und schlug die Gesichtsmaske hoch. Ein wenig Schnee rieselte von einer Wechte herab, landete ein paar Meter entfernt von der Stelle, auf die Tim gedeutet hatte.

»Wie kannst du so sicher sein?« Tim hatte nicht einmal sein GPS zu Rate gezogen.

»Ich war Teil des Suchtrupps.« Tim zog seine Handschuhe aus und tastete nach seinem Feuerzeug. Diesmal rauchte er vorgedrehte Zigaretten, ein Tribut an die Kälte.

Kirsten verdaute noch diese neue Information, während er das Feuerzeug anzündete. »Du warst dabei? Du hast meinen Mann gesehen?«

»Ich bin Freiwilliger beim Roten Kreuz. Wenn ein Notruf hereinkommt wegen eines Unfalls oder eines Vermissten und die Sicht nicht gut ist, schicken sie den Helikopter los plus Rettungsmannschaften zu Fuß. Sie hatten Kristoffer bereits gefunden, als ich hier ankam. Aber er lag noch dort.« Er drehte den Kopf zur Seite und blies den Rauch seiner Zigarette von ihr fort. Mit der Kippe in der Hand machte er eine winzige, einladende Bewegung.

Kirsten half Jonas, den Anhänger zu öffnen. Anstatt ihn springen zu lassen, hob sie ihn heraus. Mit all den Kleidern und schweren Stiefeln wog er bestimmt zwei Kilo mehr als sonst.

»Sind wir da?«, wollte der Junge wissen. Sie nickte und schloss das Klettband seiner Mütze unter dem Kinn.

»Kommt Papa auch her?«

Kirstens Mundwinkel begann zu zittern. »Nein, Schätzchen«, flüsterte sie, »er wird nicht herkommen. Aber ich habe dir doch gesagt, dass wir an den Ort fahren, wo Papa das letzte Mal an dich gedacht hat. Das ist hier.«

Suchend sah Jonas sich um. »Warten wir hier auf ihn?«

Tim löste sich vom Schneemobil und schlenderte ein paar Meter davon, die Hände in die Jackentaschen vergraben. Er wandte ihnen den Rücken zu; der Wind trieb den Rauch seiner Zigarette das Tal entlang in Richtung Küste.

»Nein, aber wir werden Papa einen Gruß dalassen. Den hast du doch in deinem Rucksack, weißt du noch?«

Voller Eifer begann Jonas im Anhänger zu wühlen. Kurz darauf präsentierte er stolz die rote Friedhofskerze, die sie aus Deutschland mitgebracht hatten. Tim löschte seine Zigarette im Schnee, steckte den Stummel in eine kleine Aluminiumdose und bot Kirsten sein Feuerzeug an. Mit zitternden Fingern brauchte sie drei Anläufe, um den Docht anzustecken.

»Siehst du, Jonas? Dort, das Ende dieser kleinen Anhöhe. Grab ein Loch in den Schnee, und stelle die Kerze so hinein, dass sie nicht umfallen kann. Machst du das?«

Der Junge nahm die brennende Kerze mit beiden Händen entgegen. Hochkonzentriert, das Licht wie einen zerbrechlichen Gegenstand von sich gestreckt, wackelte er über den Schnee, in den er immer wieder bis zu den Waden einbrach. Aber er fiel nicht, ließ die Kerze in ihrer Plastikhülle nicht los. Die Flamme flackerte wild, doch der Deckel schützte sie vor dem schlimmsten Wind. An der Stelle, die Kirsten beschrieben hatte, drehte Jonas sich fragend zu ihr um. Kirsten sah Tim an. Tim nickte.

Jonas kniete nieder. Er behielt die Kerze in der Linken, während er mit der Rechten eine Kuhle schaufelte. »Und wenn Papa die Kerze nicht findet?«, rief er besorgt.

Kirsten kämpfte um ihre Stimme. »Es ist doch lange

dunkel hier, Jonas, und je dunkler es ist, desto heller brennt die Kerze. Er wird sie auf jeden Fall finden.«

Die Erklärung schien Jonas' Sorgen zu zerstreuen. Er widmete sich wieder seiner Aufgabe.

»Willst du, dass wir hier Mittag machen?«, fragte Tim leise.

»Nein.« Sie schlüpfte aus ihren Überhandschuhen und wischte sich mit den dünneren Fleecehandschuhen die Tränen aus den Augen. »Ich hasse Totenmahle.« Und lauter: »Jonas, die Kerze ist noch etwas schief. Ja, so ist es besser.«

»Es wundert mich, dass dein Schwiegervater nicht mitgekommen ist.«

»Er hatte es sich überlegt, aber dann kam eine Telefonkonferenz dazwischen.«

»Am Wochenende?«

»Ich weiß es auch nicht genau. Irgendwas Wichtiges mit der Bank geht gerade vor sich, und ich denke, Fredrik wollte das Gespräch nicht verschieben, oder vielmehr, er wollte es nicht kommende Woche hier führen. Die halbe Familie steckt da mit drin. Manche Sachen diskutiert man lieber vor dem Familienprogramm. Das hilft, den Schein zu wahren.«

Jonas stand auf und begutachtete sein Werk. In der Weite des Tals leuchtete das rote Plastik mit dem warmen Flackern darin wie eine Signalboje.

»Ich frage mich, wie es überhaupt zu dem Unglück kommen konnte«, sagte Tim, solange Jonas noch außer Hörweite war.

»Wie meinst du das?«

»Nun, ich habe dir ja gesagt, dass ich deinen Mann getroffen hatte. Er war keiner, der sich dumm anstellte. Er schien zu wissen, was er tut.«

»Der Gouverneur sagte, er habe bei der Flussüberquerung Pech gehabt.«

»Ja, ich weiß. Aber er hätte den Fluss hier nicht überqueren müssen. Er hätte umdrehen können, so hätte ich es gemacht. Mit seinem Biwaksack hätte er ohne Probleme die Nacht draußen verbringen können, das wäre vielleicht kein Spaß gewesen, aber er hätte überlebt.«

Vor ein paar Tagen noch hätte Kirsten eifrig zugestimmt, erleichtert, nicht die Einzige zu sein, der die simple Logik des Unfalls abging. Das war, bevor sie den fehlenden Schatten auf der Fotografie entdeckt hatte. Bevor die Fragen sich verschoben hatten. Jetzt sagte sie lediglich: »Ich kann es auch nicht verstehen.«

»Jonas, lauf doch schon einmal los, und klopf an Opas Zimmertür. Ich komme gleich nach.« Kirsten wartete, bis ihr Sohn davongestoben war und sich die Eingangstür des Hotels hinter ihm schloss. Sie blieb zurück mit seinen und ihren Sachen, ein wirrer Haufen zu ihren Füßen. Tim steckte sich wieder einmal eine Zigarette an.

»Tim, darf ich dich etwas fragen?«

»Sicher, fragen darfst du immer.«

Sie mochte den gelassen-weichen Schweizer Akzent, der sein Hochdeutsch färbte. Er hielt ein wenig mehr Abstand zu ihr als nötig, obwohl der Wind den Zigarettenqualm von ihr fortblies. Er hatte ihr erzählt, seine Mutter sei vor ein paar Jahren an Lungenkrebs gestorben, trotzdem hatte er es noch nicht geschafft, mit dem Rauchen aufzuhören. Kirsten vermutete, ein Leben, das viel auf

Montage verbracht worden war, begünstigte keine guten Vorsätze.

»Kannst du dir vorstellen, dass Oda und mein Mann eine Affäre gehabt haben?«

Tim kniff die Augen zusammen. Er trug dieselbe Mütze wie an dem Tag, an dem er sie vor dem Bären gerettet hatte, eine ausgewaschene Wollmütze, die jetzt grau war, aber vielleicht einmal blau wie seine Augen gewesen war. Seine Lippen schlossen sich um die Zigarette, er sog tief ein.

»Oda ist lesbisch«, sagte er schließlich mit einem etwas schiefen Grinsen.

»Richtig lesbisch?«

»Du meinst, ob sie bi ist oder so was Halbes?« Tim zuckte mit den Achseln.

Das darauf folgende Schweigen schien ihm so unangenehm zu sein wie ihr, dennoch überraschte er sie mit der Frage, ob sie denn eine glückliche Ehe geführt habe. Es war ein Moment, in dem Kirsten sich sehr gerne ebenfalls an einer Zigarette festgehalten hätte.

Mit der Fingerspitze kratzte sie etwas Eis vom Sitz des Schneemobils. »Ich schätze, meine Ehe hatte die Phase erreicht, wo man ein weiteres Paar ist, für das die Wahrscheinlichkeit, sich irgendwann scheiden zu lassen, bei fünfzig Prozent liegt.«

Die Zigarettenspitze glühte auf. »Welche Phase ist das?«

Das Eis klebte hartnäckig an der Kante des Sitzes. Der Entzug ihrer Körperwärme hatte es entstehen lassen; es gab erst nach, als sie mit den Knöcheln darauf schlug. »Am Anfang war alles ungewöhnlich. Was wir beruflich taten, aber auch unsere Hobbys. Kristoffer war Wirtschaftsjurist, er arbeitete als freier Unternehmensberater für mittelständische Unternehmen. Er war oft in den Alpen, ging Eisklettern, manchmal arbeitete er zwei Monate lang gar nicht, dann wieder siebzig Stunden die Woche. Hatte ich erzählt, dass wir uns bei einem Rennen kennengelernt haben?«

Tim schüttelte den Kopf.

»Kristoffer hatte mich reiten sehen. Ich war Letzte geworden.« Sie musste lachen. »Das lag nicht an mir: Mein Pferd war gerade von einer Verletzung kuriert und kaum trainiert. Kristoffer hat mich beobachtet, wie ich es trotzdem nach dem Rennen gelobt habe, viel länger als die Sieger es bei ihren Pferden taten. So, wie ihr die Hunde lobt, selbst wenn einer mal nicht richtig zieht. Und da hat er mich angesprochen.«

Tim murmelte, das könne er sich gut vorstellen.

»Aber irgendwann entzaubert sich das Leben. Du verlierst das Ungewöhnliche oder den Glauben daran. Du veränderst dich beruflich. Kristoffer gab seine Selbstständigkeit auf und wurde Partner in einer Unternehmensberatung. Die Sechzig-Stunden-Woche wurde zum Dauerzustand, die Wochenenden verbrachten wir plötzlich zu Hause. Wir reisten an Orte, die wir bereits im Jahr zuvor besucht hatten, wir perfektionierten unser kleines, sicheres Familiensystem. Dann rief eines Tages Fredrik an – und Kristoffer begann, ernsthaft darüber nachzudenken, in die Bank zu wechseln. Wir beschlossen, nach Köln zu ziehen. Es schien sinnvoll, auf der Hand liegend. Und so gehst du den Weg, der sich dir öffnet. Ich habe ihn unterstützt, natürlich, was auch sonst. Es waren gemeinsame Entscheidungen, die wir getroffen haben, vielleicht waren es sogar die richtigen, wer weiß. Wir waren ein gutes Team.«

»Und jetzt denkst du, dass er eine Geliebte hatte.«

»Ich glaube, ich weiß es.«

Tim zuckte ein wenig verlegen mit den Achseln und schielte die Straße hinunter.

»Wie gut kennst du Ingrid Solberg, Tim? Kennst du sie überhaupt?«

»Die Ärztin im Krankenhaus? Klar, in Longyearbyen kennt man sich. Ihr Mann – er heißt Trond – ist mit Oda befreundet. Ich habe Ingrid ein paar Mal getroffen. Ich weiß nicht viel über sie, aber Oda sagte, sie würde mit auf die Tour gehen. Auf die Herrentour – als einzige Frau«, schob er nach. Ein weiteres Detail, das Fredrik ruhig hätte erwähnen können, wie Kirsten etwas verärgert befand.

»Wie schätzt du sie ein?«

Tim warf seine Zigarette auf den Boden und trat sie mit dem Schuh aus. »Ich weiß nicht genau. Kompetent. Klug. Nicht unattraktiv.«

»Ich fand sie distanziert. Ich dachte, die meisten Männer finden kühle Frauen weniger erotisch.«

»Sie ist sexy auf eine distanzierte Art. Wie man es von seiner Ärztin erwartet. Kühl ist sie nur nach außen hin.« Er hatte den Zigarettenstummel mittlerweile so oft ausgetreten, dass er fast in der festen Schneedecke des Parkplatzes verschwunden war. Nach ein paar Sekunden erklärte er: »Ich bin letzten Sommer mal nachts auf dem Nachhauseweg von einer Party an der Universität vorbeigekommen. Es hat einen Wolkenbruch gegeben, und ich wollte mich im Eingang von UNIS, also der Universität, unterstellen. Doch der war schon besetzt – von Ingrid und ihrem Mann. Die beiden waren voll bei der Sache. Glaub mir, was ich da gesehen habe, war das Gegenteil von kühl.«

»Du bist stehen geblieben und hast ihnen zugeschaut?«

Er wurde rot. »Nur kurz.«

»Ich glaub's nicht.«

Tim sah rasch zu ihr hin und genauso schnell wieder weg. »Und ich glaube nicht, dass du dir mit all diesen Fragen einen Gefallen tust«, sagte er leise.

Kirsten schlief schlecht in dieser Nacht und träumte von einem Friedhof voll roter Gedächtniskerzen. Es regnete, aber der Regen konnte den Kerzen nichts anhaben. Eine Gruppe hochgewachsener Frauen versperrte ihr den Eingang zum Friedhof; ihre Gesichter blieben hinter Sturmmasken verborgen. Sie konnte nur von außen über den Zaun auf den Friedhof blicken, doch von hier konnte sie Kristoffers Grab nicht von den anderen unterscheiden. Sie wusste nicht, wo er lag. Auf der Suche nach einem zweiten Eingang lief sie am Zaun entlang, und parallel zu ihr lief ein Schatten. Er war riesig, mit breiten Schultern und langen Haaren, und im Laufen ließ er sich auf alle viere nieder, drehte ihr den Kopf zu und ließ seine langen weißen Reißzähne aufblitzen.

Das Klingeln ihres Zimmertelefons riss sie aus dem Schlaf. Es war mitten in der Nacht, sie hatte gerade einmal zwei Stunden geschlafen. In Erwartung einer Katastrophenmeldung hechtete sie zum Hörer, doch es war eine gut gelaunte Stimme – Fredriks Stimme –, die ihr riet, aus dem Fenster zu sehen. Über dem Fjord flackerten grün-weiße Bänder.

»Wir sind in fünf Minuten auf dem Parkplatz«, sagte Kirsten und legte auf. Jonas murmelte etwas, das Gesicht ins Kopfkissen gedrückt, halb Frage, halb Jammern.

»Nordlichter, Jonas!« Kirsten sprang in ihre Skihose und zog sich den Daunenparka über das Nachthemd. »Willst du sie denn nicht sehen?« Sie hob ihn aus dem Bett und stellte sich mit ihm auf den Armen ans Fenster. Ein paar Sekunden starrten sie die weißlichen Schleier am Himmel an. »Ich treffe mich mit Opa auf dem Parkplatz, willst du mit?«

Aber Jonas schlief schon fast wieder.

Kirsten schob sich ein Stirnband über die Ohren, nahm sich zwei Paar Handschuhe und war bereits auf dem Gang, als ihr der Fotoapparat einfiel. Sie huschte zurück ins Halbdunkel, wühlte sich durch ihre Reisetasche, bis sie das Stativ fand, und griff dann nach Kristoffers großer Spiegelreflexkamera. Ihre eigene kleine Kompaktkamera ließ sie auf dem Nachttisch zurück.

Im erleuchteten Flur des Hotels flackerte eine kaputte Lampe. Als Kirsten die Tür ihres Zimmers hinter sich schloss, vernahm sie ein paar Türen weiter ein dumpfes Echo. Sie hielt inne. Ein Stück den Gang hinunter, bei Fredriks Zimmertür, erahnte sie eine Bewegung. Sie sah sich um, lauschte. Sie war allein im Flur, alles war still. Die flackernde Lampe befand sich zwischen ihr und Fredriks Zimmer. Kirsten trat näher. Fredriks Tür stand offen, bewegte sich langsam im leichten Zug. Dahinter lag der Raum in Dunkelheit, das Dröhnen eines Motorschlittens, der draußen vorbeifuhr, klang deutlich aus dem Inneren an ihr Ohr. Offenbar hatte Fredrik ein Fenster offen gelassen. Auf der Türleiste lag ein Lederhandschuh. Kirsten schimpfte sich einen Angsthasen, weil ihr Herz so heftig klopfte, bückte sich nach dem Handschuh und schloss die Tür.

Fredrik und Kirsten waren nicht die einzigen Touristen, die sich vor dem Hotel einfanden, um die Inszenierung des berühmtesten arktischen Theaters zu bewundern. Sie umrundeten das Hotel in Richtung Fjord, weil sich dort weniger Straßenlichter befanden und die Nacht dunkler war. Ein gigantisches weißlich grünes Band zog sich von der Bergkulisse aus über den Fjord, von Zeit zu Zeit flackerten seitlich davon kleinere Lichter auf und verblassten wieder. Stille Musik. Die ersten Minuten starrte Kirsten einfach nur in den Himmel. Sie hatte schon früher Nordlichter gesehen, aber die Faszination erschöpfte sich in keiner Wiederholung. Fredrik schwieg kameradschaftlich an ihrer Seite. Er war froh gewesen, als sie ihm seinen Handschuh gebracht hatte, denn bis dahin hatte er wie ein verdrehter Storch mit der ungeschützten Hand unter seiner Achsel dagestanden. Er half ihr, das Stativ aufzubauen. Kirsten befestigte die Kamera darauf, schaltete sie ein und fluchte, als es kurz rot blinkte und die Anzeige dann erlosch.

»Was ist los?«

»Der Akku ist leer. Dabei habe ich heute vielleicht gerade einmal zehn Fotos gemacht.«

»Du hattest den Apparat auf der Tour dabei? Im Rucksack? Dann ist es wahrscheinlich die Kälte, die dem Akku den Garaus gemacht hat. Du solltest Batterien hier besser am Körper tragen.«

»Ich glaube, Kristoffer hatte noch einen zweiten Akku.« Sie reichte Fredrik die Kamera zum Halten und öffnete erst das Deckelfach der Kameratasche, dann das Netz auf der Innenseite, wo sich lediglich eine Tüte Papiertaschentücher fand. Am Schluss suchte sie in der Fronttasche. Da sie nichts entdeckte, zog sie ihre Fleecehandschuhe aus und tastete erneut alles ab. Sie nahm sogar das Päckchen Taschentücher heraus, doch darunter versteckte sich kein Akku. Gerade wollte sie die Taschentücher wieder zurückstopfen, da spürte sie etwas Hartes in der Packung.

Es war eine zweite Speicherkarte, ohne Plastikhülle. Als Kirsten die wertvolle Spiegelreflex nach Kristoffers Tod von Erland in Empfang genommen hatte, war die Karte in der Kamera bis auf ein paar wenige Landschaftsbilder leer gewesen. Von einer zweiten Speicherkarte hatte sie nichts gewusst, Kristoffer musste sie zum Schutz vor Schmutz und Reibung zwischen die Taschentücher geschoben haben.

Bevor er gestorben war.

Kirsten schob die Speicherkarte in ihre Jackentasche. Die Polarlichter waren nur noch Nebensache. Sie finde den zweiten Akku nicht, sagte sie zu Fredrik, und ihre Hände seien ganz kalt. Sie würde wieder reingehen.

Auf ihrem Zimmer tauschte Kirsten die Speicherkarten in der Kamera aus, so dass sie über den Wiedergabemodus die gespeicherten Bilder anschauen konnte. Es begann mit Bildern von Kirstens Geburtstagsparty Anfang August, ältere Bilder – also von Kristoffers Reise im Juni – gab es keine. Die Aufnahmen jüngeren Datums zeigten Fotos aus der ersten Woche von Kristoffers letzter Reise nach Spitzbergen Ende August.

Kirsten wechselte in den Einzelbilder-Modus und klickte langsam eine Aufnahme nach der anderen durch – von hinten nach vorne. Da waren Fotos von Rentieren mitten in Longyearbyen, Nahaufnahmen von ihren länglichen Köpfen unter verzweigten Geweihen, den breiten Hufen. Der Anzeige nach datierten sie zwei Tage vor Kristoffers

Tod. Es folgte eine Serie von Kohleindustriedenkmälern im Regen, düstere Bilder in Schwarz-Weiß, darunter zwei Fotos von Kristoffer vor einem alten Kohlewagen. Es war nicht zu erkennen, ob die Fotos mit Selbstauslöser gemacht worden waren oder von einer anderen Person. Am selben Tag hatte Kristoffer den Flughafen und die Landebahn fotografiert. Dann, weiter in der Zeit zurück, in den ersten Tagen seiner Ankunft in Longyearbyen, Bilder von Hotels, Cafés und Restaurants. Auf einigen Bildern war eine blonde Frau zu sehen, mit aufrechter Haltung und in einem eleganten Mantel, einen hellgrünen Regenschirm über sich gespannt. Dann die Frau und Kristoffer zusammen an einem Tisch in einem Restaurant, etwas gekünstelt über die Menükarten hinweg in die Kamera lächelnd, Kerzenschein auf ihren Wangen. Kristoffer hatte sogar ein paar Speisekarten abfotografiert.

Die Frau war Elisabeth. Fredriks Ehefrau, Kristoffers Stiefmutter.

Kirsten hatte nicht gewusst, dass sie mit Kristoffer in Longyearbyen gewesen war.

Am nächsten Morgen konfrontierte sie Fredrik mit ihrer Erkenntnis. Ihr Schwiegervater war etwas abgelenkt, es mussten die letzten Vorbereitungen für das Geburtstagsprogramm getroffen werden, am nächsten Tag würde die Familie ankommen. Er schien es nicht merkwürdig zu finden, dass Kirsten nichts von Elisabeths Ausflügen nach Spitzbergen gewusst hatte.

»Ausflüge?«, echote Kirsten. »Reden wir tatsächlich über Plural?«

»Ja, Elisabeth war letztes Jahr zweimal auf Spitzbergen.

Immer wenn Kristoffer auch hier war. Seine Anwesenheit hat ihr Sicherheit gegeben, sie wusste ja überhaupt nicht, was sie erwarten würde. Aber sie war immer nur wenige Tage hier. Im August ist sie kurz vor Kristoffer nach Longyearbyen geflogen. Als er starb, war sie längst abgereist. Deshalb ist es dir gegenüber wahrscheinlich nie erwähnt worden.«

»Habe ich das richtig verstanden: Elisabeth war auch damals im Sommer, bei Kristoffers vorletzter Reise, mit ihm hier?«

»Ja, ein paar Tage im Juni. Sie ist dann weiter zu Freunden nach London geflogen. Eine Taufe. Sechshundert Euro für ein albernes Taufgeschenk – ich bitte dich, so etwas merkt man sich.«

Taufgeschenke interessierten Kirsten nicht, dagegen wohl die Reise im Juni, von der Kristoffer das retuschierte Foto geschickt hatte. War er an diesem Tag mit Elisabeth unterwegs gewesen? Er hatte immer gesagt, er halte seine Stiefmutter für eine undurchsichtige Schlange. Außerdem: Elisabeth auf einem Gletscher? Das schien kaum vorstellbar. Und selbst wenn, warum hätte Kristoffer das Foto retuschieren sollen? Warum verbergen, wer bei ihm war? Selbstverständlich hätte Kirsten irgendwann von Elisabeths Aufenthalt erfahren, da hätte er das Foto doch einfach schicken können mit dem Hinweis »Übrigens, Schatz, Elisabeth ist auch hier, um Hotels zu testen. Du hast ja keine Ahnung, wie schwierig es war, sie mit ihren High Heels auf diesen Gletscher zu bugsieren.«

Undurchsichtig oder nicht, Elisabeth war definitiv eine attraktive Frau. Und seit Kristoffer mit dem Gedanken gespielt hatte, in die Bank einzusteigen, hatte sie deutlich mehr Interesse für ihn und Kirsten gezeigt.

Fredrik unterbrach ihren Gedankengang. »Was soll denn daran merkwürdig sein, Kirsten? Ich meine, Kristoffer und Elisabeth waren die Hauptorganisatoren meiner Geburtstagsfeier. Kristoffer hat sich um das Programm gekümmert, Elisabeth um die Abende in Longyearbyen, das Hotel, die Dinners. Du kannst dir vorstellen, wie wenig begeistert sie davon war, meinen Geburtstag nach Spitzbergen zu verlagern, aber sie hätte sich die Organisation niemals nehmen lassen. Sie ist Perfektionistin, wie du weißt. Außerdem«, fügte er nach einem Augenblick hinzu, »wollte sie unbedingt Ingrid kennenlernen.«

Kirsten goss sich Kaffee nach. Es war noch nicht einmal neun Uhr, und ihr Gehirn arbeitete auf Hochtouren. »Das war dann wohl im August.«

»Genau. Elisabeth war nicht begeistert über meinen Beschluss, Ingrid einzuladen. Und da ich Kristoffer damals die Einladung mitgeben wollte, damit er sie persönlich übergibt, hat sie ihre zweite Reise spontan so gelegt, dass sie sich ein Bild von Ingrid machen konnte, ohne sie allzu offensichtlich zur Audienz antreten zu lassen. Sie hatte wohl Angst vor einer vulgären Halbrussin, die sich bei der Feier auf unsere Kosten besäuft und von ihren Unterschichtseltern keinerlei Manieren beigebracht bekommen hat.«

Das wiederum klang schon mehr nach Elisabeth.

»Wie auch immer, ich muss jetzt los«, fuhr Fredrik fort. »Oda wartet auf mich.« Er gab ihr zum Abschied einen Kuss auf die Stirn. Bevor er gehen konnte, hielt sie ihn kurz zurück. »Sag mal, hast du dem Hotel eigentlich von der Schmiererei an deiner Zimmertür erzählt?«

»Ja, habe ich. Das war ihnen so unangenehm, dass ich

am nächsten Tag einen Früchtekorb und eine Flasche Wein im Zimmer hatte. Ein dummer Scherz. Wusstest du, dass *Svalbardposten* einen Beitrag über mich gebracht hat? Über meine Rückkehr nach dreißig Jahren und meinen Geburtstag? Der Hotelmanager meint, womöglich hat das den Ausschlag für das Gekritzel gegeben. ›Ein alter Kumpel kehrt zurück‹, haben die getitelt. Ich weiß gar nicht mehr, wie oft das Wort ›alt‹ in dem Text vorkam.«

»Hast du hier Feinde, Fredrik?«, fragte sie.

Er schien überrascht. Männer wie er machten sich überall nicht ausschließlich Freunde, und selten kümmerte es sie. »Nein«, erwiderte er. »Wieso? Fühlst du dich nicht sicher? Bist du bedroht worden?«

»Bloß von einem Eisbären. Vielleicht sehe ich seitdem Gespenster.«

»Das kann gut sein. Der Körper verinnerlicht Angst. Er saugt sie in seine Zellen, und danach dauert es oft lange, bis die Furcht wieder aus ihnen hinaussickert und uns mit uns alleine lässt.«

»Dann kennst du das Gefühl?«

Sein Blick ging an ihr vorbei aus dem Fenster und über den Fjord. Er presste einen kurzen Moment lang seine Lippen zusammen. »Ja, ich kenne das Gefühl. Aber das ist lange her.«

»Sind das Papas Sachen?«

»Ja, das sind Papas Sachen.«

Sie hatte die beiden Plastikboxen, die ihr der Gouverneur mitgegeben hatte, vor das Bett gezerrt. Das, was Kristoffer an seinem letzten Tag bei sich gehabt hatte, lag ausgebreitet auf der Bettdecke. Kirsten hatte alles abgetastet, jedes Rucksackfach untersucht und doch nichts gefunden, was irgendeinen Rückschluss auf eine Geliebte erlaubt hätte.

»Was suchen wir denn, Mama?«

Die Wahrheit über ihre Ehe.

»Wir überlegen, was wir mit nach Hause nehmen wollen, Schatz. Im Flugzeug dürfen wir nicht alles mitnehmen, also müssen wir aussortieren.«

»Und wenn wir doch alles mitnehmen?«

»Dann müssen wir zur Post gehen und Pakete schicken.«

»Ich will alles mitnehmen!« Jonas stand kurz davor, in Tränen auszubrechen. Schon zitterte die Oberlippe verdächtig, in den Augen schimmerte es feucht. Kirsten nahm ihn in die Arme, presste ihr Gesicht in sein zerzaustes Haar und sagte: »Ist schon gut, Jonas. Wir werfen nichts von Papa weg, in Ordnung?«

Das schien ihn zu erleichtern, denn er half Kirsten sogar dabei, die Kiste wieder einzuräumen. Blieb noch die zweite Plastikbox, deutlich größer als die erste, mit den Sachen aus Kristoffers Hotelzimmer.

Bislang hatte Kirsten diese Kiste nicht näher untersucht, inzwischen hatte sie jedoch genug von Geheimnissen, Dingen, die immer irgendjemand vergessen hatte zu erzählen. Kurz darauf war das breite Doppelbett von verschiedenen Stapeln bedeckt: Unterwäsche, Hemden und Shirts, eine Jeans und eine weitere Hose mit leeren Taschen. Kristoffers Pyjama. Ein Waschbeutel mit vertrauten Gegenständen aus ihrem Badezimmer. Keine Kondome. Einige Karten von Spitzbergen, ein englischer Roman, ein Reiseführer auf Norwegisch. Eine Mappe.

Jonas hatte sich eine vom Hotel bereitgestellte Schachtel Bauklötze genommen und sich zum Spielen unter das Fenster zurückgezogen. Kirsten warf die Kleidung zurück in die Kiste und setzte sich mit angezogenen Beinen, den Rücken an die Wand gelehnt, auf das Bett. Sie griff sich die Mappe. Beim Öffnen fielen ihr verschiedene Dokumente in den Schoß: ein Flyer von Odas Agentur, ein Infoblatt über ein niederländisches Segelschiff, das im Sommer Segeltörns rund um Spitzbergen anbot, sowie eine Visitenkarte des Ehepaars Ingrid und Trond Solberg. In einer Klarsichtfolie steckten Kristoffers Flugticket, die Bestätigung der Hotelbuchung, der Reiseversicherung und Quittungen von einer Bootsfahrt sowie der Ausleihe von Sicherungsausrüstung. Letztere hatte das Büro des Gouverneurs wohl an die Verleihstelle zurückgegeben, weshalb Kirsten unter anderem nirgends das dort erwähnte Gewehr, den Notpeilsender oder die Signalpistole entdeckt hatte, die Kristoffer auf seinen Touren mit sich hatte führen müssen. Sie legte die Unterlagen neben sich und blätterte weiter. Eine Büroklammer hielt einige ausgedruckte Internetseiten mit Routenvorschlägen zusammen. Als Nächstes folgten, ebenfalls von Klarsichtfolie geschützt, ein Brief des Gouverneurs an Kristoffer und ein Brief der Kohlefirma Store Norske. Beide waren in Norwegisch geschrieben, einige Wörter konnte Kirsten jedoch ohne Wörterbuch enträtseln, wiederholt tauchte der Name Fredrik Stolt auf. Angeheftet an den Brief von Store Norske fand sich ein hochaufgelöster Computerscan einer alten Fotografie mit verblassten Farben. Sie zeigte eine Feier, bei der ein lachender, junger Fredrik in Kleidern im Stil der späten Siebziger mit einem Glas

Sekt inmitten einer Gruppe Männer posierte. Offenbar hatte Kristoffer mit seinen Recherchen zu Fredriks Leben Fortschritte gemacht. Sogar einen Artikel auf Englisch über die Minenarbeiter, die in den fünfziger Jahren nach Spitzbergen gekommen waren, hatte er aufgetan. Der Artikel erwähnte Fredrik nicht persönlich, gab jedoch ein gutes Bild der damaligen Lebens- und Arbeitsumstände in Longyearbyen.

Kirsten klappte die Mappe zu und seufzte. Sie sah sich auf dem Doppelbett um. Wie Strandgut lagen die Gegenstände um sie verstreut. Den Roman *Atlas Shrugged* von Ayn Rand hatte Kristoffer von Fredrik geschenkt bekommen. Den Reiseführer hatte er während seiner Reisen nach Spitzbergen immer bei sich geführt, entsprechend mitgenommen sah das Buch aus. Kirsten nahm es und schlug es wahllos auf.

Die zusammengefaltete Kopie eines Zeitungsartikels rutschte zwischen den Seiten heraus und fiel aufs Bett. Kirsten faltete das Blatt Papier auseinander.

Der Artikel war vom 6. April 1981. Ursprünglich musste er in der Zeitung fast eine ganze Seite eingenommen haben; die Kopie war verkleinert. Nach dem, was Kirsten aus dem Bild und einigen Worten in der Überschrift schließen konnte, handelte er von einem Minenunglück. Das Foto zeigte Männer mit rußverschmierten Gesichtern vor einem barackenartigen Gebäude. Ein Mann, die Kleider ebenfalls von Dreck bedeckt, stand vornübergebeugt und wurde von einem anderen Mann im Anzug gestützt. Der erschöpfte Mann war nur im Profil zu erkennen, doch die Bildunterschrift nannte seinen Namen: Fredrik Kristoffer Stolt. Neben dem Text fanden sich ein paar Wörter in Kristoffers nachlässiger Handschrift; sie waren mit einem Ausrufezeichen versehen.

Kirsten hatte niemals einen Stolt ein Ausrufezeichen benutzen sehen.

»Jonas, hat dir Opa mal erzählt, dass er in einer Mine verschüttet worden ist?«, fragte sie nachdenklich. Der Junge schaute sie groß von der anderen Seite eines schwankenden schiefen Bauklotzturms an und schüttelte den Kopf.

Ein weiteres Rätsel. In Spitzbergen wurden Leichen nicht begraben, weil der Permafrostboden früher oder später alles wieder an die Oberfläche beförderte, hatte Kirsten gelernt. Eine Regel, die offenbar auch für die Vergangenheit der Männer der Familie Stolt galt.

Kirsten klappte erneut die Mappe zu, nahm sich Odas Agenturflyer und rief die aufgedruckte Nummer an. Sie musste es lange klingeln lassen, bevor sich eine Mitarbeiterin meldete. Kirsten bat um Tims Handynummer.

Zwei Stunden später saßen sie, Jonas und Tim zusammen über den Resten eines späten Mittagessens. Jonas hatte sich Kirstens MP3-Player ins Ohr gesteckt und lauschte einem Hörbuch. Das dazugehörige Bilderbuch nahm die Hälfte des Tischs ein.

»Du hast recht, der Artikel handelt von einem Minenunglück, bei dem mehrere Männer verschüttet wurden.« Tim tippte mit der Fingerspitze auf das Bild. »Die meisten waren einfache Arbeiter, aber ein leitender Angestellter der Firma war darunter: der Ingenieur Fredrik Stolt. Der Artikel erwähnt eine Explosion und den Einsturz eines Schachts. Die Männer waren achtundvierzig Stunden lang verschüttet. Bis auf zwei, die vermutlich von herabstürzenden Steinen erschlagen wurden, konnten alle gerettet werden. Hier steht, Fredrik Stolt habe für einen Kommentar leider nicht zur Verfügung gestanden, er sei zusammen mit den anderen Kumpeln ärztlich versorgt worden.«

»Fredrik hat uns diese Geschichte nie erzählt.«

»Mein Großvater ist im Zweiten Weltkrieg in einem Gebäude verschüttet worden, das hat er uns auch nie erzählt. Ich kenne die Geschichte nur von meiner Großmutter. Selbst wenn man ihn fragte, hat er nichts darüber herausrücken wollen. Schwarz, hat er bloß gemurmelt. Es sei alles schwarz gewesen.«

»Die Schweiz ist doch nicht bombardiert worden.«

»Schaffhausen schon. Angeblich ein Navigationsfehler der Amerikaner. Wer's glauben mag.«

Kirsten zog das Stück Papier wieder an sich. Sie zeigte auf die Randnotiz in Kristoffers Handschrift. »Was steht hier?«

»Das ist ein Verweis auf ein Notizbuch.«

»Ein Notizbuch? Ich habe bei Kristoffers Sachen kein Notizbuch gefunden.«

Tim zuckte mit den Achseln und leerte sein Bier.

»Wo Kristoffer diesen Artikel wohl herhatte?«

»Vermutlich aus dem Archiv von *Svalbardposten*?«

»Könntest du dort anrufen und nachfragen?«, bat Kirsten.

Tim trommelte mit den Fingern auf dem Tisch. »Und wenn ich eine Frau am Telefon habe, soll ich sie dann fragen, ob sie mit Kristoffer was am Laufen hatte?«

»Bitte, Tim. Ich versuche nur herauszufinden, mit wem mein Mann hier auf Spitzbergen alles in Kontakt war. Es steht dir frei, das als Teil deines Jobs als mein Reiseleiter zu betrachten.«

Das war kein netter Kommentar, und prompt lehnte sich Tim zurück, so weit es die Stuhllehne zuließ.

»Also gut.« Er griff nach seinem Tabak und der Jacke und stand auf. Er blieb eine ganze Weile verschwunden, so dass Kirsten in der Zwischenzeit auf der Toilette gewesen war, zusammen mit Jonas ein Stück Kuchen zum Nachtisch vertilgt und ein Puzzle gelöst hatte.

»Ich habe mich bei *Svalbardposten* erkundigt. Sie sagen, Kristoffer sei nie bei ihnen vorstellig geworden. Ich habe sie auch gebeten, in den folgenden Ausgaben nachzuschauen. Es gab später noch eine zweite Notiz über den Unfall. Darin stand, dass die Untersuchungen zu dem Unfall, bei dem Ingenieur Fredrik Stolt und einige Arbeiter verschüttet wurden, abgeschlossen seien. Ursache war wohl eine fehlgezündete Sprengung. Die getöteten Arbeiter sind durch den Einbruch der Schachtdecke ums Leben gekommen. Ihre Familien erhielten eine Entschädigung, und Fredrik Stolt hat sich bei allen Rettern persönlich bedankt. Als leitender Ingenieur hat er der Zeitung gegenüber betont, dass die Gruben in Longyearbyen grundsätzlich sicher seien; in diesem Falle habe es sich eindeutig um menschliches Versagen und eine Verkettung unglücklicher Umstände bei der Erkundung einer neuen Mine gehandelt. Er selbst ist zwei Tage nach dem Unfall bereits wieder in die Grube eingefahren, aber die Grube selbst, so wurde später berichtet, ist nie in Betrieb genommen worden wegen zu hoher Kosten bei zu niedrigen Ertragswerten und logistischer Probleme.«

Zurück im Hotel wühlte sich Kirsten ein letztes Mal durch die Plastikboxen. Doch sie hatte sich nicht getäuscht, ein Notizbuch war nicht unter den Sachen. Also kramte sie in ihren Unterlagen nach der Kopie der Inventarliste, die der Gouverneur ihr mitgegeben hatte. Die Liste führte tatsächlich ein Notizbuch auf, das in Kristoffers Hotelzimmer gefunden worden war, zusammen mit einer Mappe und Reiseunterlagen. In der Liste war das Notizbuch mit gelber Farbe markiert. Alles, was sich nicht in den Plastikboxen finde, habe Kristoffers Bruder vor der Überführung der Leiche an sich genommen, hatte der Gouverneur Kirsten erklärt. Seine Leute hätten diese Dinge auf der Liste gesondert gekennzeichnet.

Erland hatte ihr die Kleider für Jonas gebracht, Kristoffers Geldbeutel, Blackberry, GPS und Kamera – alle diese Gegenstände waren in der Liste farbig markiert. Ein Notizbuch hatte Erland ihr nicht überreicht.

Am frühen Nachmittag des nächsten Tages rief Kirsten von ihrem Zimmer aus die Rezeption an und bat um einen Cappuccino für sich und eine Wärmflasche für Jonas, der von Bauchschmerzen geplagt im Bett lag. Sie hatte den Vormittag mit ihm verbracht, hatte sich sogar das Mittagessen aufs Zimmer bringen lassen und sich vom Treiben im Hotel ferngehalten. Den Cappuccino bekomme sie im Restaurant, erklärte die Rezeptionistin in gestresster, frostiger Tonlage, sie habe gerade keinen Mitarbeiter frei. Im Hintergrund redete eine andere Frauenstimme weiter, klar, freundlich, doch mit der unmissverständlichen Selbstverständlichkeit von Menschen, die man nicht warten lassen konnte. Elisabeth Stolt.

Die liebe Familie war angekommen.

Der Eindruck einer frostigeren Atmosphäre verstärkte sich später auf Kirstens Weg zur Rezeption. Ein unangenehmer Luftzug strich die Flure entlang, irgendwo schlug eine Tür. Die Stille in ihrem Gebäudetrakt rührte, wie Kirsten gleich darauf herausfand, daher, dass sich die Familie geschlossen zum Kaffee vor dem Kamin im Speisesaal eingefunden hatte. Bei Kirstens Eintreten gab es großes Hallo, die Herren erhoben sich, die Damen blieben bis auf Monika, Kirstens Schwägerin, sitzen. Ein Hauch von Lavendel begleitete Monikas Umarmung, die ihr Eau de Toilette immer unter Heilgesichtspunkten wählte. Für diese Tage schien sie sich etwas Beruhigendes ausgesucht zu haben. Kirsten bewunderte den neuen dunkelroten Poncho ihrer Schwägerin, samtig-wollig unter ihren Händen, der allerdings nicht darüber hinwegtäuschen konnte, dass Monika wie stets im Winter einige Pfund zugelegt hatte. Dann hauchte sie Elisabeth und Tanja Küsschen links und rechts auf die makellos gepuderten Wangen und gab Hartmut, Elisabeths Bruder, die Hand. Von Erland ließ sie sich in eine Umarmung ziehen, die warm war, aber nichts mit der Festigkeit von Kristoffers Umarmungen gemein hatte. Peter küsste sie auf die Wange. Er habe erwartet, dass sie nach einer Woche Spitzbergen nur noch in Felle gekleidet herumlaufe, begrüßte er sie scherzend. Wie stets roch er nach gepflegt-sportlichem Mann, nicht unähnlich seinem Mentor Fredrik, bloß war bei ihm der Duft für Kirstens Geschmack einen Hauch zu stark.

»Wie geht es Jonas?«, fragte Fredrik, während sich alle wieder setzten und Peter für Kirsten einen Stuhl herbeizog. Kirsten stellte fest, dass sie bei der Begrüßungsrunde Tobias, Hartmuts und Tanjas Sohn, übersehen hatte, und stand nochmals auf, um auch ihm Hallo zu sagen. Tobias blieb sitzen, während er ihr die Hand reichte, mangelnde

Manieren, die Fredrik mit einem deutlichen Stirnrunzeln zur Kenntnis nahm.

»Jonas schläft gerade ein wenig. Das Haus hat angeboten, nach einem Arzt zu schicken, aber ich schätze, das wird nicht nötig sein.«

»Jonas ist tatsächlich hier?«, fragte Tanja ungläubig. Aus irgendeinem Grund richtete sie die Frage nicht direkt an Kirsten, sondern an ihren Gatten Hartmut. »Ein so kleines Kind auf Spitzbergen?«

Fredriks Schwager hob die Achseln. »Was fragst du mich das?«, brummte er, begleitet von einem trockenen Husten. »Offenbar ist es so.«

»Und jetzt ist er krank?«

»Er hat alles Mögliche durcheinandergegessen, das ist alles. Macht euch keine Sorgen.«

»Das hätte ich niemals gewagt, mein kleines Kind in dieses Land zu bringen. Wie mutig von dir, Kirsten, und was für einen tapferen kleinen Jungen du hast.« Tanja legte lange manikürte Finger auf das Knie ihres Sohns. Tobias zog sein Bein fort. Er sah mürrisch aus, aber das tat er meistens.

»Kinder, die Mütter-fressende Eisbären mit Stofftieren verwechseln, brauchen keinen Mut«, kommentierte Kirsten trocken. »Höchstens ein wenig Verstand.«

»Spann uns doch nicht so auf die Folter, Kirsten!«, rief Elisabeth. »Das sind ja schreckliche Andeutungen! Eisbären, meine Güte! Wir sind alle so unendlich gespannt, du hättest uns im Flugzeug erleben sollen: Erland hat mindestens hundert Fotos gemacht, und der Kapitän hat eine extralange Runde über Longyearbyen gedreht. Das war ein wunderbarer Flug. Diese Ödnis!«

»Wie habt ihr den Piloten zu der Extrarunde bewegen können?«

»Wir sind mit einem Privatjet geflogen, wusstest du das nicht? Bevor wir alle eine Ewigkeit und zwei Tage mit Linienflügen hierhergondeln und völlig gerädert ankommen, bot es sich an, direkt von Köln zu fliegen.«

»Da hat wohl jemand seine Einladung nicht genau studiert«, grinste Erland.

Das hatte Kirsten tatsächlich nicht. Sie hatte gewusst, wann sie hätte abfliegen sollen und von welchem Flughafen, und sobald sie spontan beschlossen hatte, früher zu reisen, hatte sie lediglich Fredriks Assistentin eine E-Mail geschrieben und eine Stunde später ihr elektronisches Ticket erhalten.

»Gibt es wenigstens Kneipen in diesem Kaff?« Tobias schien keine Zeit mit Nebensächlichkeiten verschwenden zu wollen.

Kirsten nahm ihren Cappuccino in Empfang. »Sogar nicht einmal allzu teure Kneipen für norwegische Verhältnisse«, antwortete sie. »Die Inselgruppe gehört zwar zu Norwegen, genießt jedoch durch den Spitzbergenvertrag einen besonderen Status. Norwegen darf keine Steuern erheben, die nicht direkt in Spitzbergen bleiben. Deshalb sind die Steuersätze niedriger.«

»Faszinierend!«, sagte Hartmut. »Kann ich hier eine Bank aufmachen?«

Alle lachten. Kirsten begann zu berichten, was sie und Jonas bislang erlebt hatten, wobei sie einiges ausließ. Die Geschichte mit dem Eisbären bescherte ihr entsetztes Händeklatschen und spitze Ausrufe, der Ausflug in das Tal, in dem Kristoffers Leiche gefunden wurde, rief

Schweigen bei den einen hervor und respektvolle Anteilnahme bei Erland, Monika, Elisabeth und Peter.

»Außerdem«, Kirsten richtete den Blick auf Erland, »habe ich Kristoffers Sachen im Büro des Gouverneurs abgeholt.«

»Ich dachte, Erland hätte das alles direkt nach Kristoffers Tod geregelt?«, sagte Elisabeth.

»Nein, er hat nur die Wertsachen mitgenommen und die Geschenke für Jonas. Außerdem ein paar Unterlagen.«

Erland nickte. Kirsten wartete, aber er äußerte sich nicht weiter. Sie sah ein, dass dies nicht der passende Moment war, das fehlende Notizbuch zu erwähnen, außerdem scherzte Peter bereits: »Wenn du die Sachen mit nach Deutschland zurücknehmen möchtest, Kirsten, hast du Pech. Wir hätten beinahe keine Starterlaubnis erhalten, weil der Flieger dank all der Kleidungsstücke der Damen fast zu schwer zum Abheben war.«

Elisabeth griff geschickt Peters Vorlage auf und lenkte das Thema fort von Kristoffers Tod und stattdessen auf ihre Garderobe und zum Ablauf des restlichen Tages. Es würde ein spätes Dinner geben, kündigte sie an, denn sie würden in Fredriks Geburtstag hineinfeiern und um Mitternacht gemeinsam auf sein Wohl anstoßen. Damit hätten jetzt alle vier Stunden Zeit, um sich auszuruhen und für den Abend zurechtzumachen. Die Gesellschaft verstand den Wink und zerstreute sich.

Kirsten blieb sitzen. Sie nippte an ihrem Cappuccino, beobachtete, wie Elisabeth, die nicht wie die anderen nach oben auf ihr Zimmer ging, erst mit der Rezeptionistin sprach, sich dann verbinden ließ und am Telefon mit ihrem Gesprächspartner Punkte einer Liste durchging, die sie aus ihrer Handtasche zog. Als Nächstes redete sie mit dem Koch des Hauses, ließ sich am Ende der Unterhaltung noch einen Tee servieren und nahm dann erneut neben Kirsten Platz. Sie sah kein bisschen erschöpft aus.

»Ist alles zu deiner Zufriedenheit, Elisabeth?«

»Fast. Ich muss zugeben, gar nicht schlecht für das Ende der Welt. Ich habe es mir schlimmer vorgestellt. Nur die Bitte, man möge sich doch die Schuhe beim Betreten des Hotels ausziehen, ist schon sehr befremdlich. Soll eine Dame wirklich in ihren Nylons aufs Zimmer tänzeln?«

»Vielleicht rechnen sie hier eher mit dicken Wollsocken.«

»Was im Prinzip keinen Unterschied macht. Du bist keine Vegetarierin, oder? Ich war mir da gerade nicht sicher.«

»Nicht im Urlaub und nicht, wenn ich nicht alleine esse. Also nein.«

»Sehr gut, dann passt ja alles.«

»Für wie viele Leute hast du das Dinner bestellt?«

Elisabeth war alles andere als dumm. Sie wusste sofort, worauf Kirsten hinauswollte. Sie richtete sich noch gerader auf als sonst, zwei steile Falten erschienen zwischen ihren Augenbrauen. »Darf ich annehmen, dass du Frau Solberg getroffen hast?«

»Ja, das habe ich. Durchaus eine Überraschung, wie ich zugeben muss.«

Unter Elisabeths Make-up zeichneten sich hektische Flecken ab. »Das ist dermaßen unglaublich, was Fredrik sich da geleistet hat!«, entfuhr es ihr. »Ich bin froh, dass ich nicht die Einzige bin, die ein wenig konsterniert war zu hören, wer noch zum Geburtstag eingeladen ist.«

»Konsterniert würde ich nicht sagen, aber überrascht

auf jeden Fall. Das heißt wohl, du warst auch nicht viel besser informiert als ich?«

»Überhaupt nicht. Da denkt man an nichts Böses, und dann fällt plötzlich diese Frau vom Himmel! Weißt du, was er zu mir gesagt hat? Fredrik? Das ginge mich nichts an, und ich solle mir nicht so viele Gedanken machen! Ginge mich nichts an? Ich bitte dich!«

Gebannt beobachtete Kirsten, wie Elisabeth ihre Contenance verlor. Bislang hatte sie dieses Schauspiel nur einmal beobachten können, bei der Beerdigung von Elisabeths Mutter, als die Sargträger stolperten und den Sarg fallen ließen. Da hatte die Fassade zum ersten Mal Risse gezeigt, hatte sich ein sorgsam unter Kontrolle gehaltenes Temperament an die Oberfläche gekämpft und war in einem tränenreichen Gefühlsausdruck an Fredriks Schulter verebbt. Verglichen mit damals war Elisabeths jetziger Ausbruch harmlos, dennoch faszinierte er Kirsten. Mit Elisabeth war es wie mit einer Hollywood-Diva: Niemand blieb ungerührt, wenn Anmut zerbröckelte und sich das bis dato Unantastbare als vergänglich enthüllte.

Eigentlich hatte Kirsten Elisabeth nach ihren gemeinsamen Aufenthalten in Spitzbergen mit Kristoffer fragen wollen, aber Elisabeth schien so außer sich, dass Kirsten sich spontan zu einer anderen Frage entschied: »Was ist da zwischen Fredrik und Ingrid Solberg?«

»Was da ist?« Elisabeth nahm zwei Stück Zucker und kippte sie so schwungvoll in ihre Tasse, dass der Tee beinahe überschwappte. »Willst du wissen, was ich glaube? Ich meine, was soll ich auch glauben, mein Ehemann findet ja, es gebe nichts zu besprechen, also was bleibt mir anderes zu denken? Es ist ja nicht so, dass es etwas mit mir direkt zu tun hätte. Immerhin war ich damals noch ein Kind, nicht seine Ehefrau! Wieso also soll ich nicht die Wahrheit erfahren? Weil er unfehlbar ist? Ich bin doch nicht naiv! Wir wissen doch, wie Männer sind.« Am Ende ihres abgehackten Monologs schürzte sie die Lippen. Die Anklage direkt auszusprechen, schien sie Kirsten überlassen zu wollen.

»Verstehe ich das richtig? Du glaubst, Ingrid Solberg ist Fredriks Tochter? Dass er in den Siebzigern eine Affäre auf Spitzbergen hatte, und Ingrid ist das Ergebnis?«

»Was glaubst du denn? Warum sonst hätte er sie all die Jahre unterstützen sollen? Dazu jetzt diese Einladung, ganz offenbar betrachtet er sie als Familienmitglied. Nenn es späte Einsicht, altes Bedauern, wie auch immer. Im Alter meinen Männer oft, noch ein wenig aufräumen zu müssen.«

Kirsten pfiff leise durch die Zähne.

»Wer könnte ihm denn auch einen Vorwurf machen?«, fügte Elisabeth versöhnlicher hinzu. Sie griff an ihren Kopf und korrigierte mit geübten Griffen den Sitz zweier blonder Strähnen. »Fredrik ist ein Mann von ausgesprochener Loyalität, aber er hat über Jahre hinweg monatelang von seiner Familie getrennt gelebt. Allein an diesem gottverlassenen Ort, seine Frau und Kinder eineinhalbtausend Kilometer weit weg. Wer glaubt denn da bitte nicht an außereheliche Beziehungen? Wer weiß, womöglich ist er am Ende sogar deshalb von Store Norske weg und zurück nach Bergen gegangen.«

»Du meinst, er hat Store Norske verlassen, weil seine Frau« – Kirsten korrigierte sich –, »also seine erste Frau, Kristoffers und Erlands Mutter, herausgefunden hat, dass er in Longyearbyen eine Geliebte hatte? Und ein außereheliches Kind?«

»Was weiß ich, gut möglich. Nicht dass Fredrik mit mir darüber sprechen würde. Dieser Sturkopf!«

»Was hat Kristoffer zu alldem gesagt? Hast du mit ihm darüber geredet?«

»Natürlich habe ich das! Ich meine, deswegen bin ich ja im August hierhergeflogen. Wegen Ingrid Solberg. Das war gar nicht geplant, aber als mir dann Fredrik plötzlich mitteilte, Kristoffer würde ihr eine Einladung überreichen, habe ich eben meine Pläne angepasst. Kristoffer hat nur gesagt, solche Dinge solle ich direkt mit seinem Vater besprechen, nicht mit ihm. Er finde es außerdem unangebracht, wenn ich Ingrid hinter Fredriks Rücken aushorchen würde. Er war in der ganzen Angelegenheit überhaupt keine Hilfe.« Sie seufzte. »Entschuldige.«

»Macht nichts. Kristoffer war auch nicht unfehlbar.«

»Ja, er war der Sohn seines Vaters. Ein echter Stolt. Das war im Übrigen mein letztes Gespräch mit deinem Mann, Liebes. Ein Streit über seinen Vater. Das tut mir jetzt im Nachhinein sehr leid.«

»Also hat Kristoffer nicht bestritten, dass Ingrid und er Halbgeschwister sind?«, hakte Kirsten nach.

»Kristoffer hat gar nichts dazu gesagt.«

»Und was hast du von Ingrid erfahren?«

Elisabeth hatte sich mittlerweile wieder beruhigt. Sie strich sich mit den Händen die Seidenbluse glatt, zupfte ein Haar von ihrer Jeans. Sie trug ihre Lieblingsfarben: silber, weiß und eisblau. »Die Frage würde ich gerne an dich zurückgeben, Kirsten. Du hast sie auch getroffen. Was denkst du?«

»Ich hatte nicht den Eindruck, dass Ingrid sich für Fredriks Tochter hält.«

»Ja, das meine ich auch. Zu Beginn war ich nach Spitzbergen gekommen, um herauszufinden, ob Ingrid vielleicht scharf auf Geld ist. Immerhin ist Fredrik nicht arm, und sein Erbe, auf das sie als leibliche Tochter Anspruch hätte, ist beträchtlich. Aber seit meinem Besuch bei ihr glaube ich, sie weiß es nicht. Ich war in ihrer Wohnung, musst du wissen. An der Wand hing ein Bild von ihren Eltern. Es zeigte ihren Vater in jungen Jahren – beziehungsweise den Mann, den sie für ihren leiblichen Vater hält. Sie hat sehr zärtlich von ihm gesprochen.«

»Und jetzt glaubst du, dass Fredrik – wie hast du es genannt? – in seinem Leben ›aufräumen‹ will? Dass er Ingrid anerkennen will, falls es denn stimmt und sie tatsächlich seine Tochter ist?«

Elisabeth goss sich Tee nach. Das helle Porzellan der Tasse wies einen winzigen Riss am Henkelansatz auf, Elisabeth kratzte mit dem Daumennagel über den Makel. »Was ich vermute – und das ist wirklich nur eine Vermutung –, ist, dass Fredrik die Gelegenheit nutzen möchte, um seine Beziehung zu Ingrid zu stärken. Womöglich will er ihr am Ende dieser Woche sogar eröffnen, wer ihre wahre Familie ist.«

Kirsten erschien zu spät zum Abendessen, weil sie noch bei Jonas geblieben war, bis sie sicher sein konnte, dass er tief und fest schlief. Als sie ankam, wurde der erste Gang gerade abgeräumt. Fredrik hatte sich erhoben und klopfte mit einem Löffel gegen sein Glas. Um nicht zu stören, blieb Kirsten im Eingang stehen. Der kleine Saal war hell erleuchtet, noch dazu brannten Kandelaber zwischen den Weingläsern. Alle Aufmerksamkeit richtete sich auf Fredrik, der mit dem Rücken zu Kirsten an der Spitze einer langen Tafel stand. Um den Tisch herum hatten neun Gäste Platz genommen. Elisabeth saß an der langen Tafelseite zu Fredriks Linken, es folgten ihr Bruder Hartmut und seine Frau Tanja. Tobias saß zwischen seiner Mutter und einem leeren Stuhl am hinteren Tischende, der wohl für Kirsten reserviert war. Auf der anderen Tischseite hatte Ingrid Solberg den Platz neben Fredrik eingenommen, flankiert von einem dunkelhaarigen Mittvierziger mit Geheimratsecken, den Kirsten nicht kannte. Offenbar Ingrids Ehemann Trond Solberg. Neben ihm schlossen sich Monika und Erland sowie Peter an.

Fredrik hob sein Glas. »Meine liebe Familie, liebe Freunde«, begann er, mit der Hand, die das Glas hielt, einen kleinen Halbkreis über den Tisch beschreibend. »Zunächst einmal möchte ich euch meinen Dank und meinen Respekt entbieten, weil ihr alle meinem zugegeben etwas exzentrischen Ruf in den höchsten Norden unseres Kontinents gefolgt seid. In dieses eisige Land, von dem ich ganz genau weiß, dass niemand unter euch jemals einen Fuß hineingesetzt hätte, wäre es nicht wegen mir. Das ehrt und freut mich zutiefst, denn es zeigt einmal mehr, worin unsere Stärke liegt: in unserer Geschlossenheit selbst in schwierigen Zeiten – oder, vielmehr in diesem Fall, an schwierigen Orten.«

Fredrik sprach Englisch, ein klares, akzentuiertes Oxford-Englisch, das es auch dem wenig Spracherprobten leicht machte, ihm zu folgen. »Ich weiß, dass die meisten unter euch ein wenig überrascht sind, zwei Gesichter an diesem Tisch zu sehen, die sie nicht kennen und die der Grund sind, weshalb ich nun Englisch spreche. Womit ich leider euch, liebe Familie, noch mehr Hürden baue an diesem Geburtstag, der es euch wahrlich nicht leicht macht, mich hochleben zu lassen.« Er verbeugte sich in Richtung der Damen am Tisch. Die Herren – Hartmut, Peter, Erland – mussten bei der Arbeit häufig Gespräche in der Fremdsprache führen, aber Kirsten wusste, dass Monika wenig Englisch sprach, und von Tanja nahm sie dasselbe an.

»Bitte erlaubt mir daher, alle Anwesenden kurz vorzustellen und zu erklären, wie es dazu kam, dass sich uns heute Ingrid und Trond Solberg angeschlossen haben.« Fredrik verließ seinen Platz und trat hinter Ingrid, wobei er ihr eine Hand auf die Schulter legte. Die Geste zog sofort einige Aufmerksamkeit auf sich, aber Ingrid lächelte nicht einmal verlegen. Sie griff nach ihrem Weinglas und nahm einen Schluck, ihre Rechte über der ihres Mannes, die Finger mit seinen verschlungen.

»Ihr alle wisst, dass Svalbard – Spitzbergen, wie man diese Inselgruppe in Deutschland nennt – zweimal in meinem Leben meine Heimat war. Ich kann sehen, wie ihr bei diesem Gedanken zusammenzuckt. Heimat, danach sieht es zunächst nicht aus. Monatelange Polarnacht, gewaltige Stürme, die Isolation … Damals, so scheint mir, war es sogar noch dunkler als heute, aber das mag am Ruß liegen, der allgegenwärtig war und wegen dem es noch heute in Longyearbyen Brauch ist, sich beim Betreten eines Gebäudes die Schuhe auszuziehen. Ruß und Schnee, was für eine Kombination! Trotzdem war Svalbard damals bereits einen zweiten Blick wert. Ich kam als junger Mann mit gerade einmal neunzehn Jahren hierher. Mehr als drei Winter verbrachte ich in den Minen, eine Tätigkeit, von der ich einen ganzen Abend allein berichten könnte, aber ich möchte euch nicht langweilen. Zumindest nicht heute, wo ihr noch Gelegenheit habt, davonzulaufen.« Es dauerte ein paar Sekunden, bis das aufbrandende Gelächter Fredrik erlaubte, weiterzureden.

»Hier auf Spitzbergen lernte ich, was ich aus meinem Leben machen wollte. Ich wollte Ingenieur werden. Ich wollte in schönen Häusern leben, saubere Kleider tragen, und vor allem wollte ich Dinge erschaffen. Als ich das nächste Mal, diesmal in den siebziger Jahren, nach Spitzbergen zurückkehrte, hatte ich einiges davon erreicht, nur was das Schaffen anbelangte, da gab es noch viel Luft nach oben. Zu dieser Zeit hatte ich ein wunderbares Team um mich herum versammelt. Meine Kollegen, meine Vorgesetzten, aber vor allem auch meine Arbeiter in den Gruben. Wenn man im Bankwesen tätig ist, lernt man solche Menschen im Nachhinein viel mehr zu schätzen. Das Privileg, mit etwas Handfestem zu arbeiten, einem Wert, der sich in der Schwere eines Sacks auf dem Rücken fassen lässt. Mag dieser auf den ersten Blick schmutzig scheinen, so sind die Menschen, die ihn aus der Finsternis holen, ehrlich, offenherzig und unverfälscht. Ich will nicht romantisieren, es war sicherlich keine einfache Zeit damals, für niemanden, aber es war eine wertvolle Zeit.

Ingrid Solberg ist die Tochter eines alten Freundes aus dieser Zeit. Ihre Eltern sind leider schon vor Jahren gestorben, aber wir beide haben Kontakt gehalten, und ich bin sehr froh, dass sie uns diese Woche bei unseren gemeinsamen Vorhaben begleiten wird. Ingrid wuchs in Longyearbyen auf und kennt das Land besser als ich. Sie ist Ärztin, arbeitet nur wenige Meter von hier entfernt im Krankenhaus. Sie wird da sein, wenn ihr sie braucht, und euch beruhigen, wenn ihr fürchtet, ein abgefrorener Finger bedeute das Ende eurer bürgerlichen Existenz.«

»Du bist unmöglich, Fredrik!«, warf Elisabeth tadelnd ein, während die anderen Fredriks Scherz mit einem gequälten Lachen quittierten.

»Neben Ingrid sitzt ihr Ehemann Trond Solberg, den auch ich leider erst heute kennenlernen durfte. Trond forscht und arbeitet am Universitätszentrum von Svalbard. Ich bin froh, dass er heute Abend seine Frau begleitet. Willkommen, Ingrid und Trond!«

Alle klatschten. Trond, groß und kräftig gebaut mit einem ansteckenden Grinsen, stieß mit Fredrik an und bedankte sich für den herzlichen Empfang. Ingrid schloss sich ihm an. Als Nächstes umrundete Fredrik das Tafelende und stellte sich diesmal hinter Elisabeth. »Ingrid, Trond, ich weiß, die meisten haben sich euch schon persönlich vorgestellt, aber um es noch einmal offiziell zu machen: Diese wunderschöne Dame vor mir ist meine Ehefrau Elisabeth. Neben Elisabeth sitzt ihr Bruder, mein Schwager und Bankgesellschafterkollege Hartmut Warthenberg, mit seiner Frau Tanja und ihrem Sohn Tobias. Es freut mich sehr, dass ihr beide, Tanja und Tobias, es ebenfalls einrichten konntet, denn es ist mir durchaus bewusst, wie beschäftigt junge Männer in diesem Alter sind. Und Tanja hat sogar den Geburtstag ihrer Großtante Alexandra abgesagt, um diese Woche mit uns feiern zu können.«

»Den Geburtstag meiner Großtante Gräfin Alexandra«, korrigierte Tanja.

»Den Geburtstag ihrer Großtante Gräfin Alexandra«, wiederholte Fredrik ungerührt. »Wenn ich dann auf der anderen Tafelseite fortsetzen darf, haben wir hier meinen Sohn Erland mit seiner Frau Monika. Wie Hartmut ist Erland ebenfalls in unserer Bank tätig, erfolgreich, wie ich als Vater wohl hinzufügen darf. Und auch wenn Monika offiziell nicht für die Bank arbeitet, wären wir wohl ohne ihre regelmäßigen Kuchenlieferungen an die Geschäftsführer und ihr Händchen für Zimmerpflanzen nur ein Verein schlecht gelaunter Kundenberater in liebloser Umgebung.

Was die Bedeutung für unsere kleine Familienbank anbelangt, gilt dasselbe natürlich für Peter Domhoff hier, Leiter unserer Vermögensverwaltung. Peter ist ein langjähriger Kollege und Freund. Peter, deine Expertise, dein Ehrgeiz, deine Disziplin, dein Menschenverständnis und deine Loyalität machen die Zusammenarbeit mit dir zu einem großen Vergnügen und einem Quell persönlicher Befriedigung für mich. Ich hoffe sehr, dich dereinst als persönlich haftenden Gesellschafter der Bank zu sehen.«

Von ihrer Position aus konnte Kirsten die Reaktion der Familienmitglieder auf diesen letzten Satz bestens erfassen. Wie es schien, war die Aussicht auf den höchsten Posten für Peter eine weitere Enthüllung, mit der niemand in dieser Familie, deren Herz die Bank war, gerechnet hatte. Vergessen waren Ingrid, Trond und das Rätsel ihrer Anwesenheit. Während Peter aufstand und Fredrik umarmte, beugte sich Tanja zu Hartmut und zischte ihm etwas in sein Ohr. Erlands Mimik indes war eingefroren, sein Blick wechselte von seinem Vater zu Peter und wieder zurück. Monika presste seinen Arm.

Kirsten nutzte die Unterbrechung und gab ihren Beobachterposten an der Tür auf. Auf dem Weg zu ihrem Platz lief sie dicht genug an Tanja vorbei, um zu hören, wie diese Hartmut zuflüsterte: »...ser alte Despot überschreitet seine Kompetenzen«, war das Bruchstück, das sie verstand. »Das kannst du nicht ...« Hartmuts Antwort wiederum ging in einem Hustenanfall unter.

Gerade als Kirsten sich niederlassen wollte, hob Fredrik abermals die Stimme und verkündete, dass sich jetzt bitte alle umsetzen und die Sitzordnung neu durcheinanderwürfeln sollten, bevor der nächste Gang serviert würde. Elisabeth wirkte ein wenig geplagt, was Kirsten nicht verwunderte, denn sicherlich war die ursprüngliche Tischordnung ein Produkt sorgfältiger Planung. Kirsten hingegen war es nur recht, denn auf diese Weise landete sie statt an Tobias' Seite neben Trond Solberg.

Sie mochte Trond von der ersten Minute an. Er war aufgeschlossen, zugänglicher als seine Frau, wie Kirsten sofort bemerkte, mit einem ruhigen Humor und einer gelassenen Art zu erzählen. Er berichtete Kirsten, wie er Ingrid kennengelernt hatte – in einem Café in Tromsø – und von seiner Arbeit am Universitätszentrum von Svalbard. Wie Fredrik war er Ingenieur, sein Schwerpunkt lag allerdings im Bereich der Geotechnik und Errichtung von Gebäuden auf Permafrostboden. Trond war sechs Jahre älter als Ingrid, anders als sie jedoch ein Zugereister aus Stavanger. Es gefiele ihm gut hier, er konnte sich vorstellen, auf Dauer hier zu leben. Kirsten fragte, ob er und Ingrid Kinder hätten, was Trond verneinte. Kirsten fand, das erste Ehejahr solle ein Paar eh lieber mit Kindermachen-Üben verbringen, als die Zweisamkeit so früh mit einem Baby zu teilen.

»Ingrid und ich sind schon länger zusammen, daran liegt es nicht. Nein, wir können leider keine Kinder bekommen.«

Kirsten entschuldigte sich für ihren Fauxpas.

»Das ist nicht so schlimm. Ich habe vier Nichten und drei Neffen, alle zwischen drei und acht Jahren alt. Weihnachten mit ihnen zu verbringen genügt für ein ganzes Jahr. Aber wenn ich mich hier so umschaue, seid ihr Stolts und Warthenbergs auch nicht gerade eine kinderreiche Familie. Oder ist der Rest daheim geblieben?«

»Nein, im Grunde sind alle hier. Bis auf … bis auf meinen Mann. Kristoffer. Mein Schwiegervater, Fredrik, hat – ich meine, er hatte – zwei Söhne.«

»Ingrid hat mir von dem Unfall erzählt. Es tut mir sehr leid, ich habe ihn selbst einmal kurz gesehen. Er hat sich mit Ingrid getroffen, als er hier war.«

Ingrid war mittlerweile gegenüber von Tobias und Monika gelandet. Die drei schienen sich trotz der Sprachhürde lebhaft zu unterhalten; sogar Tobias beteiligte sich. Kirsten spitzte die Ohren und lauschte den Wortfetzen. Es ging um Frostbeulen. Nicht gerade ein appetitliches Thema, doch immer wieder gerne diskutiert, wie Trond gut gelaunt anmerkte.

Nach dem Dessert erinnerte Fredrik alle daran, dass er sich jegliche Geschenke zu seinem Geburtstag verbeten habe, weshalb sie hoffentlich alle mit leeren Händen gekommen seien. Stattdessen habe er für jeden Anwesenden ein Dankeschön, weil sie seinen Geburtstag mit ihm auf Spitzbergen feierten. Elisabeth erhob sich und holte eine Tasche herbei, aus der sie in goldenes Geschenkpapier gewickelte Päckchen verteilte. Sie sollten ihre Geschenke nicht sofort auspacken, gebot Fredrik Einhalt, sondern am Ende der Reise. Er verteile die Geschenke nur jetzt schon, damit ihm niemand vorwerfen könne, er warte bis nach der Tour, weil er in seinem Geiz auf möglichst wenige Überlebende hoffe.

Das Päckchen für Kirsten und Jonas war ein wenig größer als das der anderen. Kirsten ließ es in die Tiefen ihrer Umhängetasche gleiten und beschloss, Jonas vorerst nichts davon zu sagen, weil sie sonst niemals Ruhe haben würde, bis er es ausgepackt hatte. Sie würde es mit ihm und Fredrik zusammen vor dem Abflug auspacken, zum Abschied von Spitzbergen, überlegte sie.

Während die scherzhaften Spekulationen über die bevorstehenden Abenteuer ihren Lauf nahmen – Fredrik wollte seine Gäste erst am nächsten Tag in das geplante Programm einweihen –, stahl sich Kirsten nach draußen, um nach Jonas zu sehen. Bei ihrer Rückkehr eine halbe Stunde später hatte der Countdown zu Fredriks Jubiläum begonnen. Sowie der Zeiger auf Mitternacht sprang, ging das Licht aus, und der Koch brachte eine dreistöckige Torte herein. Wunderkerzen brannten auf ihrer Spitze. Anstelle von Kerzen oder einer gemalten 75 zierte ein Zuckergussschriftzug jede Tortenebene. Auf dem untersten Stockwerk stand Oslo geschrieben, auf dem mittleren Longyearbyen, auf dem obersten Köln. Es war ein sehr vertrautes Lächeln, das Elisabeth und Fredrik wechselten, während er die Schriftzüge las und Champagnerkorken knallten. Erland stimmte ein norwegisches Geburtstagslied an, in das Trond und Ingrid einfielen, danach folgte Happy Birthday. Sie schlachteten die Geburtstagstorte.

Während sich Kirstens Gabel durch mehrere Schichten

Sahne und Schokolade grub, hatte Tobias eine der Champagnerflaschen zu sich gezogen. In der Zeit, die er brauchte, um sein Tortenstück in sich hineinzuschaufeln, leerte er sein Glas dreimal, bis Hartmut die Flasche nahm und sie ostentativ von seinem Sohn wegstellte. Tobias blähte die rot gefleckten Backen auf und stürmte, seine Jacke in der Hand, nach draußen. Durch das Fenster konnte Kirsten beobachten, wie er um eine Ecke verschwand und nach zwei Minuten wieder ins Blickfeld geriet, jetzt einen glühenden roten Punkt vor seinem Mund. Dann verschwand er abermals. Er blieb über zwanzig Minuten weg, was Kirsten bemerkenswert fand, da seine Handschuhe nach wie vor auf einem Brett neben der Garderobe lagen und es draußen minus dreizehn Grad kalt war. Als Tobias zurückkehrte, schwankte er leicht, Kerzenflammen irrlichterten in seinen Pupillen. Zehn Minuten später begann er einen Streit mit seinem Vater.

Kirsten hätte im Nachhinein nicht sagen können, wie die Auseinandersetzung losging. Sie war in ein Gespräch mit Ingrid vertieft, die sich tatsächlich an ihr Versprechen erinnert und ihr einen Artikel über Hypothermie mitgebracht hatte, daher wurde sie erst aufmerksam, als Hartmut Tobias am Arm griff und unmissverständlich auf die Tür zuschob. Tobias wehrte sich. Elisabeth trat dazwischen und hakte sich bei ihrem aufgebrachten Neffen unter. Ihre besänftigenden Worte drangen nicht an Kirstens Ohren, was keinen Unterschied machte, denn Elisabeths Bemühungen blieben erfolglos.

»Lass doch, Tante Elisabeth, Hartmut spielt sich doch nur auf«, höhnte Tobias laut genug, um alle Gespräche verstummen zu lassen. Er nannte seine Eltern seit einigen

Jahren nur noch beim Vornamen, was diese unglaublich erboste, aber darüber hatten sie keine Gewalt. »Mein lieber Vater muss sich von Zeit zu Zeit etwas aufpumpen, um sich sein Selbstverständnis zu bewahren, und dazu sucht er sich immer die aus, bei denen er meint, am längeren Hebel zu sitzen.«

»Du bist betrunken, Junge«, knurrte Hartmut, »mal wieder. Hattest du nicht ein Abkommen mit deiner Mutter? Kann man sich bei dir auf überhaupt nichts verlassen?«

»Du machst es ihm aber auch immer schwer!«, fuhr Tanja prompt ihrem Mann über den Mund.

Kirsten spürte, wie jemand ihre Aufmerksamkeit suchte, drehte den Kopf und blickte in Monikas traurige Augen. Fredrik erschien neben den Streithähnen, schob Elisabeth aus der Schusslinie zwischen Vater und Sohn, ignorierte beide und fixierte stattdessen Tanja. »Tanja, statt deinem Mann die Schuld an allem zu geben, könntest du einmal ernsthaft versuchen, deinem Sohn bei der Bewältigung seiner Drogenprobleme zu helfen.«

»Was fällt dir ein?«, kreischte Tanja los. »Eine solche Behauptung ist eine unglaubliche Unverschämtheit! Tobias nimmt keine Drogen. Nimm das sofort zurück!«

»Wenn Tobias mein Junge wäre, würde ich ihn nicht wie ein Baby behandeln, sondern ihn in die Gruben hier schicken, da würde er was fürs Leben lernen. Nicht nur Ausreden.«

»Hartmut, sag was! Das kannst du Fredrik nicht einfach durchgehen lassen.«

Hartmut erwiderte nichts, vielmehr holte er sich eine Lutschpastille aus einer kleinen runden Box und warf sich das Bonbon in den Mund, sein Gesicht war dunkelrot. Unsichtbar für Tanja und Tobias hatte Elisabeth ihrem Bruder die Hand auf den Rücken gelegt.

Fredrik drehte sich zu Tobias um. Wie zu erwarten war, hielt der Junge dem Blick des älteren Mannes nicht lange stand. »Ihr kotzt mich doch alle an!«, brüllte er, kurz bevor die Tür hinter ihm zuschlug.

Einen Moment herrschte Stille. Dann sprang Monika in die Bresche, drängte alle zurück an den Tisch und zu einem zweiten Stück Torte. Kirsten entschuldigte sich derweil bei Ingrid für diese hässliche Episode. Um deren Mundwinkel zuckte es. »Ehrlich gesagt fand ich das recht interessant, auch wenn ich nicht verstanden habe, um was es ging.«

»Ich glaube, da gibt es auch nicht viel zu verstehen. Ich spreche zwar die Sprache, aber verstanden habe ich es auch nicht.«

»Nun, deshalb ist dies ja auch eine Familienfeier, nicht wahr?«

Das brachte Kirsten zum Lachen. »Du hast recht«, stimmte sie zu, »deshalb ist es eine Familienfeier. Herzlich willkommen bei Warthenberg & Stolt.«

Es gelang Kirsten, noch in derselben Nacht ein Gespräch mit Monika unter vier Augen zu führen. Die Uhr hatte gerade zwei geschlagen, sie standen vor den großen Fenstern des Hotels mit Blick auf die Winternacht über dem Isfjord. Draußen schneite es leicht, und sie waren allein. Kirsten fragte ihre Schwägerin, ob sie wisse, weshalb Tobias überhaupt mitgekommen sei.

»Tanja wollte es so. Sie hat wohl gehofft, sie würden es

schaffen, eine Woche auf glückliche Familie zu machen. Tanja ist sich durchaus bewusst, dass sie, Hartmut und Tobias jetzt, wo du Kristoffer verloren hast, die einzige Kleinfamilie unter uns stellen: Vater, Mutter, Kind. Ich denke, sie glaubt, das gäbe ihr eine Art moralische Überlegenheit.«

Kirsten legte einen Arm um Monikas Taille. Ihre Schwägerin hatte sich zum Abendessen in einen festlichen schwarzen Rock geworfen und trug dazu einen Pullover aus dunkelroter Seide. Das Material schmeichelte Kirstens Handfläche, wie es fast alle Kleidungsstücke ihrer Schwägerin taten.

»Was macht das Adoptionsverfahren, Monika? Läuft es?«

Erland und Monika hatten sich vor sechs Monaten auf eine Adoptionsliste setzen lassen, nachdem sie die Hoffnung auf eigene Kinder hatten aufgeben müssen. Soweit Kirsten wusste, hatten sie niemandem außer ihr von dieser Entscheidung erzählt. Monikas Vertrauen hatte sie sehr gefreut.

Monika seufzte. »Es braucht Geduld.«

»Weiß Fredrik von euren Absichten?«

»Nicht dass ich wüsste. Ehrlich gesagt weiß ich auch nicht genau, was er dazu sagen würde.«

»Er würde euch unterstützen.«

»Bist du sicher? Fredrik ist in manchen Dingen so altmodisch blutsgetrieben.«

Kirsten wickelte sich eine Haarsträhne um den Zeigefinger, den Kopf grübelnd zur Seite geneigt. »Wusstest du, dass Elisabeth glaubt, Ingrid Solberg wäre Fredriks uneheliche Tochter?«

Mit großen Augen lehnte sich Monika gegen die Fensterfront. »Was?«, fragte sie ungläubig. Kirsten berichtete ihr von ihren Unterhaltungen mit Ingrid, Fredrik und Elisabeth. Am Ende pfiff Monika leise durch die Zähne.

»Nun, ich kann auf jeden Fall verstehen, weshalb Elisabeth so etwas annimmt.«

»Hat Erland dir jemals von Ingrid erzählt?«

»Nicht mehr als du wohl auch von Kristoffer gehört hast. Einen Satz hie und da, alles vor vielen Jahren. Als ich erfuhr, sie würde zum Geburtstag kommen – und das war erst letzte Woche –, habe ich Erland etwas gelöchert, aber es kam nicht mehr dabei heraus. Ihn schien die Einladung nicht zu verwundern, aber Männer wundern sich ja prinzipiell weniger. Sie interpretieren weniger.«

»Ganz im Gegenteil zu Elisabeth. Du hättest erleben sollen, wie aufgebracht sie war. Ich kapiere nicht, weshalb die Sache sie so umtreibt. Selbst wenn es stimmt, war sie doch bei Ingrids Geburt selbst noch ein Kind. Fredrik hat nicht Elisabeth betrogen, sondern seine erste Frau. Abgesehen davon hat Fredrik ohnehin zwei Söhne mit in die Beziehung gebracht, welchen großen Unterschied macht da eine Tochter am Ende der Welt? Falls Ingrid denn tatsächlich seine Tochter ist, das sind ja alles nur Vermutungen.«

Monika strich mit den Fingerspitzen über die Fugen zwischen Glas und Fensterrahmen. »Du denkst in die falsche Richtung, Kirsten«, sagte sie leise. »Es geht Elisabeth nicht um Persönliches, würde ich wetten, sondern um was es in dieser Familie immer geht: die Bank.«

»Die Bank?«

»Fredrik ist persönlich haftender Gesellschafter. Er hält mittlerweile stattliche Anteile an der Bank, die bei seinem

Tod zur Hälfte an seine Frau gehen. Die andere Hälfte erben Fredriks Kinder. Ich vermute, dass Elisabeth nach Fredriks Tod versuchen wird, diese Anteile zu nutzen, um zusammen mit Hartmut die Bank kontrollieren zu können. Momentan haben die beiden nicht allzu viel zu sagen; Fredrik ist der Chef, und die Anteile sind zu weit gestreut. Die Familie Warthenberg genießt nicht mehr den Einfluss, den sie einst unter Elisabeths Vater und Großvater hatte, als sie noch über fünfzig Prozent hielt. Du kannst dir selbst überlegen, ob ihr die Anteile, die bei Fredriks Tod an Jonas fallen werden, behalten oder ob ihr sie an Elisabeth verkaufen würdet, wenn sie euch ein anständiges Angebot macht.«

Kirsten gab zu, dass sie wahrscheinlich verkaufen und das Geld für Jonas anderweitig anlegen würde. Die Bank interessierte sie nicht, und die Zeit, bis Jonas alt genug wäre, um selbst über sein Erbe entscheiden zu können, war lang.

»Eben. Ein drittes Kind, noch dazu eine Fremde wie Ingrid Solberg, würde alles noch verkomplizieren. Abgesehen davon, dass sich der Erbanteil der Kinder dritteln würde. Deshalb geht es auch dich und Jonas etwas an: Teilt sich die Erbmasse der Kinder bei Fredriks Tod durch zwei oder durch drei?«

Kirsten ließ sich auf einen Stuhl fallen. Der Kellner hatte ihnen eine angebrochene Flasche Champagner stehen lassen, mit ihr füllte sie nun ihr Glas nach. Monika blieb an ihrem Platz am Fenster stehen und beobachtete, wie Kirsten den Champagner im Glas kreisen ließ.

»Darüber habe ich überhaupt noch nicht nachgedacht«, bekannte Kirsten.

»Solltest du vielleicht. Elisabeth tut es schließlich auch. Und deine Schonzeit als junge Witwe ist, fürchte ich, vorbei.«

»Soll heißen, ab jetzt darf wieder auf mich geschossen werden? Übertreibst du da nicht ein wenig?«

»Du bist nicht so nahe an ihnen dran wie ich, Kirsten. Die räumliche Entfernung hat dich bislang beschützt, plus die Tatsache, dass ihr nichts mit der Bank zu tun hattet.«

Kirsten schnaubte. Monika berührte sie am Arm. »Wie geht es dir eigentlich?«

»Wie sehe ich denn aus?«

»Schwer zu beschreiben. Aktiv?«

»Aktiv? Was heißt das? Ist das ein neuer Euphemismus für angespannt?«

»Nein, das meine ich nicht. Fühlst du dich angespannt? Ich dachte, auf andere Gedanken zu kommen, wieder etwas zu erleben, das wäre der Grund für diesen Urlaub, aber du klingst so, als würde dich etwas beschäftigen. Was ist es? Kristoffer? Die Familie? Fredrik? Jonas' Magen?«

Kirsten betrachtete die Luftperlen, die vom Boden ihres Glases nach oben strebten. Ein gutes Symbol für die Erkenntnisse der letzten Tage fand sie, Dinge, die an die Oberfläche stiegen. Doch das konnte sie Monika nicht erzählen.

»Nichts«, sagte sie und leerte das Glas. Einen Moment lang prickelten die Bläschen in ihrem Mund und Hals. »Dies ist nur die erste Familienfeier ohne Kristoffer. Wie du schon sagst, früher stiegen wir selten, und wenn, dann zu zweit in diesen Ring. Ist dir aufgefallen, dass Elisabeth mich heute Abend am äußersten Rand der Tafel platziert hatte?«

»Ja, allerdings warst du am Anfang nicht da, als die Plätze eingenommen wurden.«

»Elisabeth hätte den Platz freigehalten, wenn sie mich woanders hätte sehen wollen.«

»Ich wollte nicht den Eindruck erwecken, dass Elisabeth persönlich etwas gegen dich hat, ich hoffe, das hast du jetzt nicht falsch verstanden.« Monika schien ein wenig beunruhigt darüber, zu weit gegangen zu sein mit ihrer Warnung und ihrer Kritik an Fredriks Frau. Sie war die Letzte, die Unfrieden in der Familie stiften wollte.

Kirsten winkte ab. »Das habe ich schon verstanden, mach dir keine Gedanken. Ich denke bloß, es stimmt: Elisabeth schickt sich an, die Karten neu zu mischen. Und ja, auch darin hast du recht: Es ist bestimmt nichts Persönliches.«

Fredriks Geburtstag brachte Schneefall und stürmischen Wind. Der Schnee peitschte in Schleiern die Straßen entlang; Menschen liefen mit gesenkten Köpfen durch das tosende Weiß. Vom warmen Hotelinneren betrachtet bot das Wetter ein Schauspiel, bei dem sich die Faszination im Komfort des Betrachters begründete. Kirsten schlang die Finger um ihre Kaffeetasse und genoss die durch das Porzellan dringende wohlduftende Wärme. Sie war die Erste am Frühstückstisch gewesen; außer ihr zählte an diesem Morgen einzig Peter zu den Frühaufstehern. Jonas, dem es wieder besser ging, hatte sich nach einer halben Schüssel Cornflakes getrollt, um seine Tante Monika aus dem Schlaf zu reißen.

»Ist da etwas dran an Fredriks Anschuldigung?«, nutzte Kirsten die Gelegenheit, Peter über die familiären Zwistigkeiten auszufragen. »Hat Tobias tatsächlich Drogenprobleme?«

Peter saß mit lässig überkreuzten Beinen auf seinem Stuhl, einen Arm um die Lehne des Nachbarstuhls gelegt, und machte keine Anstalten, sein weichgekochtes Ei aufzuschlagen. »Hartmut befürchtet es, aber ich bin mir nicht so sicher, wie wild es ist. Tobias trinkt viel und kommt oft sturzbesoffen nach Hause, wenn er überhaupt nach Hause kommt. Ich denke, er kifft wohl und schmeißt sich hin und wieder ein paar Pillen ein. Meiner Meinung nach fehlt ihm jedoch für die richtig harten Sachen der Mumm. Oder seine Kumpels, die ihm das Zeug besorgen, vertrauen ihm nicht, dass er im Zweifelsfall dichthält. Ich würde das jedenfalls nicht tun, ihm vertrauen, meine ich.«

»Tanja hat ein ganzes Arsenal an Schlaf- und Schmerztabletten im Badezimmer. Das Zeug hat quasi ein Regal für sich.«

»Sie braucht das wahrscheinlich, um den Schmerz des gesellschaftlichen Abstiegs besser ertragen zu können.«

Kirsten kicherte. Tanjas Familie entstammte altem Adel, ihr Klassenfeind Nummer eins hieß Fredrik Stolt. Vermutlich weil Fredrik, der einstige Minenarbeiter und Junge aus dem Armenviertel, in einer Bewegung seines kleinen Fingers mehr Herrschaftliches ausstrahlte als Tanja nach hundert Stunden Personal Coaching.

»Ich glaube, Tobias' wirkliches Problem ist keine Drogensucht, sondern eher eine Spielsucht«, fügte Peter hinzu.

»Wie kommst du darauf?«

»Bankgeheimnis.«

»Ich verstehe. Dann weiß Hartmut es also auch.«

»Ich weiß es im Grunde von ihm. Außerdem hat Tobias letztens, als sein Konto gesperrt war, einen Auftritt in der Bank hingelegt, der filmreif war. Natürlich an der Hand seiner Mutter.«

»Ernsthaft?«

»Sie stand zumindest neben ihm. Wenn er etwas in der Bank zu sagen hätte, hat er Fredriks Assistentin verkündet, würde er den ganzen Laden verkaufen. An einen institutionellen Investor. Das hat ziemliche Aufregung verursacht, denn nur blöd dahergeredet war das nicht. Du weißt, dass es Interessenten gibt?«

»Ja, das weiß ich. Das war ein Thema zwischen Fredrik und Kristoffer, als sie besprachen, welche Rolle Kristoffer in der Bank spielen könnte. Was hat Hartmut dazu gesagt?«

»Dass Tobias ein verdammter Idiot ist.«

»Jetzt erzähl mir nicht, die Bank wäre der Grund für diesen Dauerzwist zwischen Vater und Sohn.«

»Sie haben bestimmt noch mehr Gründe.«

Kirsten musterte Peters attraktives Gesicht eingehend. Das beginnende Silber in seiner Frisur stand ihm gut; seine Züge waren etwas hagerer und scharfkantiger als früher. Die kurzen Haare waren an den Spitzen vom Duschen noch ein wenig feucht. Er war ein Typ, der den Eindruck vermitteln konnte, an jeden Ort der Welt zu gehören.

»Wenn Hartmut und Elisabeth gegen einen Verkauf von Anteilen an einen institutionellen Partner sind«, sagte Kirsten, »oder ihre bestehenden Anteile nicht prozentual verwässern wollen, indem sie es zur Aufstockung durch weitere Gesellschafter kommen lassen, wo steht dann Fredrik in dieser Diskussion?«

»Diese Frage stellst du ihm besser selbst. Ich kenne seine Absichten nicht, und das ist kein Bankgeheimnis, sondern die Wahrheit. Wenn Fredrik mit Kristoffer über die Zukunft der Bank gesprochen hat, weißt du möglicherweise mehr als ich.«

Er sagte es nonchalant, während er sich Marmelade aufs Brot schmierte, sein halbseitiges Lächeln mit der hochgezogenen rechten Augenbraue eine unausgesprochene Aufforderung voller Charme.

Kirsten klimperte zurück. »Ich habe keinen blassen Schimmer, Peter. Ehrlich. Was ist mit Erland?«

Peter legte das Messer auf den Teller und rieb sich die Wangen. »Dein Schwager ist ein schwieriges Thema für mich, wie du vielleicht schon erahnt hast. Wollen wir nicht lieber über das wenig einladende Wetter sinnieren?«

Kirsten deutete zur Tür. »Zu spät, da kommt die Familie. Hier drinnen stürmt es womöglich gleich mehr als draußen.«

Das für den Vormittag geplante Programm erwies sich zum Glück – je nach Perspektive – als wetterunabhängig. Er habe sich etwas sehr Spezielles ausgedacht, hob der Jubilar nach der ersten Tasse Kaffee an. Was er dann allerdings ankündigte, mochte niemanden so recht überraschen: einen Besuch in einer der Kohlegruben.

Es kamen alle mit bis auf Tanja, die an Klaustrophobie litt. Auch Erland fühlte sich in engen Räumen nicht wohl, doch er wolle sie gern begleiten und draußen auf sie warten, verkündete er. Während der Fahrt zur Grube lauschte Kirsten seinen Ausführungen über Norwegen. Sie war überrascht, wie viel Erland ihr von Norwegens

Geschichte und Wirtschaft erzählen konnte. Allerdings war er auch älter als Kristoffer gewesen, als sie damals im Schlepptau Fredriks Skandinavien verlassen hatten. Erland hatte fast seine gesamte Schulzeit in Bergen verlebt. Er gab unumwunden zu, es damals gehasst zu haben, nach Deutschland auszuwandern. Er hatte seiner Mutter nahegestanden, nach ihrem Tod wäre er am liebsten davongerannt. Sein Vater hatte seine Entscheidung nicht mit den Söhnen diskutiert; überhaupt hatte er immer alle Entscheidungen allein getroffen, das war zu Lebzeiten der Mutter nicht anders gewesen. Kirsten fragte Erland, ob er denn tatsächlich einmal davongerannt sei. Nein, erwiderte der, er nicht, aber Kristoffer. Als die Polizei ihn zurückbrachte, habe Fredrik den Ausreißer bloß gefragt, was er gelernt habe. »Ich habe gelernt, wie man Fischernetze zusammenlegt«, hatte Kristoffer geantwortet, seine blasigen und aufgerauten Hände vorzeigend, denn so hatte er während seines zweitägigen Abenteuers sein Essen verdient. Fredrik hatte gelacht und ihm auf die Schulter geklopft. Drei Tage später hatte eine Fähre sie für immer von Norwegen fortgebracht.

»Kannst du diese Geschichte später noch Jonas erzählen?«, bat Kirsten. Ihr Sohn saß zwei Bänke hinter ihr und sang mit seiner Tante Monika ein Lied. »Oder besser noch, sie für ihn aufschreiben, damit sie nicht vergessen wird?«

Sichtbar bewegt versprach Erland, dies zu tun. »Er fehlt mir«, sagte er, »Kristoffer. Ich hatte mich sehr darauf gefreut, diese Woche mit ihm verbringen zu können.«

Kirsten wollte die Gelegenheit nutzen, um ihn nach dem Notizbuch zu fragen, aber dann sagte ihr Schwager etwas, was sie ihre Frage für den Moment vergessen ließ.

»Papa«, sagte Erland leise, so dass nur sie es hören konnte, »er hätte ehrlicher mit uns sein müssen. Dann wäre Kristoffer vielleicht nicht zu dieser verdammten Reise aufgebrochen, um hier auf Fredriks Spuren zu wandeln.«

Er verstummte, drehte den Kopf in Richtung Seitenfenster und schien nicht mehr zu hören, als Kirsten ihn ebenfalls flüsternd fragte, wie er das meinte.

Vom Tal aus betrachtet erinnerte die Grube 7 an die industrielle Düsterkeit alter Science-Fiction-Filme. Finster hoben sich die Bauten gegen den unter grauen Wolken dahintreibenden Schnee ab: quaderförmige, teils auf Stelzen an den Hang gebaute Häuser, Schlote, Silos und Transportbänder. Erst aus der Nähe gewannen die Bauten ein wenig an kühler Freundlichkeit. Autos parkten vor dem Hauptgebäude, durch die Fenster des Nachbargebäudes drang Licht. Aus einem der Schlote stieg heller Rauch in den Himmel und verflüchtigte sich unterhalb der Wolkendecke.

Im Hauptgebäude erhielten die Besucher zunächst eine Tasse Kaffee und eine kurze Einführung in die Geschichte des Kohlebergbaus auf Spitzbergen. Außerdem wurden sie mit Schutzanzügen, lampenbewehrten Helmen und Feinstaubmasken versorgt. Ein Mitarbeiter demonstrierte die Anwendung eines Selbstretter-Atemgeräts, was Kirsten an den Artikel über Fredriks Unfall Anfang der achtziger Jahre erinnerte. Während ihr Grubenführer – ein drahtiger Norweger, der Fredrik mit Handschlag begrüßt hatte – den geologischen Aufbau des Berges erläuterte, zupfte sie Fredrik am Ärmel und fragte ihn flüsternd, ob er denn schon einmal einen solchen Sauerstoff-Selbstretter im Notfall benutzt habe. Fredrik schüttelte den Kopf, dann legte er einen Finger auf die Lippen und mahnte sie zum Zuhören.

Der Grubenführer berichtete, Grube 7 sei die letzte sich noch in Betrieb befindende Grube in Longyearbyens direkter Umgebung. Eigentlich führten sie momentan keine Touristengruppen, aber für einen ehemaligen Mitarbeiter machten sie selbstverständlich gerne eine Ausnahme. Er hoffe nur, die Gesellschaft rechne damit, etwas dreckig zu werden.

Fredrik hatte sich nach seiner Ermahnung von Kirsten abgewandt und seiner Frau einen Arm um die Taille gelegt. Er flüsterte etwas in ihr Ohr, woraufhin sich die leicht angespannt wirkende Elisabeth um ein Zwinkern bemühte. »Bin ich die erste Frau, die dir in eine Kohlemine folgt?«, fragte sie. Fredrik befestigte den Riemen ihres Helms unter ihrem Kinn, während er erwiderte, ja, das sei sie. Zärtlichkeit und Stolz schwangen in seiner Stimme mit, und Kirsten begann zu verstehen, weshalb ihm dieser Programmpunkt so wichtig gewesen war.

Der Grubenführer fuhr fort in seinen Erläuterungen. Sollte einer der Besucher ein starkes Gefühl der Beklemmung verspüren, sobald sie in die Mine einfuhren, solle er oder sie es gleich mitteilen. Es würde sehr eng, dunkel, kalt und auch etwas stickig und staubig werden. Sie würden kilometerweit in den Berg einfahren, oft schon seien Touristen nahe am Zusammenbruch gewesen, weil sie so tief im Berg das Gefühl bekamen, im Gestein gefangen zu sein und zermalmt zu werden.

Kopfschüttelnd drehte sich Kirsten zu Peter. »Hat der

Mann gerade tatsächlich ›gefangen‹ und ›zermalmt‹ gesagt?«

»Wahrscheinlich hat ihm Fredrik den Text für seine Ansprache diktiert. Erquicklich, nicht wahr?«

Erland wurde eine Führung durch die Gebäude angeboten, der Rest der Gruppe wurde zu einem Lastwagen geleitet, der sie ins Innere des Berges brachte. Es dauerte nicht lange, bis das Licht des Tunneleingangs hinter ihnen verschwand. Rohre und Leitungen liefen entlang der Decke, rechts und links davon verlor sich das Licht in ultimativer Nacht.

Das Kohleflöz in Grube 7 sei recht dünn, erfuhren sie während der Fahrt, lediglich etwa eineinhalb Meter im Schnitt. Bis zu einem Dutzend Mann konnten gleichzeitig in der Grube arbeiten: Sie schnitten die Kohle – heutzutage mit Maschinen, nicht mehr manuell wie früher – und brachten sie mit Lastwagen zu den Transportbändern. Andere sicherten indes den Tunnel mithilfe von Bolzen und Stützelementen, die das Herabkommen der Decke auf die Arbeiter verhindern sollten. Ein großer Anteil der Kohle wurde nach Deutschland exportiert, ein Drittel lieferte Energie vor Ort. Vor einigen Jahren hatte die Grube kurze Berühmtheit erlangt, als fossile Fußspuren eines 60 Millionen Jahre alten Ur-Säugetiers, eines Pantodonden, gefunden wurden – sechs Kilometer tief im Berg, die Gesteinsdecke darüber vierhundert Meter dick.

Nachdem Kirsten diesen Teil der Erläuterungen für Monika und Jonas ins Deutsche übersetzt hatte, wollte Jonas wissen, ob es in dem Berg noch immer Dinosaurier gäbe. Tobias streckte daraufhin einen zitternden Zeigefinger aus und zitierte:

Ich spüre Kälte, tödliche Kälte.

Jener Ort dort, Tobias imitierte die knorrige Sprechweise des alten Jedi-Meisters Yoda aus »Star Wars« täuschend echt, *von der Dunklen Seite der Macht ist er erfüllt, dem Reich des Bösen gehört er an. Dorthin musst du.*

Was werde ich dort finden?

Nur was du mit dir nimmst.

Jonas starrte Tobias verständnislos an. Monika, deren Gesicht hinter einem dicken roten Schal verschwand, applaudierte, die Männer lachten. Elisabeth musste sich erkundigen, was da zitiert worden sei. Nur Kirsten sah nach vorne, wo der Schlund der Erde kein Ende finden wollte, und spürte, wie sich die Härchen in ihrem Nacken aufrichteten.

Während der Fahrt rückte die Decke beängstigend nahe, streifte fast das Dach des Wagens. Schließlich mussten sie das Gefährt wechseln. Diesmal konnte von Auto keine Rede mehr sein, gerade einen Meter hoch und ohne Dach mussten sie darin mit angewinkelten Beinen liegen, Mund und Nase von Staubmasken geschützt. Kirsten lag hinter Elisabeth und Fredrik und konnte daher beobachten, wie sich Elisabeth während der Fahrt an ihren Mann drängte, ein rarer Ausdruck der Intimität zwischen den beiden.

Eine im Vergleich zu draußen milde, dem Permafrost geschuldete Dauerkälte zupfte an den wenigen Stellen ungeschützter Haut, kroch schleichend durch die zu großen Arbeiterhandschuhe in Kirstens Fingerspitzen, aber diesmal war die Fahrt nicht lang, weil die Stollen schon bald selbst für diesen flachen Wagen zu klein wurden. Also ging es zu Fuß weiter, gebückt, zwischendurch beinahe kriechend.

Einzig der vor lauter Spannung ausnahmsweise schweigsame Jonas konnte unbeschwert aufrecht laufen.

Die Gruppe blieb immer wieder stehen, während der Führer ihnen Einzelheiten der Grube und des Abbaus des Kohleflözes erläuterte. Die Decken drückten von oben herab, veränderten den Hall der Stimmen, die Luft war kalt, aber ohne die Frische, die sonst mit Kälte einherging, sondern staubig und transportierte den Geschmack von Kohle. Jonas war im Handumdrehen schwarz im Gesicht, er war sich weder des Gewichts des Berges über sich bewusst noch der Tatsache, dass selbst Gestein Vergänglichkeit kannte. Als Kirsten nach ihm greifen wollte, entwand er sich ihr und sprang nach vorne an die Spitze der Gruppe. Dort, direkt vor ihnen, hantierte ein Arbeiter mit einer staubbedeckten Maschine, die Bolzen in die Decke bohrte, während so etwas wie ein kleiner Hebearm das hängende Gestein stützte. Der Mann musste während der Arbeit knien, so tief hing der Fels. Die reflektierenden Streifen seines roten Anzugs strahlten auf unter den Blitzen aus Hartmuts Kamera. Als Kirsten eine Hand an die Decke legte, spürte sie Vibrationen.

Die anderen gingen weiter, während sie zurückblieb, um ihre Feinstaubmaske vor dem Mund zurechtzurücken. Ein leises Knacken im Gestein des Stollens brachte ihr Herz zum Galoppieren. Abermals presste sie beide Hände gegen das Hangende über ihrem Kopf. Der Lampenschein der anderen hatte sich entfernt, sie stand allein neben der Maschine im Schatten der Funzeln. Im Geiste sah sie eine Vorstellung von sich selbst, ein zierlicher weiblicher Atlas unter der Erde, der die Welt auf seinem Rücken trug. Das Bild entlockte ihr ein nervöses Lachen. In diesem Moment drehte sich der Arbeiter, der Kirsten bislang hinter der Maschine den Rücken zugewandt hatte, um. In der Hocke stapfte er an der Maschine vorbei auf sie zu, den für die Enge viel zu gewaltigen Rumpf fast im Neunzig-Grad-Winkel nach vorne geneigt. Die Hände baumelten wie riesige Pfoten vor ihm hinab, die Fingerspitzen glitten knapp über dem Boden des Schachts dahin, von keinen Handschuhen geschützt, schwarz von Staub. An seiner Figur identifizierte Kirsten den Mann, bevor sie sein Gesicht unter dem Helm erkannte.

Es war der Hüne vom Flughafen. Den sie das zweite Mal im Auto und ein drittes Mal mit Ingrid im Café gesehen hatte.

Sie zuckte so stark zusammen, dass ihr vom Helm geschützter Kopf gegen die Decke prallte. Sie stolperte zurück, bis die Stollenwand ihr den Weg versperrte. Der Hüne kam weiter auf sie zu, trotz seines zum Watscheln verkommenen Hockergangs erstaunlich behände. Er öffnete den Mund, knurrte etwas. Sie sah seine Zähne, weiß in dem dreckigen Gesicht mit dem struppigen Bart. Sie floh.

Ihre 1,60 Meter Körpergröße erlaubten ihr, wenn auch gebückt, zu rennen. Weiter den niedrigen Stollen entlang, fort von der Maschine und dem grobschlächtigen Gesicht mit den wütenden Augen, dem Lichtschein nach, der ihr den Weg zu Fredrik und den anderen wies. So aufgewühlt war sie, dass sie zu spät bremste und in den Hintersten der Gruppe hineinlief. Es war Peter, der sie auffing und besorgt fragte, ob alles in Ordnung sei. Vor lauter Panik ging ihr Atem so schnell, dass sie zunächst kein Wort herausbrachte, was Peter eigenständig interpretierte.

»Keine Sorge«, sagte er, beruhigend über ihren Rücken

streichend. »Es hieß gerade, wir würden jetzt umdrehen. Mir geht's ähnlich wie dir, ich glaube, ich krieg bald keine Luft mehr.«

Kirsten schüttelte den Kopf, hustete und war froh über den festen Griff seiner Hand auf ihrem Arm. Sie warf einen Blick hinter sich, aber dort war nichts zu sehen, kein Troll, kein Schatten, nichts außer dem unendlichen Gewicht des Berges. Als sie den Blick wieder nach vorne wandte, starrte Elisabeth sie an. Im Licht der Höhlenlampen leuchteten ihre Augen eisig hell.

Nach einem späten Mittagessen, bis zu welchem sich das Wetter deutlich gebessert hatte und Spitzbergen begann, sich von seiner Winterurlaubsseite zu zeigen, versammelten sich alle in einem Seminarraum im Nachbargebäude des Hotels. Ein Beamer und ein Computer standen auf dem Tisch in der Mitte und projizierten ein Foto Longyearbyens an die Wand. Kirsten setzte sich auf einen freien Platz und sprang gleich wieder auf, weil Jonas verschwunden war. Aber sie hätte sich keine Sorgen machen müssen: ein Blick aus einem der Fenster verriet ihr den Verbleib des Jungen: Das Agenturauto hatte auf dem Parkplatz geparkt und Oda, Tim und Bridgestone ausgespuckt. Jonas zerrte an Tims Jacke, um die Aufmerksamkeit seines neuen Idols auf sich zu ziehen, den anderen Arm hatte er um Bridgestones Hals gelegt. Oda nahm den Hund an die Leine, und zusammen betraten sie das Gebäude.

Die Gruppe an der Tür teilte sich sofort, als der große dunkle Rüde im Raum erschien, die Gespräche verstummten. Tim nickte Kirsten grüßend zu, die Hände in den Hosentaschen vergraben. Er hatte sich rasiert. Kirsten fing seinen Blick auf und strich sich demonstrativ über die Wangen. Tim grinste schief, dann schlang er die Arme um sich und tat so, als würde er frieren. Erland, der neben Kirsten saß, beugte sich zu ihr und sagte: »Ich sehe, du hast hier schon Freundschaften geschlossen.« Es klang vorwurfsvoll. Als ob sie Kristoffer allein durch ein Lächeln und einen Blick verraten würde. Kirsten biss sich auf die Zunge und erwiderte, sie sei eben ein kontaktfreudiger Mensch.

Fredrik zählte die Anwesenden durch, dann klatschte er, um Ruhe bittend, in die Hände. Oda ließ Bridgestone Platz machen und blieb neben Fredrik stehen, während Tim sich auf einen Tisch in der Zimmerecke setzte.

»So, meine Lieben«, begann Fredrik. »Dann wollen wir jetzt mal das Geheimnis lüften. Ich habe das Vergnügen, euch Oda und Tim vorzustellen. Oda ist Chefin der Agentur, mit der wir das Programm geplant haben, Tim ist einer ihrer Mitarbeiter. Die beiden werden ab jetzt alles für euch übernehmen, wenn nötig, sogar das Denken.«

»Ich dachte, das wäre deine Rolle, Fredrik«, bemerkte Hartmut trocken unter dem Gelächter der Anwesenden. »Oder verkündest du hiermit deinen Ruhestand?«

»Nennen wir es lieber einen temporären Ruhe*gang*. Ich habe den Wert von Stehenbleiben nie verstanden.« Mit einer galanten Verbeugung lud Fredrik Oda ein, das Wort zu übernehmen. Die Agenturchefin schenkte den Versammelten ihr Julia-Roberts-Lächeln und bat Fredrik, das Licht herunterzudrehen.

Die Anfangstakte von »Stairway to Heaven« erklangen. Das Bild wechselte. Der schwarze Schriftzug *Spitsbergen Polar Adventures* erschien auf eisblauem Hintergrund und löste sich in der Nahaufnahme eines Eisbärenaugenpaares auf. Es folgten sich langsam überblendende Fotos Longyearbyens bei Nacht und vor Bergen mit rosa überhauchten Gipfeln. Die Gebäude der Stadt wichen Relikten des Kohleabbaus, dann einem einzelnen Kuppelzelt auf einem zugefrorenen Fjord unter einem marmorierten Himmel. Polarfüchse wechselten sich ab mit tollenden Eisbärenbabys und einer sich durch den Schnee kämpfenden zarten, weißen Blüte. Von Eiszapfen umrahmte Gesichter, ein Hundeschlittenteam vor einer kleinen Herde Rentiere, Nordlichter in grünen Schwaden und Bändern, eine kalbende Gletscherwand, eine Gruppe Touristen in einer Eishöhle und am Ende ein Schiff im Eis, ein Zweimaster, auf dessen rot gemalten Planken der Name »Noorderlicht« prangte.

Als das Lied immer leiser wurde und das letzte Bild mit dem offiziellen Schriftzug der Inselgruppe *Svalbard – natura dominatur* die Diashow beendete, applaudierten alle. Das Licht ging wieder an, Oda schaltete den Beamer aus. »Und das Beste ist«, verkündete sie, »das meiste von dem, was ihr auf diesen Bildern gesehen habt, werdet ihr in den nächsten Tagen auch in Wirklichkeit sehen, das kann ich euch garantieren.«

»Unglaublich!«, ließ sich Hartmut vernehmen.

»Und nicht übertrieben«, fügte Fredrik hinzu.

»Um das alles zu erleben, werdet ihr Longyearbyen für einige Tage und Nächte verlassen«, setzte Oda ihre Einführung fort. »Wir werden die Gruppe teilen, es wird ein Damenprogramm und ein Herrenprogramm geben. Ersteres werde ich selbst führen, das Herrenprogramm wird Tim leiten. Doch da dies eine Geburtstagsfeier ist, wollen wir euch natürlich nicht für mehrere Tage auseinanderreißen, sondern die Gruppen werden sich unterwegs wieder treffen. Wie ihr seht, sind Tim und ich auch nicht alleine gekommen. Wir haben unseren – zumindest für die Herrentour – wichtigsten Helfer mitgebracht. Darf ich vorstellen: Bridgestone, seines Zeichens Leithund.«

Bridgestone blinzelte einmal, da er seinen Namen hörte und plötzlich im Brennpunkt von einem Dutzend Augenpaaren stand. Er klopfte mit dem Schwanz auf den Boden, entschied sich dann jedoch dafür weiterzuschlafen. Jonas kniete stolz neben ihm auf dem Boden, eine Hand besitzergreifend auf seinem Rücken.

Oda referierte weiter: Die Damen würden am kommenden Tag einen Ausflug zu einer Eishöhle unternehmen und danach noch eine Nacht im Hotel schlafen. Das Herrenprogramm würde bereits am nächsten Vormittag beginnen. Aufbruch zu fünf Tagen Wildnisabenteuer. Jeder, wie Oda strahlend betonte, auf seinem eigenen Hundeschlitten.

Erland, Hartmut und Peter klatschten bei dieser Ankündigung in die Hände. Tobias sagte nichts, saß nur mit vorgeschobener Unterlippe da. Tanja blickte angewidert auf den etwas struppigen Hund, schien sich jedoch mehr Sorgen zu machen, was wohl auf sie zukommen würde. Die Herren würden die erste Nacht in einem Camp mit beheiztem Zelt verbringen, bevor sie am zweiten Tag die »Noorderlicht« erreichten, das im Eis liegende Segelschiff, das sie auf den Fotos gesehen hatten. Das Schiff war ein Hotelschiff; dort würde die Gruppe am zweiten Tag zu den mit Schneemobilen anreisenden Damen stoßen. Je nach Vorliebe könnten die Damen wählen, ob sie einen eigenen Motorschlitten steuern wollten oder lieber zu zweit auf einem führen. Diese Nacht würden die Gäste – Herren wie Damen – dann gemeinsam auf dem Segelschiff verbringen. Die »Noorderlicht«, versicherte Oda, sei klein, doch exklusiv für sie reserviert und verfüge über eine exzellente Küche.

»Na, was denkst du?«, flüsterte Fredrik in Kirstens Ohr, während Oda weitersprach. Er war neben ihr in die Knie gegangen, weshalb Kirsten einen Moment lang ihre Stirn gegen seine Schulter drücken konnte.

»Das ist herrlich! Eine wunderschöne Idee, ich freue mich total. Vor allem dieses Schiff im Eis, das ist ja wohl einmalig!«

Die Herrentour würde am dritten Tag von der »Noorderlicht« zu einer weiteren Übernachtungstour aufbrechen, diesmal mit Expeditionszelten. Die Damen würden einen Ausflug zu einer Gletscherfront unternehmen. Es gebe nichts zu befürchten, die Fahrstrecken seien nicht allzu lang, versicherte Oda. Die Damen würden nicht mehr als ein paar wenige Stunden am Tag auf den Schneemobilen sitzen. Nach der Nacht in Expeditionszelten würden die Herren zum Basiscamp des ersten Tages zurückfahren, wo sie noch eine letzte Nacht verbringen würden. Die Damengruppe würde mit den schnelleren Schneemobilen direkt nach Longyearbyen fahren. Damit würden die Damen zwei Nächte auf dem Schiff verbringen, die Herren insgesamt zwei Nächte im Basiscamp, eine Nacht auf dem Schiff und eine Nacht in Expeditionszelten. Für die Damentour unter Odas Leitung waren vorgesehen: Kirsten und Jonas, Elisabeth, Tanja und Monika. Die Herrentour mit Tim als Reiseleiter umfasste Fredrik, Peter, Erland, Hartmut, Tobias und Ingrid.

»Ingrid?«, echote Elisabeth. »Ingrid geht mit auf die Herrentour?«

Oda wandte sich an Fredrik. »Ich glaube, so hatten wir das besprochen, nicht wahr?«

»Ja«, bestätigte Fredrik, »genau so ist es geplant: Ingrid wird sich mir und den anderen Männern anschließen. Sie konnte nur nicht bei der Vorbesprechung dabei sein, weil sie arbeiten musste.« Elisabeths Stirnrunzeln schien ihm nicht aufzufallen.

»Also, ihr Männer werdet vier Nächte unterwegs sein und wir Damen nur zwei?«, vergewisserte sich Tanja. »Ohne Hunde?«

»Genau. Zumindest werden es vier beziehungsweise zwei Nächte, solange uns das Wetter keinen Strich durch die Rechnung macht.« Oda wedelte mit einem Computerausdruck. »Aber bislang sieht die Vorhersage für die nächsten Tage ganz gut aus. Es sind keine Stürme, stärkere Schneefälle oder heftiger Wind angekündigt. Morgen wird es recht kalt werden, danach wieder wärmer.«

»Das also bedeutet für Elisabeth, mich und den Rest zwei Nächte auf diesem Hotelschiff.«

Die als Rest titulierten Kirsten und Monika tauschten einen Blick, während Oda geduldig bestätigte: »Ja, zwei Nächte auf der ›Noorderlicht‹ mit Duschen, Betten und allem, was dazugehört.«

»Und die Kabinen sind beheizt?«

Tobias und Hartmut verdrehten synchron die Augen. »Mit allem, was dazugehört, Tanja«, wiederholte Hartmut Odas Worte. »Du wirst nicht die ganze Nacht schlotternd im Bett liegen.«

»Du wirst verzeihen, wenn ich hier notfalls nachhake«,

erwiderte Tanja spitz, »immerhin haben wir ja bereits ein Familienmitglied in diesem Land durch Kälteidiotie verloren.«

Das Wort klirrte im Raum wie Eis in einem leeren Cocktailglas. Niemand traute sich, Kirsten anzusehen. Einzig Tim bewegte sich. Er sprang von seinem Tisch, ging neben Jonas in die Knie, nahm dessen Hand und legte sie unter Bridgestones Kinn. »Hier«, sagte er, »hier mag er es besonders gerne, gekrault zu werden.«

»Was ist?«, fragte Tanja, Hartmuts Berührung von ihrem Arm streichend, während Jonas Tims Kraulanweisungen Folge leistete. »Ich habe mich eben informiert. Man nennt den Zustand, an dem Kristoffer gestorben ist, nun einmal so. Kälteidiotie. Kirsten hat doch selbst erzählt, Kristoffer habe seine Jacke ausgezogen, weil er dachte, ihm wäre warm.«

»Wir wollen doch lieber bei dem Fachbegriff Hypothermie bleiben«, sagte Erland sichtlich erbost. »Abgesehen davon bin ich sicher, dass uns bei dieser Tour keinerlei Gefahr droht. Ist es nicht so, Oda?«

»Absolut!«, sprang Oda ein und fuhr im selben Atemzug mit einer Aufzählung sämtlicher Sicherheitsvorkehrungen fort.

»Also ich finde, das klingt alles super!«, verkündete Monika, nachdem Oda mit ihrem Vortrag über Spezialausrüstung, Satellitentelefon, Notpeilsender, tägliche Wetterberichte etc. geendet hatte. »Da hast du dir wirklich etwas Tolles einfallen lassen, Fredrik. Allein die Bilder von der Eishöhle, zu der es morgen gehen wird, lassen Wunderschönes erwarten.«

»Die Damen fahren zur Eishöhle«, stellte Oda klar. »Die

Herren brechen morgen bereits mit den Hundeschlitten auf. Was auch der Grund ist, weshalb wir euch eure Männer leider jetzt kurz entführen werden. Wir müssen die Ausrüstung mit ihnen besprechen und möchten, damit jeder weiß, worauf er sich einlässt, eine kurze Runde mit den Hunden drehen. Sind jetzt noch Fragen? Die Damen haben morgen noch genügend Gelegenheit, mich zu löchern und sich vorzubereiten. Ich werde euch dann auch genau erklären, was ihr einpacken solltet. Die Kälteausrüstung bekommt ihr von uns. Anzüge und Stiefel sind im Übrigen ganz neu; ihr seid die Ersten, die sie tragen.«

In diesem letzten Kommentar bewies sich erneut Elisabeths Hand bei der Vorbereitung des Geburtstags, wie Kirsten vermutete. Es juckte sie nach wie vor in den Fingern, Tanja eine zu knallen, aber Fredriks Schwägerin schien ausnahmsweise selbst der Meinung zu sein, den Bogen überspannt zu haben. Zumindest setzte sie ein Gesicht auf, das wohl Optimismus ausstrahlen sollte, lehnte sich zu ihrem Sohn und sagte: »Das wird dir bestimmt Spaß machen, Tobias. Du hast dir ja immer einen Hund gewünscht.«

»Ja, das stimmt. Bloß dachte ich nie, dass ich den Hund gegen mein Bett eintauschen müsste.« Sie lachten. Wenig später brausten die Männer im Agenturbus davon. Sie nahmen Jonas mit, der ein wenig traurig war, weil er noch zu klein war, um an der Hundeschlittentour teilzunehmen. Aber die Aussicht auf einen Nachmittag mit den Hunden besänftigte ihn ein wenig, und Tim versprach, ihn diesmal nicht nur im Gepäcksack mitfahren zu lassen, sondern ihn wie die Erwachsenen eine Runde hinten auf den Kufen drehen zu lassen. Als einziges männliches Familienmitglied blieb Fredrik im Hotel zurück. Er, so verkündete er, sei bereits ausgerüstet und brauche die Einführung nicht mehr. Kirsten folgte ihm auf sein Zimmer.

»Bist du zufrieden?«, fragte sie, sobald sie allein waren. »Ich dachte, du wärest womöglich ein wenig enttäuscht, weil es weder einen kollektiven Aufschrei noch Gejammer gab.«

»Hältst du mich für so diabolisch?«

»Ich vermute durchaus, dass du einen gewissen diebischen Spaß daran hast, alle in die Eiseskälte zu schicken. Du willst uns zeigen, wo du herkommst, und den Männern, was ein richtiger Kerl ist.«

»Jetzt übertreibst du ein wenig, Kirsten. Das ist kein Macho-Ritual. Allzu anstrengend oder abenteuerlich wird die Hundeschlittentour nicht werden, du hättest bestimmt auch deinen Spaß daran. Nein, meine Überlegung, mit Hartmut, Erland und Peter länger unterwegs zu sein, ohne die Damen, hat noch andere Gründe. Und Tobias auszuschließen und zu den Damen zu schicken erschien mir dann doch zu hart.«

»Lass mich raten: Es geht um die Bank.«

Auf Fredriks Einladung hin setzte sie sich in einen Sessel. In der Luft hing der Geruch von Elisabeths teurem Parfüm, doch sie waren unter sich.

»Ist dir bewusst, meine Liebe, dass wir seit mehreren Monaten intensiv die Zukunft der Bank diskutieren?«

Kirsten nickte.

»In diesen Tagen ist hier auf Spitzbergen fast die komplette Leitungs- und Inhaberebene der Bank versammelt. Hartmut und ich als persönlich haftende Gesellschafter, Elisabeth als stille Gesellschafterin, Erland und Peter, beide in leitender Funktion. Wenn ich in die Zukunft der Bank blicke, bin ich mir nicht sicher, ob wir mit der jetzigen Struktur krisenfest genug aufgestellt sind. Wie stark der Zusammenhalt sein wird, wenn harte Entscheidungen getroffen werden müssen. Oder ob ich mich nicht doch für den Einstieg – einen massiven Einstieg – eines institutionellen Investors aussprechen sollte.«

»Dann ist das hier ein verkapptes Managertraining?«

»Sagen wir, ich schwanke momentan noch ein wenig in meiner endgültigen Entscheidung. Schau dir Erland und Peter an. Erland ist mein Sohn, und er ist unglaublich gut auf seiner Position. Aber ich sehe leider nicht, dass er das Zeug zu mehr hätte. Er ist perfekt auf der zweiten Ebene, die Mitarbeiter mögen ihn, im Umgang mit Kunden ist er wunderbar, er ist loyal, bodenständig, hat Familiensinn und Anstand, was in diesem Geschäft nicht selbstverständlich ist. Aber er kann keine Konflikte austragen, seine Visionskraft und sein Lösungsvermögen sind eingeschränkt. In diesen Dingen ist Peter ihm überlegen, und deshalb denke ich, dass Peter in nicht allzu ferner Zukunft an Erland vorbeiziehen wird.«

»Das wird Erland nicht gefallen.«

»Nein, ich weiß, und es tut mir auch leid. Wenn Kristoffer noch am Leben wäre, dann lägen die Dinge ein wenig anders. Kristoffer hätte das Zeug gehabt, es im Laufe der Zeit nach ganz oben zu bringen. So wie ich damals. Erland und Kristoffer – aus irgendeinem Grund gab es zwischen ihnen nie eine Konkurrenz, wie sie zwischen Brüdern oft selbstverständlich ist. Aber dass ich in Erlands Augen Peter ihm gegenüber bevorzuge, scheint ihn sehr zu wurmen.«

»Dann willst du also aussteigen?«

»Ich bin fünfundsiebzig, Kirsten. Niemand will einen Tattergreis an der Spitze einer Bank.«

»Peter hat mich heute früh gefragt, ob du Kristoffer in deine Pläne eingeweiht hast.«

»Das habe ich nicht.« Fredrik tippte sich an die Schläfe. »Das ist alles hier drin. Ich hatte Kristoffer ein Angebot gemacht, welches er angenommen hat. Doch ich hatte ihn damit nicht zu meinem Nachfolger auserkoren, das hätte ich ja auch gar nicht gekonnt, da sind ja noch die anderen Gesellschafter, die Bankenaufsicht, unmöglich, sich auf Jahre hinweg auf so etwas festzulegen. Das hat er verstanden.«

»Ich weiß.«

»Kirsten.« Zu ihrer Überraschung ging Fredrik zum zweiten Mal innerhalb einer Stunde neben ihr in die Hocke. Diesmal griff er sogar nach ihrer Hand. »Du bist Kristoffers Frau, die Mutter meines Enkels. Meines einzigen Enkels«, fügte er nachdrücklich hinzu. »Ich möchte, dass du mein Wort nimmst, dass ich dich und Jonas niemals hängen lassen werde. Wir haben nie über Finanzen gesprochen, aber Kristoffer war selbstständig, du Hausfrau, und ich weiß, dass ihr nicht viel gespart habt.«

»Kristoffer hatte eine Lebensversicherung«, unterbrach ihn Kirsten. »Sie wird nicht ewig reichen, aber für zwei Jahre sicherlich, und das sollte wohl genügen, dass ich mir einen Job organisiere, der Jonas und mich ernährt. Mach dir keine Sorgen.«

In Fredriks Rücken ging die Tür auf. Elisabeth kam herein und stockte, als sie ihren Mann zu Kirstens Füßen entdeckte. Fredrik drehte kurz den Kopf. Er nickte. Elisabeth schloss die Tür hinter sich.

»Kirsten«, setzte Fredrik fort, »ich mache mir um dich überhaupt keine Sorgen. Du wirst immer auf deinen Füßen landen und deinen Weg finden. Du bist eine Kämpferin, du bist angstfrei, und du bist stolz. Trotzdem verspreche ich dir, dass du und Jonas versorgt sein werdet. Solange ich lebe und nach meinem Tod sowieso.«

Bewegt erwiderte Kirsten den Händedruck. Elisabeth nahm unterdessen den Schal vom Hals und faltete ihn zusammen. Sie hatte den Kopf zur Seite geneigt, den Blick auf das Kaschmirtuch gerichtet.

»Dieses Versprechen gilt bedingungslos, meine Liebe. Du kannst dein Leben so führen, wie du willst, ich vertraue dir völlig, dass du die richtigen Entscheidungen triffst. Suche dir eine Arbeit, die dir Freude macht, nimm nicht den ersten dummen Job an, weil du dich von Sorgen getrieben fühlst.« Ärger lag nun in seiner Stimme. »Wir wissen ja, nur eine Mutter, die mit sich im Reinen ist, zieht starke und selbstständige Söhne groß.«

Kirsten winkte ab. »Du musst dich für Tanja nicht entschuldigen, Fredrik. Der Begriff existiert im Deutschen tatsächlich. Kälteidiotie, du kannst ihn bei Wikipedia nachschlagen.«

Fredrik schlug mit der Faust auf die Lehne des Sessels. »Kristoffer war kein Idiot. Er starb nicht als Idiot, und ich werde jeden aus dieser Familie ausschließen, der das Gegenteil behauptet.«

Fredriks sorgsam ausgeheckte Pläne erhielten am nächsten Morgen einen Dämpfer: Kirsten erschien gerade mit Jonas zum Frühstück, als Peter verkündete, er würde leider nicht mit auf die Herrentour gehen können. Er war mit

Rückenschmerzen aufgewacht, hatte sich nur unter Pein aus dem Bett erheben können, ein altes Leiden, das er seit seinen Klettertagen mit sich herumschleppte. Er war sich ziemlich sicher, dass seine Probleme auf die Probefahrt mit den Hundeschlitten zurückgingen. Das stundenlange Stehen auf dem Schlitten, die Nächte im Zelt ließen ihn Böses ahnen. »Am Ende wache ich morgens auf und kann nicht mehr aufstehen. Dann könnt ihr mich gleich selbst in einen Schlitten umfunktionieren und hinterherschleifen. Es tut mir echt leid, so ein Abenteuer ist eigentlich genau mein Ding, aber ich würde euch am Ende wohl nur zur Last fallen, und das will ich nicht.«

Elisabeth meinte, Peter müsse sich überhaupt nicht entschuldigen, das sei die einzig vernünftige Entscheidung, und die Damen wären entzückt über seine Begleitung auf ihrer Tour.

»Ich fürchte nur, mein Hundeteam wird enttäuscht sein. Die waren gestern so unglaublich heiß aufs Laufen, vor allem dieser Leitrüde, Nordy, der hat es mir echt angetan.«

»Du hattest Nordy und Vega als Leithunde?«, fragte Kirsten. »Das war vor ein paar Tagen auch mein Team.«

»Jetzt sind sie wohl niemandes Team mehr. Die werden ein paar ruhige Tage in ihrem Zwinger genießen.«

»Sie werden sich langweilen«, sagte Kirsten und begriff im selben Moment, dass sie von sich selbst sprach.

Monika hatte angefangen, leise Vogelrufe nachzuahmen. Kirsten ließ den zappelnden Jonas von ihrem Schoß gleiten. Wie magisch angezogen trappelte der Junge auf seine Patentante zu. In Sachen Pfeifen, Trillern und Tierimitationen aller Art war Monika seine größte Heldin. Der Rest der Familie diskutierte indes weiter Peters Rückenleiden. Namen in Köln ansässiger Chiropraktiker, Osteopathen und Akkupunkteure flogen wie Pingpongbälle über den Tisch. Hartmut hantierte unter dem Tisch, kurz darauf wanderte eine weiße Pastille in seinen Mund. Kirsten hatte schon vorher bemerkt, dass er ein Husten unterdrückte.

»Wenn du erkältet bist, sind die Hundeschlittenfahrt und das Zelten vielleicht auch für dich nicht das beste Programm«, sagte Kirsten zu ihm. »Nicht dass du dir noch eine Lungenentzündung holst.«

»Ich bin nicht erkältet, das ist nur ein Reiz. Das braucht dich nicht zu bekümmern.« Die Worte kamen unangemessen heftig heraus, fast böse. Kirsten hob beide Hände in beschwichtigender Geste, aber Hartmut hatte sich bereits von ihr abgewandt. Nachdenklich reichte Kirsten Monika eine Serviette, um die Spucke aufzufangen, die Jonas bei seinen Pfeifversuchen produzierte. Als sie aus dem Fenster schaute, fuhr draußen auf der Straße ein Auto mit zwei weißen Huskys auf der Ladefläche vorbei. Selbst auf die Entfernung hin konnte sie sehen, wie einer der Hunde gähnte. Unvermittelt spürte sie den rein körperlichen Drang, ihre Finger in dichtes Fell zu graben, zu fühlen, wie sich gespannte Muskeln gegen ihren Körper drängten, einmal mehr in ihrem Leben mit Tieren zu arbeiten. Die Reiterei war zu lange her.

Fredrik hatte sich in der Zwischenzeit mit Peters Entscheidung abgefunden und griff nach seinem Handy, um Oda anzurufen und sie über die Planänderung zu informieren. Er hatte noch nicht fertig gewählt, da platzte es aus Kirsten heraus: »Ich könnte doch auf die Hundeschlittentour mitgehen.«

Monikas letztes Zwitschern verklang, alle starrten Kirsten perplex an. Nur Jonas machte »ffffüfffüffffü«.

»Das wäre doch für alle am einfachsten. Dann könnte Peter meinen Platz auf der Damentour einnehmen, und niemand muss irgendetwas umplanen.«

»Was ist mit Jonas?«, fragte Fredrik. »Wir werden bis zu sieben Stunden am Tag unterwegs sein, das ist zu lang für den Jungen.«

Kirsten blickte Monika an. Mit einem Mal war sie ganz aufgeregt, wie früher vor einem Rennen, wenn sie am Start gestanden hatte, darauf brennend, dass die Startbox sich endlich öffnete. Monika fiel es nicht schwer zu erraten, worum Kirsten sie stumm bat. Sie lachte, wuschelte Jonas durch das Haar und fragte: »Na, was meinst du, Großer? Halten wir beide es bis morgen Abend ohne deine Mama aus? Vielleicht reicht die Zeit sogar, um dir das Pfeifen auf zwei Fingern beizubringen.«

»Pfeifen auf Fingern?«, wiederholte Jonas entzückt und riss beide Hände hoch, um sie eingehend zu begutachten. »Auf welchen?«

Kirsten zögerte nicht länger. Sie warf ihren angebissenen Toast zurück auf den Teller und sprang auf. Ihr breites Grinsen traf auf Fredriks strengen Blick. Fredrik ließ sie noch einen Moment lang zappeln, dann tippte er auf das Ziffernblatt seiner Uhr. »In einer Stunde geht es los.«

»Das langt mir dreimal!« Kirsten schoss los wie früher als junges Mädchen auf den Weg zu den Pferdeställen. Sie brauchte fünfunddreißig Minuten, um zu packen, zeigte Monika, wo sie Jonas' Sachen fand, versprach ihrem etwas überrumpelten Sohn, ihn am nächsten Abend mit Bridgestone fahren zu lassen, was seinem Schmollen ein sofortiges Ende setzte, und war sogar die Erste auf dem Parkplatz, wo Tim bereits mit dem Bus wartete.

»Als Fredrik angerufen hat, um zu sagen, dass statt eines Herrn eine Dame mitkommt, dachte ich mir gleich, dass du das wärst«, begrüßte er sie.

»Tja, die egoistische Rabenmutter der Familie nutzt ihre Chancen.«

»Wer sagt das?«

»Die Kunst ist, schnell genug zu verschwinden, bevor man es hört und darauf reagieren muss. Jonas war ein wenig beleidigt, aber er vergöttert Monika. Die beiden werden super zurechtkommen. Meine Güte, was ist das auch für ein schöner Tag!« Sie hüpfte vor Freude auf und nieder. Ihre weit ausholende Armbewegung umfasste die klare Luft und den sich aus der Nacht in den Tag kämpfenden, wolkenlosen Himmel, in dessen Blau sich Violett mischte. Es war nicht einmal neun Uhr am Morgen, die Straßenbeleuchtung brannte noch und zauberte eine Perlenschnur aus Lichthöfen auf Wege und Straßen. Kirsten fragte Tim, was das Thermometer sprach.

»Minus vierundzwanzig Grad.«

Nicht einmal das konnte ihrer Laune einen Dämpfer verpassen. Als sie zwanzig Minuten später bei der Agentur hielten, stieg gerade Ingrid aus einem zweiten Auto, eine Tasche über den Schultern. Die Ärztin beugte sich durch das Fahrerfenster, um ihrem Mann einen langen Abschiedskuss zu geben. Sie freute sich Kirsten zu sehen. »Siehst du«, rief sie Trond lachend zu, bevor dieser wendete und davonfuhr, »jetzt bin ich doch nicht allein unter lauter Männern.«

Kirsten hatte ihre gesamte Oberbekleidung noch von

den letzten zwei Touren zusammen; selbst der Rest der Ausrüstung, der für Peter zusammengesucht worden war, musste bis auf kleinere Hüttenschuhe nicht geändert oder ergänzt werden. Oda und eine Kollegin hatten bereits begonnen, die Schlitten mit Gemeinschaftsgepäck – Zelten, Kochausrüstung, Futter für die Hunde – zu beladen; es fehlten bloß noch die Schlafsäcke, Isomatten, Beutel mit Schokolade, Keksen und Müsliriegeln für den Tag, Thermoskannen und Seesäcke mit Wechselkleidung, persönlichem Bedarf und Fotoausrüstung. Zum Schluss reichte Oda Kirsten noch eine kleine Tüte mit flachen, in Plastik verschweißten Beuteln.

»Gegen die Kälte«, erklärte sie. »Am besten ist, du stopfst dir gleich jetzt zwei davon in deine Handschuhe. Hier, du reißt einfach die Päckchen auf – du siehst, das sieht so ähnlich aus wie Teebeutel – und wartest ein wenig. Die Beutel erzeugen Wärme durch einen Oxidationsprozess, sie brauchen also Sauerstoff, um warm zu werden, deshalb dauert es ein wenig. Die Dinger wärmen mehr als sieben Stunden lang.«

»Was ist mit uns?«, fragte Fredrik. »Bekommen wir Männer keine dieser Wunderbeutel?«

Er war nun ins Englische gewechselt, damit Ingrid, die ebenfalls ein paar Wärmekissen in Empfang nahm, der Unterhaltung folgen konnte. Oda zuckte mit den Achseln. »Jederzeit, wenn ihr sie wollt.« Sie stopfte jedem ein paar in die Jackentasche. Tobias schien unschlüssig, ob er sie wie Kirsten sofort auspacken und verwenden sollte.

»Warte lieber erst mal ab«, meinte Kirsten. »Ich selbst produziere nun einmal so gut wie keine Wärme, und das bisschen gelangt nicht bis in meine Extremitäten. Das schwache Herz der Frauen, wenn du verstehst. Es pumpt nicht stark genug.«

Hartmut behauptete, das erkläre so einiges.

Kirsten bekam tatsächlich dasselbe Hundegespann wie bei ihrer letzten Tour. Vega schnüffelte ausgiebig an ihren Handschuhen, die anderen drängten sich gegen ihre Beine. Nordy stellte sich auf die Hinterbeine, stellte die Vorderpfoten auf Kirstens Bauch ab und versuchte, ihr das Kinn zu lecken. »Machen sie das bei jedem Touristen, oder darf ich mir was darauf einbilden?«, fragte sie Tim.

»Hunde wissen schon, wer ein gutes Herz hat.« Tim korrigierte den Sitz von Vegas Geschirr. Die Hündin wand sich unter seinen Händen genüsslich wie ein Welpe. In Kirstens Ohren klang sein Satz altmodisch – ein gutes Herz, wer sprach heute noch so? Doch es freute sie. »Was ist, wenn sie einen nicht mögen?«

Tim strich sich mit dem Ärmel über die Stirn, trotz der Minusgrade war das Einschirren eine schweißtreibende Aufgabe. »Wenn sie einen nicht leiden können, benehmen sie sich blöd. Wollen nicht laufen, legen sich hin, machen irgendeinen Unsinn. Das passiert schon mal, aber das kann man einem Gast ja schlecht erklären. Schon gar nicht, wenn man denkt, dass die Hunde recht haben.« Er hob die Stimme. »Ihr könnt euch jetzt fertig machen, in fünf Minuten starten wir.«

Kaum näherte sich Tim den Ankern, die seinen Schlitten hielten, und schloss dabei seine Jacke, verstanden die Hunde dies als Signal zum Aufbruch. Sie sprangen auf. Gebelle und Gejaule hoben an, die Ankerseile strafften sich, Schlitten ruckten unter geballten Hundestärken. Fredrik und Kirsten ergötzten sich am ausbrechenden Tumult, Erland und Tobias zückten eilig ihre Kameras. In der Zwischenzeit brachte Oda Tim ein Gewehr. Anders als bei Kirstens letzten Ausflügen steckte die Waffe nicht mehr in einer länglichen Plastikhülle. Lauf sowie hölzerner Schaft lagen nunmehr frei, einzig in der Mitte schützte eine Art Manschette Abzug und Magazin. Ein neonorangenes Säckchen mit Klettverschluss verhüllte die Mündung, ein zweckentfremdetes, von Mushern Bootie genanntes Schutzsöckchen für die Pfoten der Hunde bei Eis und verharschtem Schnee. Tim nahm das Gewehr entgegen, löste probehalber die Klettverschlüsse zum Kontrollieren der Waffe, dann stellte er die Länge des Riemens ein, damit er es sich bequem über den Rücken hängen konnte. Unvermittelt stand Erland neben ihm. Kirsten, nur wenige Meter entfernt, trat ein wenig näher, um über den Lärm der Hunde hinweg hören zu können, was sie sprachen.

Erland wollte sich das Gewehr ansehen. Tim lehnte ab. Nach allen Vorbereitungen war es mittlerweile elf Uhr geworden, sie mussten los. »Später«, sagte er, »heute Abend haben wir noch genügend Zeit.«

»Was für ein Kaliber ist es?«, bohrte Erland nach. »Und wie viele Schuss?«

»Diese hier ist eine 12/70er mit acht Schuss im Magazin. Das brauchen wir hier, damit auch nach ein paar Warnschüssen noch was übrig ist – für den Fall, dass ein Bär sich nicht verscheuchen lässt.«

»Und du wirst sie immer bei dir tragen?«

Tim erklärte, er würde das Gewehr während des Fahrens immer am Körper tragen, denn sollte er vom Schlitten fallen, würden die Hunde einfach weiterlaufen. »Die halten nicht von selbst an. Wenn du Pech hast, liegt ein längerer Fußmarsch vor dir, bis der Schlitten womöglich umkippt und die Hunde zum Stehen zwingt. Das ist schon unangenehm genug, aber du willst dann nicht auch noch im falschen Moment ohne Schutz sein, oder?«

Sie brachen auf.

Das Basiscamp, das an diesem Tag ihr Ziel markierte, lag etwa 30 Kilometer von Longyearbyen entfernt. Sie starteten nach Osten, entlang Adventdalen, ein zu Beginn breites Tal, das sich nach einigen Kilometern in Richtung Landesinnere zu verengen begann. Kirstens Schlitten glitt hinter Tim dahin, der die Gruppe mit seinem Zehner-Team anführte. Doppelt so lang wie die anderen Schlitten und dazu noch schwer beladen, ähnelte Tims Schlitten mehr einem Schlachtschiff denn einem Hundeschlitten. Dennoch musste er sein Team am Anfang sogar bremsen, bis die Hunde ein gleichmäßiges, nicht allzu schnelles Tempo hielten, welches sie den ganzen Tag über durchhalten konnten. Hinter Kirsten folgten Tobias, Erland, Hartmut, Fredrik und am Schluss Ingrid mit einer dreieckigen Tasche über den Schultern: Tim hatte ihr die Signalpistole anvertraut.

Trotz der tiefen Temperaturen war es Kirsten anfangs nicht kalt. Das Bepacken der Schlitten, das Hundeeinschirren, der aufregende Start, das alles hatte ihren Kreislauf in Schwung gebracht. Sie hatte sich ihre Gesichtsmaske übergestülpt, darüber trug sie die Schneebrille und ihre Mütze. Abgesehen von Tim und Ingrid, die anfangs ohne Gesichtsmasken fuhren, hatten die anderen in der Gruppe es ihr gleichgetan, weshalb die Stolts und Warthenbergs nun wie Astronauten von einem fernen Planeten aussahen, ganz in Schwarz gekleidet mit ein paar weißen reflektierenden Streifen an den Handgelenken und Knöcheln. Im Grunde waren sie nur noch durch ihre Figuren zu unterscheiden, doch die steckten in dicken Kleiderschichten.

Im Laufe des Vormittags änderte sich das Licht. Die Sonne kroch, unsichtbar für sie, jenseits der Berge über den Horizont und beleuchtete die Gipfel auf der nördlichen Talseite. Die Schattengrenze wanderte tiefer, bald glommen die Berghänge bis zur Hälfte rosa. Der Himmel präsentierte sich in schwach geschichteten Farben, von unten verwaschen hell bis zum reinen Azur direkt über ihnen. Im Schatten der Täler behielt der Schnee den ganzen Tag über einen bläulichen Glanz. Bis sie eine Mittagspause einlegten, hatten sich die flach-ovalen Wolken in Form von Ufos, die Kirsten schon kannte, an den Himmel gesellt. Die Männer waren begeistert. Alle packten Fotoapparate und Kameras aus. Ingrid hatte sich auf ihren Schlitten gelegt, die Arme hinter dem Kopf verschränkt, den Blick in Richtung Berge gerichtet. Die Teams standen während der Pause eines hinter dem anderen, jeder Hundeschlitten gesichert von zwei Ankern am Schlittenende und einem Frontanker, der die zentrale Drahtleine, an der die Hunde paarweise eingeschirrt waren, spannte. Die Hunde hatten sich hingelegt, von ihren Fellen stieg Dampf auf. Einige schlossen die Augen, andere knabberten sich Eis und Firn von den Pfoten. Nur in Tims Team warfen sich ein paar Huskys bellend in das Geschirr, wollten weiterlaufen.

Kirsten hatte bereits beim Einspannen Fotos gemacht, wenn auch nicht viele. Als sie jetzt ihre Kamera auspackte, tat sich gar nichts mehr. Der Akku war nach wenigen Stunden in der Kälte bereits am Ende. Sie wollte die Batterie wechseln, doch ihre Finger kühlten in den dünnen Merinohandschuhen sofort aus, weshalb sie rasch wieder in die Fleecehandschuhe und mit diesen in die dritte Schicht, Handschuhe aus Seehundfell, schlüpfte. Zum ersten Mal fühlte sie nun auch die Kälte in ihren Zehen. Sie begann, auf der Stelle zu joggen.

»Alles klar?« Tim war neben Kirsten aufgetaucht und bot heißes Wasser für ihre Tourenmahlzeit, ein Fertiggericht, an.

»Es ist etwas frisch hier.«

»Am Körper?«

»Nur an den Händen und Füßen. Sonst ist alles warm. Mach dir keine Gedanken, ich komme schon klar.«

Kirsten ruderte mit den Armen, während sie wartete, bis das Huhn mit Paprika und Currysoße auf Reis lange genug gezogen hatte. Das Essen gestaltete sich schwierig. Weil die Mahlzeit binnen kürzester Zeit erkaltete, musste sie jeden Bissen undamenhaft herunterschlingen, dazu kam die Herausforderung, den Löffel trotz Gesichtsmaske in den Mund zu führen. Am Ende goss sie sich noch ein wenig dampfenden Tee ein, schluckte ihn in einem Schwall hinunter, obwohl er dafür fast zu heiß war, und sah zu, dass sie ihre eiskalten Finger wieder in die Seehundfell-Handschuhe brachte. Doch es wollte ihr nicht mehr gelingen, sie richtig warm zu bekommen. An den Handinnenflächen spürte sie weiterhin die Wärme der kleinen Heizbeutel, aber sie reichte nicht bis zu den Fingerspitzen. Armschütteln, die Hände zu Fäusten ballen oder mit den Fingern auf einem nicht vorhandenen Klavier spielen brachte ebenfalls keinen nennenswerten Effekt. So wunderschön der Tag auch war – das Wetter, die archaische Romantik der Hundeteams vor den nach Pinsel und Leinwand verlangenden Berghängen, die lang gestreckten Kuppen, die im Laufe der Etappe schrofferes Gebirge ersetzten und die Landschaft sanfter zeichneten –, mit der Kälte, die sich durch Kirstens Zehen und Finger nagte, kroch die Angst heran. Wenn sie jetzt, nach nur ein paar Stunden bereits derart auskühlte, was würde sie erwarten, sollte es noch kälter werden? Was, wenn es ihr nicht mehr gelang, ihre Extremitäten warm zu bekommen? Würde ihr Abenteuer vorbei sein, bevor es überhaupt begonnen hatte?

Die Lust aufs Fotografieren war ihr gehörig vergangen. Als ihre Mütze verrutschte, ließ sie sie, wie sie war, um nicht erneut aus ihren Handschuhen schlüpfen zu müssen. Sie begann, von den Fersen auf die Zehenspitzen und wieder zurück zu wippen. Sie ging tief in die Hocke, vertraut mit dem Prinzip, dass die Zirkulation im Körper begann, mit ihrem Herzschlag. Hier lag die Quelle der inneren Heizung, der Motor, der auf Touren kommen musste. Langsam begann sie zu glauben, dass die Hunde, die den Schlitten ziehen mussten, vielleicht das bessere Los hatten. Bewegung bedeutete Wärme. Sie selbst jedoch stand die meiste Zeit still auf den Kufen, eine mitteleuropäische Statue in der falschen Klimazone. Der Versuch, ein paar Schritte neben dem Schlitten herzurennen, scheiterte. Der Schnee war zu locker, sie sank zu tief ein und keuchte bereits nach dreißig Metern wie ein Blasebalg.

Als Tim schließlich in ein kleines Nebental abbog, konnte Kirsten es gar nicht mehr erwarten, raus aus der Kälte zu kommen und hinein in das beheizte Zelt des Basiscamps. Ungeduldig hielt sie Ausschau, bis endlich vor ihr ein hellbraunes Konstrukt auftauchte, vieleckig aus schweren Planen mit einem aus der Mitte nach oben ragenden Rauchabzugsrohr. Ein einsames Zelt inmitten schneebedeckter Hügel. Es wirkte winzig, verloren. Sie fragte sich, wie sie alle darin Platz zum Schlafen finden sollten.

Im Seitental gab es keinen vorgespurten Trail mehr, der Schnee wurde hier so tief, dass die Hunde bis zum Bauch versanken, weshalb es dann doch länger dauerte, bis sie die Teams seitlich des Zelts geparkt hatten. Sie setzten die Frontanker, verlängerten die Halsketten der Hunde, damit diese für die Nacht ein wenig mehr Bewegungsfreiheit hatten, zogen ihnen die Geschirre aus und verstauten sie sicher am Schlitten. Die Bewegung tat Kirsten gut. Probehalber wackelte sie mit den Zehen, selbst ihre Finger fühlten sich wieder besser an. Sie beruhigte sich. Bis kribbelnder Schmerz zum Leben erwachte. Erst in ihrem rechten Fuß, dann im linken, kurz darauf auch in den Fingern beider Hände. Das Gefühl glich dem Eintauchen ausgekühlter Gliedmaßen in viel zu heißes Badewasser. Allerdings entfaltete sich der Schmerz nicht von außen, sondern von innen, wie heißes Quecksilber, das die Adern entlang in ihre Finger- und Zehenspitzen schoss. Mit dem Schmerz kehrte die Furcht zurück.

Die anderen hatten sich in der Zwischenzeit um Tim versammelt, der verkündete, was als Nächstes auf dem Programm stand: Er wollte, dass die Gruppe übte, die Zelte für die übernächste Nacht aufzubauen. Hier im Tal waren die Bedingungen gut, es gab keinen Wind, und die Dunkelheit würde noch über eine halbe Stunde auf sich warten lassen. Übermorgen konnten die Umstände hingegen ganz anders sein. Sie würden das Gemeinschaftszelt und das kleinste der Expeditionszelte aufbauen, das sollte zu Übungszwecken genügen. Das Gemeinschaftszelt würden sie direkt danach wieder abbauen und auf den Schlitten verstauen, im Expeditionszelt würde er selbst in dieser Nacht schlafen.

»Wenn mir die Finger und Zehen wehtun«, platzte es aus Kirsten heraus, »ist das eher ein gutes oder ein schlechtes Zeichen?«

»Das ist ein gutes Zeichen, keine Sorge«, antwortete Ingrid, ohne jedoch Anstalten zu machen, einen ärztlich-professionellen Blick auf Kirstens Hände zu werfen. Die Männer zerstreuten sich, schleppten die Beutel mit den Zeltmaterialien herbei und suchten sich eine Stelle, um die Zelte aufzubauen. Tim gab ihnen ein paar Anweisungen, dann machte er sich daran, den Schnee vom Dach des Basiscamps zu kehren und – wie Kirsten inständig hoffte – den Ofen im Inneren anzuschüren.

»Ich glaube, meine Fingerspitzen sind gefühllos.«

»Ja, das kann ein paar Tage anhalten.« Ingrid lächelte. Eigentlich hätte das Lächeln Kirsten beruhigen sollen, aber vor ihrem inneren Auge sah sie bereits, wie sich schwarze Hautfetzen von ihren Fingerspitzen schälten. Auf einmal fand sie diese Tour überhaupt keine gute Idee mehr.

»Lass nur, Kirsten!«, rief Fredrik, als sie sich zögernd den Männern näherte. »Sorg erst einmal dafür, dass du warm wirst. Wir machen das hier schon.« Tobias und Erland trampelten derweil mit erstaunlichem Enthusiasmus den Schnee flach. Auch die Männer gaben zu, unterwegs kalte Zehen und Finger gehabt zu haben, doch von ihnen hatte keiner ernste Probleme.

Tim drückte Kirsten einen Spaten in die Hände und

schlug vor, sie solle anfangen, eine Toilette zu graben, das würde sie wärmen und ablenken. Sie fragte ihn, wie kalt es sei. Tim zeigte ihr das Thermometer: minus einunddreißig Grad. »Schlimmer wird es nicht werden, keine Angst. Das mit den Schmerzen in den Fingern wird nicht lange andauern, vertrau mir.«

Tim wies Kirsten an, an den Hunden entlang in Richtung Talende zu gehen. Fünfzehn Meter hinter dem letzten Schlitten solle sie sich nach links wenden. Dort, kurz vor dem Hang, könne sie einen unregelmäßigen Haufen sehen, das sei eine ältere Toilette. Zuletzt gab er ihr noch den Rat, doch lieber hinter der alten Toilettenstelle zu buddeln, sofern sie nicht unliebsame Schätze entdecken wolle.

Mit den unförmigen Handschuhen hatte Kirsten Mühe, den Spatenstiel zu umfassen, aber das Letzte, was sie jetzt tun würde, war, die Überhandschuhe auszuziehen. Der Gebrauch der Hände, des wichtigsten Werkzeugs des *Homo sapiens* – ausgebremst. Die Möglichkeit, jeden Griff zu tätigen, nach dem ihr gerade der Sinn stand. Fotografieren. Die Mütze zurechtrücken. Sich Haare aus dem Mund streichen. Einen Schokoriegel essen. Ein Taschentuch benutzen. Die kleinen selbstverständlichen Dinge. Sie schlug ein weiteres Mal die Hände gegeneinander, gegen die eigene Hysterie anschimpfend.

Unerwartet tauchte Hartmut an ihrer Seite auf. »Vielleicht hättest du doch lieber bei deinem Sohn bleiben und auf die Damentour gehen sollen, Kirsten«, bemerkte er, während er sich an ihr vorbeischob. »Ich weiß wirklich nicht, was du hier willst.«

Es war Hartmuts gehässiger Tonfall, der Kirsten aus ihrem Kokon des Mit-sich-selbst-beschäftigt-Seins riss. Ihre Zehen und Finger kribbelten weiterhin, als ob sich ein Heer roter Waldameisen durch sie hindurchbiss, aber ihr Geist wandte sich vom eigenen Körper ab und den Menschen und ihren kleinmütigen Kriegen zu. Es schwang mehr mit in Hartmuts Worten als nur die Sorge, sie könne auf der Tour zu einer Last werden. Es war die Stimme seiner Schwester Elisabeth und die ungeklärte Frage, was Kirstens Platz in dieser Familie sein sollte.

Sie war eben nicht Kristoffer. Und Kristoffer war tot.

Später – es war mittlerweile dunkel geworden, der Ofen hatte das Innere des Basiscamps auf acht Grad erwärmt, und sie hatten es sich auf den ausgebreiteten Matten gemütlich gemacht – war es Kirsten zwar wieder warm geworden, aber es zeigte sich, dass Ingrid recht behalten sollte: Die Taubheit in den Finger- und Zehenspitzen blieb, da nützte kein Massieren, kein Kneten, kein Eintauchen in warmes Wasser. Als Kirsten sich vor ein paar Wochen den Daumen am Wasserkocher in ihrer Küche verbrannt hatte, hatte sich die Daumenspitze genauso taub angefühlt. Sie hätte nicht gedacht, dass man sich an Kälte verbrennen konnte. Als sie den Gedanken aussprach, bemerkte Erland leise: »Ich denke, Kälte ist der angenehmere Tod. In der Hinsicht hat Kristoffer gut gewählt.«

»Kristoffers Tod hat überhaupt nichts mit einer Wahl zu tun«, widersprach Kirsten verärgert.

»Mein Bruder ist in die Arktis gefahren, um Urlaub zu machen. Nicht in die Wüste, so meinte ich das. Ich würde lieber an Unterkühlung sterben als an Durst, lieber durch Erfrieren als durch Verbrennen. Du nicht?«

Ansonsten war die Stimmung im Zelt gut. Die Männer lobten Kirstens Toilettenkonstruktion mit dem aufgehäuften Windschutzwall und den Tritten für die Füße. Kirsten hingegen schwor, auf gar keinen Fall in dieser Nacht ihr eigenes Werk zu benutzen; überhaupt würden keine zehn Pferde sie aus diesem Zelt bekommen, bevor die Temperatur nicht um mindestens fünf Grad steige. Das Zähneputzen verschob sie auf den nächsten Tag. Von den Männern hatte, wie sich gleich darauf herausstellte, außer Tim und Fredrik sowieso keiner ans Zähneputzen gedacht. Sie hatten ihre Zahnbürsten nicht einmal mitgenommen, was Kirsten zu der Bemerkung veranlasste, Zivilisation sei eben doch keine Frage der Möglichkeiten, sondern eine Frage der inneren Einstellung.

Tim telefonierte mit dem Satellitentelefon nach Longyearbyen. Die Damen hätten einen herrlichen Ausflug zur Eishöhle hinter sich, für den kommenden Tag sei weiterhin gutes Wetter gemeldet, wenn auch nicht mehr so kalt. Das Außenthermometer bekräftigte die Prognose: minus achtundzwanzig Grad, das waren drei Grad mehr als am Nachmittag.

Ingrid und Kirsten boten an, sich um die Zubereitung des Eintopfs zu kümmern, während Tim draußen die Hunde versorgte. In der Zwischenzeit optimierten die Männer die Schlafanordnung: Sie würden alle sternförmig um den Ofen schlafen, die Füße zur Zeltmitte. Kirsten, die Kleinste in der Gruppe, würde am äußersten Rand schlafen, wo am wenigsten Platz war, neben ihr Ingrid und Tobias. Die älteren Herren, in der Annahme, nachts noch einmal hinauszumüssen, schliefen so, dass sie den Ausgang erreichen konnten, ohne über alle anderen hinwegsteigen zu müssen. Oda hatte jedem eine dicke Isomatte und zwei Paar Schlafsäcke eingepackt. Mit den in Reih und Glied auf den Spanplatten im Eingangsbereich aufgestellten Stiefeln verwandelte sich das Zelt rasch in ein Schlaflager, das man mit ein wenig studentischer Nostalgie gemütlich hätte nennen können. Ingrid erkundigte sich flüsternd bei Kirsten, ob die Männer schnarchten.

»Darauf kannst du wetten. Aber« – Kirsten wedelte mit ihrem Waschbeutel – »ich habe zwei Paar Ohrstöpsel eingepackt, das reicht für uns beide.«

»Bin ich froh, dass du mitgekommen bist«, sagte Ingrid.

Kirsten, überrascht von Ingrids Bekenntnis, hob ihre Hände und wackelte demonstrativ mit den Fingern. »Und ich bin froh, eine Ärztin dabeizuhaben.«

Ein wenig später versuchte Erland, sich zwischen Kirsten, der Kochausrüstung und Ingrid hindurchzuschieben, und stieg dabei versehentlich auf Kirstens Fuß. Er entschuldigte sich sofort, ohne jedoch Anstalten zu machen, an seinen Platz zurück oder nach draußen zu gehen.

»Verdammt, was wird das eigentlich, Erland? Du wirfst uns mit deinem Getrampel am Ende noch den Kochtopf um.«

»Ich suche Tims Gewehr. Ich wollte es mir anschauen, ich dachte, es würde hier irgendwo liegen.«

»Er hat es mit hinausgenommen. Wahrscheinlich ist es in seinem Zelt.«

Erland blinzelte in Richtung Eingang; offenbar überlegte er, ob das Gewehr es wert war, sich Stiefel, Jacke, Handschuhe und Mütze überzustülpen und einen Ausflug in die abendliche Finsternis und Kälte zu unternehmen.

»Ich wusste gar nicht, dass du dich so für Waffen interessierst«, sagte Fredrik.

»Eigentlich schon immer, ich bin nur nie dazugekommen, einen Waffenschein zu machen. Wir haben mal zusammen gejagt, erinnerst du dich nicht, Papa? Das war, als wir noch in Bergen lebten. Ich war vierzehn oder fünfzehn, und du und Onkel Jonny, ihr habt mich mitgenommen, als ihr im Herbst auf Elchjagd gegangen seid.«

»Ja natürlich, jetzt erinnere ich mich. Wir haben damals einen Bullen erlegt. Das war der größte Elch, den ich je gesehen habe. Das hatte ich völlig vergessen.«

»Du hast den Bullen geschossen, Papa. Es war dein Schuss, der direkt durchs Herz ging. Opa Jonny hat bloß den Hintern getroffen.«

Fredrik lachte herzhaft. Kirsten wandte gerade rechtzeitig den Kopf, um zu beobachten, wie Hartmut hinter Fredriks Rücken die Augen verdrehte. Tobias hingegen wollte die ganze Geschichte hören. Während die Männer begannen, sich übers Jagen zu unterhalten, erkundigte sich Ingrid nach Kirstens Zehen, weil sie sah, dass Kirsten immer noch an den Spitzen herumdrückte. Kirsten murmelte, eine Amputation würde wohl nicht nötig werden. Das einzig Gute an ihrem Sardinenbüchsenschlaflager sei, dass es mit all den Männern im Zelt in der Nacht auch ohne brennenden Ofen angenehm warm sein würde.

»Ja, es ist etwas eng hier drin. Aber ich habe nicht den Eindruck, dass Tim nein sagen wird, wenn du ihn fragst, ob du bei ihm schlafen darfst.« Ingrid berührte mit der Zungenspitze ihren Mundwinkel so, wie Tim es oft tat, wenn ihn etwas amüsierte. Zum Glück sprach sie leise. »Aber das käme vielleicht beim Rest nicht so gut an.«

»Nein, wahrscheinlich nicht.« Weiter kommentierte Kirsten das Thema nicht. Sie verspürte wenig Lust, über Männer zu reden, schon gar nicht mit Ingrid, bei der sie nach wie vor nicht sicher sein konnte, ob sie von der Liste der potenziellen Geliebten Kristoffers zu streichen war oder nicht. Immerhin hatte Ingrid ihr gerade eine Gelegenheit gegeben, das Thema von der unverfänglichen Seite her anzugehen.

»Hat Trond denn nichts dagegen, wenn du mit fremden Männern auf Tour gehst?«, nahm sie das Gespräch auf. »Es war ja bis heute Morgen nicht klar, dass ich mitkommen würde. Mit Peter wäre es sogar noch ein Mann mehr gewesen. In seinem Fall sogar ein Single, wenn ich richtig informiert bin.«

»Nun, ganz glücklich war Trond nicht, aber er hat wohl auf Fredrik als Aufpasser gesetzt.«

»Fredrik als väterliche Anstandsdame?«

»Eine Rolle, die zu ihm passt, hätte ich angenommen.«

»Oh, das bestimmt. Wenn es heutzutage noch Duelle gäbe, hätte er bestimmt schon ein paar für sich entschieden. Ist dein Mann eifersüchtig?«

»Trond? Nein. Ich bemühe mich auch, ihm keinen Grund dazu zu geben. Allerdings mag er es schon, wenn wir abends zusammen ins Bett gehen. Er ist ein Familientyp.«

»Er hat mir erzählt, dass ihr keine Kinder kriegen könnt.«

»Ja, das ist ein Geschenk, das ich ihm leider nicht machen kann.« Ingrid stocherte im Eintopf. Sie sagte es leichthin, doch ihre Mundwinkel zeigten ein wenig nach unten. Nach einer kurzen Pause fügte sie ohne weitere

Erklärung hinzu: »Aber diese Entscheidung hat jemand anders für mich getroffen.«

Der nächste Tag begann mit Porridge zum Frühstück. Sie würden zwischen vierzig und fünfzig Kilometer zurücklegen, weshalb sie bereits kurz nach sieben Uhr aus ihren Schlafsäcken krochen. Die Männer bauten das Expeditionszelt, in dem Tim geschlafen hatte, ab, Tim kümmerte sich um das Verladen der Gemeinschaftsausrüstung, während die Frauen das Basiscamp fegten und aufräumten, damit alles für ihren zweiten Besuch in drei Tagen sauber und am Platz war. Diesmal stopfte Kirsten die Heizbeutel nicht nur in ihre Handschuhe, sondern gleich auch in ihre Socken. Das Wetter sei perfekt, meldete Ingrid von draußen: milder als am vorigen Tag, dabei windstill bei beinahe klarem Himmel.

Ein entsprechend friedlicher Anblick begrüßte Kirsten, als sie die Eingangsklappe des großen Zelts beiseiteschlug und nach mehr als vierzehn Stunden Zeltaufenthalt ins Freie trat: Die meisten Hunde schliefen noch, eingekringelt, die Schnauzen an buschige Ruten gedrückt. Sie blinzelten nicht einmal, als sie ihre Sachen an ihnen vorbei zum Schlitten schleppte. Isomatte und Schlafsäcke verstaute sie unter dem Segeltuch an der Spitze des Schlittens, die schwereren Ausrüstungsgegenstände packte sie in einen am Gestell des Handgriffs befestigten Sack. In einer Aluminiumbox auf der Mitte des Schlittens wurden ein Biwaksack für Notfälle, der Frontanker, mit dem sie die Hunde bei längeren Pausen sicherten, sowie Tagesrucksack, Kamera und Verpflegung untergebracht.

Als sie gerade damit beginnen wollte, ihren Hunden die

Geschirre überzuziehen, hob der morgendliche Chor an. Einer der Hunde in Hartmuts Gespann gab den Anfang mit einem lang gezogenen, ansteigenden Ton. Am höchsten Punkt verharrte das Heulen einige Augenblicke, verebbte kurz und hob erneut an. Andere Huskys stimmten ein, die meisten im Liegen, die Schnauzen zum Himmel gereckt, jede Stimme einzigartig. Mancher Hunde Heulen taumelte ins Bellen hinein, andere klagten sich ein Stück die Tonleiter hinab, ein weißer Rüde klang, als ob ein jammerndes Kind nach seiner Mama rief. Die Laute füllten den Raum zwischen den Gespannen, zwischen den Menschen und den schneebedeckten Hängen und reduzierten die Welt auf das Tal und seine ihre Existenz kundtuenden Besucher. Das Heulen dauerte weniger als eine Minute, ein dissonanter ursprünglicher Gesang an einem Ort, der sich um Harmonie nicht scherte.

»Das ist echt abgefahren«, kommentierte Tobias an Kirstens Seite, seine Filmkamera im Anschlag. Zum ersten Mal auf der gesamten Reise sah Kirsten ihn ernsthaft begeistert.

Sie brachen auf. Adventdalen – das Tal, dem sie von Longyearbyen aus gefolgt waren – mündete bald darauf in ein weiteres Flusstal; dieses wiederum führte sie auf das gefrorene Eis des Tempelfjords. Am Anfang entging Kirsten der Übergang von Flusstal zu Fjord, erst als die ersten gletscherblauen Brocken wie bizarre überdimensionierte Eiswürfel aufragten, wurde ihr bewusst, dass sie seit geraumer Zeit über Wasser fuhren. In der Ferne zeichnete sich bereits das Zwischenziel ihrer Tagesetappe ab: Tunabreen, eine mächtige halbrunde, in den Fjord kalbende Gletscherfront. Eisbrocken fielen von der Abbruchkante in den Fjord, wurden von Meereis umschlossen und trieben langsam, im Eis gefangen, in Richtung offenes Meer.

Gegen Mittag überholte eine Gruppe aus fünfzehn Motorschlitten die Musher und bog dann in einer scharfen Linkskurve in Richtung Fjordmitte ab. Tim deutete auf eine dunkle Stelle weiter vorne. Dort befinde sich eine Strömung, das Eis sei dünn, und Fjordwasser trete an die Oberfläche. Wie die Motorschlittengruppe würden sie diese gefährliche Stelle im großen Bogen umfahren. Kirsten stellte sich auf die Zehenspitzen, um besser sehen zu können. Die offene Stelle im Eis war bei diesen Sichtverhältnissen gut erkennbar, ein längliches graublaues Becken, das an den Rändern immer heller wurde, bis es ins feste, schneebedeckte Eis überging. Sie fragte sich, wie viele Fahrer bei Dunkelheit, schlechter Sicht oder aus Unachtsamkeit an solchen Stellen für immer verschwunden waren. Würde man die Leichen überhaupt finden, oder trieben sie mit der Strömung unter dem Eis immer weiter hinaus in den Fjord und schließlich in den offenen Ozean? Welche Erklärung gab der Sysselmann in solchen Fällen den Angehörigen, wenn es keine Zeugnisse mehr gab, keine Rucksäcke mit Erinnerungen, keine verlorenen Jacken? Wenn sie niemals sicher sein konnten?

Aber wer konnte schon jemals sicher sein? Eine Leiche im Schnee beantwortete auch keine Fragen mehr.

Linker Hand, auf der gegenüberliegenden Seite des Fjords, meldete sich Tim erneut zu Wort, könnten sie die »Noorderlicht« liegen sehen, das Segelschiff, auf dem sie die Nacht verbringen würden. Kirsten drehte den Kopf zur Seite und klappte ihre an den Rändern leicht beschlagene Schneebrille hoch. Sie war so auf die Gletscherzunge vor sich fixiert gewesen, dass sie das Schiff erst jetzt bemerkte. Wie gestrandet lag der Schoner auf dem Eis in der Ferne, eine feingliedrige Konstruktion aus spinnenhaften Masten vor dem Hintergrund der bis zu achthundert Meter hohen Berge. Aus der Distanz hätte man die »Noorderlicht« genauso gut für ein verunglücktes Expeditionsschiff aus dem frühen zwanzigsten Jahrhundert halten können, das der Winter überrascht und im Eis eingeschlossen hatte. Sie wirkte abenteuerlicher und weniger einladend als auf den Bildern, die Kirsten gesehen hatte, aber das mochte an der Entfernung liegen. Unwillkürlich fragte Kirsten sich, ob ein Boot wirklich der beste Ort war, um die Familien Stolt und Warthenberg zu beherbergen. Ein Schiff, dessen einziger Fluchtweg, die Gangway, nicht einmal in einen Hafen führte, sondern in noch feindlichere Isolation.

Um ihrer Sicherheit willen führte Tim sie nicht bis direkt an den Gletscher mit seinen sich mehrere Stockwerke hoch türmenden, zerklüfteten Wänden heran, sondern stoppte ein ganzes Stück entfernt. Um die Anker zu setzen, mussten sie diesmal Eisschrauben in das Fjordeis drehen und mit dem Beil Kuhlen für die Ankerkrallen hacken. In der näheren Umgebung ragten unzählige kleine Eisberge empor, verwandelten die Schneedecke auf dem Fjord in ein Schlachtfeld des Zerfalls. Tim wies die Gruppe an, sich auf gar keinen Fall diesen Eistrümmern zu nähern, selbst dann nicht, wenn die Natur rief. Die Erhebungen taugten als Verstecke für Eisbären, erklärte er. Es passierte häufig, dass hinter einem der Brocken jählings ein Bär zum Vorschein kam, eine Überraschung, die für den Toilettengänger unangenehm enden konnte.

Während des Mittagessens – eine weitere Tütenmahlzeit – konnte Kirsten endlich die Gelegenheit nutzen, um mit Erland unter vier Augen zu reden und ihn auf das ominöse Notizbuch anzusprechen, das sie nicht unter Kristoffers Sachen hatte finden können. Sie saßen nebeneinander auf Erlands Schlitten, die Blicke auf die Gletscherfront gerichtet, die Schneebrillen und Gesichtsmasken zur Abwechslung einmal beiseitegelegt. Sie waren allein, keiner der anderen in Hörweite. Kirsten kam sofort zur Sache.

»Erland, als du nach Kristoffers Tod nach Longyearbyen geflogen bist, was hast du da alles mitgenommen, abgesehen von den Dingen, die du mir bereits gegeben hast? War da auch ein Notizbuch unter Kristoffers Sachen?«

Erland räusperte sich umständlich und gab dann zu: »Ja, da war ein Notizbuch. Ich habe es mitgenommen; ich fand nicht, dass es beim Gouverneur herumliegen sollte.«

»Aber du hast es mir nicht gegeben.«

»Nein, das habe ich nicht.«

»Weshalb nicht? Stand da etwas drin, was ich nicht lesen sollte?« Kirstens Fantasie hatte das Notizbuch bereits nach allen Seiten durchgeschüttelt. Einmal hatte sie es zu einem Tagebuch gemacht – obwohl Kristoffer nicht der Typ für solcherlei Aufzeichnungen gewesen war –, dann zu einem Adressbuch mit Einträgen von Telefonnummern unbekannter Frauen. Später hatte sie sich den Entwurf eines Abschiedsbriefs ausgemalt. An die andere Frau. An sie selbst.

»Es war kein Tagebuch oder so, das hätte ich dir selbstverständlich sofort gegeben, Kirsten. Es war nichts Persönliches.«

Einen Moment lang überwog fast so etwas wie Erleichterung, aber mit der Pulverisierung ihrer Fantasie-Szenarien kehrte der Ärger zurück. »Findest du nicht, dass mich das trotzdem etwas angeht?«

Erland scharrte mit den Stiefeln im Schnee und legte gefrorenen Fjord frei, dunkles Eis über tiefem Meeresgrund, nicht zu vergleichen mit dem hellen Gletscherblau vor ihnen. Mehr Schatten, aber weniger Substanz. Sie standen über einem Nichts. Erland hatte seine Mahlzeit beendet, eine Tasse Tee dampfte in seinen großen Händen. »Kirsten, es tut mir leid, wenn dir das Kopfzerbrechen bereitet. Ich werd's dir schon noch erklären, aber zunächst muss ich ein paar Dinge mit Papa klären.«

»Was hat Fredrik damit zu tun?«

Erland antwortete nicht.

»Gut, dann werde ich eben heute Abend Monika löchern.«

»Monika weiß nichts davon, zumindest nicht das.«

Während sie sprachen, war Hartmut mit seiner Kamera in Richtung einer Ansammlung von Gletscherbrocken geschlendert, schräg zueinander stehende, mehr als mannshohe Eisberge. Mit einem scharfen Pfiff rief Tim ihn zurück. Hartmut ließ sich Zeit, der Aufforderung nachzukommen, er blieb sogar stehen, um ausgiebig zu husten. Ärgerlich schnalzte Erland mit der Zunge. »Tim hat sich doch deutlich genug ausgedrückt, was Eisbärenverstecke anbelangt«, murrte er. »Will der Idiot unbedingt sein Glück herausfordern?«

»Er hustet in letzter Zeit recht viel.«

»Es ist eine Allergie, hat er mir gesagt.«

»Auf was kann man denn hier bitte allergisch reagieren? Auf gefrorenes Wasser?«

»Hausschneemilben.«

Das Lachen tat gut, lenkte Kirsten jedoch nur kurz von ihrem eigentlichen Anliegen ab. Ob Kristoffer Erland manchmal Dinge anvertraut habe, die er sonst niemandem erzählt habe, wollte sie wissen. Immerhin war Erland sein großer Bruder gewesen; er kannte womöglich Seiten von Kristoffer, die ihr unbekannt waren. Darüber zeigte sich Erland beinahe amüsiert.

»Du meinst private Angelegenheiten? Intimes? Nein, darüber haben wir nie groß gesprochen, nicht einmal als wir noch auf der Schule waren. Kristoffer und ich, wir standen uns nicht besonders nah, nicht auf diese Art.«

»Dann hat er dir wohl auch nicht viel über seine Reisen nach Spitzbergen erzählt?«

»Er hat mir Fotos gemailt und von seinen Ausflügen erzählt, das Übliche. Er sagte, ich solle irgendwann mit ihm kommen, im Sommer oder im Herbst zu einem Segeltörn rund um Spitzbergen. Vielleicht könnten wir sogar zu dritt fahren, sagte er, Papa, er und ich. Dieses Land hat ihn gefangen genommen.«

»Und dann hat es ihn nicht mehr hergeben wollen.«

Sie schwiegen. Kirsten ahnte, dass sie bei Erland im Augenblick nicht weiterkommen würde. Seine Loyalität seinem Vater gegenüber war der Imperativ all seines Handelns, oft zum Ärger Monikas. Wenn er erst mit Fredrik sprechen wollte, bevor er Kirsten mehr über dieses Notizbuch verriet, würde sie ihm ihrerseits Informationen geben müssen, bevor er sich umstimmen lassen würde. Was wiederum für sie nicht in Frage kam.

Nach einer halben Stunde Pause kehrten sie dem Gletscher den Rücken. Die Männer waren ein wenig enttäuscht, weil sie keine Eisbären gesehen hatten, vor allem nachdem Ingrid erzählt hatte, sie habe bei ihrem letzten Besuch zwei Bären nur ein paar hundert Meter von dieser Stelle entfernt gesichtet. Tim bemerkte tröstend, auch in den nächsten zwei Tagen stünden die Chancen auf Bärenbegegnungen recht gut, woraufhin Kirsten murmelte, der Mensch solle vorsichtig sein mit seinen Wünschen, denn sie könnten in Erfüllung gehen. Fredrik legte ihr einen Arm um die Hüfte und scherzte: »Mädchen, du machst mir Sorgen. Du wirst noch völlig traumatisiert von hier fortgehen.«

»Nun, bis auf einen ausgewachsenen Sturm habe ich meine Top Fünf der Schrecken Spitzbergens bald zusammen«, erwiderte sie spitz und zählte an den Fingern ab: »Eine Eisbärenbegegnung, halb abgefrorene Finger, ein toter Ehemann, Familienbesuch. Was das Land wohl noch für mich bereithält?«

Die anderen starrten sie an. Ingrid sagte: »Dieses Land versteht keinen Spaß, Kirsten. Spitzbergen hat viele Schrecken zu bieten. Fordere es lieber nicht heraus.«

Sieben Stunden nach ihrem Aufbruch am Morgen erreichten sie die »Noorderlicht«. Jonas, Peter und die Damen waren bereits vor Ort; winkend begrüßten sie die Hundeschlittenfahrer von Deck aus. Tims Gruppe fuhr mit den Schlitten nicht direkt bis an das Schiff heran, weil die schiffseigenen Hunde die fremden Teams schon von weitem verbellten. Sie mussten warten, bis eines der Crewmitglieder die Schiffshuskys an den Hundehütten, die direkt neben der Gangway standen, festkettete. Aus der Nähe präsentierte sich die »Noorderlicht« noch bizarrer als aus der Distanz: ein voll funktionsfähiges traditionelles Segelschiff unter niederländischer Flagge, festgefroren im Eis, flankiert von Hundehütten und einem Briefkasten, als gehörten diese so selbstverständlich zum Schiff wie Anker oder Segel.

Jonas konnte seine Mutter in den vergangenen eineinhalb Tagen nicht allzu sehr vermisst haben, denn er begrüßte zuerst Bridgestone, bevor er sich in Kirstens Arme warf. Plappernd berichtete er von seinen Erlebnissen, wie Peter ihn ganz allein sein Schneemobil hatte lenken lassen, doch vor allem, wie sich Elisabeth in einem Schneehaufen festgefahren und Oda sie mit einem Seil hatte rausziehen müssen. Selbst die Damen wirkten, als Kirsten sie begrüßte, nicht unzufrieden mit der Welt. Zwar war es ihnen während der Fahrt schon recht kalt geworden, und sie hatten die Episode mit Elisabeths Ausflug in eine Schneewehe nicht ganz so amüsant gefunden wie Jonas und Peter, doch das Abenteuer entfaltete auch für sie seine Reize, allen voran die majestätische Landschaft und die unvergleichlichen Farben des beginnenden polaren Lichtwinters.

»Kirsten hatte doch ziemlich mit der Kälte zu kämpfen«, petzte Tobias, sobald sich alle zum Abendessen im gemütlichen, holzverkleideten Salon einfanden und die Herren von ihrer Tour erzählten. Es war warm, das Licht der Schiffslampen freundlich und das Essen exzellent. Großzügig fügte Tobias hinzu: »Dafür ist sie die einzige Frau, die ich kenne, die behaupten kann, bei minus einunddreißig Grad im Zelt übernachtet zu haben.«

»Im beheizten Zelt«, sagte Hartmut. »Und ohne einen Fuß nach draußen zu setzen.«

»Sei nicht so ungerecht«, mischte sich Erland ein. »Wenn du ihre Statur hättest, würdest du auch schneller frieren.«

Monika wollte alles ganz genau wissen, und so erzählte Kirsten von ihren schmerzenden Fingern und Zehen, und dass sie nach wie vor ein taubes Gefühl in den Fingerkuppen und Zehenspitzen empfand. Selbst Jonas zeigte sich von der Schilderung des Überlebenskampfes seiner Mutter beeindruckt und griff nach einer Gabel, um deren Zinken zwecks Messung des Taubheitsgrads in ihrer Daumenspitze zu versenken. Fredrik lenkte den Jungen von seinem Vorhaben ab, indem er sich zwischen Hauptgang und Dessert von ihm die Treppe hinab in den Schiffsbauch und von dort durch die restlichen Abteile des Schiffs führen ließ. Während Großvater und Enkel unterwegs waren, fragte Hartmut Kirsten, ob sie denn ernsthaft vorhabe, auch die nächsten Tage mit der Hundeschlittengruppe zu verbringen.

»Eigentlich schon«, erwiderte Kirsten, ein wenig verwundert über Hartmuts nicht enden wollende Attacken. »Ich lasse doch mein Team nicht im Stich.« Womit sie ihre sechs Hunde meinte und nicht die Männer. Dabei hatte sie bereits selbst mit dem Damenprogramm geliebäugelt. Es mochte wärmer geworden sein, trotzdem hatte die Erfahrung ihrer erst schmerzenden, weil wieder auftauenden, und danach tauben Finger und Zehen einen bleibenden Eindruck hinterlassen. In der Nacht war sie mehrmals aufgewacht, hochgefahren in einer Schrecksekunde voller Panik. Sie hatte im Schlafsack mit den Beinen gestrampelt und den Zehen gewackelt aus Angst, sie könne sie womöglich nicht mehr fühlen. Jetzt jedoch packte Hartmuts Macho-Attitüde sie bei ihrem Stolz. Sie hatte nicht vor, sich von ihm ins Bockshorn jagen zu lassen. Verdammt, sie war Jockey gewesen! Wenn sie vom Pferd gestürzt war, war sie wieder aufgestiegen. Was bedeuteten denn schon ein paar taube Fingerkuppen?

Elisabeth schwieg zu diesem Thema, Kirsten war nicht einmal sicher, ob sie überhaupt zugehört hatte. Fredriks Frau hatte sich auf der Sitzbank zurückgelehnt, den Kopf in Richtung Bullauge gedreht. Sie hielt ihr Weinglas in der Hand und strich gedankenverloren mit dem Zeigefinger über den Rand. Tobias folgte ihrer langsam kreisenden Bewegung wie ein Kaninchen den Bewegungen einer Schlange.

Hartmut erkundigte sich, ob sich Peters Rücken gebessert hatte, der winkte jedoch gut gelaunt ab. »Danke der Nachfrage, aber eure Tour ist wohl nach wie vor nichts für mich. Morgen schlaft ihr ja sogar in richtigen Expeditionszelten ohne Ofen. Glaub mir, ich weiß ganz gut, wie das laufen wird: Erstens werdet ihr im Zelt immer nur gebückt hantieren können, zweitens liegt ihr nur auf Isomatten und werdet im Liegen Kuhlen in den Schnee schmelzen. Am Morgen werdet ihr dann auf einer Buckelpiste aufwachen, völlig verkrampft und zerbeult.«

»Eine sehr bildhafte Beschreibung.« Elisabeth schüttelte sich. »Da bin ich doch froh, dass wir morgen noch eine Nacht in unseren Kajütenbetten verbringen werden.«

»Was sagt denn der Wetterbericht?«

»Morgen soll es bedeckt werden«, berichtete Oda. »Trotzdem können wir für die erste Tageshälfte gute Sicht erwarten. Abends kann es schneien, der Wind soll auffrischen. Es wird noch ein bisschen wärmer werden. Für

Longyearbyen sind minus siebzehn Grad gemeldet, Tendenz steigend.«

»Klingt doch nicht schlecht«, meinte Kirsten.

»Dann bleibt also alles beim Alten?«, vergewisserte sich Monika. »Kirsten fährt weiter Hundeschlitten, und wir anderen Frauen fahren morgen mit Jonas und Peter zur Gletscherfront.«

Peter hob sein Glas. »Genau, zwei Herren und vier wunderschöne Damen.« Er prostete Elisabeth, Tanja, Monika und Oda zu. Hartmut hingegen fing Kirstens Blick auf und schüttelte ganz sachte den Kopf.

Kirsten ging früh zu Bett, konnte jedoch nicht einschlafen. Kurz vor Mitternacht gab sie das Herumwälzen auf, kletterte aus ihrem Bett und zog sich im Schein der Taschenlampe an, darauf bedacht, Jonas in der engen Kajüte nicht zu wecken. Ein wenig frische Luft, hoffte sie, würde beim Einschlafen helfen, außerdem war der Himmel am Abend sternenklar gewesen, womit gute Chancen auf Nordlichter bestanden.

Das Hotelschiff bot Raum für zwanzig Touristen. Die schmalen Kajüten mit ihren Stockbetten, Waschbecken und hölzernen Regalen gruppierten sich links, rechts und an den Enden eines Ganges, der sich in der Mitte des Schiffsinneren zu einem offenen Salon mit zwei großen Tischen weitete. Dort führte eine steile Treppe in den großzügigeren oberen Salon, der Treppe schräg gegenüber befand sich die Küche. In schmalen Einbauregalen neben der Kombüsentür reihten sich Behälter mit Servietten, Knäckebrot, Marmeladen und anderen Lebensmitteln. Gemeinschaftlich genutzte, fensterlose Toiletten und Duschen lagen zwischen den Zimmern; wollte man zu den Unterkünften der Crew im separaten, hinteren Teil des Schiffes gelangen, musste man ganz nach oben und hinaus an Deck steigen, um am Steuerrad vorbei wieder ins Schiffsinnere einzutauchen.

Kirsten tappte lediglich mit ihren Hüttenschuhen an den Füßen an den Duschen vorbei in Richtung Stiege. Auf Höhe der Küche vernahm sie gedämpfte Stimmen; über ihr, im Deckhaus, erklangen Tritte. Eine Stimme, bislang gedämpft, erhob sich über eine zweite: Erland, er klang erregt. Fredriks klarer Bariton antwortete etwas, das sie nicht verstand; er schien in der Tür zum Deck zu stehen. Unschlüssig hielt Kirsten inne. Kurz darauf hörte sie, wie sich die Außentür schloss.

»Sprich es doch aus: Du traust mir den Posten nicht zu.«

Fredriks Antwort ließ auf sich warten. Als sie kam, verstand Kirsten neuerlich nichts, doch es handelte sich deutlich genug um einen einzigen Satz. Auf den Stille folgte.

Am anderen Ende des Schiffsbauchs ging eine Kabinentür auf, kurz darauf klickte eine zweite Tür ins Schloss. Kirsten wartete, halb im Eingang zur Schiffsküche stehend, ob jemand in ihre Richtung kommen würde. Nach einer halben Minute rauschte eine Klospülung. Wieder Türenöffnen und -schließen, ein kurzer Blick auf Monikas Rücken, dann wurde im Schiffsbauch erneut alles ruhig.

In der Zwischenzeit war es oben still gewesen. Doch plötzlich erscholl Fredriks Stimme, voll frostigem Ärger. Ob ihn denn sein eigener Sohn mit dem Geschmiere irgendeines dummen Journalisten erpressen wolle, der sein

Maul aufreiße über Dinge, von denen er keine Ahnung habe? Ob Erland sein Leben mit Lügen pflastern wolle? Zusammen mit den letzten Worten fiel etwas zu Boden, gefolgt von einem schwachen Schaben, als der Gegenstand ein Stück weit über gewienertes Holz rutschte. Kirsten riskierte einen raschen Blick. Direkt am Absatz der steil nach unten führenden Treppe, schräg über ihr, lag ein grünes Notizbuch. Fredrik musste es vom Tisch gefegt haben. Erland trat darauf zu, bückte sich und hob es auf. Kirsten machte sich kleiner, darauf bedacht, unsichtbar zu bleiben. Erland trug eine Jacke und quer über die Schulter seine Kameratasche; noch in der Hocke wischte er mit dem Handrücken über den Einband des Notizbuchs.

»Lügen?«, fragte Erland bitter. »Ein Leben auf Lügen gegründet? Das sagst du mir? Selbst wenn es stimmt und dieser Journalist, oder wer auch immer es war, nichts als Lügen zusammengetragen hat, bleiben genügend andere übrig. Du bist gebettet in Geheimnisse, lieber Vater. In deine eigenen genau wie in die Lügen anderer. Und falls dir dazu nichts einfällt, dann frag doch mal deine Frau, was sie zu sagen hat.«

»Du überspannst den Bogen, Erland«, warnte Fredrik in einem Tonfall, den Kirsten niemals zuvor bei ihm gehört hatte. Unvermittelt wechselte er ins Norwegische, was er, seit er in Deutschland war, niemals mit seinen Söhnen gesprochen hatte. Kirsten verstand ihn nicht, aber da Erland sichtbar die Faust ballte, musste Fredrik sehr deutlich geworden sein. Eine Sekunde später näherten sich Erlands Schritte der Treppe. So leise wie möglich schob Kirsten sich rückwärts den Gang zu ihrer Kajüte entlang, gerade noch rechtzeitig, bevor Erlands Beine über ihr erschienen. Die Tür zur Toilette stand offen, sie glitt hinein. Im unteren Salon hielt Erland inne. Er schnaufte hörbar, sein Atmen vermischte sich mit unverständlichem Selbstgespräch. Kirsten linste um die Ecke. Erland starrte auf das Notizbuch in seiner Hand, dann klappte er den Deckel seiner Kameratasche hoch und stopfte das Büchlein in das Seitenfach neben dem Fotoapparat. Kirsten wartete, bis er in seiner Kabine verschwunden war, dann huschte auch sie wieder zurück in ihre.

Im Bett verschränkte sie die Arme hinter dem Kopf und blickte zum Oberlicht hinaus in den Himmel über dem Schiff. Feuchtigkeit war innen an der Scheibe kondensiert, weshalb sie keine Sterne sah, bloß verwaschene arktische Nacht. Die Erkenntnis, dass Kristoffers Notizbuch offenbar bloß mit Fredrik und tatsächlich nichts mit ihrer Ehe zu tun hatte, brachte weder Erlösung noch beantwortete sie Fragen. Vielleicht sollte sie ihren Mann einfach endgültig begraben. Ihre Ehe in Frieden ruhen lassen, so wie Kristoffer gestorben war: auskühlend unter im Wind peitschendem Schnee.

Vielleicht würde sie dann auch endlich aufhören, sich von Spitzbergens Gespenstern jagen zu lassen.

Der Morgen brachte den nächsten Eklat. Das Frühstück verlief noch friedlich, danach bepackten die Musher ihre Schlitten für den zweiten Teil ihres Abenteuers. Kirsten war die Letzte, die fertig wurde; bis auf sie und Tobias waren alle startklar. Das lag nicht nur an Jonas, der ihr ständig zwischen die Beine geriet, auch ihre Hunde schienen es diesmal nicht eilig zu haben aufzubrechen. Entweder blieben sie einfach liegen, während Kirsten ihnen die

Geschirre überstreifte, oder sie drängten sich unter ihre Finger, wollten gekrault werden. Vega, die Leithündin, schnüffelte ausgiebig an Kirstens Fleecehandschuhen, deren ursprüngliches Braun mittlerweile unter einem zweiten Pelz aus angehäuften Hundehaaren verschwand. Gerade zog Kirsten der Hündin ein paar Booties über, da brach hinter ihr die Hölle los.

Tobias hatte seinen Frontanker zu früh gezogen und nicht aufgepasst. Seine Leithunde waren nach links gewandert, den Rest des Teams hinter sich herziehend. Aufgeregt, da sie dachten, es ginge schon los, warfen sich die Hunde ins Geschirr. Die Hauptanker, nicht tief genug im Fjordeis verankert, lösten sich, der Schlitten setzte sich in Bewegung. Tobias versuchte noch, von hinten auf die Kufen des davongleitenden Schlittens zu springen, verfehlte sie aber und landete auf dem Bauch. Ungebremst rannten seine Hunde auf die Hütten der Schiffshunde zu, die ihrerseits hervorschossen, mit zurückgezogenen Lefzen, die langen Reißzähne entblößt. So begann die Beißerei.

Die Hunde waren kaum wiederzuerkennen. Zwei der Schiffshunde stürzten sich von den Seiten auf Tobias' Leitrüden, von hinten drängte der Rest des Gespanns nach. Ketten klapperten, die Wheeldogs – das hinterste Hundepaar – sprangen übereinander und verhedderten sich in ihren Leinen, während die Schiffshunde nach ihren Beinen schnappten. Ihre Ketten rissen sie zurück, bevor sie zupacken konnten, aber dann setzte der eine Wheeldog nach, zähnefletschend, geifernd, die Schnauze bis zur Stirn gekräuselt. Eine Kakophonie aus Knurren, Bellen, Kreischen legte sich über das Knäuel. Die anderen Gespanne, sich nun ebenfalls aufgeregt gegen ihre Zugleinen werfend, stimmten aus der Ferne in den Lärm mit ein. Kiefer schnappten zu, Zähne zerrten an Fell und Geschirren. Der Schlitten rumpelte nach rechts, als sich die Wheeldogs auf einen Schiffsrüden stürzten. Kirsten beeilte sich, Jonas einzufangen. Von links rannte Oda herbei. Sie schrie Tim etwas zu, deutete auf Tobias' Leithunde, die das ganze Gespann tiefer zwischen die Hundehütten zerrten, attackiert von zwei dunklen Mischlingen.

Tim rannte nicht. Er überwand die Distanz zu den kämpfenden Hunden mit wenigen gleichmäßigen Schritten, griff zu und riss den größten der Schiffshunde am Nackenfell in die Höhe. Zähnefletschend, sein Kopf auf Tims Kinnhöhe, versuchte dieser, sich wieder in den Kampf zu stürzen. In der Zwischenzeit schnappte einer der Leithunde nach der Flanke des größeren Rüden. Tim trat ihm von oben auf die Schnauze. Er zerrte den Hund, den er gepackt hielt, aus dem Gewühl, während Oda einen anderen ohne viel Federlesens an den Hinterbeinen hochriss und zur Seite schleuderte, wo Ingrid ihn zu fassen bekam und festhielt. Dann waren die Crewmitglieder der »Noorderlicht« da, halfen, die Hunde zu trennen. Hartmut und Fredrik packten sich Tobias' Leithunde und zogen das belfernde Gespann fort von den Schiffshunden. Erland kam ihnen zu Hilfe, gefolgt von Peter. Gemeinsam zerrten sie das Gespann und den Schlitten in einem Bogen dorthin zurück, von wo sie gestartet waren. Kurz darauf beendeten die übrigen Gespanne ihr hysterisches Gekläffe. Langsam kehrte wieder Ruhe ein. Tim und Oda knieten neben einem von Tobias' Hunden und untersuchten dessen Pfote. Blutstropfen sprenkelten den Schnee. Jonas zitterte in Kirstens Armen.

Tim und Oda berieten sich auf Norwegisch, dann nahm Oda den verletzten Hund und tauschte ihn mit einem aus Tims Gespann aus. Der Aluminiumbox des Schlittens entnahm sie einen Beutel mit Arzneimitteln. Sie stopfte dem Hund ein paar Arnikakügelchen ins Maul, Tim richtete unterdessen Leinen und Ketten von Tobias' Team. Zwei der Huskys winselten, als Tim sie entheddertе. Er redete leise mit ihnen, während er ihre Körper auf Verletzungen hin untersuchte. Bis auf eine kleine Wunde über einem Auge fand er nichts. »Isch ja guet«, murmelte er, während sich die Hunde winselnd gegen ihn drückten. Noch immer eingeschüchtert, wie schnell aus Schmuseкötern zähnefletschende Bestien geworden waren, traten Kirsten und Jonas näher. Tim schaute flüchtig zu ihnen auf und bemerkte mit einem verhaltenen Lächeln, wenn Kirstens und Jonas' Augen noch größer und runder würden, würde er ihnen beiden statt Schneebrillen Autoscheiben geben müssen. Jonas, bei dem Tim seinen Status als Superheld nunmehr für alle Zeit sicher hatte, erkundigte sich kleinlaut, ob Tim denn keine Angst gehabt habe.

Tim zuckte mit den Achseln. »Es sind halt Hunde, so verhalten sie sich nun einmal. Die wollen uns nichts tun. Klar kann es passieren, dass ein Hund, wenn ich dazwischengehe, in der Hitze des Gefechts meinen Arm packt. Ein paar Mal hab ich schon gedacht, das war's jetzt, aber sie bemerken ihren Irrtum sofort. Ihr solltet sehen, wie kleinlaut sie nachher sind, wenn sie realisieren, oh, du bist ja ein Mensch. Das ist richtig lustig.«

Kirsten nahm Jonas, dem das Hundestreicheln für den Moment vergangen war, auf den Arm. »Ist es etwas Schlimmes?«, fragte sie in Richtung des gebissenen Hundes.

»Nein, das ist nichts.« Tim richtete sich auf. »Line out!«, gab er den Hunden den Befehl, die Zugleinen zu straffen. Der Schlitten glitt ein paar Zentimeter nach vorne, doch in der Zwischenzeit hatte Tobias mit großer Sorgfalt die Anker neu gesetzt und stand noch dazu selbst auf der Bremse. Tim und Oda traten zu ihm.

»Tobias, so etwas darf nicht passieren«, sagte Oda ernst, während sich der Rest der Gruppe um die beiden sammelte. »Du hattest die Anker nicht richtig gesetzt. Das hätte richtig böse enden können. Tim hat mir erzählt, dass er dich schon mehrmals auf Fehler hinweisen musste. Du bremst oft nicht rechtzeitig, wenn deine Hunde langsamer werden, fährst fast in sie hinein und gefährdest sie dadurch. Die Halsbänder ziehst du nicht aus dem Geschirr heraus, weshalb die Ringe ihnen den ganzen Tag gegen die Hälse drücken. Du lässt einen Hund kilometerlang mit dem Drahtseil zwischen den Beinen laufen, bis er sich wundscheuert. Du achtest nicht darauf, was du tust, du handelst, als hättest du Maschinen im Team, aber das sind Hunde.«

Tobias nickte, ohne jemanden anzuschauen. Fredrik sagte: »Was wäre denn, wenn Tobias sich entschließen würde, lieber hierzubleiben?«

Das wiederum ging Hartmut zu weit. »Jetzt übertreibst du aber, Fredrik. Der Junge hat das doch nicht absichtlich getan, so etwas hätte jedem von uns passieren können. Bei anderen hast du es auch nicht so eilig, sie aus der Gruppe auszuschließen, also was soll das jetzt mit dem Jungen?«

»Ich finde das ebenfalls ziemlich despotisch«, ließ sich Monika vernehmen, ausnahmsweise nicht besänftigend, sondern die Arme kämpferisch in die Hüften gestützt. »Alle außer dir stehen hier zum ersten Mal auf einem Hundeschlitten, und wir alle machen Fehler. Es kann nicht jeder immer zu einhundert Prozent funktionieren, Fredrik Stolt.«

»Das nicht«, erwiderte Fredrik ruhig, »aber man kann zugeben, dass man sich am falschen Ort befindet. Ich weiß nicht, ob Tobias überhaupt hier sein möchte, deshalb meine Frage.«

»Ach, jetzt fallen dir plötzlich Fragen ein«, zischte Tanja. »Jetzt tust du so, als würde es dich interessieren, was wir wollen. Nachdem du uns alle ins Nirgendwo geschickt hast.« In theatralischer Gestik richtete sie einen Finger auf Fredrik. »Du magst immer alles kontrollieren, Fredrik, aber wir sind nicht deine Schachfiguren. Du hältst dich für den König, aber du bist nur ein banaler Läufer!«

»Jetzt dreh nicht durch, Tanja!« Das war zu aller Überraschung Tobias. »Wieso musst du immer gleich hysterisch werden? Oda hat recht, ich habe nicht aufgepasst, und ja, das war meine Schuld. Es tut mir leid. Und was Schachspiele anbelangt, irrst du dich mal wieder: Fredrik wäre wohl eher eine Dame.«

Der so Betitelte hob eine Augenbraue – eine seltene Respektsbekundung, die Tobias nicht bemerkte, weil er wieder auf seine Stiefel starrte.

»Gut.« Oda beendete die Diskussion, indem sie Tobias kameradschaftlich auf die Schulter klopfte. »Dann ist das ja erledigt. Sei in Zukunft einfach ein wenig achtsamer. Ihr solltet jetzt los, sonst werden die Hunde noch unruhiger, als sie eh schon sind. Und auf uns andere wartet ein Gletscher!«

Danach blieb die Stimmung unter den Mushern zunächst gedämpft, schweigsam fuhren sie Tim hinterher. Dieser war auf seine Hunde konzentriert, denn abseits der Motorschlittentrails konnten die Tiere keiner gelegten Spur folgen, und so fuhren sie zeitweise in Schlangenlinien. Plötzlich ließ ein Pfiff von Ingrid sie alle stoppen. Die Ärztin gestikulierte wild zur Seite.

Etwa dreihundert Meter entfernt trottete schräg zu ihnen ein Eisbär in Richtung Fjordmitte. Der Wind wehte in seine Richtung, weshalb die Hunde ihn nicht gerochen hatten, sein Pelz bildete einen schmutzigeren Kontrast zum umgebenden Schnee. Die Gruppe setzte in Windeseile die Anker, dann drängten alle nach hinten zu Ingrid. Sie verfolgten den Bären minutenlang mit den Augen. Erland hatte sein Teleobjektiv ausgepackt und legte es auf Ingrids Schlitten auf, um das Bild nicht zu verwackeln. Wenn sie sprachen, flüsterten sie. Sogar Kirsten konnte den Anblick des Königs der Arktis diesmal genießen, selbst wenn sie sich dicht neben Tim hielt, der sich auf sein Gewehr stützte. Sein schiefes Grinsen deutete an, dass er sie durchschaute, aber das war ihr herzlich egal. Danach hob sich die Stimmung in der Gruppe schlagartig. Hartmut gelobte Ingrid, da sie den Bären entdeckt hatte, eine Flasche Champagner auszugeben, sobald sie zurück in Longyearbyen wären, und Fredrik überraschte alle, indem er eine Thermoskanne mit Glühwein und sieben Plastikbecher auspackte, um auf das Highlight anzustoßen.

Auf den letzten Kilometern ihrer Tagesetappe folgten sie erneut einem gespurten Trail, was das Vorankommen erheblich beschleunigte. Eine weitere Überraschung erwartete sie, als sie ihren Übernachtungsplatz erreichten: ein mit kariertem Tischtuch gedeckter Tisch unter freiem

Himmel, Kaffee und Kekse. Peter und Oda warteten neben dem Arrangement, gemütlich auf Odas Anhänger sitzend. Nachdem sie mit den Damen vom Ausflug zum Gletscher zum Schiff zurückgekehrt waren, hatten sich die beiden ein zweites Mal auf ihre Schneemobile geschwungen, waren losgebrettert und hatten für die Hundeschlittenfahrer das letzte Stück zum Lager gespurt. Peter freute sich, weil er endlich einmal richtig Gas hatte geben können, was ihm mit den Damen und Jonas im Anhänger nicht vergönnt gewesen war.

»Man sollte glauben, dass ein Tag auf einem holpernden, zugigen Motorschlitten für einen empfindlichen Rücken auch nicht gerade das beste Heilmittel ist«, ließ sich Erland missmutig vernehmen, während er die Thermoskanne aufdrehte. Er sprach nicht einmal leise, der Gegenstand seines Sarkasmus hielt sich außer Hörweite auf. Oda hatte Tim gebeten, einen Blick auf ihr Schneemobil zu werfen, weil die Lenkung etwas schwerfällig ging. Fredrik, Ingrid und Peter hatten sich dazugesellt, um zuzuschauen, wie Tim in die Mechanik des Schlittens eintauchte. Kirsten, Erland, Hartmut und Tobias machten sich in der Zwischenzeit über Kaffee und Kekse her.

Zu Kirstens Entzücken hatte Oda sogar an Milch und Zucker gedacht. Sie schüttete so viel Milch in ihren Becher, dass der Kaffee hellbraun wurde. Ein wenig gedankenlos fragte sie: »Glaubst du, Peter hatte einfach keine Lust auf die Tour und schiebt seinen Rücken als Ausrede vor? Für mich scheint das nicht zu ihm zu passen; soweit ich weiß, ist er früher viel auf solche Abenteuerurlaube gegangen.«

»Womöglich hat er einfach einen guten Grund, nicht

mit uns zu fahren.« Erland schien fest entschlossen, schlechte Laune zu verbreiten. Er warf Hartmut einen bezeichnenden Blick zu. »Aber das wollen manche hier bestimmt nicht hören.«

»Worauf willst du hinaus?«

»Findest du nicht, dass Elisabeth gestern so zufrieden gewirkt hat wie eine Katze, die in die Sahne gefallen ist? Oder soll ich lieber sagen, eine Katze, die allein zu Hause ist? Bei offenem Katzentürchen.«

Tobias hörte auf, seinen Keks zu kauen. Kirsten konnte den halb zerkauten Brei auf seiner Zunge sehen und wandte rasch den Blick ab. Hartmut beugte sich vor, die Knöchel auf den wackligen Tisch gestützt. »Was willst du damit andeuten, Erland? Ich kann dir nur raten, wäge deine Worte mit Sorgfalt, immerhin sprichst du hier von der Ehre meiner Schwester.«

»Meine Güte, Hartmut«, stöhnte Kirsten, »wir sind hier in einer europäischen Schneewüste, nicht in Arabien. Du drückst dich aus wie ein Beduinenfürst auf Zweikampfkurs!«

Alle drei Männer ignorierten sie. »Ich fürchte, mit der Ehre ist es in unseren beiden Familien weniger weit her, als wir dachten«, sagte Erland aufgebracht. Er stellte seinen Becher ab. Brauner Kaffee schwappte über, tränkte das Tischtuch und sprenkelte den Schnee. »Das gilt für die Frauen wie für die Männer. Aber ich will gar nicht so tun, als ginge es hier einzig um das Privatleben deiner Schwester, Hartmut. Es geht ums Geschäft. Ihr beide, du und Elisabeth, sollt wissen, dass ich ein Auge auf euch haben werde. Oder hat Elisabeth etwa nicht vor, sich nach Fredrik den Einfluss auf die Leitung der Bank zu sichern? Woher kommt denn auch sonst ihr Interesse an Peter? Habt ihr beide nicht vor, den vermeintlichen Fehler eures Vaters wettzumachen und das Bankhaus Warthenberg wieder stärker unter die Kontrolle eures Familienzweigs zu ziehen? Die Stolts rauszudrängen? Gott allein weiß, welche Mittel euch dabei recht sind.«

»Das ist doch lächerlich!«

»Ist es das? Immerhin scheinen ziemlich viele in dieser Bank darauf hinzuarbeiten, mich loszuwerden. Bitte erklär mir nicht, du und Elisabeth hättet nichts damit zu tun.«

Hartmut schnaubte. »Von Rausdrängen kann doch überhaupt keine Rede sein. Ich glaube, du lenkst einfach von deinem eigentlichen Problem ab: das Problem, das dahinten am Schlitten steht. Fredrik zieht ihn dir in der Bank vor, und das macht Peter ziemlich unbequem für dich. Ein paar hässliche Gerüchte über ihn und meine Schwester zu streuen wird dir dabei allerdings nicht helfen, verlass dich drauf.«

»Also ich finde nicht, dass wir das hier be…«, setzte Kirsten an, wurde jedoch von Hartmut rüde unterbrochen.

»Und du, Kirsten, weshalb hältst du nicht einfach mal die Klappe? Deine ganzen Fragen, überall steckst du deine Nase rein. Bist du nur hier, um Unfrieden zu stiften? Mich wundert es jedenfalls nicht mehr, dass Kristoffer ständig ohne dich in Urlaub gefahren ist.«

»Halte bitte meinen Bruder und Kirsten da raus!«, fuhr Erland Hartmut an, laut genug, dass sich die Köpfe der Gruppe um den Motorschlitten herum in ihre Richtung drehten. »Das war jetzt wirklich unangemessen und geschmacklos.«

Womit der Streit im Schweigen endete. Die letztgültige Macht, der geißelnde Schutz der Toten, die aus dem Grab heraus Anstand einfordern konnten, wo die Bande der Lebenden versagten. Kirsten zog sich zurück. Ingrid hatte begonnen, das Expeditionszelt, das ihr und Kirsten in der Nacht Unterschlupf gewähren sollte, aufzubauen. Während Kirsten ihr zur Hand ging, sinnierte sie darüber, ob Erland womöglich recht hatte. Hatten Peter und Elisabeth eine Affäre, wie Erland anzunehmen schien? Ausschließen wollte sie es nicht. Fredrik, Peter und womöglich gar Kristoffer – konnte Elisabeth so durchtrieben sein?

Kirsten beschloss, Elisabeth, sobald sie alle wieder in Longyearbyen zusammentrafen, wegen Kristoffer zur Rede zu stellen. Sie hatte langsam genug. Von der Familie, ihren Geheimnissen und von der verdammten Bank.

Wenig später brachen Peter und Oda auf, da sie es sonst vor Einbruch der Nacht nicht mehr zum Schiff schaffen würden. Das Lager grenzte direkt an den Fjord, wodurch die Zurückbleibenden beobachten konnten, wie die beiden Motorschlitten in der Ferne immer kleiner wurden, schwarze Punkte in ausgedehnter Weite. Das Knattern der Motoren verklang, zurück blieb frostige Stille unter einem sich nicht nur wegen der Dämmerung verfinsternden Himmel. Das Thermometer zeigte minus fünfzehn Grad.

Die Gruppe baute die restlichen Zelte auf: weitere Doppelzelte für Hartmut und Tobias, Erland und Fredrik; Tim würde im Gemeinschaftszelt schlafen. Später legten Hartmut und Erland eine Toilette abseits der Zelte an. Kirsten behielt sie bei ihrer Arbeit im Auge; sie schienen sich zu unterhalten. Friedlich.

Mit der hereinbrechenden Dunkelheit kam der Schnee.

Schon den ganzen Tag über hatte eine leichte Brise die Menschen gezwungen, das Gesicht aus dem Wind zu drehen, hatte alten Schnee aufgewirbelt und ihn wadenhoch über den Fjord geweht. Nun schwoll der Wind an, frisch fallende Flocken schaukelten nicht länger gemächlich zu Boden, sondern jagten einander in schrägen Salven. Im Licht der Stirnlampen schien es, als sausten die frostigen Wattebäusche direkt auf einen zu, wie im Scheinwerfer eines fahrenden Autos. Sie prallten gegen ungeschützte Wangen und Augen unter gesenkten Wimpern. Die Hunde hatten sich zusammengekringelt, die Lider geschlossen. Nach und nach verschwanden sie unter flachen Schneehügeln.

Die Zelte standen keine zehn Meter auseinander, die Hundegespanne zwischen ihnen verankert, aber da das Zelt der Frauen das hinterste in der Reihe war, wurde es im Schneegestöber ein weiter Weg bis zum Gemeinschaftszelt. Dort erwärmte einzig die Hitze des Kochers die Luft auf knapp unter null Grad. Kirsten wollte es sich gerade zwischen den anderen auf den ausgelegten Matten gemütlich machen, als Tim hereinkam und verkündete, sie hätten zwei der Zelte falsch aufgestellt. So, wie sie jetzt stünden, zeige die Breitseite mit dem Eingang in den Wind; es sei besser, sie zu drehen. Außerdem müsste er sein Hundeteam ein wenig nach vorne ziehen, damit rückten die Leithunde allerdings zu dicht an die Toilette, weshalb diese wiederum ein Stück nach hinten verlegt werden müsse. Der Wind würde wohl noch heftiger werden, daher wollte er diese Dinge lieber sofort erledigt haben, bevor sie das Abendessen zubereiteten.

Erland fragte, ob er endlich einen näheren Blick auf das

Gewehr werfen könne, das Tim neben dem Eingang des Gemeinschaftszelts abgelegt hatte.

»Ich würde vorschlagen, wir machen erst unser Lager sturmsicher, alles andere kann bis nach dem Essen warten«, wiegelte Tim ab. Ergeben schlüpften alle wieder in ihre Jacken, zogen die Reißverschlüsse hoch, Stiefel und Handschuhe an, dann traten sie hinaus in die Dunkelheit des polaren Winterabends und den geräuschlos tobenden Schnee.

Kirsten half den Männern dabei, ihre Zelte zu drehen. Zwar stand ihr und Ingrids Tunnelzelt passend im Wind, dafür hatten sie einige Heringe nicht tief genug vergraben, weshalb nun die Abspannleinen durchhingen. An einer Seite flappte bereits der Zeltstoff bei jeder stärkeren Böe vor und zurück, ein rhythmisches Schlagen, was ihnen in der Nacht zusetzen würde. Während Ingrid mit ihrem Spaten in Richtung Toilette verschwand, machte Kirsten sich daran, die lockeren Heringe auszugraben und an anderer Stelle tiefer als zuvor im Schnee zu versenken.

Sie arbeitete rasch mit ausgreifenden Bewegungen, benutzte den Schaufelgriff statt des Blatts, um fünfzig Zentimeter tiefe Kuhlen auszuheben. Die Sicht reichte gerade einmal bis zum übernächsten Zelt. Der Wind ließ Kirsten Kopf und Kinn schützend auf die Brust drücken, die Kapuze tief in die Stirn gezogen, bis teilweise gar das Licht ihrer Stirnlampe unter dem Kapuzensaum verschwand. Manchmal hielt sie während des Grabens inne, drehte sich um, ein Prickeln im Nacken, aber da war niemand. Bloß ihr Schlitten mit den schlafenden Hunden und jenseits davon die undurchdringliche Dunkelheit über dem Fjord.

Dann peitschte ein Schuss durch die Nacht.

Irritiert richtete sich Kirsten auf, schlug die Kapuze zurück. Ihr erster Gedanke galt einem Eisbären im Lager. Doch die Hunde schwiegen. Ein paar Köpfe hoben sich hinter ihr aus dem Schnee, dreieckige Ohrspitzen zuckten aufmerksam in Richtung des dem Fjord zugewandten Lagerrandes. Als Kirsten zu ihrem Team leuchtete, fluoreszierten die Augen der Hunde gespenstisch im Schein der Halogenleuchten.

Sie ließ den Spaten fallen und begann zu rennen.

Aus allen Enden des Lagers sprangen an Stirnlampen gekettete Schemen herbei. Gesichtslose, in ihrer schweren Montur mit den hochgeschlagenen Kapuzen gar figurlose Gestalten, träger in ihren Bewegungen als der schräg an ihnen vorbeiwirbelnde Schnee.

Bis Kirsten das Gemeinschaftszelt erreichte, hatte Tim den Eingang zur Seite geschlagen. Stocksteif stand er dort, halb drinnen, halb draußen, die behandschuhte Faust gegen das unter dem Druck nachgebende Zeltdach gepresst. Kirsten und Hartmut drängten gleichzeitig neben ihn, rempelten versehentlich gegen seine Schultern und brachten ihn beinahe aus dem Gleichgewicht. Kirsten spürte Tims Berührung auf ihrem Unterarm, er hielt sie fest, bevor sie einen Schritt zu weit gehen konnte. Er atmete schwer.

Das Zeltinnere wurde von einer Campinglampe erleuchtet, die Tim vorhin noch unter die Zeltdecke gehängt hatte. Sie schwankte an ihrem Haken von einer Seite zur anderen, malte taumelnde Schatten auf Boden und Wände. Von unten flackerten die Flammen des Benzinkochers. Auf ihm, im Topf, schmolz blutfleckiger Schnee. Neben dem Kocher, genau in der Zeltmitte, lag Erland, den Blick starr und leer auf den Ausgang gerichtet. Eine im unsteten Licht dunkel schillernde Lache Blut breitete sich von seinem Kopf auf den ausgelegten Isomatten aus. Zwischen seinem Körper und den hingeworfenen Handschuhen lag Tims von allen Schutzhüllen befreites Gewehr.

Der Anblick wirkte wie ein Faustschlag in die Magengrube. Kirsten bekam keine Luft mehr. Ein Wimmern entschlüpfte ihrer Kehle, rückwärts stolperte sie nach draußen, wo sie sich neben einer der Abspannleinen übergab. Ein Knie stieß gegen ihre Schulter, Ingrid, die an ihr vorbeieilte. Fredrik folgte ihr auf dem Fuß. Er zerrte an Tims Jacke, stieß ihn grob aus dem Eingang, bis er selbst sehen konnte, was im Inneren geschehen war. Kirsten hörte seinen fassungslosen Ausruf, auf Norwegisch, seiner Muttersprache, dann stolperte auch Fredrik rückwärts, einen Meter, zwei Meter. Er sackte nach hinten, einem Kind gleich mit dem Hintern zuerst, blieb sitzen, wie er gefallen war. Sein Mund arbeitete, doch es kam kein Ton heraus. Ingrid war im Zeltinneren verschwunden. Auf der anderen Zeltseite übergab sich noch jemand. Das Geräusch ließ Kirsten erneut würgen, sie erbrach alles, was sie an diesem Tag zu sich genommen hatte, das Gesicht dicht über dem Schnee, die Hände bis zu den Unterarmen darin versunken.

Sie wusste es. Sie brauchte Ingrid nicht, die eine Minute später wieder erschien und verkündete, dass Erland nicht mehr lebte. Der Schuss war unter seinem Kinn schräg nach hinten oben durch den Schädel gedrungen; Erland war sofort tot gewesen. Sie habe nichts angerührt, sagte Ingrid, sie habe bloß seine Augen geschlossen.

Ingrid und Tim waren die Letzten, die noch standen,

neben dem mannshohen Gemeinschaftszelt, durch dessen offenen Eingang Wind und Schnee ins Innere wirbelten, Kocherflamme und Benzinlampe zum flackernden Leben erweckten, wo der Tod seinen Mantel ausgebreitet hatte. Tim sagte, sie müssten die Flammen löschen, sonst könne das Zelt abbrennen, aber er bewegte sich nicht. Es war Ingrid, die ein zweites Mal ins Innere trat, um Lampe wie Kocher den Benzinhahn abzudrehen. Diesmal schlug sie danach den Eingang hinter sich zu, schloss den Reißverschluss.

Kirsten fühlte sich, als hätte sich ihr Geist von ihrem Körper getrennt, um losgelöst von allem zu beobachten. Sie war schon einmal derart über Spitzbergen geschwebt, im Traum wie ein auf Sturmwinden balancierender Vogel, mit einer unanständig klaren Sicht auf alles, was unten geschah. Diesmal jedoch erstreckte sich unter ihr nicht jenes tagerhellte, von Stein und Wasser geprägte Flusstal, in dem Kristoffer seine Angst in die gleichgültige Welt geschrien hatte. Diesmal war es der Blick von oben auf die dunkelblaue Nacht, gebrochen nur vom tänzerischen Spiel von Wind und Schnee. Ein Camp, eingeklemmt zwischen einem gewaltigen Fjord und steil aufstrebenden Bergen, eine winzige Ansammlung länglicher Kuppeln aus lächerlich dünnem Stoff und wirr verteilter Schlittengestelle. Dazwischen sechs Gestalten, gebeugt im Antlitz des Schreckens, die künstlichen Lichter ihrer Lampen zitternde Kreise auf dem endlosen Schnee. Jenseits davon Finsternis, der absolute Mangel an anderer Menschen Licht. Unendliche gnadenlose Arktis.

»Was machen wir denn jetzt?«, stammelte Hartmut. Er hatte im Knien einen Arm um Tobias geschlungen. Jetzt löste Hartmut den Griff um seinen schluchzenden Sohn, krabbelte gar ein Stück auf Fredrik zu, sein Flehen unbewusst an ihn gerichtet. Doch Fredrik bot keine Führung. Bewegungslos starrte er auf das Zelt, in dem sein toter Sohn lag. Sein anderer toter Sohn. Fredriks Kapuze war im Fallen nach hinten gerutscht. Schnee und weißes Haar vermischten sich, beugten sich gemeinsam dem Wind.

Ingrid trat auf Fredrik zu, ging vor ihm in die Hocke. Sie sprach leise auf ihn ein, mit den Fingern seine Wange berührend. Sie rückte ihre Stirnlampe zurecht, bis sie ihm in die Augen leuchten konnte, gleichzeitig bewegte sie einen Finger vor seinem Gesicht. Danach zog sie ihre Handschuhe aus, nahm Fredriks Arm und fühlte seinen Puls. Ein paar Wortfetzen trieben heran, Kirsten verstand nichts. Ingrid sprach Norwegisch mit Fredrik, der nicht antwortete, nur einmal, am Ende, knapp nickte. Ingrid half ihm auf die Beine. Auf sie gestützt, stapfte der alte Mann schwerfällig auf das Zelt zu, das er für sich und Erland errichtet hatte. Im Gehen drehte Ingrid den Kopf und bat Kirsten, ihr eine kleine gelbe Tasche aus dem Zelt zu bringen; sie finde sie in ihrem roten Seesack.

Kirsten tat, wie ihr geheißen. Während sie in Ingrids Sachen wühlte, prallte in ihren leer gefegten Gedanken der Schuss umher wie ein endloses, von den Schädelwänden zurückgeworfenes Echo. Ingrids Seesack enthielt außer klein zusammengelegten Ersatzkleidern und einem Waschbeutel bloß noch Schreibzeug und einen Roman eines bekannten skandinavischen Krimiautors. Die gelbe Tasche mit Medikamenten lag ganz unten zusammen neben einer Erste-Hilfe-Tasche. Kirsten nahm beide an sich.

Fredrik lag auf dem Rücken in seinem Zelt, einen angewinkelten Arm über die Augen gelegt, er murmelte vor sich hin. Ingrid kniete neben ihm. Ihr Griff in die gelbe Tasche ging nach Spritze und Kanüle; auf Kirstens Frage, ob sie etwas tun könne, schüttelte sie den Kopf. Schnee wirbelte durch den zur Seite geschlagenen Zelteingang an Kirsten vorbei in den Vorraum. Sie trat zurück und zog den Reißverschluss des Außenzelts nach unten. In der Zwischenzeit hatten sich die anderen in der Mitte des Lagers um Tobias' Schlitten versammelt. Kirsten trat zu ihnen. In diesem Moment holte der Schock sie ein. Plötzlich begann sie zu zittern, ein Beben, das an ihrer Unterlippe seinen Ausgang nahm und von dort direkt in ihre Knie sank. Erlands Gesicht, seine Freude über den Eisbären, lediglich ein paar Stunden alt, katapultierte sich aus den wirbelnden Flocken heraus auf sie zu, lachte sie an und zerstob im Wind.

Tot.

Wie konnte das sein? Erland, dessen Familiensinn wie Kitt an ihnen allen klebte, nie aufdringlich, stets nur einen Anruf entfernt. Wie konnten die Verlässlichen, die Fürsorglichen die Lebenden verlassen? Wussten sie denn nicht, dass sie immer da zu sein hatten?

Kristoffer, dachte sie und presste einen Handrücken vor den Mund, den Geschmack des Erbrochenen noch auf der Zunge. Kristoffer war schlimmer gewesen. Nur hatte sie seinen Tod nicht gesehen.

Hast du nicht?

Ein Windstoß fuhr über sie hinweg und klatschte Schnee frontal in ihr Gesicht.

Dann schau her.

»Was machen wir denn jetzt?«

Niemand antwortete auf Hartmuts Frage. Tim hatte sich eine Zigarette angezündet und sog in scharfen Zügen, bis seine Wangen unter der Kapuze einfielen, die Lider nicht wie sonst beim Rauchen halb gesenkt, sondern weit aufgerissen. Wind griff in die weiß-gräuliche Asche am Ende der Zigarette und riss sie mit sich fort. Kirsten, Tim und Hartmut hatten sich so gedreht, dass sie mit dem Rücken gegen das Schneetosen standen, bloß Tobias schien es nicht zu kümmern, dass ihm die Flocken direkt ins Gesicht schlugen.

»Verdammt, wir müssen doch irgendwas tun!«, schrie Hartmut.

Tim warf seine Zigarette in den Schnee. »Ich rufe Longyearbyen an«, sagte er und stapfte in Richtung Gemeinschaftszelt. Wortlos blickten die anderen ihm nach. Doch Tim betrat das Zelt nicht. Er langte lediglich mit einem Arm durch den Eingang, ohne es zu betreten, ohne den Kopf hineinzuschieben, tastete, bis die Finger seine Tasche fanden. Mit ihr unter dem Arm eilte er zum Rest der Gruppe zurück. Das Satellitentelefon sah aus wie ein altes klobiges Handy aus den Anfangszeiten des mobilen Telefonierens, es hatte eine kurze runde Antenne. Aus einem Brustbeutel entnahm Tim die Batterie, legte sie ein und drückte ein paar Tasten. Er fluchte.

In der Zwischenzeit war Ingrid wieder aus Fredriks Zelt aufgetaucht. »Was ist los?«, fragte sie. »Funktioniert es nicht?«

»Vielleicht ist die Batterie alle.«

»Wie kann das sein?«

»Ich weiß es nicht. Ich habe von Oda auf dem Schiff eine frische bekommen.« Er drückte abermals ein paar

Tasten, hektischer diesmal. »Die Batterie war voll aufgeladen, wir haben sie ausprobiert. Sie sollte funktionieren.« Er nahm die Batterie heraus und legte sie neu ein. Nichts, das Gerät blieb tot.

Tobias zerrte sich die Handschuhe herunter, riss Tim das Telefon aus den Händen und versuchte es selbst. Erfolglos. »Es funktioniert nicht«, flüsterte Hartmut. Ingrid bekam gerade noch Tobias' hingeworfene Handschuhe zu fassen, bevor der Wind sie hinaus in die endlose Finsternis wirbeln konnte. »Pass auf!«, warnte sie. »Mach hier nicht solche Fehler.«

Tobias achtete nicht auf sie. In seinem Frust schlug er mit der flachen Hand auf den Rücken des Telefons und drückte die Tasten so heftig, als könne er sie durch pure Kraft zum Leben erwecken.

»Könnten wir nicht die Batterie des GPS-Geräts verwenden?«, fragte Hartmut.

»Nein, das ist nicht dasselbe Modell.«

Tobias ließ sich auf die Ladefläche des Schlittens fallen, weiterhin das Satellitentelefon schüttelnd.

»Und jetzt?«, fragte Kirsten, selbst erstaunt, wie klar und fest ihre Stimme klang. »Was sollen wir jetzt tun?«

»Wir haben doch den Notpeilsender«, schlug Ingrid vor. »Wenn wir den betätigen, weiß der Gouverneur, dass wir in Schwierigkeiten stecken.«

»Ja, ja, das ist gut!« Hartmut nickte heftig. »Lasst uns das machen! Der Notpeilsender.«

»Wir können mit dem Sender nicht telefonieren«, wandte Tim ein. »Das ist ein Sender, kein Telefon. Es ist eine Einbahnstraße, wir können lediglich ein Signal abschicken, das dem Gouverneur übermittelt, wo wir sind.

Ein Notsignal ohne Inhalt, ohne Erklärung. Sie können uns damit nicht einmal selbst kontaktieren.«

»Na und? Was macht das für einen Unterschied? Sie werden das Signal erhalten und herkommen. Das wollen wir doch!«

Sie blickten Tim an, der sich über das Gesicht rieb, die Augen gegen den Wind zusammenkniff und an ihnen vorbei in Richtung Fjord sah. Schneeflocken verfingen sich in seinem Dreitagebart und tauten sofort.

»Worauf wartest du noch, Tim? Hol den verdammten Peilsender!« Hartmut ging so weit, Tim sogar leicht zu schubsen. Der schüttelte die Berührung ab und gleichzeitig den Kopf. »Schaut euch doch um«, sagte er, für den heftigen Wind fast zu leise, »dies ist schon jetzt mehr als nur schlechtes Wetter. Wir wissen nicht, wie schlimm es noch wird. Stellt euch vor, wenn unser Notsignal in Longyearbyen eintrifft, dann müssen sie dort entscheiden, ob sie heute Nacht noch ausrücken oder ob sie den Sturm abwarten. Sie wissen ja nicht, was los ist, nur, dass wir ein Notsignal abgesetzt haben.«

»Na und? Genau das ist es doch, ein Notfall!«

»Einer, der einen Rettungseinsatz unter diesen Umständen rechtfertigt? Ich meine, dies ist kein Herzinfarkt, bei dem wir sofort Rettung herbeischaffen müssen. Wir haben einen Toten. Man kann nichts mehr tun.«

»Verdammt, gib mir diesen Sender, und ich drücke selbst diesen Scheißknopf!«

Ingrid schüttelte Schnee von ihrer Kapuze. »Tim hat recht«, sagte sie. »Man muss das abwägen: das Wetter und uns. Die Leute hier im Rettungseinsatz sind mit die Besten, die es gibt. Sie gehen an die Grenzen dessen, was möglich ist, und finden sich auch unter schlechtesten Bedingungen noch zurecht, aber selbst für sie ist das kein Spaziergang. Es kann Stunden dauern, bis sie hier sind, und es bleibt ein Risiko. Wie Tim sagt, wir wissen nicht, ob es nicht noch viel schlimmer wird oder wie es zwischen hier und Longyearbyen aussieht. Da muss man abwägen: Brauchen wir wirklich einen Rettungseinsatz? Selbst wenn das jetzt zynisch klingen mag: Wir haben einen schrecklichen Unfall, einen Todesfall, ja, aber keinen medizinischen Notfall, und die Kälte wird alles für die Untersuchung konservieren.«

»Und was, schlagt ihr vor, sollen wir stattdessen tun? Hier herumsitzen, die ganze Nacht lang, mit einer Leiche in der Mitte? Warten, bis es hell wird?«

Tim nickte langsam. »Sobald es Tag wird, fahren wir zurück zur ›Noorderlicht‹. Das Schiff ist nicht weit entfernt, von dort rufen wir dann über deren Satellitentelefon Longyearbyen an.«

»Und wenn es morgen früh immer noch so stürmisch ist?«

»Das sehen wir dann. Im Zweifelsfall fahre ich allein, oder wir setzen doch noch das Notsignal ab.«

»Das gefällt mir nicht«, flüsterte Hartmut.

Tobias, auf dem Schlitten sitzend, schien den Blick nicht von dem Zelt, in dem Erlands erkaltende Leiche lag, lösen zu können. »Wieso ist das passiert?«, fragte er und wiederholte die Frage gleich darauf noch einmal, deutlich lauter.

Kirsten bat ihn, leiser zu sprechen, aus Angst, Fredrik würde ihn hören. Ingrid meinte, das sei unwahrscheinlich, selbst wenn sie schreien würden, würde der Wind ihre Stimmen davontragen, außerdem habe sie Fredrik ein Beruhigungsmittel gegeben.

»Was hat er zu dir gesagt, als er im Zelt lag?«, fragte Kirsten die Ärztin. »Es war Norwegisch, ich habe nichts verstanden, es klang nur wie immer dasselbe.«

»Er sagte, er sei verflucht. Weshalb hätte er Spitzbergen nicht einfach hinter sich lassen können wie alles andere auch? Er sagte, er habe seine beiden Söhne getötet.«

»O Scheiße!« Tobias presste beide Hände gegen die Schläfen und beugte sich vor, bis sein Kopf zwischen seinen Knien lag. Er hatte bislang offenbar gar nicht an Kristoffer gedacht. Zwei Kinder, zwei Söhne. Beide tot. Innerhalb von einem halben Jahr, keine hundert Kilometer voneinander entfernt.

Die auskühlenden Tränen auf Kirstens Wangen fraßen sich in ihre Haut.

»Erland muss sich das Gewehr genommen haben«, sagte Hartmut, die Frage seines Sohns aufgreifend. »Mein Gott, er hat ja all die Tage immer davon geredet, er wolle es sich anschauen, als ob es nichts Interessanteres gäbe! Er hat es sich genommen, als Tim nicht da war, und dann hat er es sich angeschaut. Nur Gott weiß, was er falsch gemacht hat.«

»Hat denn keiner etwas gesehen?«

Einer nach dem anderen schüttelte den Kopf. Sie sei dabei gewesen, die neue Toilette zu schaufeln, als sie den Schuss gehört habe, sagte Ingrid. Er und Tobias hätten den Vorraum ihres Zelts ausgeschaufelt, erklärte Hartmut; Tim hatte die Hunde versorgt. »Und Fredrik«, fragte er. »Wo ist Fredrik gewesen? Hat er es gesehen?«

Ingrid schüttelte den Kopf. »Ich habe ihn gefragt, weil

ich dachte, das wäre das Schlimmste. Wenn er es gesehen hätte. Aber er hat irgendwas gemurmelt von seiner Stirnlampe, die nicht funktioniere. Er hat mit ihr hantiert, als der Schuss fiel. Er dachte erst, es sei ein Eisbär.«

»Das dachten wir wohl alle.«

»Ich will diese Nacht nicht hier verbringen«, jammerte Tobias. »Nicht hier mit der … mit Erland.«

»Es gibt nichts, wohin du gehen kannst«, sagte Tim hart. »Halt dich einfach vom Gemeinschaftszelt fern.«

»Es darf niemand etwas anrühren«, gab Ingrid zu bedenken. »Für die Polizei.«

Sie nickten. Auf dem schrägen Dach des Gemeinschaftszelts sammelte sich derweil der Schnee, um mit der nächsten Bö sogleich wieder fortgeweht zu werden.

»Vielleicht sollten wir einfach alle ins Bett gehen«, schlug Tim vor. »Wenn ihr Hunger habt, esst Kekse. In meinem Schlitten sind auch noch Thermosflaschen mit Wasser.«

»Jemand sollte bei Fredrik bleiben«, sagte Ingrid, »zur Sicherheit.«

Tim nickte. Er hätte sonst im Gemeinschaftszelt genächtigt, jetzt würde er bei Fredrik im Zelt schlafen. Er sagte, er würde sie alle wecken, noch bevor es hell würde. Keiner sprach aus, dass sie glaubten, in dieser Nacht keinen Schlaf zu finden.

Die Nacht war gespenstisch. Der Wind war stärker geworden, zerrte ohne Unterlass am Stoff und den Abspannleinen der Zelte, schlug dabei immer wieder mit solcher Macht zu, dass Kirsten mehrmals aus ihrem Schlafsack hochfuhr, aus Angst, das Zelt könne einstürzen. Durch ihren und Ingrids Atem bildete sich Reif an der Innenwand, weshalb jedes Mal, wenn sich eine von ihnen bewegte und dabei gegen die Zeltwand stieß, pulvriger Frost auf sie herabrieselte.

Kirsten lag in der Dunkelheit und dachte an Erland. War sein Blut auf dem Zeltboden bereits gefroren? Seine Glieder steif? Wenn sie den Wind aufheulen hörte wie ein Tier, war es dann, weil er seinen Weg ins Innere des Gemeinschaftszeltes fand? Weil er am Zelt rüttelte, höhnisch ob der flüchtigen Behausung, die zum Sarg noch unbeständigeren Lebens geworden war? Rochen die Hunde das vergossene Blut, ahnten sie, dass das Rudel kleiner geworden war?

Kirsten betete, dass bei Jonas alles in Ordnung war. Sie wünschte, sie wäre auf dem Schiff geblieben. Was würden sie Monika sagen, wenn sie morgen früh die »Noorderlicht« erreichten, sechs Schlitten, wo vorher sieben gewesen waren? Wie sollten sie ihr erklären, was geschehen war? »Erland hatte einen Unfall.« Würde es erneut Fredrik sein, der solche Worte einer Schwiegertochter gegenüber sprach? Kirsten bezweifelte es.

Sie wälzte sich in ihren zwei Schlafsäcken ein weiteres Mal auf die andere Seite, doch es gab keine Stellung, in der Schlaf sie erlöste. Sie lauschte auf Ingrids gleichmäßige Atemzüge. Die ersten Stunden hatten sie sich leise unterhalten. Über alles Mögliche, Ingrids Ausbildung, Kirstens Gemälde, alte Weihnachtsfeiern, Jonas' Geburt, alles, was die Gegenwart von ihnen fortrückte, die Präsenz des großen Zelts am Rand des Lagers mit seinem in der Zeit erstarrten Grauen verdrängte. An die großen Themen, an Fredrik und Ingrid – Schützling oder Tochter? –, an Kristoffer und Ingrid – Halbschwester oder Geliebte? –, hatte Kirsten sich nicht herangetraut, zu unpassend war der Moment, zu angeschlagen ihre Psyche, als dass sie noch mehr Antworten, die sie nicht bekommen wollte, hören mochte. Danach hatten sie geschwiegen, unruhig, aber erschöpft, bis Ingrids Atemzüge gegen Mitternacht ihr Hinübergleiten in den Schlaf verrieten. Seitdem lag Kirsten alleine wach, auf sich selbst gestellt, gegen das Bild von Erlands Leiche, den blutigen Hinterkopf, das am Boden liegende Gewehr ankämpfend und gegen den Drang, hinauszumüssen in die Nacht. Aber irgendwann hielt sie es nicht mehr aus. Fast wünschte sie sich, ein Kind zu sein, Ingrid wecken zu können, ohne sich komisch dabei vorzukommen, sie zu bitten, mit ihr zu gehen.

Nicht ganz so bemüht leise wie sonst schlüpfte Kirsten in ihre Hose, Jacke, griff nach Handschuhen, Toilettenpapier und Streichhölzern. Ihre Stiefel standen im Vorraum des Zelts. Während sie im Licht der Stirnlampe hineinschlüpfte, rieselte ihr Raureif von der Zeltdecke direkt in den Nacken. Kirsten schauderte, sie schlug die Kapuze hoch, dann trat sie nach draußen.

Es war zwei Uhr am frühen Morgen, tiefste polare Nacht. Der Schneefall hatte nicht nachgelassen, im Gegenteil, er peitschte beinahe waagrecht über das Land, beschränkte die Sicht auf wenige Meter. Kirsten stapfte los, durch den Schnee, in dem jegliche Spuren verwehten, eine jungfräuliche Oberfläche, die ihre Unschuld hinter Kirsten rasch wieder zu reparieren begann, die scharfen Kanten ihrer Fußtritte rundete, einebnete und binnen einiger Minuten vergessen machen würde. Sie ging an den zwei anderen Tunnelzelten vorbei, bis links von ihr der düstere Schatten des Gemeinschaftszelts auftauchte und davor Tims Schlitten. Bei ihrem Versuch, einen möglichst großen Bogen um das Zelt zu schlagen, sackte Kirsten bis zum Knie im Tiefschnee ein. Alles um sie herum war still bis auf das Tosen des Windes. In keinem der anderen Zelte brannte Licht, der Schein ihrer Stirnlampe verlor sich in der Nacht. Sie erreichte die lange Kette von Tims Zehner-Team. Die Hunde waren unter Schneehaufen verschwunden, flache rundliche Hügel, aus denen nur hier und da ein Fetzen Fell hervorschaute, eine Schnauze, ein Rücken. Keiner der Hunde rührte sich, während Kirsten an ihnen vorbeistapfte. Sie fragte sich, ob sie überhaupt merken würden, wenn sie auf der Toilette von einem Eisbären überrascht würde, oder ob die Tiere einfach seelenruhig weiterschlafen würden, vergraben unter dem Schnee, der freundlicher zu ihnen war als zu den Menschen. Es war kein beruhigender Gedanke, vor allem da der Wind vom Lager in Richtung Toilette wehte. Wie gut war eigentlich der Geruchssinn eines Hundes?, fragte sie sich. Auf Höhe der Leithunde murmelte sie in Richtung zweier ovaler Schneehaufen: »Bridgestone, ich kann mich auf dich verlassen, oder? Du passt schon auf, dass mich kein Eisbär vom Klo pflückt, nicht wahr?« Sie bildete sich ein, ein Ohr unter dem Schnee zucken zu sehen, aber das war auch alles. Kirsten blinzelte in den von ihr forttreibenden Schnee. Irgendwo dort vorne rechts musste die Toilette sein, von einem erkennbaren Weg dahin keine Spur.

Sie lief ein paar Schritte weiter. Erhebungen tauchten vor ihr auf; Ingrid hatte gesagt, sie habe die Toilette im Windschatten eines Hügels geschaufelt. Kirsten umrundete eine der Erhebungen, sackte abermals bis zum Oberschenkel ein und landete mit dem Bauch im Schnee. Rudernd kam sie wieder auf die Beine, fand etwas unter ihren Füßen, was wohl ein zuvor festgetrampelter Pfad gewesen war, und folgte ihm so gut es ging. Kurz darauf sah sie die vom Schnee halb zugewehten Reste eines Windschutzes.

Der Gedanke, was in den Schatten jenseits des mickrigen Scheins ihrer Stirnlampe heranschleichen mochte, beschleunigte ihre Handgriffe. Der Windschutz reichte aus, um sie im Kauern vor dem schlimmsten Wind zu bewahren, doch als sie das benutzte Toilettenpapier verbrennen wollte – Tribut an den arktischen Boden, der alles wieder an die Oberfläche transportierte und auf dem alles Organische nur langsam verrottete –, fielen ihr sämtliche Streichhölzer aus der Packung, und sie musste sie einzeln wieder einsammeln. Als Nächstes blies der Wind jedes Streichholz aus, bevor das Toilettenpapier Feuer fangen konnte. Fluchend, mit eiskalten Fingern, gab sie es nach dem fünften Versuch auf und stopfte die Streichhölzer zurück in ihre Hosentasche. Dabei entglitt ihr der linke Handschuh. Sogleich packte der Wind zu und wirbelte ihn von ihr fort. Kirsten hechtete hinterher. Sie hatte Glück, es gelang ihr, den Handschuh nach wenigen Metern wieder einzufangen. Zitternd zwängte sie ihre Finger hinein. Direkt gegenüber prangte ein dunkles Loch, ein Durchlass in den schneebedeckten Hügeln der Gletscherzerfallslandschaft. Bewegte sich dort etwas?

Es blieb alles still. Kein Hund schlug an. Aller rationalen Einschätzung nach war sie allein. Kein Grund zur Panik. Sie klopfte sich den Schnee von den Händen und drehte sich einmal um die eigene Achse. Sie sah ihre letzten Fußstapfen, aber danach nichts weiter. Mit einem Mal wusste sie nicht mehr, wo genau in diesem undurchsichtigen Meer aus Schnee, mannshohen Buckeln und länglichen Hangrücken der Weg zurück ins Lager führte. Wo waren ihre Spuren? Alles verschwand jenseits eines Kreises aus wenigen Metern in einem Wirbel aus Nacht und vor ihr fliehenden Schneesalven.

Verloren, flüsterte der Wind.

Kirsten machte ein paar zaudernde Schritte in die Richtung, die ihr am wahrscheinlichsten schien, und blieb stehen. Jetzt bloß keine Dummheit begehen. Beruhig dich, du bist nah beim Lager. War da eine Bewegung am Rande ihres Lichtscheins?

Sie rief. Zu leise. Sie räusperte sich, rief lauter. Nach Tim, nach Fredrik. Der Wind riss die Namen von ihren Lippen und trug sie davon, fort vom Lager. Aber die Hunde mussten sie trotzdem hören, oder nicht? Wieso konnten sie nicht zu bellen anfangen, Zeichen geben, dass ein Mensch in Schwierigkeiten war?

Bei Erlands Tod hatten sie auch geschwiegen.

Kirsten schrie.

Ihre Finger waren noch kalt vom erfolglosen Hantieren mit den Streichhölzern. Sie trug lediglich ihre Fleecehandschuhe, zu wenig, um die Finger warm zu bekommen bei unter minus zehn Grad. Sie tastete ihre Taschen ab auf der Suche nach einer Trillerpfeife, aber da war keine. Die Streifen an ihren Ärmeln reflektierten im Schein der Lampe. Nutzlos.

Konzentrier dich, denk zurück, Schritt für Schritt. Sie hatte sich der Toilette von rechts genähert. Sie lief in diese Richtung. Blieb stehen. Sie sah nichts. Der Schnee wirbelte um sie herum, mal frontal von vorne, dann von schräg links. Welcher Windrichtung sollte sie folgen? Auf dem Herweg hatte sie den Wind direkt im Rücken gehabt. Sie kämpfte sich auf den Hügel über der Toilette, rutschte zwei Schritte zurück, sobald sie einen nach vorne machte, paddelte mit rudernden Armen weiter, holte tief Luft, als sie endlich die niedrige Kuppe erreichte, und schrie ein weiteres Mal.

Ihre Stirnlampe flackerte und erlosch. Kirsten schlug so hart gegen das Plastikgehäuse, dass sie es in ihre Stirn drückte. Die Lampe strahlte auf, verglomm sofort wieder. Kirsten drückte sie gegen ihre Stirn, und abermals erhellte das Leuchten die Schneeflocken im Wind. Blieb.

Ihr Herz schlug so heftig, dass sogar ihre Finger wieder warm wurden. Ihr Mund stand offen, sie hörte auf zu atmen, denn ohne Atem konnte sie besser hören. Sie lauschte.

Sie hörte nichts außer dem Rauschen der Stille in ihren Ohren.

Wie oft hatte sie ein panisches Pferd beruhigt? Sie schlang die Arme um sich, stopfte die Hände unter ihre Achseln und presste die Ellenbogen an sich, bis sie den Druck auf ihren Rippen fühlte. Kristoffer hatte sich manchmal hinter sie auf die Couch gesetzt, auf die Lehne, seine angewinkelten Beine hatten ihren Oberkörper sanft eingezwängt, während seine Finger in ihre Haare fuhren, suchend, massierend, zunehmend fordernd, dem Druck seiner Schenkel angepasst. Mit Jonas war das Spiel anders gewesen, er auf ihrem Rücken, sie auf allen vieren, den johlenden, Cowboyhut tragenden Reiter warnend, er solle sich mit den Schenkeln festklammern, während sie zu bocken begann und ihn abwarf, egal wie oft er wieder auf sie kletterte. »Noch mal, Mama!« Einmal war er mit dem Kopf gegen einen Stuhl geschlagen. Sie hatte der Beule beim Anschwellen zuschauen können, er hatte geweint. Sie hatte gesagt, wenn ihn ein Pferd abwerfe, sei es das Beste, sofort wieder aufzusteigen, was bescheuert gewesen war, denn er hatte ja keine Angst, er hatte bloß Schmerzen. Die Angst war Kirstens Metier. Seltsam, hatte Fredrik sie vor wenigen Tagen nicht als »angstfrei« bezeichnet? Doch selbst Fredrik konnte nicht in das Innere eines Menschen blicken, schon gar nicht in das seiner Söhne, und jetzt war es zu spät.

Vor Kirsten tauchte das Licht einer Stirnlampe auf, ein tanzender Fleck Blau-Weiß als Krönung eines Körpers, vor dem ein zweiter sich durch den Schnee kämpfte, dieser nicht angewiesen auf menschliche Technik, um seinen Weg zu finden.

Bridgestone schien nicht allzu begeistert davon, dass Tim ihn aus seiner bequemen Schneehöhle gerissen hatte, doch immerhin wedelte er mit dem Schwanz, während er Kirsten zur Begrüßung die Schnauze zwischen die Oberschenkel steckte. Kirsten versenkte die Finger in sein dichtes Fell und hätte vor Erleichterung beinahe geheult.

»Alles in Ordnung?«, fragte Tim besorgt. »Ingrid hat mich geweckt. Sie hat sich Sorgen gemacht, weil du so lange gebraucht hast. Ich habe dich rufen hören.«

»Ich war mir nicht mehr sicher, wo genau es zum Lager zurückgeht. Es sah alles gleich aus. Da bin ich einfach geblieben, wo ich war, und habe nach euch gerufen.«

»Eine gute Entscheidung.« Er hob die Hand, wie um ihre Schulter zu berühren, und ließ sie wieder fallen. Stattdessen drehte er sich um und ging ihr voran. Nach dreißig Metern tauchte vor ihnen das Lager auf. Tim befestigte Bridgestone wieder an seiner Kette. Der Hund drehte sich dreimal im Kreis, bevor er sich mit einem letzten vorwurfsvollen Blick in Kirstens Richtung niederließ und die Augen schloss, seufzend ob der Unzulänglichkeiten fellloser Zweibeiner.

In der Zwischenzeit waren alle auf den Beinen, Ingrids Besorgnis hatte nicht nur Tim aus dem Zelt gescheucht. Sogar Fredrik war unter der Gruppe, die sich jetzt um Kirsten und Tim drängte. Kirsten tat es leid, weil sie so viel Aufregung hervorgerufen hatte; sie streckte einen Arm nach Fredrik aus, der sie stumm an sich zog. Sein Gesicht war grau und eingefallen, die Züge eines alten Mannes.

Sie berichtete kurz, wie dumm sie sich angestellt hatte. Sie standen dicht beieinander im Kreis, Schulter an Schulter, und schufen so in ihrer Mitte einen Ruheraum, in dem Schneeflocken nicht horizontal dahinschossen, sondern sanft nach unten tanzten. Tobias sagte, ihm wäre es ein paar Stunden vorher fast genauso gegangen, daher wäre er gar nicht bis zur Toilette gelaufen, sondern hätte einfach auf halbem Weg in den Schnee gepinkelt. Dabei, fügte er hinzu, wären ihm Fußstapfen aufgefallen, die vom Gemeinschaftszelt gekommen waren. Frische Fußstapfen, wie er behauptete.

»Jemand ist bei Erland im Zelt gewesen?«, hakte Ingrid irritiert nach. »Wir hatten doch besprochen, wir lassen alles wie gehabt.«

»Das war ich.« Tim hatte sich in der Zwischenzeit eine Zigarette angezündet. Er allein trug nicht seine schwere Überjacke, sondern lediglich eine leichte blaue Daunenjacke. »Ich habe mein Gewehr geholt.«

»Du hast das Gewehr geholt?«, echote Hartmut. »Aber das geht doch nicht! Das ist das wichtigste Beweismittel für die polizeiliche Untersuchung! Die Tatwaffe.«

Tobias murmelte: »Tatwaffe klingt nach Mord.«

»Es war ein Unfall!«, stellte Hartmut ungeduldig fest. Fredrik sagte gar nichts, er schwankte ganz leicht. Kirsten drängte sich enger an ihn.

Tims Hand mit der Zigarette beschrieb einen glühenden Bogen in der Luft. »Was hätte ich denn eurer Meinung nach tun sollen? Wir tragen hier in Spitzbergen Gewehre nicht bloß zum Zeitvertreib mit uns herum, sondern aufgrund einer ganz realen Gefahr. Sollte ich uns dieser Gefahr aussetzen? Heute Nacht oder morgen auf dem Weg zum Schiff?«

»Da wären ja noch die Hunde gewesen«, warf Ingrid ein. »Kein Eisbär würde sechsundvierzig Hunde angreifen. Außerdem haben wir noch die Signalpistole, die ist in meinem Zelt. Es wäre schon ein vertretbares Risiko gewesen, die Waffe dort zu lassen, wo sie war.«

Tims Stimme war lauter als notwendig, als er erwiderte: »Ich bin der Tourleiter. Ich trage die Verantwortung für diese Gruppe, und ich musste diese Entscheidung treffen. Es gibt kein Handbuch für solche Fälle.« Nach einem letzten Zug an der Zigarette fügte er hinzu: »Glaubt mir, es war kein Spaß, dieses Zelt zu betreten.«

Am Morgen wehte der Wind noch immer stark, doch die stürmischen Böen hatten sich gelegt, es fiel nur wenig Schnee. Die Wolken wirkten düster, weshalb Tim meinte, möglicherweise sei dies nur ein Fenster von wenigen Stunden, bevor sich das Wetter abermals verschlechterte.

Schweigend, mit nichts zum Frühstück außer lauwarmem Teewasser und ein paar Keksen, packten sie ihre Schlitten und schirrten die Huskys ein. Die Tunnelzelte sowie Erlands Schlitten samt Gespann würden sie zurücklassen. Tim gab Erlands Hunden eine größere Portion zu fressen als den anderen und stellte sicher, dass sie ihr Wasser mit aufgeweichtem Trockenfutter austranken. Dabei ging er von Hund zu Hund, kraulte Ohren, sprach mit jedem Tier. Ein paar Huskys winselten, als ob sie verstünden, dass sie zurückgelassen werden würden.

Kirsten suchte nach ihrer Sturmhaube, fand sie aber nicht. Die anderen warteten ungeduldig, während sie im Zelt und in ihrem Schlitten wühlte. Hartmut schnaubte hörbar, woraufhin Kirsten beschloss, dann würde sie eben ohne Sturmhaube fahren, aber Ingrid warnte, das würde sie bereuen, sobald sie auf der offenen Fläche des Fjords wären, wo der Wind ungebremst blase.

»Wo hast du die Maske denn das letzte Mal angehabt?«

»Ich habe sie ausgezogen, sobald wir die Schlitten geparkt hatten, und dann in meine Jacke gestopft. Sie war ganz steif gefroren.« Kirsten wurde blass, als sie sich zwang zu erinnern. »Ich hab sie zum Trocknen mit ins Gemeinschaftszelt genommen und neben dem Eingang an einen Riemen gehängt. Erland hat dasselbe mit seiner getan. Das war kurz bevor, bevor er …«

Sie drehte sich um. Sie alle hatten sich bemüht, während des Packens möglichst keine Blicke in Richtung des großen Zelts zu werfen, an dessen Seiten sich dreißig Zentimeter hohe Schneeverwehungen gebildet hatten. Massig und bewegungslos thronte es zwischen ihnen und dem Fjord. Ein einzelner Hund hob zum Heulen an, ein anderer antwortete, doch es fiel kein weiterer mit ein, so verstummten auch diese beiden Stimmen rasch.

»Soll ich sie für dich holen?«, fragte Ingrid.

Kirsten hob die Schultern. »Ich gehe selbst; ich weiß besser, welche meine war und welche Erlands.« Sie sah Tim an. »Ist das in Ordnung?«

Tim nickte.

Auf dem Weg zum Gemeinschaftszelt spürte Kirsten die Augen der anderen in ihrem Rücken. Sie wollte schneller gehen, immerhin hatten sie es eilig, zum Schiff zu kommen und Longyearbyen anzurufen, aber ihre Beine waren schwer, und sie fühlte sich, als liefe sie durch zähen Sirup. Am Reißverschluss des Eingangs hatte sich ein wenig Eis gebildet, weshalb er klemmte. Sie ruckte stärker daran, endlich glitt er bis auf Brusthöhe auf. Kirsten bückte sich und trat hindurch.

Es war inzwischen hell geworden, das einfallende Licht reichte aus, um den Eingangsbereich bis zur Mitte des Zelts, wo Erlands Leiche lag, notdürftig zu beleuchten. Es war kalt im Inneren, das Wasser im Topf auf dem Kocher zu Eis gefroren. Das Blut um Erlands Kopf war ebenfalls erstarrt, sein Gesicht mit den nun geschlossenen Augen kalkig hell. Kirsten wandte den Blick ab. Sie trat nach rechts, wo ihre Sturmhaube über einem Riemen hing, genauso steif und frostig wie gestern Abend, als sie sie dort hingehängt hatte, direkt neben Erlands. Er hatte noch gescherzt, dass er die Maske mittlerweile wie eine Cäsarbüste hinstellen könne, sie würde wohl noch in drei Jahren sein Gesicht nachformen.

Kirsten drehte sich zurück in Richtung Eingang. Dabei stieß ihre Fußspitze gegen Erlands Fototasche. Der Deckel stand offen; die Kamera lag mit dem Objektiv nach unten darin. Das Seitenfach war leer. Von dem grünen Notizbuch, das zwei Abende zuvor seinen Platz darin gefunden hatte, keine Spur.

Kirsten, die im Zelt den Atem angehalten hatte, merkte, wie ihr die Luft knapp wurde. Rasch trat sie nach draußen. Erst da sie den Reißverschluss geschlossen und sich aufgerichtet hatte, atmete sie wieder ein. Sie signalisierte den anderen, dass alles in Ordnung war, und lief zu ihrem wartenden Schlitten. Ihre Hunde schienen es genauso eilig zu haben wie sie, von diesem Ort fortzukommen, denn sie sprangen bei Kirstens Näherkommen sofort auf. Tim gab das Zeichen zum Aufbruch. Das Gewehr hing wie in den letzten Tagen schräg über seinem Rücken.

Das verrückte Bellen von Erlands Hunden verfolgte sie, als sie davonfuhren.

Die Fahrt über den Fjord entwickelte sich trotz des Rückenwinds zur Herausforderung, zu sehr hatte der Sturm der letzten Nacht den Trail verweht. Am Anfang sackten Tims Hunde bis zum Bauch ein, während sich der wuchtige Schlitten im Tiefschnee festfuhr. Tim musste schieben und gleichzeitig die Hunde auf Kurs halten. Für einen Kilometer brauchten sie eine Dreiviertelstunde. Zügiger kamen sie erst voran, sobald sie die Mitte des Fjords erreichten, wo der Wind die offene Fläche in eine Schneise tiefschneefreier Monotonie verwandelt hatte. Die Musher fuhren mit hochgezogenen Schultern und nach vorne gekauert. Nur selten drehte sich einer zum Hintermann um, denn dies hätte bedeutet, sich frontal in den eisigen Wind zu drehen, der trotz Sturmmaske, Schneebrille und kinnhoch geschlossenem Kragen immer wieder eine Lücke in der Kleidung fand. Bei Kirsten waren es ihre Handgelenke, dort, wo die Jacke ein Stück hochrutschte und die Handschuhe nicht lang genug waren, um über den Ärmeln abzuschließen.

Schnee wogte, von Böen getrieben, in wadenhohem Dunst an ihnen vorbei. Selbst die Hunde drehten die Gesichter zur Seite, fort vom Wind, der ihr Fell am Rücken aufstellte. Die Wolken über ihnen wurden nach Nordwesten hin dunkler; Tim betrachtete sie lange und sorgenvoll. Er rief seinen Leithunden etwas zu, ein aufreizendes Trällern, nach dem die Hunde das Tempo anzogen.

Trotz der niedrigen Wolkendecke sahen sie die »Noorderlicht« lange vor Erreichen vor sich liegen. Sie hatten seit dem Aufbruch nicht mehr gesprochen und schwiegen auch beim Anblick des noch fernen Hotelschiffs. Dennoch übertrug sich ihre Erleichterung auf die Hunde, die nun noch schneller liefen, sicher auf dem mittlerweile festen Trail unterwegs. Pfoten flogen, Beine streckten sich, Rücken bogen sich weiter durch auf den letzten Kilometern, und Tim bremste die Tiere nicht.

Diesmal wartete niemand an Deck, um sie zu begrüßen, obwohl die Schneemobile der Damengruppe wie am Tag zuvor aufgereiht vor dem Bug des Schiffes standen, ihre Kufen bedeckt von kleinen Ansammlungen Triebschnee. Oda musste angesichts des Wetters beschlossen haben, eine weitere Nacht auf dem Schiff zu verbringen.

Die Schiffshunde schlugen an, sobald sie sich der »Noorderlicht« näherten und die Anker setzten. Oda rannte als Erste von Bord, ohne Kopfbedeckung, ohne Handschuhe, nur einen Arm in die Jacke gesteckt, so dass der freie Ärmel hinter ihr herschlackerte. Tim lief ihr entgegen. Bei seinen ersten Worten verschränkte Oda die Hände hinter dem Nacken, die Ellenbogen im spitzen Winkel nach vorne gerichtet. Das Entsetzen zog ihren ganzen Oberkörper nach unten. Tim griff nach ihr, ein Wort jagte das nächste.

Kirsten kämpfte noch mit ihrer Eisschraube und den Ankern. Fredriks Knochen knackten, als er in die Knie ging, um ihr zu helfen. Er drehte die Ankerschraube weiter in das Fjordeis hinein als nötig, Kirsten musste ihm in den Arm fallen, damit er aufhörte und sie nicht bis zum Anschlag versenkte. In der Zwischenzeit erschienen weitere Gestalten an Deck, Crewmitglieder, die die Gangway hinunter zu Tim und Oda liefen, danach die in identische Jacken gekleideten Mitglieder der Reisegruppe. Monika hatte sich einen scharlachroten Schal um den Hals geschlungen, der dem Wetter seine Leuchtkraft entgegensetzte. Sie stand vorne, dicht an der Reling, mit Jonas auf dem Arm. Die Entfernung war zu groß, doch Kirsten glaubte erkennen zu können, wie Monikas Blick von einem zum anderen glitt, zählte, suchte, nicht fand.

»Fredrik.« Kirsten berührte seine Schulter, deutete in Richtung Schiff.

Ihr Schwiegervater schaute nicht auf. »Bitte, Kirsten, ich kann es nicht. Nicht diesmal, nicht schon wieder.« Seine Stimme klang rau. Er fummelte noch immer am Seil, das die Eisschraube mit dem Frontanker verband.

»In Ordnung.« Kirsten erhob sich langsam. Sie ging auf das Schiff zu, das kahl und im Frost erstarrt vor ihr in den Himmel ragte, leise knarrend im Wind, für den die Takelage zum Instrument wurde. An Deck ließ Monika Jonas zu

Boden gleiten. Sie machte ein paar Schritte auf die Gangway zu, über die Kirsten jeden Moment nach oben kommen würde. Dann blieb sie stehen, drehte sich erneut zu den Ankömmlingen. Zählte ein weiteres Mal die Teams, die Menschen, die Schlitten.

Jonas rannte die Gangway hinunter und warf sich in Kirstens Arme. Ihm war noch nichts aufgefallen. Er lachte, weil seine Mama da war. Kirsten drückte ihr Gesicht gegen Jonas' Hals, damit er die Tränen in ihren Augen nicht sah. Heiser bat sie ihn, seinen Opa zu begrüßen. Sie setzte ihn ab, und Jonas sprang davon. Schnee stob unter seinen Füßen auf.

Kirsten setzte ihren Gang fort, hinauf an Deck, vorbei an Peter, Elisabeth und Tanja, die ihr Platz machten, stirnrunzelnd, verwirrt. Dort, wo Wasser und Schnee auf dem Boden gefroren waren, knirschte Eis unter den Stiefeln.

»O bitte nicht«, flüsterte Monika, kurz bevor Kirsten sie in die Arme nahm, fest, den großzügigen Leib ihrer Schwägerin an sich drückend, wie um ihn zusammenzuhalten. Sie stieß hervor, was sich ereignet hatte, laut genug, damit auch die anderen sie verstanden. Ein Schütteln ging durch Monikas Körper. Sie schluchzte und stellte dazwischen stammelnde Fragen, ungläubig zuerst ob der Ungeheuerlichkeit dessen, was Kirsten ihr erzählte.

»Es ging alles unglaublich schnell, er hat bestimmt nicht gelitten«, murmelte Kirsten. »Er hat nicht einmal geschrien. Bestimmt hat er nicht einmal Zeit für Angst gehabt. Er war allein, als es geschah.« Und dann weitere Sätze, sinnlos wahrscheinlich, an die sie sich bereits Minuten später nicht mehr erinnern konnte. Menschen rannten an ihnen vorbei auf dem Weg zum Satellitentelefon. Und während all dem höhnte der Wind weiter in den Masten und der flaggebekrönten Takelage der »Noorderlicht«.

Oda und Tim sprachen über Telefon mit dem Gouverneur von Svalbard. Nach ein paar Minuten holten sie Ingrid ans Telefon. Die Hilfe würde auf sich warten lassen. Tim und seine Gruppe hatten Glück gehabt; sie hatten das einzige Fenster mit einigermaßen gutem Wetter erwischt. Jetzt zog bereits die nächste Schlechtwetterfront heran, ein Sturm mit orkanartigen Böen. Heute würde niemand mehr Longyearbyen verlassen, die Gruppe würde eine weitere Nacht auf dem Schoner verbringen. Die polizeiliche Untersuchung des Unglücks würde warten müssen, bis der Sturm sich abschwächte.

Mit Ingrids Hilfe brachte Kirsten Monika nach unten in ihre Kabine, wo sie sie ins Bett legten und Ingrid ein weiteres Mal den Inhalt ihrer gelben Notfallmedizintasche auspackte. Sie hielt ein Fläschchen mit einer klaren Flüssigkeit darin gegen das Licht und seufzte.

»Wie geht es Fredrik?«, fragte sie. »Ist er in Ordnung?«

»Nein, in Ordnung ist er nicht. Aber er ist gefasst. Er ist mit Jonas in seiner Kabine. Er wird sich vor dem Kleinen nicht gehen lassen, dafür ist er trotz allem zu stark.«

»Es ist gut, dass Jonas hier ist.«

In Kirstens Ohren klang das wie Hohn, obgleich sie verstand, was Ingrid meinte. Sie jedenfalls würde sich heute zusammen mit ihrem Kind in eine Koje quetschen, die tröstliche Wärme ihres Sohns die ganze Nacht an ihrer Haut spüren. Ihn nicht loslassen. Sich einreden, sie wären daheim, hinter festen Wänden, wo Heizungen leise summten, Hunde bellten, wenn sie Katzen sahen, und aus dem Telefonhörer das beruhigende Brummen von Erlands Stimme erscholl.

Am Nachmittag richtete die Köchin Kaffee und Kuchen an, verkroch sich danach jedoch mit ihren Kollegen im Mannschaftsraum. Kirsten konnte es ihnen nicht verdenken. Wer würde diese traurige Geburtstagsgesellschaft nicht gerne meiden? Sogar sie hätte sich wohl nicht so bald aus ihrer Kabine bewegt, hätte nicht Elisabeth an ihre Tür geklopft und sie nach oben gebeten. Weil sie Monika doch näherstehe als alle anderen, wie Elisabeth fast flehend formulierte. Jonas blieb mit einem Bilderbuch, einem Puzzle und einem Stück Kuchen in der Kajüte. Er schmollte, weil Kirsten ihm untersagt hatte, bei dem aufbrandenden Sturm nach draußen zu Bridgestone zu gehen.

Am Anfang verlief das Kaffeetrinken schweigend. Monika, bleich mit dunkel geränderten Augen, strich mit beiden Handballen über das Holz des Tisches, ruhelos gegeneinander kreisende Endlosschleifen. Oda hatte ihr einen Arm um die Schultern gelegt. Fredrik saß auf der Bank auf der anderen Seite des Raums, starrte durch ein Bullauge hinaus ins Freie, wo erneut heftiges Schneegestöber eingesetzt hatte und sich die Sicht nach dreißig Metern erschöpfte. Eine dampfende Tasse Kaffee stand neben ihm; er rührte sie nicht an. Tobias hatte sich als Einziger ein Stück Möhrenkuchen genommen. Er aß in untypisch kleinen Bissen, hochkonzentriert. Die Krümel, die von der Gabel auf den Tisch fielen, tupfte er mit den Fingerspitzen auf. Bis auf Jonas und Tim, der Kirsten im Gang mit lediglich einem Handtuch um die Hüften auf dem Weg zur Dusche begegnet war, waren sie vollständig.

»Wie schmeckt der Kuchen?«, fragte Ingrid, als die Stille gar zu drückend wurde.

»Schön saftig«, murmelte Tobias. Ingrid nahm sich ein Stück und reichte Kirsten ohne zu fragen einen Teller mit einem zweiten. Kirsten hatte sich an Monikas freie Seite geschoben. Oda sah müde aus, älter und von den Witterungen des Lebens gezeichnet, eher wie man es sich von Menschen in der Arktis erwartete. Ihr Julia-Roberts-Mund hatte sich in einen blassen Strich verwandelt. Kirsten nahm sich eine Gabel und steckte sie in den Möhrenkuchen. Die Gabel blieb senkrecht stecken; sie konnte sich nicht zu einem Bissen durchringen.

»Ich habe mit Longyearbyen telefoniert«, sagte Oda. »Der Sturm scheint nicht ganz so schlimm zu werden wie befürchtet, trotzdem wird niemand vor morgen Vormittag ausrücken. Der Gouverneur sagte, sie planen, euch morgen alle zusammen mit dem Helikopter nach Longyearbyen zu evakuieren. Um die Hunde und die Schlitten werden wir uns mit seinen Männern zusammen kümmern.«

»Was ist mit den Hunden, die wir bei den Zelten zurückgelassen haben?«, fragte Hartmut. »Erlands Hunden.«

»Denen wird es gut gehen, keine Angst. Die werden viel schlafen.«

»Und wenn sie sich losreißen und die Leiche fressen?«

»Hartmut!«, schrie Monika auf, sich die Hände vor das Gesicht schlagend. Sie gab einen komischen Laut von sich, weder Stöhnen noch Kreischen, sondern etwas Namenloses, im Nachhall dessen sich Sprache entsetzt verkroch. In der ersten Nacht, die Kirsten auf der »Noorderlicht« verbracht hatte, hatte das Schiff einen ganz ähnlichen Ton von sich gegeben. Der Kuss von Schiffsrumpf auf Eis, hatte Kirsten gedacht, und war mit klopfendem Herzen aus dem Bett geschossen.

Elisabeth saß wie vom Donner gerührt ihrem Bruder gegenüber. »Wie kannst du nur etwas so Fürchterliches sagen?«, flüsterte sie.

Hartmut sagte, er wolle nur vorschlagen, dass Oda und Tim mit den Motorschlitten hinfahren und das Hundeteam zum Schiff bringen sollten. Kirsten dachte: Dann wäre Erland ja ganz allein dort draußen.

»Keiner von uns wird bei diesem Wetter, und bevor nicht die Polizei da ist, irgendwohin fahren«, stellte Oda klar. »Außerdem werden sich die Hunde nicht losreißen oder gar in das Zelt eindringen. Wer hat sie gesichert?«

»Tim«, antwortete Kirsten.

»Dann werden wir sie morgen genau dort finden, wo sie waren, als ihr sie verlassen habt.«

»Wo ist das Gewehr?« Hartmut schien im Geist eine Liste zu haben, an der er sich abarbeitete. Die Suche nach verlorener Kontrolle.

»Das Gewehr ist sicher verstaut. Niemand wird es mehr anfassen.«

»Es ist jetzt bestimmt voll mit Tims Fingerabdrücken.«

»Das war es auch vorher schon.« Oda klang zunehmend gereizt. Ingrid merkte an, sie finde es beeindruckend, wie sich alle in der schrecklichen Situation verhalten hätten. Niemand habe hysterisch reagiert, alle hätten getan, was nötig gewesen sei, ohne Diskussionen, Zähneklappern, Reibereien. Monika entsetzte alle, indem sie zischte: »Das liegt daran, dass sie in dieser Familie doch alle kalt sind! Egozentrische selbstherrliche Alphatiere! Die sind es doch gewohnt, über jede Leiche hinwegzutreten und sich dann seelenruhig die Hände zu waschen!«

Danach begann sie wieder zu schluchzen. Der Rest blickte sich bestürzt an. Selbst Fredrik hörte endlich auf, reglos aus dem Fenster zu starren, und wandte sich seiner älteren Schwiegertochter zu. Diese schien seine Aufmerksamkeit zu spüren, denn sie hob den Kopf und bleckte die Zähne.

»Ja, genau du, Fredrik!«, schrie sie. »Schau dir nur an, was du getan hast! Du mit deiner bescheuerten Idee, die doch nur Kristoffer gefallen hat, und was hat sie ihm gebracht? Dasselbe wie meinem Erland. Du hast uns zu Witwen gemacht, Fredrik! Verdammt, hast du denn gar nichts dazu zu sagen?«

»Es war ein Unfall. Es waren alles Unfälle.« Fredrik schlug mit der flachen Hand auf den Tisch, doch der Ausbruch blieb aus. Stattdessen wandte er sich erneut ab, zurück zum Fenster und dem Wetter Svalbards. »Ich habe ihn nicht getötet«, murmelte er. »Ich habe ihn nicht getötet.«

Tanja machte den Mund auf, doch Peter kam ihr zuvor und schlug vor, dass sich alle erst einmal beruhigen sollten, bevor jemand noch Dinge sagte, die er oder sie später bereuen würde. Beleidigt schürzte Tanja die Lippen. »Peter, also ich finde, dir steht es nicht zu, uns zu maßregeln. Wir sind keine kleinen Kinder, und du gehörst nicht zur Familie. Du hast keinen Liebsten durch diesen grausigen Zwischenfall verloren. Natürlich müssen wir darüber sprechen.«

»Hör ich da deinen Psychotherapeuten oder deine Frisörin?«, fragte Elisabeth spitz.

Begütigend legte Peter ihr eine Hand auf den Unterarm. »Erland stand auch mir nahe, Tanja«, sagte er ruhig. »Wir waren enge Kollegen, wenn ich dich daran erinnern darf. Er war ein guter Mann; ich habe viel von ihm gelernt. Er war fast wie ein Bruder für mich.«

Ungläubig starrte Tobias von Peter zu seinem Vater und von dort zu Kirsten. Hartmut saß regungslos mit unbewegtem Gesichtsausdruck da. Kirsten fing Tobias' Blick ein und schüttelte sacht den Kopf. Doch dann war es Monika, die stöhnte: »O Gott, wie ich all diese geleckten Lügen satthabe!« Sie stand so plötzlich auf, dass der gesamte Tisch ins Wanken geriet. Kaffee schwappte über, eine Gabel klirrte auf den Boden. Kirsten rutschte zur Seite, um Monika vorbeizulassen. »Ihr seid doch alle nicht das, was ihr vorgebt«, schrie Monika, und das Schiff schien unter ihrer verzweifelten Wut zu erzittern. Fredrik stemmte sich an seinem Tisch in die Höhe. Für einen Moment standen er und Monika Angesicht zu Angesicht. Er streckte die Hand nach ihr aus.

»Und du, Fredrik«, fauchte sie, seine Hand beiseiteschlagend, »du bist der schlimmste Schauspieler von allen!«

»Will ich wissen, was eben los war?«

Tim blies grauen Rauch in die weiß wirbelnde Luft. Sie standen draußen, im Windschatten des Schiffs, und beobachteten Jonas, der dem Sturm trotzte und für Bridgestone einen Windschutz aus Schnee baute. Es war eine Sisyphusarbeit, was den Jungen aber nicht bekümmerte. Jonas hatte sich um Kirstens Verbot, nach draußen zu gehen, gedrückt, indem er Tim abgepasst und ihn gefragt hatte, ob er nicht zu Bridgestone dürfe. Tim, der das Geschrei im Salon mitbekommen hatte, war nur allzu gewillt gewesen, das Schiff und seine aggressive Atmosphäre zu verlassen, und sei es für ein paar Minuten. Er hatte Jonas von oben bis unten eingemummelt, bis vom Gesicht des Kleinen gar nichts mehr zu erkennen war, dann hatte er ihn mit nach draußen genommen. Kirsten hatte wortlos zugeschaut, wie sie durch den Salon eilten, wo der Möhrenkuchen praktisch unangetastet stand. Kurz darauf hatte sie ihre eigene Jacke geholt. Eigentlich hätte sie Jonas schimpfen müssen, weil er Tim benutzt hatte, um das mütterliche Verbot auszuhebeln, kindliche Trickserei, während Erwachsene folterten. Stattdessen hatte sie ihm bloß die Kapuze unter dem Kinn zugeschnürt. »Wo ist Onkel Erland?«, hatte er sie gefragt, während er sie eine Schlaufe binden ließ.

»Onkel Erland«, antwortete Kirsten nach einer Pause, »ist unterwegs, um Papa zu suchen.«

Jonas nickte ernsthaft und setzte seine Arbeit am Schneewall fort.

»Ich glaube nicht, dass du wissen willst, was los war«, sagte Kirsten danach zu Tim. »Die Nerven liegen blank. Verständlicherweise.«

»Welche der Damen hat so geschrien?«

»Monika.«

Tim zündete sich eine weitere Zigarette an. Im Schnee vor seinen Füßen steckten bereits zwei Stummel. Bridgestone beobachtete Jonas' Versuche, ihn vor dem Sturm zu schützen, mit verständnisloser Teilnahmslosigkeit. Kurz darauf trampelte der Junge im Eifer des Gefechts auf den Kopf des zweiten Leithunds in Tims Team. Jaulend schoss dieser aus seiner flachen Schneehöhle. Jonas erstarrte, ängstlich. Tim ging zu ihm, klopfte dem malträtierten Hund begütigend auf die Seite und ermahnte Jonas, besser aufzupassen.

»Ich hätte Erlands Faszination für das Gewehr ernster nehmen müssen«, sagte er, kaum dass er sich wieder neben Kirsten in den Schutz der roten Hülle der »Noorderlicht« schob.

»Erland war ein erwachsener Mann. Ein Mann weiß, dass er nicht einfach die Waffe eines anderen nehmen darf.«

»Das ist es ja. Ich hatte den Eindruck, Erland wäre ein Mensch, der stets nach den Regeln spielt, die man ihm setzt.«

»Hat Fredrik dir das so gesagt?«

»Kirsten, ich habe vielleicht nicht studiert, aber ich bin nicht blöd. Ich hab auch was im Kopf. Nicht zuletzt Augen und Ohren.« Er sog heftiger an seiner Zigarette. Vor ihnen brandete der Schnee vorbei, verschluckte den Blick auf die Bergkulisse. Ein ungemütlicher Ort, der von Minute zu Minute dunkler und feindlicher wurde. Kirsten rief Jonas zu, sie würden in fünf Minuten wieder hineingehen. Ihr selbst war kalt, und sie hüpfte auf der Stelle, die Arme um sich geschlagen.

»Und wenn es kein Unfall war?«, fragte Tim.

»Was soll es denn sonst gewesen sein? Mord?«

»Erland und dein Mann. Zwei Brüder, die innerhalb weniger Monate sterben. Wie groß ist denn die Wahrscheinlichkeit, dass so etwas passiert? Dir mag dieser Ort wie der Inbegriff des neuen Wilden Westens erscheinen, aber faktisch sterben auf Spitzbergen nur sehr wenige Leute. Das, was mit deiner Familie passiert ist, ist nicht normal.«

»Niemand hat Kristoffer die Kleider vom Leib gerissen. Er ist nicht erschossen worden. Es war ein Unfall. Das habe ich schwarz auf weiß.«

Tim war taktvoll genug, sie nicht darauf hinzuweisen, dass es ihre eigenen Zweifel, ihre Fragen und ihr Unverständnis gewesen waren, die sie nach Spitzbergen getrieben hatten.

»Und Erland? War das auch ein Unfall?« Tim drückte sich vom Schiffsrumpf ab. Er löschte seine letzte Zigarette im Schnee und sammelte die übrigen zwei Stummel ein. »Versteh mich nicht falsch, aber manchmal möchte man meinen, in eurer Familie hätte jeder ein Motiv, jeden anderen zu ermorden.«

Am Abend war es Tanja, die das Grauen in den Raum warf. Wenigstens wartete sie bis nach dem Dessert, bis Monika und Fredrik in ihren Kajüten verschwunden waren und Oda, Tim und die Crew sich in den Mannschaftsraum zurückgezogen hatten. Kirsten hatte Jonas gerade ins Bett gebracht.

»Wo wart ihr eigentlich alle, als es passiert ist?« Tanja hielt ihren im beigen Rolli steckenden Oberkörper nach vorne gelehnt, die Lippen waren einen hungrigen Spalt breit geöffnet. Die Haltung gab ihr die Aura eines zum Sprung ansetzenden Tieres. »Wieso hat niemand aufgepasst, was Erland macht?«

Sie sprach deutsch. Kirsten, an Ingrids Seite und darauf bauend, dass Tanja das Thema fallen lassen würde, wenn sie Englisch zu sprechen hätte, antwortete gallig in der Fremdsprache: »Vielleicht weil Erland ein erwachsener Mann war?«

»Wir waren alle mit Lageraufbau und -umbau beschäftigt«, sprang Hartmut ein. »Ingrid hat an der Toilette gegraben, der Rest von uns hat Zelte aufgebaut. Zumindest Tobias und ich, vom Rest weiß ich das nicht so genau. Tim sagt, er habe sich um die Hunde gekümmert.«

»Er hat ihnen die Suppe bereitet«, warf Tobias ein. »Ich habe gesehen, wie er den Kocher aufgebaut hat. Was war eigentlich mit dir, Kirsten?«

Sie starrte zurück, ihn wortlos daran erinnernd, dass sie dieses Gespräch bereits geführt hatten.

»Und Fredrik?«, forschte Tanja weiter. »Womit war der beschäftigt?«

Niemand antwortete. Vor Tanja und Hartmut standen zwei Gläser Wein auf dem Tisch, die anderen tranken Tee. Die Überbleibsel des Desserts – Früchtekompott in schmalen Gläsern – hatten sie auf dem zweiten kleineren Tisch zusammengestellt, während sie jetzt alle beisammen um den größeren saßen. Kirsten hatte ihren Platz am hinteren Tischende gefunden mit dem Rücken zur Bar, rechts von ihr zog es durch die Außentür herein. Zwischen Bar und Tür hing eine Landkarte; der Ankerplatz der »Noorderlicht« im Tempelfjord war mit roter Farbe markiert. Nach Longyearbyen war es auf dem Papier etwas mehr als eine Handbreit.

»Fredrik war mit seiner Ausrüstung beschäftigt«, beendete Kirsten schließlich das bedeutungsvolle Schweigen. Sie machte sich nicht die Mühe, die Gereiztheit aus ihrer Stimme herauszuhalten. »Er war in seinem und Erlands Zelt.«

»Also war keiner in Erlands Nähe, als der Schuss fiel?«

»Jeder von uns war allein. Wir haben alle bloß den

Knall gehört und dachten, ein Eisbär sei ins Camp eingedrungen.«

»Tobias und ich waren nicht allein. Wir haben zusammen unser Zelt aufgebaut«, widersprach Hartmut. Tobias stierte auf Hartmuts Weinglas. Nach kurzem Zögern schob Hartmut ihm das Glas zu. Tobias griff danach, leerte es aber nicht, hielt es nur zwischen den Fingern, schwenkte es, bis ein Tropfen hinausspritzte und eine rote Perle auf das Holz des Tisches pflanzte. Der Fleck zog alle Augen auf sich. In der Ecke der Sitzbank, vergessen und zusammengeknüllt, lag Monikas scharlachfarbener Schal.

»Vielleicht sollten wir heute alle früh ins Bett gehen«, schlug Peter vor, im Tonfall eines Managers, der sein Team nach zu vielen Überstunden nach Hause schickte. »Morgen, wenn die Polizei kommt, wird es anstrengend genug.«

»Anstrengend?«, quiekte Tanja. »Was meinst du mit anstrengend?«

»Weil sie uns befragen werden, das ist doch klar.«

»Wieso sollten sie? Du warst gar nicht dort, als es geschah.«

»Ich war kurz vorher da. Zusammen mit Oda, erinnerst du dich? Wir haben für das Hundeschlittenteam den Kaffeetisch aufgebaut.«

»Also ich war die ganze Zeit auf dem Schiff.« Tanjas von einem zum anderen irrlichtender Blick fiel auf Ingrid, und sie wiederholte den Satz auf Englisch. Ingrids eine Augenbraue wanderte in die Höhe, das Piercing in ihrem Nasenflügel blitzte auf.

»Tanja, wenn die Polizei Fragen an dich hat, wirst du sie beantworten«, mischte sich eine sichtbar erschöpfte Elisabeth ein. »Bitte mach uns morgen keine Szene.«

»Keine Szene? Was soll das denn jetzt wieder heißen? Ich sage der Polizei, dass ich auf dem Schiff war, dass Tobias und Hartmut bei ihrem Zelt waren, als es geschah, und wieso sollten sie mehr wissen wollen? Wir waren nicht beteiligt!«

Hartmut hatte noch versucht, Tanja zum Schweigen zu bringen, doch zu spät. Ein weiterer Schwall Rotwein ergoss sich über den Tisch, alle fuhren zurück. Hastig stellte Tobias das Glas ab, Peter warf rasch eine Serviette auf die sich ausbreitende Lache. Ein paar Spritzer hatten jedoch Ingrids Ärmel erwischt. Die Ärztin nutzte die Gelegenheit und erhob sich. Die Reisegruppe war erneut ins Deutsche gewechselt, sie hatte nicht verstanden, was zuletzt gesagt worden war. »Ich gehe in meine Kabine«, verkündete sie, »dann könnt ihr euch in eurer Sprache unterhalten.« Sie stieg die Treppe hinab in den unteren Bereich des Schiffsinneren und verschwand. Kirsten wünschte sich, ebenfalls die Gunst der unverständlichen Sprache für sich in Anspruch nehmen zu können.

»Was meinst du mit ›ihr wäret nicht beteiligt‹?«, fragte Elisabeth.

»Zeugen«, kam Hartmut Tanjas Erwiderung zuvor. »Wir waren keine Zeugen. Und auch sonst nichts. Ich meine, es war ein Unfall, niemand von uns hat Erland eingeflüstert, er solle sich diese verdammte Waffe nehmen!«

»Wenn Erland in diesem Moment alleine war«, sagte Tanja, »dann kann ihn auch jemand erschossen haben.«

»Wenn er alleine war, dann kann nur er sich selbst erschossen haben«, stellte Peter richtig.

»Du weißt genau, was ich meine«, fauchte Tanja ihn an. »Behandle mich nicht, als wäre ich dumm, nur weil ich nicht in der Bank arbeite!«

»Tanja, du hast gerade in den Raum gestellt, dass einige Leute an diesem Tisch Erland womöglich ermordet haben könnten.«

»Einige? Einer würde reichen.«

Plötzlich brüllten alle durcheinander. Elisabeth schrie Tanja an, sie sei wohl verrückt geworden, sie wolle auf keinen Fall, dass Fredrik so etwas von ihr höre, und überhaupt, was war das für eine fürchterliche Unterstellung! Tanja blaffte zurück, es gäbe doch einige unter ihnen, denen Erlands Tod sicherlich ganz genehm sei. Hartmut verbot seiner Frau den Mund, und Peter bemühte sich, alle zum Schweigen zu bringen. Es gelang ihm erst, als er auf den Tisch schlug. Alle zuckten zusammen. Bloß Tobias nicht, dessen Zeigefingerspitze die Rotweinpfütze suchte. Er tauchte den Finger ein, drehte ihn einmal im Kreis und leckte ihn dann ab, den Blick auf die Tischkante gerichtet.

Elisabeths Stimme war vor Wut ganz verzerrt. »Wir sind alle außer uns vor Schock, Tanja«, stellte sie klar. »Erlands Tod ist keinem von uns – was hast du gesagt? – *genehm*. Im Gegenteil.«

Draußen an Deck wanderte eine aufglühende Zigarette an den Bullaugen vorbei und näherte sich der Eingangstür. Kurz bevor sich der Türgriff nach unten bewegte, griff Tobias Elisabeths letzte Worte auf, mit belegter Stimme, es war unmöglich zu entscheiden, ob nicht doch ein Hauch Gelächter darin mitklang. »Ja genau, Tante. Ganz im Gegenteil. Erlands Tod wird für uns alle noch sehr unangenehm werden. Kann ich jetzt ins Bett gehen, bitte?«

Als Kirsten zehn Minuten später die Tür zu ihrer Kajüte öffnete, pulverisierte der Anblick von Jonas' zerwühltem leeren Bett das Gerüst aus Gefasstheit, das sie seit Kristoffers Tod geschützt hatte.

In den letzten Monaten und Tagen hatte sie sich manchmal gefragt, ob sie jemals den Punkt erreichen würde, an dem sie zerbrach. Kristoffers Tod hatte sie nicht an diese Grenze geführt. Was das andere betraf, die andere – sie wusste noch nicht, ob der Schaden von Dauer sein würde. Der Eisbär, die Kälte, die Taubheit in Fingern und Zehen hatten ihr die eigene Zerbrechlichkeit wie einen Spiegel vorgehalten und sie eine bislang unbekannte Art von Furcht gelehrt, eine, die Demut forderte, aber sonst nichts. In der Verlorenheit der sturmdurchtosten Nacht, in der sie nicht mehr aus eigener Kraft zum Lager zurückgefunden hatte, hatte sie ihre Dummheit verflucht, aber die Wut über sich selbst und die Panik hatten sich die Waage gehalten. Nicht einmal Erlands Tod hatte dazu geführt, dass sie ihren Halt in der Welt verlor, nicht die dunkle Pfütze Blut um seinen Kopf, das Loch im Schädel, umrahmt von gesplitterten Knochen. Es war sogar leichter zu ertragen als Monikas und Fredriks Leid. Die Familienzwiste, Tanjas Spitzen, Elisabeths Intrigen, Hartmuts Feindseligkeit, schienen Kirsten dagegen nicht mehr als Schrot aus Papierkügelchen, solange sie Jonas nur aus ihrer Reichweite hielt.

Und jetzt war Jonas fort.

Sieben Stunden hatte es nach Fredriks Besuch damals im August gedauert, bis Kirsten um Kristoffer hatte weinen können. Sieben Stunden, den Vorhang der Nacht, ein einsames Bett, ein leeres Kissen wie jetzt. Sie hatte damals gedacht, die Qual müsste doch ihrem Bauch entspringen, ihrem Herzen. Ein so starkes Gefühl sollte dort sein Epizentrum haben, in einer Erschütterung. Aber in Brust und Bauch zerbarst nichts, es war ihr Kopf, in dem die Verzweiflung keinen Ausgang fand, während ein zweiter, beobachtender Teil ihres Geistes sich selbst in der Trauer studierte.

Diesmal jedoch war es anders. Zu keinem klaren Gedanken mehr fähig, würgend, die Faust zwischen ihre Brüste gepresst, stolperte Kirsten in die Kajüte hinein und riss das Bettzeug hoch, als ob Jonas klein und flach genug sein könnte, um unter der zerwühlten Decke übersehen zu werden. Doch da war lediglich eine Mulde in der Matratze, ein leerer Abdruck. Von der Wärme eines kleinen heißen Körpers keine Spur.

Dann hörte sie ihn lachen.

Ingrids Kabine befand sich direkt gegenüber; die Tür war nur angelehnt. Licht fiel durch den Spalt hindurch in den Gang, getragen von murmelnden Stimmen. Kirsten wollte einen Satz aus ihrer Kabine hinüber tun, die Tür aufreißen, aber ein Blick in den Spiegel ließ sie innehalten. Mit diesem Gesichtsausdruck durfte ihr Sohn sie nicht sehen. Mit der Fingerspitze berührte sie ihr Spiegelbild, die Stelle zwischen ihren Augen. Sie presste ihre Fingerkuppe so fest gegen das Glas, dass die Haut ihres Zeigefingers weiß wurde. Mit der Berührung kehrte ihr Atem zurück.

Sie würde das Zerbrechen nicht akzeptieren.

Der feuchte Abdruck ihres Fingers verharrte noch in der Mitte des Spiegels, als sie ihren Arm zurückzog. Sie kroch in ihr Bett, zog zitternd die Decke bis zum Kinn. Sie lauschte auf die Stimme ihres Sohnes, die immer leiser und seltener erklang, dazu Ingrids gleichmäßiges Murmeln. Kirsten war nicht sicher, wie weit die beiden sich verständigen konnten. Kristoffer hatte mit seinem Sohn ab und an Norwegisch gesprochen, allerdings immer bloß halbherzig, und mehr als ein paar Begriffe hatte Jonas nie aufgepickt. Kirsten selbst verstand wenig, aber ob man verstand oder nicht, eine Gutenachtgeschichte, um aufgeregt klopfende Herzen zu beruhigen, blieb eine Gutenachtgeschichte.

Tim und jetzt auch Ingrid. Kirsten allein würde Jonas niemals so abschirmen können, wie diese Familie es erforderte. In dem Gedanken lag eine Lektion. Sie war nur noch nicht sicher, welche.

Nach zwanzig Minuten war im Raum gegenüber alles still geworden. Nebenan brauste eine Dusche, in der Küche klapperte es sachte, ansonsten wanderte im Inneren der »Noorderlicht« niemand mehr herum; die Familienmitglieder hatten sich in ihre Kajüten zurückgezogen. Als Ingrid die Tür öffnete und einen schlafenden Jonas hereintrug, stand Kirsten vor dem Waschbecken und presste Zahnpasta aus der Tube.

»Danke, Ingrid«, sagte sie schlicht.

»Als ich hinunterkam, stand er im Schlafanzug in der Tür. Ich dachte, es wäre vielleicht gut, wenn er nicht zu euch hochkommt. Ich habe zwar nichts verstanden, aber es klang nicht nett, was zwischen euch gesprochen wurde.«

»Was ist mit Fredrik? Hast du ihn, seit er nach unten gegangen ist, gesehen? Oder Monika?«

»Keinen von beiden. Ich hoffe, sie schlafen.«

»Mama, du hast mir nicht erzählt, dass ihr einen Eisbären gesehen habt!« Jonas war noch nicht ganz eingeschlafen. Während Kirsten die Decke um ihn feststopfte, blinzelte er sie vorwurfsvoll unter seinem Pony an.

»Tut mir leid, Schatz, den Eisbär hatte ich ganz vergessen. Aber ich habe Fotos gemacht, warte, ich zeige sie dir.«

Sie kramte in ihrem Rucksack nach der großen Kamera und schaltete auf Wiedergabe um.

»Ist das Kristoffers Kamera?«, fragte Ingrid. »Die er fast in einer Eispfütze versenkt hätte?«

Kirsten nickte. Jonas griff nach der Kamera und quietschte entzückt, obwohl der Bär auf den Bildern ein lediglich fingernagelgroßer Punkt in der Landschaft war. Erland hatte mit seinem Teleobjektiv sicherlich viel bessere Aufnahmen gemacht, aber seine Kamera wartete neben seinem steifgefrorenen Körper auf die Lebenden. Während Kirsten Jonas die Geschichte von der Eisbärensichtung erzählte, schloss Ingrid die Tür hinter sich und ließ sie und Jonas allein.

Um zwanzig vor elf grübelte Kirsten noch immer darüber nach, ob Kristoffer Ingrid die Geschichte von seinem sommerlichen Ausflug zum Gletscher und seiner fast ins Schmelzwasser gefallenen Kamera erzählt hatte oder ob Ingrid dabei gewesen war. Ob sie daneben gestanden hatte, als es geschah, lachend angesichts der komischen Nummer, die Kristoffer bot. Der herausretuschierte Schatten an seiner Seite.

Es gab keine Antwort auf diese Vermutung, solange Kirsten sie nicht einforderte. Morgen würde die Frage unter den anderen, drängenderen Verhören um Erlands Tod verblassen. Morgen würde sie als die kleinliche Nachforschung einer betrogenen Ehefrau betrachtet werden, der jegliches Gefühl für das Wesentliche abging. Heute Nacht jedoch gehörte die Frage noch ihr.

Ingrid antwortete sofort auf Kirstens Klopfen. Kirsten glitt in die Kajüte, betätigte den Lichtschalter. Ingrid hatte sich auf die Ellenbogen gestützt, ins Licht blinzelnd, ein Bein halb aus dem Bett gestreckt, wohl in Erwartung der nächsten Katastrophe. Als sie Kirsten erkannte, zog sie das Bein zurück. Kirsten lehnte sich mit dem Rücken an die Tür, die hinter ihr ins Schloss fiel. Langsam glitt sie an ihr nach unten, bis sie in der Hocke kauerte, auf Augenhöhe mit Ingrid. »Du und Kristoffer«, fragte sie, »hattet ihr eine Affäre?«

Ingrid sagte: »Ja.«

Kirsten blickte auf ihre zwischen den Knien gefalteten Hände. Das Licht der Lampe reflektierte im Spiegel über dem hölzernen Waschtisch, es blendete, wenn sie in Richtung Waschkonsole sah. Der Heizkörper war unter dem Bett angebracht, Ingrid hatte ein paar Strümpfe zum Trocknen davorgelegt. Rote Rentiere zierten die Wolle oberhalb der Knöchel.

»Es tut mir leid«, fügte Ingrid hinzu.

Kirsten schaute rasch zu ihr und dann wieder auf ihre Hände. »Kannst du dich bitte aufsetzen?«, bat sie. »Ich möchte dieses Gespräch lieber nicht führen, solange du so im Bett liegst. Ich muss dich nicht sehen, wie mein Mann dich gesehen hat.«

Fast geräuschlos glitt Ingrid aus dem Bett. Sie trug keinen Schlafanzug, sondern nur einen Slip und ein weit geschnittenes langärmliges Shirt. Sie setzte sich auf den dunklen Holzboden vor ihrem Bett, den Rücken an das Holzgestell gelehnt. Auf diese Art saß sie Kirsten gegenüber, kreuzte die nackten Beine unter sich zu einem Schneidersitz. Weniger als ein Meter leerer Raum trennten ihre Beine voneinander. Ingrids rötlich blonde Haare waren am Hinterkopf zerzaust, das Stecknadel-Piercing am Nasenflügel verbarg sich im Schattenspiel ihrer Gesichtszüge. Sobald Kirsten das Tosen ihrer Gedanken für einen Moment beiseiteschob, konnte sie Ingrids Atmen hören.

»Wie lange ist das zwischen euch gegangen? Hast du mich angelogen, als du sagtest, ihr hättet euch im Sommer das erste Mal wegen Kristoffers Recherchen zu Fredriks Vergangenheit getroffen?«

»Ich bin darauf nicht stolz, Kirsten. Ja, Kristoffer und ich, wir kannten uns schon vor letztem Sommer. Wir haben uns vor zwei Jahren kennengelernt, durch puren Zufall.« Ingrid drückte ihre Handflächen auf den dunklen Zimmerboden. »Es war hier auf der ›Noorderlicht‹.«

In jenem Jahr war Kristoffer nicht nach Spitzbergen gefahren. Er hatte es geplant gehabt, aber dann war Jonas krank geworden, und Kirsten hatte gerade ihre erste Ausstellung in einer Großstadt an Land gezogen. Also hatte er seine Reise kurzfristig abgesagt, um bei Jonas zu bleiben. Stattdessen war er später im Herbst für sechs Tage auf die Lofoten geflogen. Es hatte sich um eine Schiffsreise gehandelt, daran erinnerte sie sich jetzt. Ein Törn unter Polarlichtern.

»Im Spätherbst ist die ›Noorderlicht‹ bei den Lofoten unterwegs. Die Inseln liegen für Reisen zu den Polarlichtern auf dem perfekten Breitengrad, man kann dort besser Nordlichter beobachten als hier in Spitzbergen.« Ingrid hatte damals am Krankenhaus in Tromsø gearbeitet. Einer ihrer Patienten, ein Musiklehrer, hatte an Multipler

Sklerose gelitten. Er hatte stets einen Bildband von den Lofoten mit ins Krankenhaus gebracht, die Liebe seines Lebens, wie er scherzhaft erklärte. Vor allem der Oktober und November hatten es ihm angetan, wenn sich die länger werdende Nacht über die Inseln ergoss, die Gipfel der Berge aus dem Wasser emporragten, ein überflutetes Gebirge, die schroffen Hänge überzuckert mit jungem Schnee, auf dem sich das Mondlicht brach. Und darüber die Polarlichter, in einem breiten Band von Gipfel zu Gipfel quer über den Himmel. Er wollte die Inseln noch einmal so erleben, wie er sie in Erinnerung hatte. Egal was die Ärzte ihm sagten, er war überzeugt, dass sein Krankheitsverlauf ihm schon bald nicht mehr erlauben würde, dorthin zu fahren. An Bord eines Schiffes wollte er durch sie hindurchsegeln, sechs Tage, fünf Nächte nur, das würde ihm reichen. Für seine Erinnerungen, denn er sagte, man sah anders, wenn man etwas zum letzten Mal sah, mit dem ganzen Körper, der Seele, und nicht nur mit zwei Augen und einem filternden Gehirn dahinter. Er hatte zwei Kabinen in seinem Namen auf der »Noorderlicht« reserviert, eine für sich und seine Nichte, die andere für einen Arzt, der seine Kondition kannte. Er bat Ingrid, ihn zu begleiten. Er würde alle Kosten für sie übernehmen und ihr zusätzlich fünftausend Kronen zahlen. Es war ein Angebot, das sie nicht ausschlagen konnte. Dort, an Bord der »Noorderlicht«, in den langen Nächten des späten Oktobers, im Schatten der majestätischen Berge und unter den lautlosen Fanfaren der Aurora Borealis, hatte sie Kristoffer getroffen.

»Ich habe seinen Namen auf der Passagierliste gesehen, kaum dass ich an Deck stand. Kristoffer Stolt. Ich war neugierig. Ich kannte ja die Namen von Fredriks Söhnen. Er war bereits an Bord; ich habe an seine Kabine geklopft, die hinten am Flurende. Er hatte einen Mitbewohner, einen Iren, der öffnete, aber hinter dem Iren linste Kristoffer über seine Schulter.« Ingrid wedelte in Richtung Tür. »Ich wusste sofort, dass er Fredriks Sohn war. In jener Nacht standen wir bis zwei Uhr morgens an Deck.« Ingrid breitete erst die Arme aus, dann ließ sie sie aufeinander zu fallen. Mit einem Knall klatschten die Handflächen zusammen. »Willst du, dass ich noch mehr erzähle?«

»Nein.«

Kristoffer und Ingrid an Deck der »Noorderlicht«. Gegen die Reling gelehnt. Zusammen auf der Bank im Heck. Womöglich waren sie sogar ins Bugnetz geklettert, hatten in die Gischt gelacht, die sich unter ihnen an der roten Hülle der »Noorderlicht« schäumend teilte. Abends hatten sie zusammen beim Abendessen gesessen, hatten sich Bier und Wein aus der Bar geholt, mit dem Stoffeisbären gespielt, der sich mal müde auf die Lehne zwischen den blau bezogenen Bänken im oberen Salon lehnte, dann am Globus schaukelte, ein wenig abgegriffen von berührungssüchtigen Händen. Sie hatten gemeinsam Segel gerefft und der Crew geholfen, das Zodiac zu Wasser zu lassen, mit dem sie an den Küsten der Inseln anlandeten. Gemeinsam waren sie über Strände spaziert, hatten sich gegenseitig Berge hochgejagt, ein japsendes, jauchzendes Wettrennen, bei dem sie die weniger Sportlichen in der Gruppe weit hinter sich ließen. Sie hatten gemeinsam mit den anderen die Tische für die Mahlzeiten gedeckt, und wenn sie sich das Geschirr vom unteren Schiffsbereich in den oberen reichten, hatten sich ihre Finger bei der Übergabe an der Treppe berührt.

Die Idee, Fredriks Geburtstag auf der »Noorderlicht« zu feiern, war zwischen Kristoffer und Ingrid geboren worden. Kirsten, indes, hatte Kristoffer nicht an den Planungen teilhaben lassen.

Der Verrat stach, sie war für vieles gewappnet gewesen, nicht jedoch dafür, als wie austauschbar sich die Selbstverständlichkeiten des Alltags eines Ehepaares offenbaren würden.

»Was ist mit Fredrik?«, fragte sie.

»Er weiß nichts von Kristoffer und mir, nichts von der gemeinsamen Reise damals. Niemand weiß es.«

»Nein, ich meine Fredrik und dich. Bist du dir sicher, dass du nicht Fredriks Tochter bist? Dass du nicht mit deinem leiblichen Bruder geschlafen hast?«

Überraschenderweise prustete Ingrid los. »Ganz sicher.« Sie zog die Beine enger an sich und ging ohne sichtbare Anstrengung in den Lotussitz. »Ich weiß, dass einige in deiner Familie glauben, ich sei Fredriks Tochter. Die Bastardtochter. Aber glaubt ihr nicht, Fredrik wäre eine ausreichend ehrliche Haut, um eine solche Beziehung nicht zu verheimlichen?«

»Fredrik tut, was er meint, tun zu müssen. Ehrlichkeit ist für ihn dabei womöglich nicht das höchste Gut. Wer sagt denn, dass du es wissen würdest? Wenn du von Kristoffer schwanger geworden wärst und dein Mann keinen Verdacht geschöpft hätte, dann würde dein Kind es womöglich auch nie erfahren.«

Einen Moment lang verhakten sich ihre Augen, Ingrids Augen waren vor Zorn geweitet. Kirsten hatte vergessen, dass sie keine Kinder bekommen konnte. Es war ihr egal.

»Ich kannte meinen Vater«, brachte Ingrid mühsam

beherrscht hervor. »Ich brauche keine Blutprobe, um zu wissen, dass Fredrik nicht mein Vater ist.«

»Wie kannst du so sicher sein? Dein Vater starb, als du noch klein warst.«

»Ich erinnere mich an ihn.«

»Du hast ein gutes Langzeitgedächtnis.«

»Das beste. Ich erinnere mich an alles. An seine und meine Augen im Spiegel – gleich. Daran, dass er das Daumenendglied neunzig Grad nach hinten biegen konnte, wie ich es kann. Genetisch ein rezessiv vererbtes Merkmal. Sogar an die Farben der Blumen auf dem Tisch neben seinem Bett, als er starb, erinnere ich mich. Getrocknete weiße und gelbe Blüten, Svalbardmohn, vom letzten Sommer gepresst und bewahrt. Weißt du, warum ich mich daran erinnere? Weil ich zwischen Svalbardmohnblüten gezeugt wurde. Weißt du, wo du gezeugt wurdest, Kirsten?«

Sie wusste es nicht.

»Svalbardmohn. Er war nicht bei Bewusstsein, als ich ihm die Blüten ins Krankenzimmer brachte. Er hätte keine Fragen mehr beantworten können. Aber er war mein Vater. Mein leiblicher Vater. Fredrik ist jemand, mit dem wir beide befreundet waren.« Ingrid drehte den Kopf zur Seite, schaute schräg zum Spiegel, wo das Licht ihren Augen wehtun musste. »Ich wollte … Ich möchte nicht, dass Fredrik von mir und Kristoffer erfährt. Ich wollte auch nicht, dass du es erfährst. Diesen Schmerz braucht niemand.« Und dann fügte sie hinzu, und es blieb Kirsten überlassen, die Banalität dieses Satzes mit der Anziehungskraft der sich aufeinander zubewegenden Handflächen von eben in Übereinstimmung zu bringen: »Es war nichts Ernstes zwischen uns.«

»Dann war sein Tod für dich nicht schrecklich?«

»Doch, natürlich war er das.«

»Ist das nicht ein Widerspruch?«

»Wenn ich, wenn er, also wenn wir nicht so darauf bedacht gewesen wären, dass niemand von uns beiden erfährt – und glaube mir, das waren wir –, dann hätte ich an jenem Abend, als er nicht zurückkam, bereits Alarm geschlagen. Nicht erst am Morgen danach.«

Kirsten entknotete ihre Finger und verschränkte die Arme hinter dem Kopf. Die Bewegung zerrte an ihren Schulterblättern. Aus einer der anderen Kabinen hallte gedämpftes Husten durch das Schiff.

»Erzähl mir davon«, verlangte sie. »Von dem Tag, an dem er starb.«

Ingrid bewegte sich unruhig, ihre Beine lösten sich aus dem Lotussitz. Sie öffnete sie, setzte die Fußsohlen aneinander und umfasste ihre Zehen mit einer Hand. »Du passt hierher, Kirsten«, sagte sie unvermittelt. »Du verstehst dieses Land. Weshalb sein Zorn kalt brennt.«

»Erzähl mir nicht, wer und was ich bin. Erzähl mir von Kristoffers und deinem letzten Tag.«

»Ich habe gearbeitet, er ist auf Tour gegangen, alleine, das weißt du. Er ist sehr früh aufgebrochen. Wir haben die Nacht nicht zusammen verbracht. Wir haben nie eine Nacht zusammen verbracht. Deshalb habe ich ihn an dem Tag gar nicht mehr gesehen. Wir hatten verabredet, dass wir uns nach seiner Tour vielleicht kurz treffen würden, er wollte mich anrufen. Hat er aber nicht. Ich habe nichts getan. Ich bin auch nicht zu ihm ins Hotel gefahren. Es gab eine Party an der Universität, ich war mit Trond dort, verstehst du? Erst am nächsten Morgen habe ich im Hotel angerufen; er ging nicht ans Telefon. An der Rezeption sind sie dann aktiv geworden und haben den Sysselmann verständigt. Am selben Tag noch lag im Krankenhaus seine Leiche vor mir.«

Ruckartig klappte Ingrid die Beine zusammen, dass ihre Knie seitlich aneinanderstießen. »Wie gesagt, wir wollten unsere Partner schützen. Ich Trond, er dich, Jonas und seine Familie. Niemand wusste davon, so sollte es auch bleiben. Deshalb, nur deshalb, habe ich nicht schon am Abend Alarm geschlagen, sondern mir eingeredet, dass er es sich wohl einfach anders überlegt haben muss.«

»Am Abend«, sagte Kirsten langsam, »ist er wohl schon tot gewesen.«

Vielleicht hätte sie Ingrid noch mehr Fragen gestellt. Fragen wie, ob es tatsächlich Abende gegeben hatte, wo Kristoffer es sich einfach anders überlegt hatte. Aber sie schwieg. Um ihre Erschöpfung zu ergründen, denn Ingrid irrte sich. Kirsten fand keine Wut mehr in sich, nur die Nadeln aus Frost, die an Felsvorsprüngen und den wenigen Gräsern, die aus dem Schnee und zwischen den gefrorenen Steinen hervorragten, wuchsen, ihre spitzen Enden ausgerichtet nach den vorherrschenden Winden. Ingrid nutzte die Pause in Kirstens Verhör, um sich eine Fleecehose überzuziehen.

Es war gut, dass sie sie anzog. Denn kaum hatte sie den Bund geschnürt, brach über das Schiff im Eis und seine zerstrittenen Bewohner die Fortsetzung des Albtraums herein.

Ein gedämpfter, spitzer Aufschrei, einer von der Sorte, die schwachen weiblichen Stimmbändern entwichen und an vor den Mund gepressten Fingern vorbeihuschten, scheuchte alle aus ihren Kabinen. Tanja stand vor Hartmuts Tür. Sie hatte beide Hände über dem Mund zusammengeschlagen, ihre hagere Figur schwankte in einem knöchellangen violetten Seidenmorgenmantel. Zunächst war es dieses Kleidungsstück, das Kirsten auffiel. Hatte die »Noorderlicht« schon einmal einen solchen mit Goldfäden bestickten Morgenmantel gesehen? Der schimmernde Stoff biss sich mit dem rotbraun glänzenden Holz des Schiffsinneren. An den Füßen trug Tanja silberne Pantoffeln.

Hartmuts Tür stand offen. Da Tobias eine Kabine mit seiner Mutter teilte, hatte Hartmut eine Kajüte nur für sich bekommen. Jetzt stand er halb drinnen, halb draußen, mit dem Gesicht zum Türblatt. Er musste sich die nächstbesten Kleidungsstücke gegriffen haben, die er finden konnte, denn er trug lange Unterhosen und darüber ein Fleecehemd.

Tobias stolperte aus der Kabine nebenan herbei, barfuß, seine Socken in den Händen. Fredrik trat ebenfalls in den Gang, gefolgt von Elisabeth. Sie waren beide angezogen. Oda und Tim tauchten kurz darauf aus der hintersten Kabine auf. Tim blieb zurück, während Oda sich an ihren Gästen vorbei zu Hartmuts Tür schob. Kirsten vergewisserte sich hastig, dass Jonas noch immer schlafend unter seiner Decke in ihrer Kabine lag, und schloss dann von außen sorgfältig die Tür.

»Was ist los?«, verlangte Oda zu wissen. »Warst du das, Tanja?«

Krampfhaftes Nicken bewegte Tanjas gebleichte Haare, das sonst so sorgfältige Arrangement aufgelöst und strohig. »Ich, ich hatte Durst. Ich wollte mir einen Orangensaft holen. Dann habe ich das gesehen.« Sie deutete nach vorne, mit einem Zeigefinger in die Mitte von Hartmuts Kabinentür. Alle drängten näher in den engen Gang hinein, bis sie so eng beisammenstanden, dass jeder seine Nachbarn berührte.

An Hartmuts Tür hatte jemand einen Zettel geklebt, auf dem stand:

Du bist der Nächste.

Fredrik überraschte alle, indem er vorsprang, den Zettel abriss, zusammenknüllte und auf den Boden warf. Seine Schultern bebten. Elisabeth eilte ihm nach und schlang einen Arm um ihn. Hartmut allerdings hob den zusammengeknüllten Zettel wieder auf, faltete ihn auseinander und glättete ihn. Seine Lippen waren zusammengepresst, er sagte kein Wort. Tobias riss ihm den Zettel aus der Hand und las den Schriftzug selbst. Seine Lippen formten lautlos die Silben. Ingrid fragte, was die Worte bedeuteten. Es war Oda, die für sie übersetzte. Unterdessen reichte Tobias das Papier an Peter weiter. Von seinem Platz am Rande der Gruppe sagte Tim: »Wie viele Fingerabdrücke wollt ihr denn da noch draufbringen?«

»Fingerabdrücke?«, fragte Elisabeth, grau im Gesicht. »Warum?«

»Wir haben einen Toten mit Kopfschuss. Und jetzt eine Drohung.« Sorgfältig legte Peter das Stück Papier auf einem der Tische ab. Sein Oberkörper war nackt; die Füße steckten in Badeschlappen. Kirsten war aufgefallen, dass Ingrids Blick an Peters Schulter geklebt hatte, als er an ihr vorbei nach dem Zettel griff, weshalb sie sich jetzt ein wenig hinter ihn schob, um zu sehen, was Ingrids Aufmerksamkeit erregt hatte. Ein rot umrandeter, fingernagelbreiter Kratzer zierte Peters Schulter.

»Fredrik hatte ebenfalls eine Drohung an seiner Tür stehen«, sagte Kirsten. »Das war an dem Tag, an dem ich ankam. Aber das war anders, auf Norwegisch und mit Kreide geschrieben. Wir dachten, es sei ein Scherz.«

»Was stand dort? Wieso hast du mir das nicht erzählt?« Elisabeth fuhr zu Fredrik herum. Sie war ungeschminkt, bleich, die Falten um ihre Augen ein dünnes Netz, doch das Aufgewühlte gab ihrem Gesicht eine bewegte, anziehende Plastizität, welche andere Türen öffnete als ihre sonst beherrschte Eleganz.

»Da stand die Frage, ob er hier sei, um zu sterben.« Kirsten hatte den Satz nicht zu Ende gesprochen, da spürte sie einen Stoß im Rücken. Unbeachtet von allen war Monika aus ihrer Kajüte getreten. Sie trug Jeans, einen Rolli und leichte Turnschuhe. Sie hatte ihren Winteranorak übergeworfen, er stand offen; aus den Jackentaschen quollen ihre Handschuhe hervor.

»Was hast du gesagt?«, schrie sie Kirsten an, und Speicheltropfen landeten in Kirstens Gesicht. »Es gab eine Drohung, noch bevor wir hier herkamen? Dass jemand sterben würde? Du und Fredrik, ihr habt das gewusst und uns nicht gewarnt?«

Überrumpelt konnte Kirsten nur stammeln: »Wir haben das nicht ernst genommen. Es schien ein dummer Streich, die Antwort auf einen Artikel in der Lokalzeitung über Fredrik. Glaub mir, wir hätten nie …«

»Ich halte das alles nicht mehr aus!« Monika schlug mit den Armen um sich wie ein panischer Schwimmer.

Ihre paddelnden Schläge trafen Kirstens Schulter, streiften über Elisabeths hochgehobenen Arm und Peters nackte Brust. Sie stolperte auf den Tisch zu, wo das handbeschriebene Blatt von Hartmuts Tür lag. Eine Sekunde lang starrte sie es bloß an, schien es durch die Tränen hindurch nicht lesen zu können oder es nicht zu verstehen.

Tanja grapschte an ihr vorbei und hielt ihr das Papier direkt unter die Nase. »Da!«, kreischte sie. »Schau hin! Es geht nicht nur um deinen Erland. Jetzt ist es Hartmut! Warst du das?« Monikas Kopf ruckte zurück, um dem Blatt und Tanjas Hand, die es hielt, auszuweichen. Tanja setzte ihr nach. »Ist das deine Antwort, weil du glaubst, Erland sei wegen uns gestorben?«

Monika schlug ihr den Zettel aus den Händen. »O Gott, ihr seid doch alle krank!«, wimmerte sie. »In eurer Nähe stirbt alles!« Sie griff nach dem Treppengeländer und floh die Stiege hinauf. Keine Sekunde später stolperte sie hinaus an Deck. Krachend schlug oben die Tür zu.

»Jemand sollte ihr folgen«, sagte Oda und sah dabei Kirsten an. »Sie sollte in diesem Zustand nicht allein an Deck sein. Und die anderen gehen wieder schlafen. Ich werde den Sysselmann über dieses Geschmiere informieren.«

»Kirsten soll Jonas nicht allein lassen.« Das war Fredrik, seine Stimme klang dumpf. »Ich werde nach Monika sehen.«

»Lass nur, Fredrik, ich mach das«, bot Peter an. »Ich muss mir nur schnell etwas anziehen. Wenn Ingrid uns in der Zwischenzeit einen Tee machen könnte mit … irgendwas.«

»Die Schiffsapotheke ist gut bestückt. Ich werde etwas holen, was Monika beruhigt.«

»Danke dir. Und Hartmut, wenn du nach diesem Zwischenfall mit in meiner Kabine schlafen willst, kein Problem. Das obere Bett ist frei.«

Hartmut sah grimmig aus; sein bulliger Körper hätte machtvoll gewirkt, hätte nicht die im Schritt zu tief sitzende und an den Knöcheln zu kurze Unterhose den Eindruck zunichtegemacht. »Danke, aber nicht nötig. Ich nehme das nicht so ernst. Heute schneidet mir bestimmt keiner im Schlaf die Kehle durch.«

»Hartmut! Wie …«

»Ruhe! Oda, hast du das gehört?«

Odas Kopf ruckte herum, zu Tim, der am Treppengeländer angespannt nach oben lauschte. »Was ist?«

»Da hat jemand ein Schneemobil gestartet.«

Tim war bereits zurück in seine Kabine gesprungen. Sie hörten ihn Sachen an sich reißen, holpernd in seine Überhose schlüpfen. Oda fuhr zu der Gruppe herum. »Alle in eure Kabinen!«, befahl sie. »Das muss Monika sein.«

»Monika? Aber was will sie denn mit einem Schneemobil? Es ist doch Nacht? Und es stürmt!«

»Wir holen sie zurück, keine Angst! Ingrid, du hältst dich bereit und weckst die Crew.«

Niemand folgte Odas Befehl, in die Kajüten zu gehen. Sie zogen sich bloß zurück, in den Teil des Schiffsinneren vor der Küche, wo die zwei Tische standen, um Tim und Oda Raum zu geben. Tim warf Oda ihre Kleider in den Gang, wo sie sich anzog, damit sie beide sich in der engen Kabine nicht gegenseitig behinderten. Jacke, Hose, warme Socken, Stiefel, Gesichtsmaske, Handschuhe, Helm.

»Was hatte sie an?«, rief Oda und beantwortete ihre Frage gleich selbst. »Eine Jacke, Jeans. Turnschuhe.«

Ingrid eilte zu ihrem Zimmer und kam kurz darauf mit ihrem großen Rucksack zurück, in den sie ihre eigenen Stiefel, Überziehhose und eine Mütze stopfte.

»Sie hatte Handschuhe an der Jacke hängen«, sagte Kirsten. »Es waren die warmen Überziehhandschuhe. Aber sie hatte bestimmt keine Gesichtsmaske. Und keinen Helm.«

Tim, in voller Montur und mit Satellitentelefon und GPS in der Hand, stürmte an ihnen vorbei die Treppe hinauf. Das Licht der Stirnlampe an seinem Helm irrlichterte ihm auf den Stufen voraus. Auf dem oberen Absatz brüllte er über die Schulter zurück: »Die Signalpistole, Oda!«

Oda tauchte in ihre gemeinsame Kabine ein. Eine zweite Gesichtsmaske und die dreieckige Tasche mit der Pistole flogen neben Ingrids Rucksack in den Gang. Dann war auch sie fertig und jagte hinter Tim her. Keine Minute später hörten Kirsten und die anderen das Aufheulen der Motorschlitten.

Danach kehrte Stille ein.

In den nächsten vierzig Minuten lernte Kirsten etwas Neues über Kristoffers Familie: dass sie zum gemeinsamen Gebet fähig war in der Hoffnung, Gott möge menschliche Missgunst in Gnade verwandeln.

An ihrem Verlobungstag hatte Kristoffer gesagt, viele glaubten, eine Bank versammle Zyniker, aber das stimme nicht, denn Zynismus spotte gesellschaftlichen Normen. Er jedenfalls kenne keinen erfolgreichen Banker, der seinem eigenen Umfeld mit Zynismus begegne. Die meisten lebten in ihrer beschränkten Welt, und alles, was die Grenze ihrer gesellschaftlichen Schicht überschritt, sei nicht Zynismus, sondern Krieg. Damals hatte er auch gesagt, er könne niemals wie Erland arbeiten, in der Vermögensverwaltung reicher Privatkunden, befasst mit den Kennzifferkolonnen der besten Investments. Dieses »Niemals« hatte ein paar Jahre Bestand, dann half Kirsten ihm, es zu begraben, ihre Welt zu verkleinern und den Schritt zu wagen hinein in das Epizentrum der Warthenbergs und Stolts: die Bank. Und jetzt stand sie hier, im Sturm, ohne ihn.

Kirsten hatte sich angezogen, so warm wie es nur ging, und war an Deck gegangen. Außer ihr stand niemand an der Reling und versuchte, durch das Schneetreiben hindurch die Lichter der drei über den Fjord rasenden Motorschlitten auszumachen. Vergebens. Jenseits der Reling herrschte wenige Meter verwaschene Helligkeit, wo die Lichter des Schiffs noch auf Flocken schaukelten, schmutzig weiß, grau, grauer, und dahinter ein schwarzes hungriges Loch. Generatorbrummen begleitete die Elektrizität, die aus der »Noorderlicht« eine Insel der Zivilisation formte, deren Grenze allerdings bereits in den Masten, wo der Wind mit Holz, Stahl und Seilen spielte, endete. Darüber, daneben, überall sonst wirbelte bloß noch Schnee.

In ihren Händen drehte Kirsten Monikas scharlachroten Schal. Wenn sie ihn ans Gesicht führte, roch er nach Monika.

Hinter ihr klapperte es. Sie fuhr herum. Am Eingang zum Maschinenraum hatte eine Lampe gebrannt, jetzt schob sich ein Schatten aus dem Schacht und durch die Luke. Kaum draußen, löschte er die Lampe und drehte sich zu Kirsten um. Kirsten kannte den Namen des Mannes nicht, sie wusste nur, er hatte auf der »Noorderlicht« das Sagen.

Er trat einen Schritt auf sie zu. Das durch die Bullaugen

des Deckhauses fallende Licht beleuchtete gerade einmal die untere rechte Hälfte seines Gesichts. Er wirkte grimmig, skeptisch ob ihrer Anwesenheit an Deck, aber wer konnte es ihm verdenken? Sie hatten sein Schiff verflucht.

Kirsten fragte sich, ob es klug war, hier draußen allein zu sein. Ein Sturz von Deck, und sie wäre für immer verschwunden. Aber halt, das schwarze Wasser unter ihr war von Eis bedeckt. Sie würde hart fallen. Aber verschwinden? – Nein.

Wo blieben Tim und Oda mit Monika? Würden sie sie überhaupt finden? Die Kälte, der Schnee, Eisbären, die Dunkelheit und Orientierungslosigkeit, ein umgestürztes Schneemobil. Wie schnell starb es sich in dieser polaren Nacht?

Durch das Bullauge blickte Kirsten ins Innere des Deckhauses. Elisabeth, Fredrik, Tanja, Tobias und Peter hatten sich um den großen Tisch versammelt, die Ellenbogen aufgestützt und die Hände gefaltet. Elisabeths Lippen bewegten sich, zwischen Tanjas geschlossenen Fingern baumelte eine Kette mit einem in Gold gefassten Kreuz als Anhänger. Bis auf Fredrik und Peter waren alle Familienmitglieder katholisch. Fredrik sah zur Decke empor, Peter bewegte seine Finger einzeln auf und ab, wie eines der alten Kinderspiele, bei denen man sich selbst testete, ob man über seine verschränkten Finger noch volle Gewalt hatte, welcher Finger zu welcher Hand? Ingrid saß auf der Bank gegenüber und musterte die Gruppe. Von Hartmut war nichts zu sehen. Jemand war an den an der Decke befestigten Globus gestoßen, und so wackelte dieser nun sachte hin und her.

Von außen, aus dem Sturm und durch das Fenster betrachtet, schien die tonlose Szenerie aus einem Gemälde zu stammen. Der Kater nach dem letzten Abendmahl. Kirsten wandte sich erneut der Finsternis über dem erstarrten Fjord zu. Ihre Augen schmerzten von den heftigen Böen; sie musste sich in den Windschatten stellen. An ihren Wimpern bildete sich Eis. Wenn sie blinzelte, klebten die Härchen aneinander und brachen. Sie wartete und fror.

Endlich teilte blasses, rasch greller werdendes Licht die Nacht; Schneeflocken stürzten sich in die Kegel näher kommender Scheinwerfer. Zwei Schlitten, hintereinander, im Abstand von vier Schlittenlängen. Auf dem vorderen saßen zwei Personen.

Der Mann, der gerade aus dem Maschinenschacht geklettert und dann wortlos verschwunden war, stieg die Leiter, die neben dem Ruder zum Mannschaftsraum führte, empor und stellte sich neben Kirsten. Sowie Monika mit steifen Bewegungen vom vordersten Schlitten kletterte, verschwand er in seiner Kommandozentrale. Bevor Kirsten die Gangway hinunterrannte, hörte sie ihn in sein Satellitentelefon sprechen.

Monikas Gesicht wies rote Stellen auf, vor allem an den Wangen und der Nase. Ihre Hände waren steif, sie konnte kaum gehen. Oda und Ingrid nahmen sie rechts und links zwischen sich, während sie ihr hinunter zu ihrer Kabine halfen. Tanja rief Monika nach, es tue ihr sehr leid, aber niemand wusste so recht, ob Monika überhaupt etwas hörte. Sie habe, erzählte Tim, kaum ein Wort gesprochen, seit sie sie gefunden hatten. Der Schnee hatte es Tim und Oda leicht gemacht, Monikas Spuren zu folgen, aber weil sie diese nicht verlieren durften, hatten sie langsam fahren müssen. Monika hatte unglaubliches Glück gehabt. Sie hatte ihr Schneemobil in einer Wehe festgefahren, pausenlos musste sie versucht haben, es wieder freizubekommen. Als Tim und Oda zu ihr aufschlossen, klammerten sich ihre Hände noch immer um das Gaspedal, und der Motorschlitten heulte wie ein Tier. Sie mussten sie mit Gewalt vom Schlitten lösen, um ihr die Turnschuhe aus- und Ingrids Stiefel, Überziehhose und Helm anzuziehen. Monika hatte nicht zu Tim auf den Schlitten steigen wollen. Nur zu Oda.

Als Ingrid, nachdem sie sich mit Medikamenten aus der Schiffsapotheke versorgt und Monika verarztet hatte, Monika fragte, wen aus der Familie sie während der Nacht an ihrer Seite haben wollte, erwiderte sie, niemanden. Sie wolle allein sein, aber das erlaubte Ingrid nicht. Also bezog die Ärztin selbst das leere Bett über Monika, in dem vor zwei Nächten noch Erland geschlafen hatte. Das Letzte, was Kirsten von Monika hörte, bevor sich die Kabinentür schloss, war die Bitte, ob sie die Kajüte nicht von innen absperren könnten.

Kirsten ging nach oben, um sich ihre Mütze, Jacke und Handschuhe zu holen, die sie bei Monikas Ankunft achtlos auf einen Tisch im Salon geworfen hatte. Die Uhr zeigte mittlerweile ein Uhr und achtunddreißig Minuten. In der Zwischenzeit hatte sich Hartmut zu der Gruppe oben gesellt; statt seiner langen Unterwäsche trug er nun eine richtige Hose. Tanjas Augen waren verquollen; Fredrik schien erneut in teilnahmsloses Brüten verfallen zu sein. Seine Hand, die Elisabeths umfasste, war schlaff, übte keinerlei Druck aus, obwohl Elisabeth ihre Finger unter seinen größeren immer wieder bewegte, über seine Handflächen strich, seinen Arm berührte.

Die Außentür ging auf, und in einem Schwall eisiger

Luft und im Zugwind transportierter Schneekristalle betraten Oda und Tim den Salon. Beide waren sie noch in voller Montur, einzig die Helme und Handschuhe hatten sie abgelegt. Kleine Pfützen bildeten sich um ihre Schuhe. Oda verkündete, zwei Mitarbeiter des Gouverneurs seien auf dem Weg zur »Noorderlicht«, mit Schneemobilen von Longyearbyen aus. Nur damit sich niemand ängstige, wenn später in der Nacht Motorengeräusch ertöne und Fremde die »Noorderlicht« betraten. Es handele sich um einen Polizisten und einen Mitarbeiter des Roten Kreuzes.

Wieso sie jetzt kämen und nicht schon früher, wo sie es doch offensichtlich konnten, wollte Peter wissen. Oda befand es für unnötig, darauf zu antworten. »Geht jetzt ins Bett«, befahl sie, und in ihrem Ton schwang nichts von der gut gelaunten Agenturchefin von früher mit.

In der zweiten Hälfte der Nacht hüllte sich das gediegene Innere der »Noorderlicht« in gespenstische Ruhe.

Der Morgen brachte den Super Puma.

Die Familie hatte sich zum Frühstück um die beiden Tische im unteren Essbereich versammelt. Sie sprachen wenig, warfen immer wieder Blicke in Richtung oberer Treppenabsatz, wo im Deckhaus die zwei Mitarbeiter des Gouverneurs mit der Mannschaft der »Noorderlicht« sowie Tim und Oda zusammensaßen. Einmal kam der Mitarbeiter des Roten Kreuzes nach unten, um Marmelade zu holen. Er grüßte und nannte seinen Namen; die Polizistin hingegen stieg nicht zu ihnen nach unten. Sie war eine hochgewachsene Frau, Ende dreißig, athletisch mit kinnlangen Haaren und in Uniform. Ingrid kannte sie. Sie ging hoch, um sie zu begrüßen.

Kirsten saß an der Stirnseite des Tisches, direkt neben der Stiege. Ärztin und Polizistin sprachen Norwegisch miteinander, aber Kirsten hörte Erlands Namen heraus. Rechter Hand neben Kirsten saß Fredrik. Er musste Fetzen des Gesprächs verstehen, einmal schaute er lange nach oben. Er drehte seine Kaffeetasse in den Händen, das braune Getränk in kontinuierlicher Bewegung. Vor einem Jahr noch, vor zwei Tagen noch, überlegte Kirsten, wäre er einfach die Treppe hinaufspaziert und hätte sich an den Tisch der Offiziellen gesetzt. Um am Ende Antworten auf alle seine Fragen zu erhalten. Jovialer, charmanter, respektgebietender Fredrik Stolt; Herr über Milliarden und zwei Söhne.

Es war kurz nach acht Uhr, draußen wich die Nacht dem Tag. Nur Jonas und Monika fehlten noch.

Um zwanzig vor neun kam Oda nach unten. »Wenn ihr fertig gefrühstückt habt, dann packt eure Sachen zusammen. Ihr habt noch etwa eine halbe Stunde Zeit. Peter, du schaust bitte, dass auch Monikas Sachen gepackt werden und dass sie bereit ist, wenn es losgeht. Ingrid wird dir helfen.«

»Kommt Ingrid denn nicht mit uns mit?«

»Sie bleibt noch. Tim, Ingrid und ich werden später aufbrechen. Wenn hier alles geklärt ist.«

»Was ist mit unseren Hunden?«, wollte Tobias wissen.

»Und den Scootern?«, fügte Peter hinzu.

»Darüber müsst ihr euch keine Gedanken machen. Ihr werdet jetzt erst einmal zum Hotel gebracht.« Oda richtete den Blick an ihnen vorbei auf die Wand. »Wir haben in Longyearbyen keinen Psychologen, aber wir können den Gemeindepfarrer bitten, nach euch zu sehen. Im Krankenhaus sind sie informiert, dass Fredrik und Monika dort hingebracht werden.«

»Und Erland? Was ist mit Erland?«

»Das ist Sache der Polizei.« Abrupt drehte Oda sich um und eilte zurück nach oben, die Treppe empor.

Um halb zehn landete der Helikopter.

Jonas bestaunte das Spektakel zusammen mit seiner Mutter von der Mitte des Schiffes aus, wo er auf eine Kiste krabbelte, um besser über die eisverkrustete Reling blicken zu können. Tim hatte sich zu Kirsten und Jonas gesellt. Mit offener Jacke, die Hände in den Taschen vergraben, wippte er unruhig auf den Füßen. Er finde seine restlichen Zigaretten nicht mehr, murmelte er, Kirsten die Vermutung überlassend, dass seine letzte Packung wohl in einem wasserdichten Beutel neben Erlands Leiche im Camp lag.

Der Super Puma näherte sich von Westen über den Fjord. Ein dröhnender, tief fliegender Rettungsraubvogel mit schwarzer Schnauze und glänzenden Fensteraugen. Weißes Metall unter schwarzen Rotoren, mit roten und dunkelblauen Streifen auf der Seite und am Heck. »Sysselmann« stand unterhalb der Fenster geschrieben.

Es sei die zivile Variante eines von Eurocopter gebauten Hubschraubers, erklärte Tim Kirsten und Jonas über den Lärm der Rotoren hinweg, ein letztes Mal ganz Reiseleiter. Seine Reichweite prädestiniere den Super Puma für den Einsatz im Offshore-Bereich; Enteisungstechnik erlaube das Fliegen selbst unter widrigsten Umständen. Abgesehen vom Super Puma verfügte der Gouverneur von Svalbard noch über einen weiteren kleineren Helikopter mit geringerer Reichweite. Beide zählten sie zu den am besten ausgestatteten Rettungshubschraubern Norwegens. Tim hielt inne, als sei ihm plötzlich bewusst geworden, wie unpassend seine Erläuterungen wirken mochten. Als ob sich ihrer aller Rollen nicht schrecklich verändert hatten. Doch Jonas' Wissbegierde hatte als Einzige noch keinen Schaden genommen und drängte ihn, mehr zu erzählen.

Der Super Puma hatte die »Noorderlicht« erreicht und flog jetzt in einem Abstand von unter hundert Metern über sie hinweg, so dass die Neonpfeile auf seiner Unterseite zu erkennen waren. Jonas legte den Kopf weit in den Nacken, weshalb Tim und Kirsten gleichzeitig nach ihm griffen, um zu verhindern, dass er rückwärts von der Kiste fiel.

Der Super Puma drehte nach links in Richtung Fjordufer, wurde langsamer und sank tiefer. Jonas winkte wild, obwohl auf die Entfernung hinter den dunklen Scheiben nichts zu erkennen war. Beim Landen wirbelte Schnee auf, elegante hohe Schlieren wie feiner Staub. Die Rotoren dröhnten noch eine Zeit lang, dann schaltete der Pilot den Motor ab, das Drehen der Blätter verebbte. Die Seitentür des Helikopters glitt nach hinten, der Super Puma spuckte seine Last aus: sechs Gestalten, drei von ihnen in einheitlich dunkelblaue pelzbesäumte Jacken und dunkle Hosen gekleidet. Eine davon war der Gouverneur persönlich. Zwei weitere entpuppten sich beim Näherkommen als Odas Mitarbeiterinnen; Kirsten hatte sie flüchtig in der Agentur kennengelernt.

»Holt am besten gleich eure Sachen«, sagte Tim, »und sagt den anderen Bescheid.«

Die letzte Ermahnung war unnötig, denn der Rest trat

gerade an Deck. Peter führte Monika am Arm, unterstützt von Ingrid. Jonas warf sich seiner Tante ans Bein und rief: »Hast du den Hubschrauber gesehen? Er ist ganz dicht an uns vorbeigeflogen! Und jetzt fliegen wir mit ihm!«

Monikas Finger zausten die Haarspitzen, die unter seiner Mütze hervorlugten. Ihre Augen waren verquollen, die erfrorenen Stellen auf ihren Wangen von einem Tuch bedeckt. Sie lief schwerfällig. »Das ist fein, Jonas«, murmelte sie, und trotz des Tuchs vor ihrem Gesicht erahnte Kirsten ein zittriges Lächeln.

»Ist Tante Monika krank?«, fragte Jonas besorgt, als sie zu ihrer Kabine gingen, um ihre Taschen zu holen.

»Ja, sie ist krank. Sie war zu lange in der Kälte, weißt du? Da hat sie sich Erfrierungen geholt.«

»So wie du?«

»Viel schlimmer.«

»Kann ich im Hubschrauber neben ihr sitzen?«

»Sicher kannst du das.«

»Aber am Fenster!«

»Natürlich am Fenster, mein Schatz.«

Kirsten hatte Angst gehabt, der Hubschrauber würde nicht nur sie zurückbringen, sondern gleich noch Erlands Leiche bergen. Die Polizistin, die bereits in der Nacht angekommen war, war noch während des Frühstücks verschwunden, auf dem Weg zur Unglücksstelle. Ingrid wusste außerdem zu berichten, dass ein weiterer Polizist den Gouverneur begleitete, ein erfahrener Ermittlungsbeamter, der die Untersuchungen leiten würde. Deshalb bestiegen nun einzig die acht Familienmitglieder und Peter den Super Puma. Der Gouverneur reichte Fredrik im Vorbeigehen kurz die Hand und sprach ein paar leise Kondolenzworte. Fredrik nickte. Als er seine Hand zurückzog, bebten seine Finger.

Auf dem Weg zum Helikopter, im Gänsemarsch über den unter ihren dicken Sohlen knirschenden Schnee, raunte Elisabeth Kirsten zu, Fredrik habe die ganze Nacht nicht geschlafen. Einmal, als sie wach geworden sei, habe er nach vorne gebeugt im Bett gesessen. Sie habe ihn angesprochen, und er habe ihr geantwortet. Auf Norwegisch, wie sie voller Entsetzen hervorhob, als ob sie noch nie etwas Unheimlicheres an Fredrik entdeckt hätte als seine Muttersprache.

Drei Sekunden später drehte sich Tobias, der direkt vor Kirsten lief, um und flüsterte nicht allzu leise: »Damit bist du die Letzte, die es erfährt, Kirsten. Das hat sie jetzt jedem erzählt. Man fragt sich, warum.«

Während des Flugs vom Tempelfjord zurück nach Longyearbyen saß Kirsten Jonas gegenüber am Fenster. Dröhnend starteten die Rotoren, im Funk knisterte die Stimme des Piloten. Der Sitz unter Kirstens Hintern vibrierte, dann hob der Helikopter ab. Rasch an Höhe gewinnend stieg er über die Mastspitzen der »Noorderlicht« auf. Der Berg, an dessen Fuß sie starteten, kippte auf sie zu, bevor der Super Puma herumschwenkte, die Nase ein Stück zum Boden richtete und dann beschleunigte. Sie zogen an der »Noorderlicht« vorbei, hinweg über die kahle Takelage, den von schweren Fußtritten niedergetrampelten Schnee auf dem Deck und die Schlitten, Hunde und Schneemobile. Unter ihnen machten sich vermummte Gestalten bereit für die Fahrt über den Fjord. Kirsten suchte mit den Augen ihr Gespann. Die Huskys hoben die Köpfe, als sie schräg über sie hinwegdonnerten, vielleicht heulten sie sogar, zumindest bildete sie sich das ein. Dann verschwanden Schiff, Hunde und Menschen auch schon aus ihrem Blickfeld.

Das Hotelzimmer war sauber gemacht worden, aber ansonsten unverändert. Kirstens Kleider und Umhängetasche, vor fünf Tagen achtlos über einen Stuhl geworfen, lagen genau wie zuvor, der Tisch verschwand unter einem Haufen aus bekritzeltem Papier, Stiften, Kinderbüchern und Prospekten über Spitzbergen. Über dem Fernseher hing die Hülle mit den Dokumenten aus Kristoffers Hotelzimmer, zuoberst der Artikel über das Minenunglück von 1981 mit seinem handgeschriebenen Verweis auf das ominöse Notizbuch. Kirsten konnte sich nicht erinnern, die Mappe vor ihrer überstürzten Abfahrt auf den Fernseher gelegt zu haben.

»Jonas, wer hat mit dir zusammen deine Sachen gepackt, bevor ihr mit den Schneemobilen aufgebrochen seid?«

»Tante Monika und Oda.«

Kirsten legte die Mappe beiseite. »Ich geh jetzt erst einmal duschen. Und wenn ich mir dich so anschaue, junger Mann, dann kommst du besser mit.«

Während sie Jonas im Bad seine Kleider auszog, fiel ihr auf, wie mager er geworden war. Hatten seine Rippen vor ihrer Abreise auch schon so deutlich unter der Haut hervorgestochen? Sie hatte nicht den Eindruck gehabt, dass er schlecht aß. Sie hob ihn hoch, setzte ihn auf ihre Hüfte, seine Oberschenkelchen klammerten sich um ihre Taille. Zu ihrer beider Gesichter im Spiegel sagte sie: »Wir müssen wieder etwas Fleisch auf deine Rippen kriegen, mein

Schatz. Bei dem Fliegengewicht spüre ich dich bald nicht mehr.«

Jonas kicherte. »Das hat Peter auch zu Tante Elisabeth gesagt.« Er lehnte sich vor, um seine gespreizte Handfläche mitten auf ihr Spiegelgesicht zu patschen. Was Kirsten daran hinderte, ihre eigene Verblüffung zu sehen.

»Wann hat Peter das denn gesagt?«

»Auf dem Schiff.«

»Und wieso hat er das gesagt?«

»Weiß nicht. Tante Elisabeth wollte keinen Kuchen. Ich habe ihr Stück bekommen.« Er rieb sich über den nackten Bauch und kicherte über seine Nacktheit.

Jonas war nach dem Helikopterflug ganz aufgekratzt gewesen, bis er verstand, dass das zweite Auto Fredrik und Monika nicht zum Hotel fuhr, sondern ins Krankenhaus. Das hatte ihn sehr besorgt, doch wenigstens vergaß er darüber, weiter nach Erland zu fragen. Der Polizist, der sie zum Hotel brachte, verlangte, dass die Familie ihr Dinner am Abend im Hotel einnehmen sollte. Der Sysselmann würde heute noch mit ihnen sprechen wollen. Ort und Uhrzeit würden sie am Nachmittag erfahren. Im Anschluss ging er mit Elisabeth in Erlands und Monikas Zimmer, wo Elisabeth für Monika ein paar Kleidungsstücke zusammensuchte. Danach verschloss er sorgfältig die Tür hinter ihr. Ob die Polizei Erlands Besitz durchwühlen wolle, verlangte Hartmut zu wissen. Der Polizist erwiderte, das würden sie mit Erlands Ehefrau besprechen, sobald das Krankenhaus ihnen grünes Licht gab.

Die Familie hatte sich auf ihre Zimmer zurückgezogen, ohne über den Rest des Tages beratschlagt zu haben. Kirsten hatte keine Lust, an Türen zu klopfen, und so ging sie über Mittag allein mit Jonas in das Café, in dem sie vor einer Woche mit Ingrid gesessen hatte. Sie aßen Suppe, Sandwiches und zum Nachtisch ein Stück Schokoladenkuchen. Kaum fertig begann Jonas unruhig auf seinem Stuhl herumzuzappeln, was Kirsten um ihren zweiten Cappuccino brachte. Als sie aus dem Café traten, war der Himmel heller geworden, am Horizont brachen Sonnenstrahlen durch die Wolkendecke und tauchten die fernen Berge jenseits des Fjords in schmeichelndes Glühen. Linker Hand, die Straße hinab, trat eine Frau in einem langen Mantel aus dem Krankenhaus und eilte, ohne sie zu bemerken, zurück zum Hotel. Elisabeth.

Kirsten warf einen Blick auf ihre Uhr. Lange hatte Elisabeth es nicht im Krankenhaus ausgehalten.

»Können wir zu Opa und Tante Monika gehen?« Jonas erkannte das gelblich gestrichene Gebäude wieder, er zupfte an Kirstens Ärmel.

Im Hotel erwartete sie eh nichts außer Langeweile, Brüten und schlechte Stimmung. Sie gingen die Rampe zur Krankenhaustür empor; dahinter begrüßte sie eine freundliche Atmosphäre mit einer Kinderecke gleich im Eingangsbereich. Über rötliche Fliesen hinweg ging es geradeaus auf einen ausgestopften Eisbären zu, vor welchem der Gang nach links abknickte. Eine Schwester begrüßte sie durch eine Glasscheibe hindurch; im Wartebereich musterte eine Frau mit einem geschienten Arm neugierig die Ankömmlinge.

Kirsten stellte sich als Fredrik Stolts Schwiegertochter und Monika Stolts Schwägerin vor. Die Schwester beschied ihr, Monika sei gerade eingeschlafen, sie habe einen Schock und leichte Erfrierungen erlitten, aber sie seien zuversichtlich, dass sie sie am nächsten Tag wieder entlassen könnten. Fredrik Stolt sei wach, er habe über Schmerzen in der Brust geklagt und fühle sich schwach. Sie wollten noch ein paar Untersuchungen vornehmen, bislang glaubten sie jedoch nicht an einen Infarkt. Die Krankenschwester führte Kirsten und Jonas zu Fredriks Zimmer, dann brachte sie Jonas noch einen Sack voll mit Bauklötzen, ein Puzzle und ein paar Bilderbücher. »Falls du dafür nicht schon zu groß bist«, sagte sie.

Fredrik lag alleine in seinem Zimmer, die helle Decke zurückgeschlagen. Bei ihrem Eintreten setzte er sich auf, doch seine Bewegungen waren langsam, und er musste sich mit den Händen abstützen. Jonas warf sich ihm an den Hals, Kirsten lehnte sich vor, um Fredrik einen Kuss auf die von zwei tiefen waagrechten Falten geteilte Fläche über seinen Augenbrauen zu drücken. Sie hatte ihn nie zuvor auf die Stirn geküsst.

Sie zog sich einen Stuhl herbei, während Jonas unbefangen neben Fredrik aufs Bett kletterte. Er fragte seinen Opa, ob er Schmerzen habe, ob er krank sei, und wann sie wieder nach Hause fliegen würden.

»Der Flieger ist für morgen bestellt«, erwiderte Fredrik, »aber ich weiß nicht, ob wir nicht noch einen Tag länger bleiben müssen.«

Kirsten wusste auch nicht mehr. »Der Gouverneur möchte heute Abend mit allen sprechen. Was hat deine Frau erzählt?«

»Elisabeth sagte, sie würde den Flieger wie geplant bestätigen. Sie denkt, es müssten bestimmt nicht alle hierbleiben.«

Kirsten hätte gerne gefragt, an wen Elisabeth dabei gedacht hatte. Sie aß die Reste von Fredriks Mittagessen – er hatte seinen Joghurt stehen lassen –, während Enkel und Großvater zusammen puzzelten. Jonas' Anwesenheit tat Fredrik sichtbar gut, während des Spiels bekamen seine Wangen ein wenig Farbe. Um zwei Uhr erschien ein Arzt. Kirsten und Jonas versprachen, später wiederzukommen, und zogen los zu einem Spaziergang zum winzigen Friedhof über der Stadt. Als sie Fredrik wie verabredet am späteren Nachmittag erneut aufsuchten, wartete er noch auf die Ergebnisse seiner Untersuchung. Von Elisabeth keine Spur. Diesmal zog sich Jonas mit den Bauklötzen und einem neuen Puzzle, das Kirsten ihm in einem der Souvenirläden gekauft hatte, in die Zimmerecke zurück, während sie selbst auf Fredriks Bettkante Platz nahm. Er wirkte noch erschöpfter als vorher. Als sie ihn fragte, ob er ruhen wolle, griff er nach ihrer Hand.

»Ich wusste immer, dass ich stärker bin als andere«, begann er. »Dass ich lange leben und dass ich kein kraftloser alter Mann sein würde, dem seine Söhne im Pflegeheim den Sabber von der Wange putzen. Und jetzt … Diese Unfälle …«

»Unfälle passieren, Fredrik, du weißt das besser als viele andere. Du hast Kristoffer nicht in den Sturm hinausgeschickt, und du hast Erland nicht zu einem Waffennarr erzogen.«

»Ich habe sie hierhergebracht, reicht das nicht?«

»Kristoffer ist nicht wegen dir hergekommen. Er war fasziniert von diesem Land.« Sie dachte an Ingrids Beine im Lotussitz, der Schatten ihres Slips, der unter dem langen T-Shirt hervorgelugt hatte. Ihre sich aufeinander zubewegenden Handflächen, das schallende Klatschen.

»Fredrik«, sagte sie, den Kopf von ihm fort in Richtung Fenster drehend, »erzähl mir, wie du damals verschüttet wurdest. Im April 1981. Was ist damals geschehen?«

Er fragte sie nicht, woher sie von dem Grubenunglück wusste. Draußen vor dem Fenster kroch die Dämmerung über die Straße; der Himmel verwandelte sich in eine violette Bühne, auf der blaugraue Wolkenfetzen die Vorgruppe stellten. Boten der Nacht und fallender Temperaturen.

»Es war Lichtwinter«, sagte Fredrik, und seine Stimme ließ Jonas in seinem Spiel innehalten und über den Fußboden bis zum Bett seines Großvaters krabbeln. »Aber in den Minen, da ist niemals Lichtwinter. Du hast sie gesehen, die Gruben, sie sind zu niedrig, finster, und der Permafrost frisst sich in deinen Nacken. Am Anfang kommt er dir noch warm vor, minus vier Grad im Inneren nach minus zwanzig Grad im Freien. Aber dann nicht mehr. Vor allem, wenn es keine Arbeit gibt, sondern nur Warten. Die Hoffnung und das Vertrauen, die wärmen weniger, als man denkt. Wie viel besser man sich fühlte, würde man selbst draußen die Entscheidungen treffen. Verantwortung, sie ist eine Last, die man leichter tragen kann, denn sie hat Griffe. Das hat nichts mit Angst zu tun, aber dieses Nichtstunkönnen, dieses Verdammtsein, das treibt dich in den Wahnsinn. Du hast alle Sicherheitsbestimmungen im Kopf, den Plan der Schächte, die zur Verfügung stehenden Maschinen. Du soufflierst ihnen, was sie tun müssen, doch deine Stimme hallt von den Wänden zu schnell zu dir zurück. Du und dein Echo, dein letzter flüsternder Kumpel.

Die Mine damals, das war keine der großen Gruben in Longyearbyen, es war eine, die wir noch erkundeten, außerhalb. Es gab logistische Probleme aller Art, Transport vor allem, aber die Kohle war von exzellenter Qualität, ein dünnes Flöz, das ins Berginnere hinein rasch an Mächtigkeit gewann. In diesen Tagen, als wir darauf warten mussten, bis sie uns ausgruben, da ging die Zeit anders. Sie sickerte durch das Gestein und fror in ihm fest. Es war stickig, die Luft, die wir atmeten, schmeckte wie Kohleöfen, alles schmeckte danach, sogar die Schokolade in unseren Taschen. Die Explosion hatte den Schacht destabilisiert; immer wieder brachen Brocken ab.« Fredriks Atem ging heftiger, rasselte in seiner Brust. »Und du sitzt da in der Finsternis. Die Lampe hast du ausgemacht, um Batterie zu sparen. Also siehst du auch nicht auf deine Uhr. Du spürst den Berg, und der kommt schneller näher als deine Leute. Du weißt nicht, ob du gerettet werden wirst, bevor der Sauerstoff zu Ende geht, du wagst dich sogar an die Abbruchstellen heran, fühlst nach Löchern im Schutt, wo Luft hindurchstreifen könnte, aber da ist nichts.

Auf der anderen Seite, da ist die Situation ähnlich. Die Männer dort, vier waren es, glaube ich, klopften, sie riefen. Ich antwortete ihnen. Auch sie steckten fest, näher an der Welt, aber doch genauso gefangen. Das Hangende, die Schachtdecke, musste an mindestens zwei Stellen eingestürzt sein, die Explosion war stark gewesen. Eine Sprengexplosion, zum Glück, kein Gas, nur herabgefallenes Gestein. Kein Feuer, an dem sich die Kohle entzünden könnte, das ist gut. Rational bleiben, die Furcht auf Abstand halten, das ist gut. Du musst die Disziplin bewahren, also gibst du dir eine Routine. Zählen. Rechnen. Liegestütze. Den Schacht erkunden. Nach Luftzug forschen. Fühlen, was noch in deinen Taschen ist. Gedichte rezitieren. Den

Staub von deiner Lampe putzen. Im Finstern mit deinem Werkzeug einen Wal aus einem Stück Kohle schnitzen. Für deine Jungs zu Hause. Ein Stück Schokolade im Mund schmelzen lassen. Dann von vorne. Ein zweiter Wal, für den Kleinen, der dir keine eigenen Briefe schreibt, nur einzelne Grußworte am Ende des Briefs deiner Frau. Blind schneidest du dich in den Finger, der Geschmack von Blut und Kohle, sie greifen ineinander. Irgendwann hörst du Maschinenlärm, dann sind die Geräusche von der anderen Seite fort, die Männer sind fort, und du sitzt weiter dort im Dunkeln, allein mit dem Berg und der Kohle in der Kehle, und du hoffst, dass sie weitergraben, aber du weißt nicht, wie viel Zeit dir bleibt. Bis sie zu dir durchstoßen, und dann, in dem Moment, weißt du erst, wie dunkel es war. Wie Sauerstoff schmeckt und der Himmel und Licht.«

»Es sind zwei Menschen gestorben.«

»Ja. Die einstürzende Decke hat sie erschlagen. Es waren gute Männer.«

»Bist du danach nochmals in diese Mine gegangen?«

»Ein paar Tage später. Wir mussten das Unglück untersuchen.«

»Warst du schuld an dem Unfall, Fredrik?«

Seine Augen verengten sich, er sah sie plötzlich scharf an. »Nein«, sagte er, »ich war weder an der Explosion schuld noch am Einsturz.« Und dann schien er sie doch noch fragen zu wollen, woher sie die Geschichte kannte, aber die Tür ging auf, und herein platzten Ingrid und Monika.

Erneut war es Jonas, der die Situation an sich riss, wie es nur Kinder vermochten. »Endlich bist du wach!«, jubelte er und flog auf seine Patentante zu. »Wieso hast du den ganzen Tag geschlafen? Bist du noch krank?«

Kirsten wollte ihren Sohn zurückhalten, ihm sagen, er solle nicht so an seiner Tante zerren, aber Monika bückte sich und hob ihn hoch. Sie grub ihr Gesicht in seinen Hals und sagte: »Ich bin nur noch ein bisschen krank. Erzähl mir, was du heute gemacht hast.« Ingrid stellte sich derweil neben Fredriks Kopfende und griff nach seinem Handgelenk, um den Puls zu fühlen.

»Wie bist du zurückgekommen?«, fragte er.

»Mit einem Schneemobil. Wir haben die Strecke in weniger als zwei Stunden gemacht.«

»Und Erland?«

»Sie bringen ihn gerade jetzt zurück. Wie geht es dir?«

»Ich fühle mich wie ein Neunzigjähriger. Sie untersuchen mich auf Infarktsymptome.«

»Ich weiß, ich hab schon mit den Kollegen gesprochen. Wir haben gedacht, wir lassen dich noch eine Nacht hier. Dein EKG war unauffällig, trotzdem werden wir dir noch ein wenig Blut abnehmen, sicher ist sicher. Ich komme dann später noch mal und gebe dir Medikamente. Du brauchst Ruhe, Fredrik. Und Schlaf. Ich bringe jetzt erst einmal Monika ins Hotel, sie will nicht hier im Krankenhaus bleiben.«

… wenn sie Erland herbringen. Aber das sprach Ingrid nicht aus.

Auf dem Weg nach draußen gaben Monika und Ingrid der Krankenschwester die Klinke in die Hand, die kam, um Fredrik zur Blutabnahme zu holen. »Lass nur, wir finden schon alleine hinaus!«, winkte Kirsten ab, weil Fredrik zögerte. Sie verabschiedeten sich. Jonas hüpfte seinem Großvater ein Stück auf dem Flur hinterher, sein Schnattern begleitete ihn und die Krankenschwester den Gang entlang. Jonas' Jacke lag über dem Stuhl, Kirstens hing über Fredriks Anorak an einem Haken neben der Tür. Als Kirsten sie abnahm, löste sich der Aufhänger, und Fredriks Anorak rauschte auf den Boden. Beim Aufheben spürte sie etwas Hartes, Rechteckiges in der Außentasche. Die Ahnung, was hier die Nähte der Jacke spannen mochte, war schneller als der mahnend erhobene Zeigefinger des Gewissens, nicht in anderer Leute Taschen zu wühlen.

Sie hielt ein grünes Notizbuch in den Händen.

Drei Bildsequenzen tauchten aus den bewegten Erinnerungen der letzten Tage auf:

Erland, der das Notizbuch nach dem Streit mit Fredrik vom Fußboden der »Noorderlicht« aufhob.

Erland, wie er es am Fuß der Treppe sorgfältig in das Seitenfach seiner Kameratasche steckte.

Die offen stehende Kameratasche mit dem leeren Seitenfach neben Erlands Leiche am Morgen nach seinem Tod.

Irgendwie musste Fredrik das Notizbuch an sich gebracht haben.

Kirstens Handy klingelte. »Kirsten, hier ist Peter. Wir warten alle auf dich. Der Gouverneur ist jetzt hier. Wir sind im Tagungsraum gegenüber von der Rezeption.«

»Ich bin unterwegs.«

Vom Gang her näherte sich Jonas' hüpfendes Stampfen. Kirsten hängte Fredriks Anorak zurück auf seinen Haken. Das Notizbuch ließ sie in ihre Handtasche gleiten.

»Ich möchte Sie deshalb alle bitten, Ihre Heimreise zu verschieben und noch ein paar Tage in Longyearbyen zu bleiben, bis wir mit den Untersuchungen zu Erland Stolts Tod weiter sind.« Der Gouverneur lehnte gegen die Tischkante, die Füße nach vorne gestreckt, die Arme locker abgestützt. Schräg versetzt flankierte ihn die Polizistin, die am Morgen beim Frühstück auf der »Noorderlicht« gewesen war. Unter ihrem Arm klemmte der Scooterhelm; der Schnee auf der Innenseite ihrer Hosenbeine war noch nicht ganz geschmolzen. Von einer Seitenwand des für die kleine Gruppe viel zu großen Konferenzsaals musterte ein weiterer Polizist die Versammelten.

»Kann er das denn verlangen?«, zischte Tanja ihrem Mann ins Ohr. Kirsten saß direkt hinter Hartmut, sonst hätte sie kaum bemerkt, wie dieser die Schultern ein Stück nach oben zog, mehr Ablehnung denn Antwort. Hartmut war Jurist; ihn jetzt ausnahmsweise einmal schweigen zu sehen schien bizarr genug, dabei war Tanja nicht die Einzige, die darauf wartete, dass er das Wort ergriff. Auch Peter und Elisabeth wandten sich ihm zu.

Hartmut räusperte sich. »Herr Gouverneur, ich weiß nicht, ob Sie das wissen können, aber hier auf Spitzbergen ist ein Großteil der Leitungsebene des Bankhauses Warthenberg versammelt. Fredrik Stolt, Peter Domhoff und ich, wir waren schon zu lange fort. Unsere Mitarbeiter, unsere Kunden erwarten uns spätestens morgen zurück. Und was unsere Frauen anbelangt, auch sie haben Verpflichtungen.«

»Ich verstehe Ihr Anliegen sehr gut, Herr Warthenberg. Ich bin mir bewusst, dass dies schwer für Sie sein muss.«

Peter fragte: »Ist eine solche Vorgehensweise denn nötig bei einem Unfall?«

»Wir wissen noch nicht sicher, was geschehen ist. Was

wir wissen, ist, dass es sich um ein Unglück mit Waffe handelt, und damit gehen automatisch Verdachtsmomente einher. Das müssen Sie nicht persönlich nehmen, das ist unser Job.«

»Sie wollen andeuten, jemand von uns könnte Schuld an Erlands Tod tragen?«

»Ich stelle überhaupt keine Behauptungen auf, solange wir nicht alle Fakten kennen, Herr Domhoff. Tatsache ist, dass Erland Stolts Bruder, Kristoffer Stolt, ebenfalls vor ein paar Monaten auf Svalbard den Tod gefunden hat. Deshalb würden wir es sehr begrüßen, wenn Sie vor Ort bleiben und uns unterstützen könnten.«

»Aber Sie können uns nicht festhalten und daran hindern, zurück nach Deutschland zu reisen?«

»In diesem Falle möchten wir umgehend mit einem Botschaftsvertreter sprechen«, schob Elisabeth nach.

»Sie können den deutschen Botschafter in Oslo jederzeit anrufen, meine Dame. Auf Spitzbergen gibt es keinen Vertreter. Und nein, Herr Domhoff, wir können Sie hier nicht gegen Ihren Willen festhalten, und das wollen wir auch nicht. Aber ich zähle fest auf Ihre Mithilfe. Ihr Interesse, dieses tragische Unglück aufzuklären, ist sicherlich genauso groß wie unseres.« Der Sysselmann machte eine Pause, die keiner füllte. Er fuhr fort: »Meine Leute werden also heute noch wie angekündigt Fingerabdrücke von Ihnen allen nehmen, das wird nicht viel Ihrer Zeit beanspruchen. Wir möchten ebenfalls heute noch mit Hartmut Warthenberg, Kirsten Stolt und Tobias Warthenberg sprechen. Mit allen anderen werden wir morgen Vormittag weitermachen; es ist spät, und Sie sind bestimmt sehr mitgenommen. Haben Sie noch Fragen?«

»Was geschieht mit Erlands Leiche?« Das war Tobias.

»Erland Stolts Leiche wird zur rechtsmedizinischen Untersuchung nach Tromsø überführt werden.«

Zum zweiten Mal schaute Kirsten aus dem Gebäude des Gouverneurs von Svalbard durch die Fenster über den Fjord und die vordersten Bauten Longyearbyens. Diesmal befand sie sich nicht im Zimmer des Sysselmanns, sondern in einem kleineren Büro mit nur einem Schreibtisch an der Wand und einem Besucherstuhl. Draußen im Flur gingen die Mitarbeiter nach Hause, es war Feierabend, doch Kirsten hatte Glück: Eine Angestellte hatte ihre kleine Tochter dabei, und so spielte Jonas nun in der Kantine mit einer sechs Jahre alten Norwegerin mit blonden Engelslocken und runden hellblauen Augen. Jonas hatte sich sofort verliebt. Von Zeit zu Zeit konnte Kirsten die beiden kreischen hören.

Die Tür des Büros stand offen. Irgendwo in einem der anderen Zimmer wartete Hartmut, während sein Sohn verhört wurde. Kirsten warf einen Blick auf die Uhr. Sie saß nun seit vierzehn Minuten auf diesem Stuhl. Das Zimmer war weiß gestrichen, die Regale verschwanden unter Ordnern, ein paar Büchern und sorgfältig gestapelten Unterlagen. Der Computer war ausgeschaltet, an der Telefonanlage blinkte ein rotes Licht. Die Wand zum Flur hin bestand zum großen Teil aus Milchglas. Kirsten hatte wie alle anderen im Eingangsbereich ihre Schuhe ausgezogen. Jetzt tippte sie mit den Zehen die Tür an und ließ sie sanft ins Schloss fallen. Kaum klickte es, zog sie das grüne Notizbuch aus ihrer Tasche.

Kleine, schnörkellose Buchstaben zogen sich über die

Seiten, akkurat auf die vorgedruckten Zeilen platziert, fast wie Blockschrift. Keine hastigen Einträge, Mitschriften, sondern langsam und penibel gesetzte Notizen. Kaum ein Wort war durchgestrichen, als ob es sich um Abschriften handelte – definitiv nicht Kristoffers Schrift, seine war schwungvoll gewesen, ausufernd. Blockschrift hatte er nie benutzt. Auf den ersten zwanzig Seiten handelte es sich wohl um Gedichte, oft reimten sich die letzten Worte einer Zeile, und die Umbrüche waren künstlich, Paragraphen zu Strophen arrangiert. Dazwischen fanden sich vereinzelte kurze Fließtexte. Kirsten sprang an das Ende des Notizbuchs. Die hintersten zehn Seiten waren blank, beim letzten Eintrag handelte es sich um eine Packliste oder Ähnliches, wie Kirsten aus einigen Worten schloss. Sie blätterte zurück in die Mitte. Hier war die Schrift enger gesetzt als auf den ersten Seiten, die Buchstaben gedrängter. Drei Seiten Fließtext, ohne Absätze, wenige Kommata, viele Punkte. Stakkatosätze. Danach, auf den folgenden Seiten, hatte der Autor manche Absätze mit Überschriften in Form von Datumsangaben versehen. Die meisten datierten auf den Sommer 1993. Alle Einträge waren auf Norwegisch. Abkürzungen, dem Anschein nach Initialen, tauchten auf diesen Textseiten wiederholt auf, am häufigsten jedoch eine Abkürzung, die Einzige, bei der auf Punkte verzichtet worden war: FKS.

Fredrik Kristoffer Stolt.

1993 – in diesem Jahr war Fredrik persönlich haftender Gesellschafter des Bankhauses Warthenberg geworden.

Kirsten trommelte mit den Spitzen von Zeige- und Mittelfinger gegen ihre Zähne, während sie versuchte zu ergründen, worum es in diesem Notizbuch gehen mochte.

Den ersten Hinweis auf das Heft hatte sie der Randnotiz auf dem Artikel über das Minenunglück entnommen, aber keine der Jahreszahlen passte, die Inhalte waren jüngeren Datums, aus den Neunzigern, mehr als zehn Jahre nach dem Unglück. Damit würde sie momentan nicht weiterkommen. Also zurück zu Fredrik und seinen Söhnen. Fredrik hatte Erland deutlich zu erkennen gegeben, dass er ihn nicht als seinen Nachfolger für die Bankspitze vorschlagen würde. Im Gegenzug hatte Erland geglaubt, etwas zu wissen, womit er seinem Vater zusetzen konnte, und was immer dieses Geheimnis war, es hatte mit diesem Notizbuch zu tun. Das Kristoffer in seinem Besitz gehabt und das Erland nach Kristoffers Tod an sich gebracht hatte. Fredrik wiederum hatte es Erland abgenommen – womöglich sogar nach dessen Tod. Dazu hätte er jedoch das Zelt, in dem Erlands Leiche lag, betreten müssen, heimlich in der Nacht oder am Morgen. Hätte er dazu überhaupt Gelegenheit gehabt?

Kirsten ging in Gedanken Erlands Todesnacht und den Morgen danach noch einmal durch. In jener Nacht hatte Tim sich das Zelt mit Fredrik geteilt.

Trotzdem möglich, urteilte sie widerstrebend.

Fredrik hatte den Inhalt des Notizbuchs als Lügengeschmiere eines Journalisten abgetan. Erland hatte es ernst genommen. Sie hätte Erland fragen sollen, wie Kristoffer überhaupt an dieses Notizbuch gekommen war. Zu spät.

Kirsten gab dem Zweifel nach und stellte sich einen Moment lang der Frage, ob sie Fredrik so gut kannte, wie sie glaubte. Bestimmt nicht, dazu gab es zu viele Geheimnisse, fehlende Bruchstücke in seiner Biographie. Weshalb musste er erst in einem Krankenhaus am Ende der Welt liegen, um ihr und seinem Enkel von einem Minenunglück zu erzählen, bei dem er fast ums Leben gekommen wäre? Allerdings erkannte man einen Menschen auch nicht nur anhand der Einzelinformationen, die man über ihn sammelte, sondern an den Mustern seines Lebens: Loyalität, Pflichterfüllung, Ehrgeiz, Familiensinn, Großzügigkeit, Geschäftssinn, Vertrauen, Anstand, Disziplin, doch welches zählte mehr, wenn sich diese Prinzipien gegeneinanderwandten?

Kirsten hätte Fredrik jederzeit ihr Leben anvertraut. Er war der Fels in der Brandung, unumstößlich an ihrer und Jonas' Seite, *pater familias*. Sie wollte nicht an ihm zweifeln.

Ein hochgewachsener Umriss baute sich vor dem Milchglas neben der Tür auf; Kirsten klappte das Notizbuch zu. Die Tür ging auf, und die Polizistin und ihr männlicher Kollege von eben betraten den schmalen Raum. Der Mann gab Kirsten die Hand und stellte sich vor, ein Name, den sie sogleich vergaß. Sie stopfte das Notizbuch zurück in ihre Tasche und rutschte mit dem Stuhl näher an die Wand, damit die beiden Platz hatten, um einen dritten Stuhl aus einem anderen Büro herbeizuschaffen. Der Polizist nickte in Richtung ihrer Tasche.

»Führen Sie Tagebuch, Frau Stolt?«

»Nein, so überzeugt bin ich nicht von mir.«

Der Mann lachte. »Ich habe den Eindruck, der Rest Ihrer Familie denkt da anders über sich.«

»Die goldene Regel des Einheiratens: Die Schwiegerfamilie ist immer perfekter.«

»Mögen Sie Ihre Familie?«

»Meistens.«

»Die Stolts mehr als die Warthenbergs?«

»Fredrik, Monika und Erland sind wundervolle Menschen, und ich denke, es ist ganz natürlich, dass ich ihnen näherstehe als der Familie meiner Stiefschwiegermutter.«

»Sie sind ein Einzelkind wie Ihr Sohn?«

»Ja.«

»Sie haben mit dem Gouverneur letzte Woche über den Tod Ihres Mannes gesprochen. Sie hatten ein paar, sagen wir, bemerkenswerte Fragen. Zum Beispiel, ob er eine Geliebte hatte.«

Kirsten schwieg überrumpelt.

»Den Hotel- und Flugunterlagen haben wir entnommen, dass Ihr Mann im Herbst zur gleichen Zeit wie Ihre Stiefmutter, Elisabeth Stolt, auf Spitzbergen war. Kurz vor seinem Tod.«

»Das stimmt. Sie haben zusammen den Geburtstag meines Schwiegervaters geplant, aber Elisabeth ist vor Kristoffers Unfall abgereist. Oder haben Sie das den Unterlagen nicht entnehmen können?«

Das Telefon klingelte. Die Polizistin antwortete. Die Pause gab Kirsten die Gelegenheit, sich wieder zu fassen. Sie hatte sich darauf eingestellt, die Polizei würde sie nach Details aus Erlands Todesnacht fragen. Die Wende, die das Gespräch nahm, erwischte sie kalten Fußes. Die Polizistin legte den Hörer auf.

»Erzählen Sie uns bitte etwas über das Verhältnis von Elisabeth Stolt zu den Brüdern Kristoffer und Erland Stolt. Was ist ihre Rolle in der Bank, in der beide Männer arbeiteten?«

»Mein Mann hatte im Sommer einen Arbeitsvertrag unterschrieben, aber noch nicht angefangen, dort zu arbeiten. Wir standen kurz vor dem Umzug nach Köln. Elisabeth ist Gesellschafterin bei der Bank.«

»Damit war sie Erlands und bald auch Kristoffers Chefin?«

»Nein, das war sie nicht, nicht offiziell. Sehen Sie, Elisabeth übt keine geschäftsführende Funktion aus. Die Bank war früher zu über fünfzig Prozent in Familienbesitz der Warthenbergs; Elisabeth und Hartmut erbten ihre Anteile von ihrem Vater. Hartmut war von Beginn an in der Bank beschäftigt, Elisabeth jedoch stets nur stille Gesellschafterin.«

»Ich würde annehmen, wer das Kapital hat, hat das Sagen, Titel hin oder her.«

»Elisabeth und Hartmut halten zusammen keine fünfzig Prozent mehr an der Bank. Ich weiß nicht genau, wie viel, aber auf keinen Fall eine Mehrheit.« Kirsten berichtete von der Krise, in deren Folge sich die Bank auf Fredriks maßgebliches Betreiben hin nicht nur umstrukturiert hatte, sondern es auch zu Anteilsverschiebungen zu seinen Gunsten gekommen war, die er später durch den Erwerb weiterer Familienanteile und im Zuge von Eigenkapitalerhöhungen noch ausgebaut hatte. Sie berichtete ebenfalls, was sie über die Diskussion über den Einstieg institutioneller Investoren wusste, doch sie und die beiden Polizisten merkten schnell, wie vage ihr Wissen in diesem Bereich war, unprofessionell und lückenreich. Auf die Frage nach Erlands persönlichem Verhältnis zu seinen Kollegen auf Leitungsebene, insbesondere zu seinem Vater, Hartmut und Peter, erwiderte Kirsten, dass sie dazu nichts sagen könne. Sie sollten darüber mit Monika sprechen.

Die Polizistin verließ den Raum und kehrte nicht mehr zurück. Allein mit Kirsten, bat ihr Kollege, alles wiederzugeben, was sie von dem Abend, an dem Erland starb, in Erinnerung behalten hatte, außerdem möglichst den genauen Wortlaut, mit dem Tim Erland den Zugriff auf das Gewehr verweigert hatte. Ob es Streitereien gegeben habe, ob Erland aufgewühlt gewesen sei, wie sein Verhältnis während der Reise zu den anderen Tourmitgliedern gewesen sei.

»Die Stimmung war gut«, sagte Kirsten, »wir hatten Spaß. Erland war einer der umgänglichsten Menschen, die ich kannte. Es gab keine Reibereien.« Sie war nicht gut im Lügen, nicht einmal sich selbst gegenüber. Deshalb schob sie etwas lahm nach: »Zumindest nicht außerhalb des Üblichen.«

Was außerhalb des Üblichen sei, wollte der Polizist wissen. Müde versuchte Kirsten zu lächeln. Das sollten sie wohl besser Oda und Tim fragen, sie selbst sei zu sehr in die Familie eingebunden, um noch objektiv beurteilen zu können, ob sie normal seien oder nicht.

Es klopfte zaghaft an der Tür. Es waren Jonas, seine neue Freundin und deren Mutter. Sie müssten jetzt gehen, sagte die Frau. Der Polizist stand auf. »In Ordnung. Ich denke, wir sind für heute fertig. Frau Stolt. Vielen Dank. Das war sehr hilfreich.« Während er ihr in die Jacke half, deutete er auf Jonas. »Glauben Sie, dass Ihr Sohn private Gespräche zwischen den Familienmitgliedern mitbekommen haben könnte? Streit, der Ihnen womöglich entgangen ist? Bei Kindern lassen viele Erwachsene ihre Hüllen fallen, sie vergessen einfach, dass sie da sind.«

Kirsten zog Jonas an sich. »Ganz sicher nicht«, sagte sie,

»und Sie werden auch keinesfalls mein Einverständnis bekommen, mit ihm zu sprechen.«

»Natürlich nicht, das verstehe ich gut. Guten Abend, Frau Stolt.«

»Ihr hättet mit denen niemals ohne Anwalt reden sollen! Was habt ihr ihnen gesagt?«

Es war neun Uhr. Vor einer Stunde war Monika kurz im Restaurant erschienen und hatte Kirsten gefragt, ob Jonas heute Nacht bei ihr schlafen könne. Sie fühle sich so allein. Kirsten hätte am liebsten abgelehnt, aber sie ahnte, dass Jonas im Moment für Monika womöglich die beste Medizin war. Ablenkung, Wärme, Menschlichkeit, eine Welt ohne die Bitterkeit und Lügen der Erwachsenen. Monika kratzte mit den Fingernägeln über ihr von einer dicken Schicht Salbe bedecktes Gesicht, während sie auf Kirstens Entscheidung wartete.

»Jonas soll selbst bestimmen, wo er schlafen möchte«, sagte Kirsten schließlich. Monikas dankbarer Blick erinnerte sie an einen der Hunde. Kirsten berührte ihr Handgelenk. »Monika, er stellt Fragen nach Erland. Weshalb er nicht wiederkommen wird.«

Monikas Unterlippe zitterte, sie wandte sich zum Gehen. »Dann sollte ich sie wohl besser beantworten.«

Während sie jetzt Elisabeth bei ihrer Tirade zuhörte, bedauerte Kirsten, nach dem Abendessen überhaupt sitzen geblieben zu sein und sich einer weiteren Diskussion über Urteilsvermögen und familiäre Solidarität ausgesetzt zu sehen. Sie wollte ins Bett, das Notizbuch durchblättern, mit ihrem Norwegisch-Wörterbuch als Hilfe. Sie hatte Tim eine SMS geschrieben, doch keine Antwort erhalten.

»Sie haben uns nach der Tour gefragt, nach Erland, ob er sich irgendwie auffällig verhalten hat, und was genau in jener Nacht geschehen ist«, antwortete Tobias gereizt. »Das haben wir dir doch schon erzählt, Tante.«

»Wir sollten der Polizei gegenüber extrem vorsichtig sein. Wir dürfen nicht das Wort ›Mord‹ in den Mund nehmen, sonst fallen sie wie die Geier über uns her.«

»Wir gehen alle davon aus, dass Erlands Tod ein Unfall war, Elisabeth«, sagte Hartmut.

»Sieht das deine Frau genauso?«

»Seine Frau« – Tanja lehnte sich vor, die Serviette in den Händen zerknüllt – »wird der Polizei sagen, dass sie überhaupt nichts weiß, dass sie aber ganz bestimmt an einen dummen Unfall glaubt.«

»Das mit dem ›dumm‹ kannst du weglassen«, warnte Kirsten. »Ich werde jedenfalls morgen der Polizei von der Schmiererei an Fredriks Tür erzählen. Falls Fredrik das nicht selber tut.«

Elisabeth schoss von ihrem Stuhl hoch. »Fredrik wird bestimmt nichts tun, was ein schlechtes Licht auf diese Familie werfen würde oder auf irgendeinen von uns!«

»Wie kann denn von dieser Geschichte ein schlechtes Licht auf euch fallen? Ihr wart da ja noch nicht einmal aus Deutschland abgeflogen!«

»Es wird die Polizei erst recht darin bestärken, dass etwas faul ist. Sie werden versuchen, uns gegeneinander aufzubringen, damit sie unsere Antworten verdrehen können, wie es ihnen passt! Meine Güte, muss ich dich darauf hinweisen, wie wichtig im Bankgeschäft ein guter Ruf ist?« Elisabeth deutete mit dem Zeigefinger auf Kirsten. »Ich würde dir dringend raten, zuerst mit Fredrik zu sprechen, bevor du irgendetwas tust, was sein Lebenswerk bedroht. Das würdest du sehr bereuen, immerhin sitzt du im selben Boot.«

Kirsten war eher verblüfft als eingeschüchtert. »Wie soll ich das denn verstehen?«

»Wie?« Elisabeths Atem entwich in einer kleinen Explosion. »Kirsten, tu nicht so scheinheilig! Die Polizei wird nach Mordindizien suchen. Dazu gehören auch Motive. Und bei dir geht es doch ums Geld! Ohne Kristoffer, wie willst du denn deinen Lebensstandard halten? Mit deinen kleinen Malereien? Ohne Fredrik würdest du doch mit den Zähnen klappern! Aber Fredrik wird nicht mehr ewig leben, und wer beerbt ihn jetzt? Jetzt, wo Kristoffer tot ist? Wo Erland tot ist? Jonas! Ziemlich günstig für dich und deinen Sohn, dass Erland und Monika keine Kinder haben. Und nun auch niemals mehr haben werden.«

Peter, Hartmut, Tobias, Tanja – sie saßen in einem Dreiviertelkreis um den Tisch herum vor Kirsten, aufrecht, leicht nach vorne gebeugt, als stünde ihr Stuhl im Zentrum eines Amphitheaters. Hätte sie nicht jahrelang trainiert, die Pferde nicht mit sich durchgehen zu lassen, damit das Ross unter ihr nicht ebenfalls durchdrehte, sie hätte womöglich nach ihrem Nachtischteller gegriffen und ihn Elisabeth um die Ohren geschlagen.

Deine Wut brennt kalt, hatte Ingrid gesagt.

Gezügelt war nicht gezähmt.

»Berichtige mich, liebste Stiefmama, falls ich mich irre, aber sieht die Erbfolge nicht fünfzig Prozent des Vermögens für die Ehefrau vor? Fredriks Tod ist der Moment, in dem du und Hartmut die Kontrolle über die Bank zurückgewinnen werdet. Peter und Hartmut an der Führungsspitze und dahinter die Eminenz Elisabeth Stolt, so wird es doch sein, nicht wahr? Beide Männer in deiner Tasche. Mehr als du jemals Fredrik unter deiner Kontrolle haben wirst. Mehr als du Erland und Kristoffer hättest manipulieren können.«

Elisabeths Mundwinkel sackten nach unten. Peter, der neben ihr saß, hatte sich versteift. An Tobias' Tischende ging etwas mit einem hellen Klirren zu Bruch.

In das Echo der Scherben hinein fragte Hartmut: »Hat eigentlich heute Morgen auf dem Schiff einer den Zettel, der an meiner Tür hing, gesehen? Der hat auf dem Tisch gelegen, als wir ins Bett gegangen sind. Ich bin um sechs Uhr aufgestanden, um ihn zu holen. Da war er nicht mehr da.«

Tobias leckte sich die Lippen. »Diese Polizistin hat ihn genommen. Beim Frühstück lag er in einer Plastiktüte neben ihr.«

Er verstummte. Elisabeth war aufgestanden. »Kirsten, ich möchte gerne unter vier Augen mit dir sprechen.«

Kirsten lehnte sich zurück. Sie verschränkte die Arme. Sie hatte genug. »Nein, Elisabeth. Ich werde jetzt schlafen gehen. Deine Reden kannst du bis morgen üben, vorbereitet bist du mit Sicherheit überzeugender.«

Ihr Zimmer war kalt. Aber sie stand nicht in der Dunkelheit zitternd am Fuße ihres Bettes aufgrund einer ausgeschalteten Heizung. Ein Geräusch hatte sie aus dem Schlaf hochschießen lassen, sie konnte sich bloß nicht auf Anhieb erinnern, welches.

Die Tür.

Sie lauschte mit rasendem Herzen. Draußen im Flur

scharrte etwas an ihrer Zimmertür vorbei. Kirsten schnappte sich den Stuhl und hob ihn hoch, bereit, ihn auf alles zu schleudern, was gleich zur Tür hereinbrechen mochte.

Nichts geschah. Das Geräusch wiederholte sich nicht. Sie lauschte der nächtlichen Stille vor der Tür nach, bis ihre Ohren knackten. Im Flur lag Teppich, sie würde keine Schritte hören.

Die Vorhänge waren zugezogen, das Fenster geschlossen. Nichts bewegte sich. Sie machte einen lautlosen Schritt nach vorne, hob ein nacktes Bein und betätigte, gerade so mit dem Stuhl in den Händen das Gleichgewicht bewahrend, mit den Zehen den Lichtschalter. Im Spiegel über dem Tisch erblickte sie sich selbst mit dem Stuhl als Wurfgeschoss vor ihrer Brust.

Dämlich, urteilte der kühle Beobachter in ihrem Kopf.

Sie ließ den Stuhl zu Boden gleiten, sprang ins Bad und schnappte sich ihre Nagelfeile. Sie klemmte die neue Waffe zwischen die Finger ihrer Faust, die Spitze zwischen Zeige- und Mittelfinger nach vorne gerichtet, und wartete eine weitere endlose halbe Minute. Dann öffnete sie mit einem Ruck die Tür zum Flur.

Leer.

Trotz der kühlen Luft brach ihr der Schweiß aus. Sie griff zum Telefon, wählte die Rezeption und ließ sich mit Monikas Zimmer verbinden. Ein Blick auf die Uhr zeigte zwölf Uhr und einunddreißig Minuten. Monika meldete sich nach dem zweiten Klingeln.

»Ich bin's. Ich wollte nur wissen, ob alles in Ordnung ist.«

»Ja. Ja, ist es.«

»Schläft Jonas?«

»Bis gerade eben auf jeden Fall.«

»Okay, entschuldige. Ich, ich hatte nur … einen Albtraum.«

»Ich verstehe. Wie könntest du auch nicht, du hast ihn ja gesehen. O Gott, Kirsten, es tut mir so leid.« Es dauerte einen Moment, bis Kirsten verstand, dass Monika von Erland sprach. Sie wusste nicht, was sie noch sagen sollte, deshalb murmelte sie: »Monika, um deiner selbst willen, gib Fredrik nicht die Schuld.«

Sie dachte, ihre Schwägerin hätte aufgelegt, so lange dauerte die Pause, bevor Monika antwortete: »Weißt du, was in dem Geschenk war, was sie uns gegeben haben? Am ersten Abend, das goldene Geschenkpapier? Ich habe es ausgepackt. Für Erland waren es Manschettenknöpfe mit seinen Initialen. Aber sie haben die Buchstaben so verschachtelt, dass das E auf den ersten Blick wie ein F ausschaut. Fredrik, er, er ist wie ein Krake. Alles bezieht sich immer nur auf ihn.« Kirsten hörte sie nach Luft schnappen. »Ich habe sie ins Klo geworfen. Soll ein Fisch daran ersticken!«

»Das war bestimmt nicht seine Absicht. Und außerdem hat sich Elisabeth um die Geschenke gekümmert, das mit den Initialen war mit Sicherheit nicht Fredrik.«

»Ach ja? Was ändert das? Nichts. Gott, Erland wäre für seinen Vater gestorben, und was hat Fredrik getan? Hat er ihm jemals für irgendetwas gedankt? Aber egal, das hilft jetzt auch nichts mehr. Ich hoffe, du kannst schlafen. Gute Nacht.«

»Gute Nacht.« Kirsten ließ sich auf das Bett fallen, vergrub die Finger in den Haaren und versuchte, das Bild von Manschettenknöpfen in der Toilette aus dem Kopf zu bekommen und sich stattdessen an das Geräusch zu erinnern, das sie aus dem Bett katapultiert hatte. Kurz darauf wusste sie es.

»Verdammt, du wirst langsam hysterisch«, zischte sie laut, wütend über die eigene Albernheit.

Ihr Handy war noch in der Handtasche. Sie fischte es heraus, es zeigte eine neue Nachricht an. Eingegangen vor drei Minuten. Von Tim. Kirsten hatte Jonas im Café mit ihrem Handy spielen lassen; er hatte wie so oft im Spiel die Klingeltöne durchgeklickt. Dabei musste er, egal ob versehentlich oder absichtlich, einen neuen Signalton eingestellt haben. Das Klopfen der eingehenden SMS hatte sie aus dem Schlaf gerissen.

Tim schrieb:

Hi Kirsten, sorry, aber wir sind erst vor 2 h zurückgekommen. Ich bin morgen um 9:00 beim Sysselmann, danach kann ich ins Hotel kommen. T

Kirsten ging wieder ins Bett.

»Also, du hast recht, das hier sind Gedichte. Keine selbst verfassten, sie sind abgeschrieben, denn ich kenne mehrere von ihnen. Sie handeln von Spitzbergen, der Arktis, alles Gedichte über Landschaft, Heimat und Sehnsucht. Das dritte hier zum Beispiel, da wird das Land zum Sinnbild von etwas Verlorenem und gleichzeitig Gefundenem, am Ende weiß der Leser nicht, ob es vom Leben erzählt oder vom Tod.« Sein Blick streifte ihren, er lächelte, die Zungenspitze im Mundwinkel. Er wusste, dass er sie überrascht hatte.

»Ist dir dieser Text hier aufgefallen?« Tim tippte auf die erste Zeile eines längeren Fließtexts in der Mitte des

Büchleins. Kirsten beugte sich vor. Sie saßen dicht nebeneinander auf Kirstens Bett, ihre Schultern berührten sich. Tims Oberarm strahlte Wärme ab, trotz des dicken Pullovers. Kirsten war froh über seine Anwesenheit. Jonas hatte den Fernseher angemacht und zappte gelangweilt durch die Kanäle. Er wolle mit Tim einen Schneemann bauen, hatte er mehrmals verkündet, bis Kirsten die Geduld riss und sie ihm befahl, sich jetzt mal ein paar Minuten selbst zu beschäftigen.

»Das ist die Überschrift von dem Zeitungsartikel!« Mit einem Satz war Kirsten bei der Mappe mit den Unterlagen aus Kristoffers Zimmer. Sie hielt den Artikel über das Grubenunglück aus *Svalbardposten* neben den handschriftlichen Text im Notizbuch. Sie stimmten überein, Wort für Wort. »Das ist eine wortgenaue Abschrift.«

»Ja. Und der Text darunter, also ich bin sicher, das ist der Eintrag, den sie mir letzte Woche aus dem Archiv in *Svalbardposten* herausgesucht haben, erinnerst du dich? Der Folgeartikel.« Seine Fingerspitzen huschten über die eng beschriebenen Seiten. »Hier geht es um den Unfallhergang. Eine falsch gezündete Sprengung, haben sie bei der Untersuchung festgestellt.«

Kirsten wartete ungeduldig, während er die Zeilen überflog. »Steht da, wer für die Fehlsprengung verantwortlich war?«

»Einer der Getöteten offenbar. Er ist bei der Sprengung ums Leben gekommen. Die Grube ist an zwei Stellen eingestürzt. Durch den Einsturz waren vier Arbeiter in einem Schacht eingesperrt, zwei weitere Personen wurden in einem Parallelschacht verschüttet. Sie konnten erst Stunden nach den anderen gerettet werden; nein, warte, das stimmt nicht ganz. Der zweite Mann in dem Schacht ist beim Einbruch der Decke von einem Felsbrocken getroffen worden und starb an seinen Verletzungen.«

»Das muss der Schacht gewesen sein, in dem Fredrik verschüttet wurde. Wir haben gestern über das Unglück gesprochen. Er hat allerdings nichts davon erwähnt, dass er mit einer anderen Person in dem Schacht festgesessen hätte. Bei ihm klang es, als wäre er allein gewesen.«

»Womöglich weil er mit einer Leiche festsaß.«

Sie wechselten einen Blick. Kirsten war sicher, sie hatten beide dieselbe grausige Vorstellung vor Augen: eingesperrt mit Erlands Leiche im Zelt, stunden-, womöglich tagelang. Wenn sie auf der Tour keine Expeditionszelte dabeigehabt hätten, sondern nur das große Gemeinschaftszelt, dann wäre es in dieser Nacht womöglich so gekommen.

Tim blätterte weiter. Stockte. Er fragte: »Kannst du mir einen Kaffee organisieren?«

»Klar. Kaffee, Espresso, Cappuccino?« Sie stand auf.

»Einfach nur Kaffee mit Milch. Die Nacht war wieder mal zu kurz.«

»Ihr seid mit den Hunden die ganze Strecke zurückgefahren? An einem Stück?«

Er nickte geistesabwesend; er las bereits weiter im Notizbuch. Kirsten ging ihm einen Kaffee holen. Als sie zurückkam und sich neben ihn setzte, ihm die dampfende Tasse reichend, fiel ihr auf, dass sein grauer Wollpullover kaum nach Rauch roch.

»Ich rauche nur im Freien.« Er zeigte ihr den letzten Eintrag im Notizbuch. »Das ist eine Umzugsliste oder so etwas Ähnliches.«

»Mann oder Frau?«

Er las sich die Liste noch einmal genauer durch. »Kann ich nicht sagen. Es sind vor allem Haushaltsgegenstände aufgelistet, ansonsten heißt es nur: Kleider, Schuhe, Toilettenartikel. Hinter einigen Gegenständen sind kleine Pfeile, gefolgt von einzelnen Buchstaben, siehst du hier zum Beispiel? Fahrrad → A, Nähmaschine → I.«

»Nähmaschine klingt doch eher nach Frau.«

»Kann man so nicht sagen, vor allem nicht in Skandinavien. Aber das in der Mitte, hier, das ist richtig interessant.« Er blätterte die Seiten nach vorne, zu jenem Teil des Notizbuchs, der mit Überschriften in Form von Datumsangaben versehen war. »Das scheinen Aussagen zu sein. Interviews mit Zeugen. Über das Grubenunglück.«

»Aber da steht 1993, das ist zwölf Jahre später.«

»Ja, das irritiert mich auch. Es sieht trotzdem so aus, als wären die Interviews 1993 geführt worden. Die Buchstaben hier, die Initialen, das scheinen die Leute zu sein, die interviewt wurden. T. M., K. O., I. L. und noch ein paar andere. Aber diese drei sind interessant; die anderen geben praktisch nur wieder, was wir schon wissen. Aber bei diesen dreien scheint es so zu sein, als würden sie Fredrik vorwerfen« – er tippte auf die Buchstabenfolge FKS, die Kirsten bereits aufgefallen war –, »dass er damals den Minenarbeiter, der mit ihm im Schacht gewesen war, getötet hat. Weil Fredrik befürchtete, der Sauerstoff würde ausgehen, bevor sie beide gerettet würden. Diese drei Leute glauben, der Minenarbeiter ist nicht von der einbrechenden Grubendecke erschlagen worden, sondern von Fredrik.«

Kirsten nahm Tim das Büchlein aus der Hand. Der grüne Umschlag war aufgeraut, an den Kanten schimmerte

Pappe durch. Sie wog es in der Hand, als ob sein Gewicht irgendeine Aussagekraft besäße.

»Führen sie Gründe für diese Annahme an? Beweise?«

»Sie sagen, M.L.s – das scheint für den Namen des getöteten Arbeiters zu stehen –, also M.L.s Wunde habe bei der Bergung nicht so ausgesehen, als sei sie bereits zwei Tage alt. Deshalb, behaupten sie, kann es nicht bei beziehungsweise kurz nach der Explosion passiert sein, sondern ist erst später passiert, vielleicht sogar nur Stunden, bevor sie sie ausgruben.«

»M. L. – Magnus Lund.« Kirsten wedelte mit dem Zeitungsbericht. »Der Name steht hier drin. Aber dass nach einem Einsturz weiterhin Brocken aus der Decke fallen, ist doch wohl nicht unwahrscheinlich?«

Tim hob die Achseln. »Es heißt außerdem in diesen Zeugenberichten, M. L. habe an einer Stelle gelegen, wo der Schacht nicht nur recht intakt, sondern auch niedriger als ein Meter dreißig war. Einer der drei, der mit den Initialen K. O., geht sogar so weit, Fredrik überhaupt die Schuld an dem Unglück zu geben. Immerhin war Fredrik damals leitender Ingenieur. Er sagt, Fredrik habe beide Männer auf dem Gewissen, nicht nur den, den er erschlagen haben soll, um selber überleben zu können, sondern auch das andere Opfer. Er behauptet außerdem, der Sauerstoff in dem Schacht, in dem Fredrik ausharren musste, hätte für zwei Menschen wohl nicht gereicht, auf keinen Fall länger als achtundvierzig Stunden.«

»Also alles Hörensagen.«

»Scheint so.«

»Aber die Namen dieser angeblichen Zeugen werden nirgendwo genannt?«

»In diesem Notizbuch ist kein einziger Name ausgeschrieben. Nicht einmal die Namen der Dichter vom Anfang.« Er zeigte ihr, dass auch dort lediglich Initialen unter den Gedichten standen. »Wenigstens nennt der Zeitungsartikel die Namen der Beteiligten. Einen davon kenne ich, er lebt sogar noch hier. Er ist jetzt Trapper, ein eigenwilliger Kauz. Zufällig weiß ich, dass er gerade in der Stadt ist. Ich kann ihn fragen, ob ihm eine der Initialen was sagt. Seine sind ebenfalls darunter, allerdings unter denen, die außer ein paar Details über den Ablauf der Rettungsmission nicht viel mehr erzählt haben, als auch im Artikel stand. Zumindest nichts, was der offiziellen Version widersprechen würde.«

»Kannst du das gleich tun? Ihn fragen?«

Tim seufzte und trank seinen Kaffee leer. »Ja, das kann ich gleich tun. Ich denke, ich weiß, wo ich ihn auftreibe. Wenn er in der Stadt ist, verbringt er die meiste Zeit im Supermarkt oder in einer der Kneipen. Kannst du mir zweihundert Kronen leihen?«

Sie reichte ihm fünfhundert.

Zum Mittagessen erschien Fredrik im Hotel, er war mit zwei Röhrchen Tabletten im Gepäck aus dem Krankenhaus entlassen worden. Die Fragen nach seinem Befinden beantwortete er einsilbig, einen Infarkt habe er jedenfalls nicht erlitten. Elisabeth wich keinen Zentimeter von seiner Seite, ihre Fingerspitzen ließen selbst dann nicht von ihm ab, als er sich Mineralwasser einschenkte und die Weste auszog. Tanja und Tobias erschienen nicht zum Essen, obwohl Elisabeth einen Tisch für alle reserviert und per Telefon oder SMS jeden über die Uhrzeit informiert hatte. Den Grund für ihre Abwesenheit erfuhren die anderen zusammen über der Vorspeise von Hartmut, der in das Restaurant stürmte wie ein wütender Bulle, sich auf seinen Stuhl fallen ließ, die Serviette auf den Schoß schleuderte und den Löffel in die Suppe stieß, bis es spritzte

Es war Tobias gewesen, der ihm auf der »Noorderlicht« den Zettel mit der anonymen Drohung an die Kabinentür geheftet hatte. Sein eigener Sohn. Die Polizei hatte es über den Stift, den Tobias benutzt hatte, herausgefunden. Eine Schriftprobe brauchten sie gar nicht mehr, der Junge hatte bereits gestanden.

»Aber was hat er denn damit bezwecken wollen?«, fragte Peter, ebenso entgeistert wie der Rest der Gruppe. Hartmuts Kartoffelsuppe verschwand so schnell, als verfüge der Teller über ein Abflussrohr. Zwischen den Löffeln schnaufte er hörbar.

»Er wollte mir Angst einjagen, hat er gesagt. Ein verdammter Trittbrettfahrer, so nennt man doch solche Idioten. Wenn er wenigstens den Mut hätte …«

»Angst? Aber wieso wollte er dir Angst einjagen?«

»Er hat wohl gedacht, ich würde mich aus blanker Paranoia zu der Überzeugung durchringen, ein Verkauf der Bank oder zumindest meiner Anteile und der Rückzug in den Ruhestand wären die bessere Alternative.«

»Geld«, murmelte Fredrik. »Deinem Sohn geht es also um Geld. Braucht er Cash, oder was will er?«

Hartmut schleuderte den Löffel auf den Tisch. Der überschlug sich zweimal und hinterließ drei gelbliche Flecken auf dem weißen Tischtuch. »Wisst ihr, was mich am meisten ärgert? Dass er ein Versager und Feigling ist, wusste ich ja, aber dass er offenbar noch glaubt, das hätte er von mir … Wie kann er annehmen, ich würde wegen so einem dummen Geschmiere an meiner Tür Investitionsentscheidungen, meine Karriere, mein Leben überdenken? Wie albern kann er sein?«

»Würdest du ihm denn Geld geben, selbst wenn du deine Anteile verkaufen würdest?«

»Ganz sicher nicht. Der Trottel würde doch eh alles verzocken.«

»Viel Sinn macht das alles nicht«, bemerkte Peter.

»Für dich vielleicht nicht, aber dein Gehirn arbeitet ja auch nicht völlig verdreht.«

»Sei mir nicht böse, Hartmut, ich respektiere dich sehr, aber ich glaube, diesmal erzählst du uns nicht alles.«

Hartmut starrte auf seinen leeren Teller. Elisabeth löste endlich ihre Hand von Fredrik und legte sie stattdessen auf die ihres Bruders. »Erzähl es ihnen, mein Lieber«, drängte sie sanft.

»Da ist ein Schatten auf meiner Lunge«, war alles, was Hartmut sagte.

Es blieb still am Tisch. Nicht ein Löffel klapperte auf Porzellan. Hartmut holte tief Luft. »Wir reden darüber, wenn wir zu Hause sind, in Ordnung? Ich habe übermorgen einen CT-Termin, dann wissen wir mehr. Es kann auch etwas Harmloses sein. Jetzt und hier haben wir andere Sorgen.«

»In Ordnung«, sagte Fredrik.

Elisabeth hatte ihre Suppe nicht angerührt. »Da ist noch etwas: Heute Vormittag war ein Journalist im Hotel. Er wollte ein paar Fragen stellen, später ist er dann bei Fredrik im Krankenhaus aufgetaucht. Glücklicherweise hat Ingrid ihn weggeschickt.«

»Was für ein Journalist war das?«, wollte Kirsten wissen.

»Irgendein Reporter von der Lokalzeitung, was weiß ich. Wenn das mit Tobias herauskommt …«

»Das wird es.«

»… dann steht es womöglich auch bald bei uns in der Zeitung.« Sie hielt inne. »Es tut mir sehr leid, Hartmut, das mit Tobias«, fügte sie hinzu.

Ihr Bruder winkte den Kellner herbei und bestellte sich Bier.

Während sie danach schweigend auf den Hauptgang warteten – Elisabeth hatte Lachs für alle geordert –, vibrierte Kirstens Handy in der Gesäßtasche. Sie öffnete die eingegangene SMS unter dem Tisch, wo das Tischtuch den Blick auf das Display verdeckte.

In 20 Minuten an der Ecke vor Kroa.

»Was hat Tobias Onkel Hartmut geschrieben?«, fragte Jonas in einem weinerlich singenden Tonfall, der andeutete, wie oft er die Frage schon wiederholt hatte, fortwährend ignoriert von den Erwachsenen. Mittlerweile war er lauter geworden. »Was ist mit ihm und der Polizei? Kommt Tobias jetzt auch weg? So wie Papa und Onkel Erland?«

Die anderen stierten ihn fassungslos an. Kirsten schob ihren Stuhl zurück. »Nein, Tobias kommt nicht weg, Schatz. Ich erklär's dir gleich, komm, lass uns gehen.«

»Aber ich habe noch Hunger!«

»Elisabeth hat Fisch bestellt, den magst du nicht. Wir holen dir woanders was.«

»Wo denn?«

Kirsten bückte sich, bis ihr Mund auf seiner Kopfhöhe schwebte. Weil Jonas neben seinem Opa saß, gelangte ihre Antwort mühelos bis an Fredriks Ohr. »In 1981.«

Jonas schob die Unterlippe vor. Fredrik rührte sich nicht.

Es war halb eins bei minus dreiundzwanzig Grad. Die Schattenlinie an den Bergen auf der anderen Fjordseite war im Vergleich zur letzten Woche ein Stück nach unten gerutscht, die Sonne ein paar Meter näher gekrochen wie eine träge rieselnde Sanduhr, die man nur alle paar Tage überprüfte. Man könnte waagrechte Striche auf die Berge malen, überlegte Kirsten, und die Striche mit riesigen Datumsziffern versehen. Jeder Tag ein paar Meter, so maß sich die Zeit in Raum.

Kirsten und Jonas lieferten sich ein Wettrennen die letzten Meter bis zu Tim, der sie an der Ecke bei einer von Longyearbyens Kneipen erwartete. Kirsten ließ Jonas gewinnen, der erst stoppte, als sich seine Arme um Tims Oberschenkel schlangen. Tim drückte seine Zigarette aus.

»K. O., in diesem Fall handelt es sich nicht nur um Initialen, das ist ein richtiger Spitzname. Weil ihn mal eine Sechzehnjährige k. o. geschlagen hat. Und weil das so einprägsam ist, habe ich unserem lieben Trapper auch nur eine Flasche Whisky kaufen müssen, um ihn daran zu erinnern. Jedenfalls, unser Mann, K. O., war Minenarbeiter; als der Schacht einstürzte, stand er direkt davor. Er war auch mit von der Partie, als sie endlich zu den Verschütteten vorgedrungen sind.«

»Und der Trapper?«

»Der war nur am ersten Tag der Rettungsaktion dabei. Ein Stein ist auf seinen Fuß gefallen und hat ihm den großen Zeh gebrochen, da war es vorbei.«

Die Straße, der sie folgten, stieg leicht bergan. Rechts

und links erhoben sich mehrstöckige Häuser, alle im selben Stil. Kirsten rückte den Riemen ihrer Umhängetasche zurecht. Sie hatte sie seit Fredriks Geburtstag nicht ausgepackt, und das Gewicht zog an ihrer Schulter. Das rundliche Gesicht von Jonas' Stoffseehund schaute sie durch den offenen Reißverschluss hindurch an.

»Das heißt, jetzt sind wir also auf dem Weg zu K. O.?«

»Der ist vor zwei Jahren gestorben. Aber seine Frau lebt noch hier, zu der gehen wir.«

»Und die anderen beiden Initialen?«

»Schon vor über zehn Jahren weggezogen.«

»Wie heißt die Frau?«

»Idunn Osmund, ihr Mann hieß Karl-Gustav. Idunn muss jetzt Anfang fünfzig oder so sein. Hat bis vor kurzem im Alkohol-Shop im Supermarkt gearbeitet, deshalb wusste der Trapper auch gleich, wo sie wohnt und wie ihre Telefonnummer lautet. Dafür musste ich ihm versprechen, bei unserer nächsten Tour zu seiner Hütte eine weitere Whiskyflasche mitzubringen.«

»Warum sie ihm nicht gleich kaufen?«

»Es gibt in Spitzbergen Verkaufsquoten für Alkohol. Es ging ihm auch nicht ums Geld, sondern darum, mit meiner Hilfe seine Rationierung zu umgehen.«

»Und jetzt sitzt du auf dem Trockenen? Meine Güte, Tim, ich schulde dir echt was. Dabei hättest du nach der letzten Woche bestimmt einen Vollrausch nötig.«

»Du hast ja keine Ahnung, was ich mittlerweile rauche.«

Sie standen vor einem der eintönig anmutenden Wohnblöcke. Die Eingangstür war offen. Tim drückte sie auf und ließ Kirsten den Vortritt. »Sie erwartet uns.«

»Was hast du ihr gesagt?«

»Dass du eine Reporterin aus Deutschland bist, die ein Buch über die Lebensgeschichten deutscher Bankiers schreibt. Dass du über Fredrik Stolt recherchierst. Der Name hat ihr sofort etwas gesagt.«

Kirsten hielt auf der Treppe inne. »Hältst du das für klug?«

»Ich hatte nicht viel Zeit, mir etwas Besseres auszudenken. Wie soll ich dich vorstellen?«

»Als Kirsten Hosenschläger. Mein Mädchenname.«

»Hosenschläger?«

»Sag nichts. Stolt war eine echte Adelung.« Im Stockwerk über ihnen öffnete sich eine Tür. Sie seufzte. »Also los, lass uns herausfinden, ob ich das auch weiterhin behaupten kann.«

Die Frau, die sie am Treppenabsatz erwartete, hatte kurze silberne Haare, in denen eine seitliche Strähne violett gefärbt war. Sie war klein, robust gebaut und hatte eine energische Stimme. Jonas' gesenkter Kopf, der beim Betreten der Küche hoffnungsvoll in die Höhe ruckte, stellte ihre Interpretationsfähigkeit vor keinerlei Herausforderungen. Kurz darauf wanderte eine Portion Milchreis in die Mikrowelle.

Tim und Kirsten hatten sich an einem blauen Plastiktisch in der Küche niedergelassen, der gerade einmal für drei Personen Platz bot. Schmisse und Abstumpfungen zeichneten die grüne Front und die Kanten von Schubladen und Küchenschränken, zeugten von intensivem Gebrauch. Die Kühlschrankwand verschwand unter einer Collage selbst gemalter Kinderbilder, in der Mitte thronte das Porträt eines eineiigen Zwillingspaars. Es war nicht zu unterscheiden, ob es sich bei den Kindern um Jungen oder Mädchen handelte. Die Küche verfügte über keinen Vorhang, man sah direkt auf die leere Straße vor dem Haus und die Fenster gegenüber. Auf dicht gehängten Regalen reihten sich Gewürze und Gläser, darunter ein Einmachglas voll mit kupfernem Kleingeld.

Es klingelte an der Tür. In der Mikrowelle kochte gerade die Milch auf, weshalb Idunn Osmund Kirsten bat, die Tür für sie zu öffnen. Tim hatte die Toilette aufgesucht.

An der Eingangstür hing ein weiteres Bild, noch von Weihnachten. Es zeigte einen selbst gemalten, überdimensionierten Weihnachtsmann vor einer hüfthohen Tanne. Auf die offen nach oben gerichtete Hand des Nikolauses war eine Postkarte mit Eindrücken von Oslo im Winter geklebt. Kirsten schloss daraus, dass Idunn Osmunds Familie auf dem Festland lebte. Sie öffnete die Tür.

Der bärtige Hüne füllte den gesamten Türrahmen aus. Seine Erscheinung ließ den Gang schrumpfen und die Decke herabkommen. Das Gesicht mit der breiten Nase und dem dichten Bart war diesmal sauber, dafür aber genauso grimmig wie bei ihrer letzten Begegnung in der Kohlemine. Er hob eine Hand und drückte die Tür auf, die Kirstens Händen entrissen wurde und gegen den Türstopper knallte. Ihr Herz setzte einen Schlag aus.

»Idunn«, knurrte er. Aus der Küche ertönte ein antwortender Ruf. Der Riese bückte sich, um etwas aufzuheben, das neben der Tür außerhalb von Kirstens Blickwinkel stand. Einen Moment lang dachte sie, er würde nach einem Prügel greifen oder einer Waffe. Doch der Riese drängte sich an ihr vorbei, unbeeindruckt, ob sie beiseitetreten oder von ihm umgerammt werden würde. Zurückstolpernd presste Kirsten sich mit dem Rücken gegen die Wand im Flur, trotzdem streifte seine Schulter ihre Stirn. In der Hand schwenkte er zwei Pakete Mineralwasserflaschen an ihr vorbei in Idunns Küche.

»Tusen takk, Lennart.« Idunn Osmund wies mit der Hand unter das Fenster, wo Lennart die Getränke abstellte. Tim trat aus der Toilette in den Gang, Kirsten packte ihn am Arm und flüsterte ihm panisch ins Ohr: »Der Typ da, er weiß, dass ich Fredriks Schwiegertochter bin. Er …«

»Kirsten und Tim«, stellte Idunn Osmund im selben Moment vor. »Und Jonas.«

Der Hüne machte keine Anstalten, irgendjemanden zu begrüßen. Er brummte etwas. Schmelzender Schnee tropfte von den Rändern seiner Schuhe auf den Fußboden. Trotz der minus dreiundzwanzig Grad trug er lediglich einen Norwegerpullover und Wollhandschuhe mit abgeschnittenen Fingerspitzen. Idunn Osmund öffnete ihren Kühlschrank, nahm eine mit Alufolie bedeckte Auflaufform und reichte sie ihm.

»Ein Kollege meines verstorbenen Mannes«, erklärte ihre Gastgeberin, kaum dass die Tür hinter Lennart zuknallte. »Er wohnt direkt unter mir. Er hilft mir manchmal. Ich darf nicht schwer heben, wissen Sie?«

Kirsten unterdrückte den Impuls, die Wohnungstür von innen zu verriegeln. Bei der Gelegenheit musste sie feststellen, dass sie noch immer Tims Arm umklammert hielt. Erschrocken ließ sie ihn los. Tim krempelte den Ärmel hoch. Unter der Wolle und dem langärmeligen Shirt hatten Kirstens Fingernägel Halbmonde in sein Fleisch gebohrt.

»Was ist los?«, flüsterte er.

»In der Mine ... Der Mann ... Plötzlich kam er auf mich zu, aus der Dunkelheit. Ich war hinter den anderen, allein. Ich hatte ihn vorher schon gesehen. Es war einfach ...«

Jonas krähte, ob der Milchreis denn jetzt fertig sei.

Sie rieb sich mit beiden Handballen über die Augenbrauen. »Ich erzähle es dir später.«

Idunn Osmund stellte eine dampfende Tasse Tee vor Kirsten. Kamillenblüten schwammen darin, dem aufsteigenden würzigen Geruch nach nicht die einzige Zutat. »Sie sind so blass, Sie werden bestimmt krank«, sagte sie. Ihr Englisch holperte. Tims Angebot, Norwegisch zu sprechen und er würde übersetzen, nahm sie sofort an.

»Ihr Mann«, brachte Tim dann auch gleich selbst das Thema zur Sprache, »Karl-Gustav, er hat für Store Norske gearbeitet, nicht wahr? Wie ich schon am Telefon erwähnt habe, sind wir wegen Fredrik Stolt hier und wegen des Unglücks, das sich damals in einer Prospektionsgrube außerhalb Longyearbyens ereignet hat. Erinnern Sie sich daran?«

»Natürlich erinnere ich mich. Mein Karl ist damals zwei Tage lang gar nicht mehr nach Hause gekommen. Ich war sehr besorgt. Er war nämlich vor Ort, als es passiert ist. Plötzlich rumpelte alles, und dann hat ihm die Druckwelle den Dreck um die Ohren geblasen. Er war im Schacht, wussten Sie das? Glücklicherweise nahe am Ausgang, nicht einen Kratzer hat er abgekriegt. Die ganze Nacht waren sie damals auf den Beinen. Haben keine Minute Pause gemacht. Schwächere Männer, die sind umgefallen vor Erschöpfung, aber mein Karl, der hat immer weitergemacht. Waren ja seine Freunde da drin. Herausbekommen haben sie sie dann doch, jawohl. Hat zwei Tage gedauert.«

»Es sind Männer gestorben.«

»Ja. Gute Männer.«

»Und Ihr Mann hat den damaligen Grubeningenieur Fredrik Stolt verantwortlich für das Unglück gemacht?«

Plötzlich war sie auf der Hut. Die Hand, die das Zimtglas hielt, schwebte über Jonas' Kopf, der Milchreis dampfte vor ihm auf dem Teller, ein weißer Berg. »Wer hat Ihnen das erzählt?«

»Ein Journalist. Er hat damals Interviews mit den Beteiligten geführt. Wir haben seine Aufzeichnungen eingesehen.«

»Der Unfall wurde untersucht. Es wurden nie Vorwürfe gegen Fredrik Stolt erhoben, im Gegenteil.«

»Trotzdem war Ihr Mann anderer Meinung. Wir wüssten gerne, weshalb.«

Sie hatte Jonas einen Teelöffel gereicht, er verlangte jedoch einen Suppenlöffel. Kirsten zog warnend die Augenbrauen hoch, woraufhin ihr Sohn sich eilig in sein Essen vergrub. Idunn Osmunds Finger schälten mit geübten Griffen eine Orange; die Schnitze legte sie an den Rand von Jonas' Teller.

»Es war von Anfang an klar, dass die Mine schwierig zu betreiben sein würde. Zu weit abseits. Es war unsinnig, die Grube überhaupt zu prospektieren, das hat mein Mann ihnen gleich gesagt. Aber Fredrik Stolt, der hatte ja nur dieses herrliche Kohleflöz vor Augen. Weil es so leicht abbaubar sei. Er legte eine Kosten-Nutzen-Rechnung vor, oder wie das heißt.« Sie wartete, bis Tim übersetzt hatte, bevor sie hinzufügte: »Dann gab es da noch den anderen Toten. Magnus Lund. Er wurde zusammen mit Fredrik Stolt verschüttet.« Sie seufzte. »Ein schöner Mann,

Magnus. Hat allerdings die Weiber hier gegen sich aufgebracht, weil er eine Russin geheiratet hat. Kam nicht gut an, dabei war sie nett. Gute Manieren. Die Frauen hier, die sind auch nicht besser als anderswo. Eher schlimmer, man kann ihnen ja nicht entkommen. Magnus' Frau und ich, wir waren befreundet, sie hat mich zur Patin ihrer Tochter gemacht. Nicht offiziell, ich bin ja eine Heidin. Aber inoffiziell. Ein so konzentriertes Kind, ganz der Vater.«

»Ingrid«, platzte es aus Kirsten hervor. »Sie meinen Ingrid, nicht wahr? Die Mutter Russin, der Vater ein Kollege von Fredrik Stolt. Ingrid Solberg.«

»Den Solberg hat sie geheiratet. Netter Mann. Sie kommen mich immer mal wieder besuchen. So schade, das mit ihrer Unfruchtbarkeit. Ein Jammer. Ich habe ja nie geglaubt, Fredrik Stolt hätte Magnus erschlagen, so wie Karl es behauptet hat. Karl, der war ein wenig eifersüchtig auf Fredrik. Auch ein schöner Mann. Aber dass Fredrik sich eingemischt hat, als es um Ingrids Schwangerschaft ging, das hätte er nicht tun sollen. Kann schon verstehen, dass er sich verantwortlich gefühlt hat, aber das hat sie ihre Kinder gekostet.«

Kirsten erhob sich abrupt, noch während Tim übersetzte. Idunn Osmund fragte: »Wollen Sie sich denn keine Notizen machen? Können Sie sich das alles merken?«

»Wir haben schon ein Notizbuch, danke.«

»Ja, die jungen Leute. Damals, in Ihrem Alter, da war mein Gedächtnis auch noch gut.«

»Es scheint auch jetzt noch gut zu funktionieren.« Kirsten stand am Fenster. Ein paar Kinder mit Rucksäcken liefen unter ihr über die schneebedeckte Straße. Sie schoben ihre Fahrräder und lachten über eine Frau auf hochhackigen Schuhen, die vor ihnen über den Schnee wackelte. Zehn Meter weiter rutschte die Frau aus und stürzte. Das Gelächter flammte auf und erstarb abrupt, obwohl die Frau sich sofort wieder aufrappelte.

Schuld.

»Erzählen Sie mir bitte mehr von Ingrid. Ich dachte, ihr Vater wäre an einer Krankheit gestorben.«

»Nein, es waren die Folgen des Mineneinsturzes. Was Hartes hat seinen Kopf getroffen, und dann lag er da. Alle haben ihn für tot gehalten, sogar das Team, das sie schließlich befreit hat. Selbst Fredrik Stolt hat ihn für tot gehalten, hat gedacht, mit einer Leiche verschüttet zu sein. Erst der Arzt hat festgestellt, dass Magnus noch lebte. Das hat dem armen Kerl aber nichts genutzt, er ist dann später im Krankenbett gestorben. Aber was soll's, kommt ja aufs selbe raus.«

»Und Ingrid?«

»Ingrid war Magnus' und Katharinas einziges Kind. Wie sie klein war, hat jeder sie für einen Jungen gehalten, nicht weil sie so aussah, sondern weil Magnus sie ständig überallhin mitgeschleift hat. Katharina hat später wieder geheiratet. Nicht aus Liebe, nein, sie hatte ja keine Perspektive. Sie gingen nach Barentsburg, ihr neuer Kerl war Russe. Er hat Ingrid besseres Russisch beigebracht, als sie es von ihrer Mutter je gelernt hat. Aber das war auch alles, ich persönlich glaube, er war zu beschränkt, um Norwegisch mit ihr zu sprechen. Nicht ein Wort. Katharina, der hat er auch etwas beigebracht, bevor er abgekratzt ist: zu viel über Alkohol. Zum Glück war Ingrid dann auf einem Internat auf dem Festland, also weit weg von ihrer Mutter. Das war schrecklich für Katharina. Das hat sie mir erzählt.

Gesessen hat sie hier, in meiner Küche. Nein, nicht in dieser, damals haben Karl und ich woanders gelebt. Und geheult hat sie. Jedes Mal. Dabei hat Ingrid oft geschrieben, seitenweise. Ihre Mutter, ich bin nicht sicher, wie gut sie lesen konnte. Stundenlang konnte sie die Briefe anstarren. Mit siebzehn, da ist Ingrid zurückgekommen, aber da war Katharina dann tot. Und Ingrid, die ist schwanger geworden. Auch von einem Minenarbeiter, es dreht sich doch immer alles im Kreis. Ja, im Kreis, sogar hier, obwohl die Erde, die eiert so nahe am Pol mehr. Und der Pol, der ist eh nicht fest. Dazu gab's einen Vortrag letztens, von einem von der Universität, aber verstanden habe ich es nicht. Die Welt schwankt wie ein Besoffener um sich selbst, als ob man dafür studieren müsste. Auf jeden Fall, eine elende Situation. Ingrid wollte das Kind ja selbst nicht. Den Typen, der es ihr gemacht hat, den hat sie verachtet. Sie wusste nicht, was sie wollte, zum ersten Mal. Schule fertig machen, alles hinschmeißen? Hierbleiben, weggehen?«

Kirsten saß mittlerweile auf den Flaschen, die Lennart geliefert und unter das Fenster gestellt hatte. Jonas, unbeachtet, schüttete eifrig Zimt und Zucker auf seinen letzten Rest Milchreis, bis eine braune Wolke vor ihm in der Luft staubte.

»Ja, da kam dann Fredrik zurück. Hat sie überzeugt, wieder zur Schule zu gehen. Das mit dem Kind, das hat er ihr auch ausgeredet. Sie solle sich nicht die Zukunft versauen, sie sei ja so jung. Ganz unrecht hatte er da nicht, trotzdem hat er da Mist gebaut. Für Ingrid ging das nämlich schief. Die Abtreibung. Später hat sie erfahren, sie könne keine Kinder mehr bekommen. Katholisch könnte man bei so einer Geschichte werden, jawohl.«

»Fredrik Stolt war noch einmal auf Spitzbergen? Wann war das?«

»Weiß ich nicht mehr genau. Muss Anfang der Neunziger gewesen sein. Aber jetzt ist er auch wieder hier, hab ich gelesen. Es stand in der Zeitung. Und 'nen Jungen von ihm hat's erwischt. Draußen.« Sie wedelte in Richtung Fenster.

»Haben Sie ein Foto von Ingrid und ihrem Vater?«

»Nein, ich glaube nicht. Aber von ihr und ihrer Mutter. Das hat sie mir geschenkt, als sie den Haushalt ihrer toten Mutter aufgelöst hat. Außerdem ihre Nähmaschine, das war nett, denn meine war kurz vorher kaputtgegangen. Sie hat nichts von den Sachen verkauft, alles verschenkt, so ist sie halt. Obwohl es eine schwere Zeit für sie war. Ein Onkel, der hat ihr geholfen, aber die standen sich nie nah. Der Onkel hatte selber sechs Kinder, seine Frau, die hat Ingrid nicht leiden können. Sind dann auch bald wieder weggezogen.«

Idunn Osmund hatte weitergeredet, während sie im Wohnzimmer verschwunden war. Jetzt kam sie mit einem Fotoalbum zurück. Sie blätterte darin, bis sie ein Bild fand. Es war groß, füllte die halbe Seite, die Aufnahme zeigte Ingrid als Teenager. Sie hatte kurze Haare; die Lippen ihrer Mutter waren dunkelrot geschminkt, beide lachten über etwas unterhalb der Kamera. Die Aufnahme war lediglich an einer Seite mit Klebestreifen im Album befestigt. Tim klappte das Bild hoch. Kirsten lehnte sich über ihn, um ebenfalls einen Blick auf die mit roter Tinte beschriebene Rückseite werfen zu können.

»Ingrid hat Gedichte gemocht. Sie hat nie selbst gedichtet, aber das hier hat sie für mich abgeschrieben. Musste es erst selbst noch aus dem Russischen übersetzen. Ein russisches Gedicht über Freundschaft, das hat man hier früher, also als das mit der Sowjetunion noch war, nicht so oft zu lesen gekriegt. Ich mag es, es hat einen guten Klang.«

Ihre Finger glitten über die Schrift. Sorgfältige, konzentriert gesetzte Buchstaben, klein, schnörkellos. Blockschrift. Eine Schrift, bei der sich die Glut hinter klirrender Disziplin und unerbittlichem Willen verbarg.

»Kirsten, ich glaube, du solltest zum Gouverneur gehen. Die müssen erfahren, dass Erland Fredrik mit Ingrids Notizbuch und dieser alten Geschichte erpressen wollte.«

»Erst will ich mit Fredrik reden.«

»Kirsten!«

Sie fuhr zu ihm herum. Jonas, der an ihrer Hand lief, riss es bei der heftigen Bewegung mit. »Es ist ein Motiv, Tim!«, fauchte sie. »Es ist nicht Fredrik, der tot ist, sondern Erland, verstehst du?« Sie atmete heftig, nicht nur vom zu schnellen Laufen. »Ich habe keine Ahnung, wie Ingrid da überall reinspielt, aber zwischen Erland und Fredrik ist etwas vorgefallen, etwas Hässliches. Weil Erland von dieser Geschichte wusste, und jetzt ist Erland tot. Die Polizei zweifelt doch jetzt schon an einem Unfall. Wenn sie nun noch davon erfahren, dann werden sie Fredrik womöglich festnehmen als Verdächtigen. Nein, wir gehen erst zu Fredrik. Alles andere würde er niemals verstehen. Diese Warnung, diese Erklärung hat er verdient.« Sie eilte weiter. Jonas stolperte verstört neben ihr her. Er drehte den Hals zu Tim hin. Mit ein paar Sätzen schloss dieser zu Mutter und Sohn auf.

»Dein Schwiegervater hat bestimmt kein Interesse daran, das Notizbuch bei der Polizei zu sehen. Oder bei sonst irgendwem. Hast du etwa vor, es ihm zu überlassen?«

»Er hatte genug Zeit, es loszuwerden, wenn er das gewollt hätte.«

Sie merkte, ihr Einwurf überzeugte ihn nicht. Doch er verzichtete, darauf hinzuweisen, dass Fredrik seit Erlands Tod kaum allein gewesen war, und wenn, dann an Orten, wo das eisige Klima jeglichen Abfall erst einmal konservierte. Wo sich nichts einfach vergraben ließ.

»Glaubst du, er weiß, dass die Notizen von Ingrid stammen? Du hast gesagt, bei dem Streit mit Erland hat er über einen Journalisten geschimpft.«

»Das werden wir gleich herausfinden. Ingrid ist übrigens die Frau, die ich die ganze Zeit über gesucht habe.«

Es dauerte einen Moment, bis Tim nachvollzogen hatte, worauf sie anspielte. »Oh. Woher weißt du das?«

»Sie hat's mir gesagt. In der letzten Nacht auf der ›Noorderlicht‹.«

Tim kaute auf dieser Neuigkeit die ganze Haupteinkaufsstraße entlang herum. »Das würde erklären, wie dein Mann an das Notizbuch gekommen ist. Er hat es von ihr. Aber wieso hat sie es ihm überhaupt überlassen?«

»Ich weiß es nicht.«

»Willst du sie das ebenfalls selbst fragen, oder willst du das zumindest der Polizei überlassen?«

»Ich schulde dies nur Fredrik. Ingrid nicht. Überhaupt nicht. Sollen sie mit ihr machen, was sie wollen.«

Sie eilten am Krankenhaus vorbei und bogen um die Ecke zum Hotel. Ein Auto fuhr gerade vom Parkplatz weg; auf seiner Seite prangte das Emblem des Gouverneurs von Svalbard. Bevor der Wagen rechts in die Straße abbog, erkannte Kirsten Monika auf dem Beifahrersitz. Sie hatte eigentlich gehofft, Jonas bei seiner Patentante lassen zu können.

»Wir gehen zu Opa?«, fragte Jonas hoffnungsvoll.

»Schatz, hast du nicht Lust, mit Tim einen Schneemann zu bauen? Ich muss nur kurz was mit Opa besprechen.«

»Aber ich will mit zu Opa!«

»Später, mein Großer. Später.«

Doch Fredrik war nicht auf seinem Zimmer. Niemand öffnete auf Kirstens Klopfen hin, auch von Elisabeth keine Spur. Fredrik war nicht in der Sauna, nicht im Restaurant, die Bar neben dem Eingang des Hotels hatte noch geschlossen. An der Rezeption teilten sie Kirsten mit, ihr Schwiegervater habe sich um die Mittagszeit ein Schneemobil geliehen. Nein, sie wüssten nicht, wohin er wollte; er habe nur von der Rezeption aus beim Verleih angerufen und sei dann zu Fuß dorthin gelaufen. Ob sie wüsste, wo das sei, unten am Fjord, einfach über die Straße.

Auf halbem Weg zum Verleih sammelte Kirsten Tim und Jonas ein. Die beiden waren noch auf der Suche nach einem guten Platz; Jonas wollte den Schneemann von seinem Hotelzimmer aus sehen können. Kirsten versuchte, Fredriks Handynummer anzurufen. Vergeblich.

»Ich bin so ein Idiot«, murmelte sie an Tim gewandt. »Ich hab beim Mittagessen, als deine SMS gekommen ist, zu Fredrik gesagt, ich würde ins Jahr 1981 gehen.«

»Und jetzt glaubst du, dass er das wörtlich genommen hat?«

»Ja, genau. Oder vielmehr nicht wörtlich. Örtlich.«

Vor dem Motorschlittenverleih parkte eine Armada aus Kufenfahrzeugen. »Nicht viel los heute Nachmittag«, murmelte der Mann, der ihnen Fredriks Eintrag zeigte. »Dabei soll das Wetter bis morgen stabil bleiben.«

Tim bat Kirsten um den Zeitungsausschnitt. Er hatte sich über den Verleihzettel gebeugt, auf Fredriks Unterschrift klopfend. »Hier, der Fjord, den Fredrik als Ausflugsziel angegeben hat: Die Mine von damals, die liegt dort in der Nähe. Du scheinst also recht zu haben mit deiner Vermutung.«

»Können wir da hinfahren?«

»Klar, ist nicht schwer zu finden. Das Wetter passt, und wir haben noch genug Licht, auf jeden Fall für die Hinfahrt. Falls uns Fredrik nicht eh schon vorher entgegenkommt.«

»Ich dachte, mit dem Anhänger kann man nicht schnell fahren?«

»Wir nehmen Jonas zwischen uns. Die sollen uns einfach eine Maschine mit einer längeren Sitzbank geben.« Er wechselte ein paar Worte mit dem Mann hinter dem Tresen. Der schaffte kurz darauf Helme, Anzüge und Schuhe herbei. Tim tippte unterdessen eine SMS. »Für Oda«, erklärte er. »Damit sie weiß, wo wir uns rumtreiben. Da draußen haben wir keinen Empfang mehr, also falls du deiner Familie Bescheid sagen willst, solltest du es gleich tun.«

»Ich wüsste nicht, was ich ihnen sagen soll.«

Die Fahrt zu dritt auf dem Schlitten gestaltete sich deutlich rasanter als die ihres Ausflugs in das Tal, in dem Kristoffer gestorben war. Jonas saß zwischen ihnen, begeistert, diesmal wie ein Erwachsener auf dem Schlitten fahren zu dürfen und nicht in den Anhänger verfrachtet zu werden. Der Schnee flog bloß so unter den Kufen vorbei. Der Trail war ausgefahren, und Tim schien genau zu wissen, wohin er unterwegs war, denn er konsultierte nicht einmal das GPS. Das Gewehr, das er vor Verlassen der Stadt noch rasch zusammen mit einem Notpeilsender aus dem Agenturauto geholt hatte, hing diesmal über Kirstens Rücken, sein befremdliches Gewicht drückte sich durch die Jacke hindurch schwer in ihre Schulter.

Nicht weit hinter der Stadt zog ein Flugzeug über sie hinweg, kein Linienflugzeug, sondern ein von der Sonne beleuchteter Privatjet. Seine Schnauze war im Landeanflug nach unten gesenkt, das Triebwerk ausgefahren. Kirsten fragte sich, ob sich die Familie über die Polizei und den Gouverneur hinwegsetzen und noch heute nach Deutschland zurückkehren würde und ob sie und Jonas womöglich gerade ihren Abflug verpassten. Danach begegneten sie noch zwei Mal Motorschlittenfahrern auf dem Rückweg von ihren Ausflügen, man grüßte sich im Vorbeifahren mit erhobenem Arm.

Sie fuhren am Fuß der Berge entlang. Hunderte von Metern über ihnen zog sich die Grenze zwischen Sonne und Schatten zu den Gipfeln zurück, da der Tag seine Kapitulation einläutete. An Kirstens Hals, dort, wo der Helm endete und der Kragen begann, biss sich jedes Mal, wenn sie den Kopf zu weit reckte, der Fahrtwind in ihre Haut. Unter der ausgeliehenen äußeren Kleiderschicht trug sie lediglich Stadtkleidung, um den Hals einen kunstvoll gestrickten Wollschal, bei dem viel zu große Löcher den Tribut an Chic und Mode zollten.

Schließlich konsultierte Tim doch noch sein GPS. Sie hielten auf einem gefrorenen Seitenfjord, der Motor des

Schlittens dröhnte weit über die gefrorene Fläche, vibrierte unter Kirstens Hintern und wärmte die Spitzen ihrer Füße. Dreihundert Meter vor ihnen schimmerte es nachthimmelblau im Eis, eine walförmige offene Stelle, wo Fjordwasser an die Oberfläche trat, in dunkel glänzender Bewegung, als ob sich darunter ein gigantisches Tier im Schlaf herumwälzte.

»Wir sind fast da«, verkündete Tim knapp. »Dort vorne, das Flusstal. Ich schätze, der Ausgang der Grube öffnet sich nicht auf den Fjord, sondern zum Fluss hin. Sobald wir im Tal sind, sollten wir die Mine sehen können.«

Er irrte sich nicht. Fredriks Motorschlitten parkte ein paar Meter neben einer zur Seite gesackten Baracke in einer buchtförmigen Einkerbung des Tals. Die Tür des kastenförmigen Gebäudes war eingetreten, der Boden dahinter mit Altmetall und Holzresten übersät. Ein Fenster war unversehrt geblieben, verrammelt, die Läden gespickt mit nach außen zeigenden Nagelspitzen zur Abwehr neugieriger Eisbären. Rost hatte das Eisen ausgefranst. Kirsten kannte die Frontansicht des Gebäudes von dem Foto im Zeitungsartikel. Damals war die Baracke noch intakt gewesen.

Fredriks Schneemobil stand fahrlässig abgestellt halb am Hang, ein Kufenende schwebte ein Stück in der Luft. Der Schlüssel steckte, der Helm baumelte über dem Lenker. Gegen den Sitz lehnte ein Gewehr; Tim schnalzte bei dessen Anblick missbilligend mit der Zunge. Jonas wollte es anfassen, traute sich mit einem Seitenblick auf seine Mutter dann allerdings doch nicht.

»Gehört das Gewehr Opa?«, wollte er stattdessen wissen.

»Er hat es sich ausgeliehen.« Kirsten reichte Tim mit ausgestrecktem Arm sein eigenes Gewehr zurück. In dieser Haltung hätte sie es höchstens ein paar Sekunden halten können, so schwer wog es.

Über ihnen, knapp hundert steile Meter den Hang hinauf, klaffte ein schmaler rechteckiger Mund im Berg, schräg geteilt von einem Holzbalken, die obere Kante ein Stück nach unten gesackt. Ein Schuttberg verdeckte den Blick auf den unteren Teil des Eingangs. Es war hauptsächlich dem Schnee zu verdanken, dass der Grubeneingang vom Tal aus so gut sichtbar war, denn die Überzuckerung schuf einen Kontrast zur sich durch den Mineneingang ins Freie tastenden Finsternis des Berginneren. Sie machten sich an den Aufstieg.

Von dem dreißig Jahre alten Weg, der einst zur Mine hinaufgeführt haben musste, war an vielen Stellen kaum etwas übrig geblieben, zu sehr hatten Erosion, Steinschlag und Erdrutsche dem Hang zugesetzt. Die Schneedecke war dünn, ausgeblasen vom Wind, und der Hang zu steil, als dass Schnee sich darauf hätte akkumulieren können, ohne vorher ins Tal abzurutschen. Darunter war der Boden steinig. Zwei Schritte hinauf bedeuteten einen zurück, immer wieder rutschten ihre Füße ab. Jonas krabbelte, die Hände am Boden, vor Tim den Hang hinauf. Dieser schob den Jungen vorwärts, wann immer er ein Stück zurückrutschte, aber der Kleine jammerte nicht. Kirsten kämpfte sich hinter den beiden her. Einmal ragte ein Stück verrosteter Stahl aus dem Boden, kupferbraun über dem dunkleren Braunschwarz des Berges. Nach fünfzig Höhenmetern begann eine Brise über ihre Stirn zu streichen, weiter oben segelten zwei Vögel und verschwanden jenseits der Bergkante in Richtung Fjord. In der dünnen Schneeauflage zeichneten sich Fredriks Fußabdrücke ab. Er war noch häufiger gerutscht als sie, einmal schien es, als ob er gar einen ganzen Meter zurückgerutscht wäre, bevor er hatte bremsen können.

Bis sie oben ankamen, war Kirstens Unterwäsche schweißdurchtränkt. Die Haut an ihrem Gesicht spannte, die Lungen schmerzten, obwohl sie sich den Schal vor Nase und Mund gebunden hatte, um ihre Lungenbläschen vor der eisigen Luft zu schützen. Ihre Nase lief, doch der Mund war staubtrocken. Sie hatten weder Getränke noch Essen dabei, in Kirstens Tasche fanden sich bloß ein paar Süßigkeiten.

Nach der Aufgabe der Grube hatte die Kohlekompanie den Eingang zur Mine mit Holz abgestützt, aber im Laufe der Zeit hatte der Querbalken nachgegeben. Der schräge Pfeiler, den Kirsten von unten gesehen hatte, war nur einer von zweien, die wohl einst über Kreuz den Eingang versperrt hatten, der zweite war herausgebrochen und auf die drei Meter breite Geländestufe vor dem Eingang gestürzt. An dessen vorderem Ende, den Kopf gegen das von verrosteten Nägeln gespickte Holz gelehnt, lag Fredrik. Er schien zu schlafen. Der unbedeckte Kopf mit dem dichten weißen Haar war zur Seite gesunken, die Augen geschlossen. Neben seinem Oberschenkel lag eine durchsichtige Dose mit Tabletten.

Er trug keine Jacke.

Jonas war der Erste an seiner Seite. »Opa!«, rief er, an seiner Schulter rüttelnd. »Opa, wach auf!«

Fredriks Kopf schaukelte von links nach rechts. Die Hände in den dünnen Fingerhandschuhen hatten auf der

Brust und dem ockerfarbenen Fleecepullover geruht, jetzt fiel eine schlaff nach unten. Kirsten sank neben Fredrik auf die Knie, fassungslos. Es schien ihr unmöglich, dass er so einfach gestorben sein sollte, eingeschlafen und mit dem Tod davonspaziert wie ein gewöhnlicher Greis. Sie wollte, sie musste ihn berühren, doch sie wagte es nicht, zu sehr graute ihr davor, die auskühlende Steifheit seines Körpers zu spüren.

Die Jacke. Wie Kristoffer. Der Schnee, die Steine, das Land. Nur diesmal reine Kälte statt ein die Welt auslöschender Sturm.

»Kirsten, er atmet, siehst du das nicht?«

Tim stieß sie beiseite, fühlte nach Fredriks Puls. Das Gewehr hatte er abgelegt und den Reißverschluss seiner Jacke geöffnet. In den Taschen kramte er nach der Klettverschlusstasche mit dem Notpeilsender.

»Sieh zu, dass du Fredriks Anorak findest!« Er begann, mit einem Ärmel aus seiner eigenen Jacke zu schlüpfen, mit der anderen schüttelte er den Peilsender aus seiner Umhüllung. Kirsten rappelte sich auf.

»Leg den Sender beiseite, Tim.«

Aus der Schwärze des Grubeneingangs schob sich Ingrid ins Freie. Ihr Gesicht unter der Kapuze leuchtete fahl. Der Schatten der Kohlemine schien ihr ein Stück weit aus dem Grubenmund hinterherzukriechen, bevor die schwindende Helligkeit der sinkenden Sonne ihn zurückschlug, ein Licht, das am intensivsten auf dem silbergrauen Schaft und der Mündung ihres auf Tim gerichteten Gewehrs glänzte.

Diesmal waren Kirstens Reflexe schneller als Tims von Ungläubigkeit gebremste Reaktion. Sie langte über Fredrik hinweg und riss Jonas zu sich herüber. Tim stand in der Bewegung erstarrt, mit einem Arm noch in der Jacke, der andere Ärmel auf dem Boden schleifend.

»Den Sender, Tim. Leg ihn weg. Dafür darfst du auch deine Jacke wieder zumachen. Fredrik braucht sie nicht.«

Die Ungläubigkeit, mit der es Tim nur stückchenweise dämmerte, was vor sich ging, blieb Kirsten fremd. Der ewige Beobachter in ihr erlaubte weder Ausflüchte noch Verweigerung, sein kühler Blick ruhte auf Ingrid, analysierte, beurteilte und – am verräterischsten von allem – verglich. Kirsten wusste, in ihr gab es, all dem künstlerischen Spielen mit Farben und Motiven zum Trotz, einen Raum mit einer Geraden darin. Sie hätte gedacht, wenn es Kristoffer jemals in die Arme einer anderen Frau treiben würde, dann auf der Flucht vor der Absolutheit, der Unbeirrbarkeit dieser Linie. Welch ein Irrtum. Er hatte dasselbe in Ingrid gefunden, an einem Ort, dessen Weite an der Grenze zum Packeis seinen Anfang nahm, an dem die Absolutheit eines starken Willens die ihm angemessene Kulisse fand. Das Ende der Welt. Das Ende der Zufälle und Unfälle und Fragen, mit denen Kirsten nach Spitzbergen gekommen war.

Die Sonne versank tiefer jenseits des Horizonts, und das sich verändernde Licht auf den Gipfeln Svalbards würde erst den Schnee, dann den Himmel blauvioletter Stille überlassen. Kirsten spürte die Decke der ewigen Ruhe über dem Tal. Die Essenz eines unbeteiligten Geistes, der scheinbar stets berührungslos an einem vorbeistreifte. Bis man seine Aufmerksamkeit erregte und den Irrtum bemerkte.

Sie begegnete Ingrids Blick.

»Du hättest nicht herkommen sollen, Kirsten. Nicht mit

deinem Jungen. Mit Fredrik und seinen Söhnen sollte es genug sein.«

Als Kirsten antwortete, stand die Herausforderung in flüchtigem Dampf vor ihren Lippen. »Du glaubst doch nicht, dass der Gouverneur auf ein weiteres Unglück hereinfällt?« Zwischen ihr und der anderen lag Fredrik. Sie tippte das Tablettenröhrchen mit der Fußspitze an. »Das wird kein Mensch glauben. Selbstmord. Nicht Fredrik Stolt.«

Ingrid zuckte mit den Achseln, das Gewehr zuckte mit. »Du kennst deinen Schwiegervater womöglich nicht so gut, wie du glaubst. Dabei solltest du es mittlerweile besser wissen. Ich habe gehört, wie er dir im Krankenhaus von damals erzählt hat. Von dem Minenunglück. Ich habe gehört, wie du ihn nach seiner Schuld gefragt hast. Und jetzt seid ihr hier. Warum?«

»Wegen Fredrik.«

»Wegen der Wahrheit über ihn?«

»Nein. Nur wegen ihm.«

Die Gewehrmündung ruckte von Tims Brust zu Kirstens Kopf. Verharrte. Kirsten bedeckte Jonas' Augen mit ihren Händen.

»Dein Mann, Kristoffer, er mochte unerschrockene Frauen.« Die Waffe schwenkte zurück. »Ich habe dir gesagt, du sollst deine Jacke zumachen, Tim. Und zieh von mir aus auch deine Handschuhe an. Nein, beweg dich nicht auf mich zu. Zieh einfach deine Klamotten an, und halt dich von deinem Gewehr fern.«

Tim kam der Aufforderung nach, mit abgehackten, bitteren Bewegungen. »Hast du von Fredrik Geld erpresst, und er wollte nicht zahlen?«

Ingrids Lachen wurde von der nächsten Steilstufe auf sie zurückgeworfen. »Geld? Du meinst, es ginge mir um Geld? Nein. Mein Vater. Meine Mutter. Die Kinder, die Fredrik mir genommen hat, bevor sie geboren werden konnten. Sind sie nicht Grund genug?«

»Um Fredrik zu töten?«

Jetzt schenkte Ingrid ihnen das verträumte Lächeln eines Menschen, der das Erreichte in seinem ganzen Ausmaß erfasste. »Schaut euch um. Ist es nicht schön hier? Mit der zweiten Hälfte des Winters kommt die Kälte und bringt dir das Licht. Ich habe von Fredriks Tod geträumt, seit ich ein Mädchen war. Er hat gelogen, sein Leben auf einer Lüge gebaut. Er hat meinen Vater getötet, um selbst leben zu können. Er hat alles zerstört.«

Die Worte erreichten ihre Zuhörer ohne weinerliches Klagen. Verrückt würde die Gesellschaft sie nennen, von verquerer Rache getrieben. Kirsten wusste es besser. Ingrid war so akkurat, so unbeeindruckt wie immer. Keine Getriebene. Eine Angekommene.

»Und seine Söhne?«

»Er hat ihren Tod erlebt. Wie ich. Es verändert dich, wenn alle, die du liebst, vor dir sterben. Selbst die, die du nie kennengelernt hast. Du hast es nicht gesehen, Kirsten, aber im Herbst, da gefriert hier das Eis in kleinen Tümpeln. Wassergefüllte Mulden im Boden. Manchmal geschieht es, dass das Eis konzentrisch gefriert. Aber nicht nur in Kreisen. Auch in Herzen. Gefrorene Herztümpel. Wie Baumringe sehen sie aus, außen sind die Eisringe weiß, im Inneren dunkel. Viele Herzen in einem. Wie Matrjoschkas. Russische Puppen. Es bringt Glück, so einen zu finden, Unglück, sie zu zerbrechen.«

»Dann hast du sie getötet.«

»Erland war ein Geschenk. So fasziniert von Waffen, die für andere Männer als ihn gefertigt wurden. Dann der Schneesturm, das leere Zelt. Ich musste nur zu ihm sagen, komm, Erland, ich zeig dir das Gewehr. Lehn dich vor, hier siehst du …«

»Die Polizei wird dahinterkommen«, brach es aus Tim hervor. »Lass uns gehen – und Fredrik. Du kannst nichts mehr gewinnen.«

»Fredrik bleibt hier. Es gefällt ihm hier, er hat diesen Ort selbst gesucht. Sieht er nicht zufrieden aus? Er meinte, er könne seine Schuld sühnen. Das arme Mädchen. Tu Gutes, Fredrik Stolt. Hilf ihr, unterstütze sie. Menschen wie er, Kirsten, sie verstehen nicht, dass Geld bedeutungslos ist.«

Jonas strampelte in Kirstens festem Griff. Sie hob ihn hoch, er wollte wissen, worüber sie sprachen, und warum Ingrid mit dem Gewehr auf sie zeigte, das dürfe sie doch nicht, oder doch?

»Kristoffer«, fragte Kirsten. »War er auch ein Geschenk?«

»Kristoffer? O ja. Das größte Geschenk, so unverhofft. Diese Möglichkeiten! An Kristoffer habe ich geplant. Und gelernt.«

»Erzähl mir von ihm.«

Und Ingrid begann zu erzählen.

Während Kirsten ihrem Bericht über Kristoffers Tod lauschte, löste sich ein Brocken von den sich über ihnen auftürmenden Gesteinsschichten. Er klackte und holperte auf seinem steilen Fall nach unten, prallte wenige Meter entfernt auf die Reste einer alten Lore mit käfergleich in den Himmel ragenden Rädern. Von dort rollte er den

Hang hinab, zeichnete eine faustgroße Fährte neben die schwerfälligen Spuren, die sie auf ihrem Weg nach oben hinterlassen hatten. Es schien unmöglich, wie sich in dieser verlassenen Ruhe etwas bewegen sollte, ohne angestoßen zu sein, doch wer sich der Illusion ergab, das Land sei geduldig, irrte.

Die Zehen in Kirstens Stiefeln kühlten aus; statt drei Paar Skisocken trug sie nur ein Paar und darunter Nylons. Die Wärme des Aufstiegs war verflogen, hatte sich mit dem abkühlenden Schweiß ins Gegenteil verkehrt. Sie blickte auf Fredrik hinab. Er zitterte nicht. So wie er jetzt auf dem Permafrost ruhte, so würden sie ihn finden.

»Was wirst du tun?«, fragte sie am Ende von Ingrids Erzählung. Sie hatte der Geschichte gelauscht wie eine Fremde, oder als ob es ein anderer Film wäre, jenseits der Gegenwart. Irgendwann, falls sie leben würde, später, würde sie ihn herausnehmen, anhauchen und abspielen. Die Geschichte zu ihrem Ende bringen.

Die Gewehrmündung beschrieb eine kleine Bewegung zum Hang hin. »Es abschließen, natürlich. Endlich. Ihr könnt jetzt vorangehen.« Ingrid wies ihnen den Weg, nicht steil nach unten, wie sie heraufgekommen waren, sondern quer zum Hang. Sie wolle nicht riskieren, dass Tim Fredrik auf dem Weg nach unten zu den Motorschlitten fallen ließe.

»Wir nehmen ihn mit?« Die Hoffnung währte nur kurz.

»Tim wird Fredrik für mich zu seinem Motorschlitten schaffen. Hier sind zu viele Spuren von euch. Außerdem habe ich kein großes Interesse daran, dass Fredrik hier oben bei der Mine gefunden wird. Die Vergangenheit hält zu viele Erklärungen bereit, nicht wahr? Selbstmord an einem Ort, wo einer seiner Söhne starb, wäre das dagegen nicht Poesie?«

»Spar dir deinen Spott, sie werden auch so auf dich kommen«, sagte Kirsten.

»Das erwähntet ihr bereits. Die Polizei hier ist gut, ohne Frage. Aber bislang haben sie keinen Anhaltspunkt, nicht wahr?«

Kirsten und Tim schwiegen. Ingrid lachte. »Dachte ich mir doch. Es macht keinen Spaß, mit anderen über das Fremdgehen des eigenen Ehemanns zu sprechen.«

»Täusch dich nicht, sie werden es herausfinden. Zu viele Leute wissen von damals.«

»In diesem Fall werde ich eben den Preis für meine Rache bezahlen. Hast du geglaubt, ich wäre dazu nicht bereit? Ich bin weitergekommen, als ich je zu hoffen gewagt hätte. Und jetzt, Tim, sei so nett. Fredrik.«

Ingrid trieb sie schräg zum Hang auf den konturlosen Resten der alten Straße hinab ins Tal. Nach hundert Metern flachte sich der Berghang ab, sie zogen in zwei Kurven schräg hinunter zum Talgrund. Kirsten lief mit dem eingeschüchterten Jonas an der Hand vorneweg. Tim folgte ihnen dichtauf, keuchend unter Fredriks Gewicht auf seinen Schultern, mehrmals musste er ihn absetzen und pausieren. Ingrid ging fünf Meter hinter ihnen, ihr eigenes Gewehr mit beiden Händen im Anschlag, Tims Gewehr auf ihrem Rücken. Sie zeigte selbst bei Tims Pausen keine Ungeduld, sondern gönnte ihm seine Minuten. Am Bergfuß angelangt befahl sie Tim, Fredrik neben dessen Schneemobil abzulegen, nicht jedoch ohne zuvor Fredriks Gewehr vom Sitz zu nehmen und es in sicherer Entfernung zu deponieren. Ihren eigenen Rucksack ließ sie neben dem Schneemobil zurück, das Röhrchen mit den Tabletten verstaute sie in einer Jackentasche. An Fredriks rechtem Ohr hatte sich die Haut rotblau zu verfärben begonnen; vergebens versuchte Tim, den Kragen von Fredriks Fleece ein paar Zentimeter höher zu ziehen. Gleichzeitig ertönte in der Ferne das Knattern von Motorschlitten. Beinahe einträchtig ruckten alle Köpfe in Richtung des Geräuschs. Vom Fjord aus war die kleine Einbuchtung, wo sie standen, nicht einzusehen, was bedeutete, wenn die Schneemobile nicht absichtlich das kleine Seitental ansteuerten, würden sie vorbeifahren. Kirsten richtete ihren ganzen Willen auf die unsichtbaren Fahrer, doch die Arktis scherte sich nicht um die verzweifelte Telepathie einer Gestrandeten. Das Motorengeräusch dauerte eine halbe Minute an, bevor es allmählich verebbte. Diesmal wies die kleine Bewegung, mit der Ingrid Tim und Kirsten den Weg anzeigte, in Richtung Fjord.

Sie folgten der Biegung der Talmündung, wo mannshohe Verwerfungen und längliche Rücken die Sicht auf die freie Fläche verdeckten. Irgendwo unter ihren Füßen, verzweigt und unsichtbar, versüßte die Flussmündung das Salzwasser des Fjords. Der Schnee lag tief zwischen den Erhebungen, an manchen Stellen sackten sie bis zu den Knien ein, aber die unebene Landschaft erlaubte Ingrid einen Blick über den leeren Fjord, bevor sie ihre Deckung verließen und auf die offene Fläche des Eises traten. Mit wachsender Entfernung zum Ufer ließ die Schneetiefe nach, hier brauste der Wind, streckenweise scharrten Kirstens Sohlen über blankes Fjordeis.

Dreißig Meter entfernt erwartete sie das Schimmern offenen Wassers.

Sie näherten sich der länglichen Kluft in der Eisdecke von deren schmaler Seite. Leichter Dampf hing in der Luft, dicht über der Oberfläche, wie Bodennebel. Beim Näherkommen verstärkte sich der Eindruck sich träge umwälzenden Wassers, in sich gefangen wie ein lautloser Pool, der keine Wellen warf. Das Kräuseln schien die Oberfläche sacht zu wölben.

Im Vergleich zur Luft würde das Wasser lau sein. Zumindest im ersten kurzen Moment, wenn es ihre Gesichter küsste. Bis es seinen Weg unter ihre Kleider fand und die dort eingeschlossenen warmen Luftpolster auslöschte. Dann, sofort, würde die Kälte wie Schmerz nach ihnen greifen. Es musste eine Strömung geben, wie ein Puls zirkulierte sie unter ihren Füßen, ein konstantes Lecken an der Stabilität des Eises. Würden sie unter das Eis gezogen werden, bevor sie, nach Luft schnappend, wieder hochkommen konnten? Wenn sie das Loch verfehlten, wenn verzweifelte Hände gegen die eisige Barriere über sich schlugen, würden sie über blassweißes Licht kratzen, der Abgrund unter ihnen endlos, ein Reich noch fremder und feindlicher als jenes, welches sie verließen. Ingrid würde ihnen ihren Motorschlitten nachschicken, aber bis dieser die Wasserfläche teilte und versank, würden sie bereits tot sein, ihre Münder zu einem letzten Atemzug geöffnet, zwei Grad kaltes Wasser in den Lungen.

Fünfzehn Meter von dem Übergang von Eis zu Wasser entfernt hielt Ingrid an. Tim fuhr herum, die Fäuste geballt, aber die Handschuhe nahmen der trotzigen Gebärde die Drohung. Nichtsdestotrotz richtete sich sofort das Gewehr auf seine Brust.

»Jonas«, sagte Ingrid. »Schickt Jonas zu mir.«

Kirsten schob ihren Sohn hinter sich. Eine weitere sinnlose Geste. »Wozu?«

»Ich bin nicht grausam, Kirsten. Du musst nicht zusehen, wie dein Junge stirbt.«

Kirsten schwankte. Erleichterung kämpfte mit Misstrauen. Hieß das, Ingrid würde Jonas nicht ins Wasser schicken? Oder erst nachdem seine Mutter und Tim gesprungen waren? Ingrid mochte Kinder, daran gab es keinen Zweifel. Und sie hatte sich um Jonas gekümmert. Womöglich würde sie ihn verschonen. Dem folgte der nächste Gedanke: Wenn sie sofort unter dem Eis verschwand, würde Jonas ihren Todeskampf nicht sehen. Sie musste nur tief genug tauchen. Zwei, drei Brustzüge, und sie wäre unter dem Eis, den Augen ihres Kindes entzogen.

Aber er würde verstehen, dass sie nicht mehr nach oben kam.

»Lass ihn gehen«, drängte Tim – auf Deutsch. Kirsten schüttelte den Kopf, nicht bereit, ihre Finger zu öffnen, Jonas' Hand aus ihrer schlüpfen zu lassen, solange sie nicht sicher sein konnte, dass er nicht ins Wasser wandern würde, nach ihr, verzweifelt und allein bis zum letzten Atemzug. Hinter ihnen, am Rande des Wasserlochs, krachte das Eis.

Ingrid wartete mit demselben Gleichmut, den sie die ganze Zeit über an den Tag gelegt hatte, auf Kirstens Entscheidung. Tim, dessen Blick bislang auf Ingrid gerichtet gewesen war, drehte sich halb zu Kirsten. »Lass ihn gehen!«, wiederholte er genauso drängend wie zuvor. »Siehst du denn nicht?« Und dann, ganz schnell, immer noch auf Deutsch: »Schau nicht zu auffällig hin! Links hinter ihr, auf elf Uhr. Etwa zweihundert Meter.« Er verringerte den Abstand zwischen ihnen, bis sich ihre Schultern berührten. Um Jonas' Reaktion auf seine Worte zu verdecken, wie Kirsten kurz darauf verstand.

In Ingrids Rücken, dort, wo Tim beschrieben hatte, bewegte sich der Schnee im bläulichen Licht des zu Ende gehenden Tages. Nein, nicht der Schnee, heller Pelz in gemächlicher, schwankender Bewegung, eine schwarze Schnauze knapp über dem Boden. Ein Spaziergänger in seinem Reich.

»Jonas, ich weiß, dass du ihn siehst, aber tu so, als würdest du ihn nicht sehen. Wie in einem Spiel, verstehst du? Du schaust immer nur uns oder Ingrid an. Und du tust alles, was ich dir sage. Genau, wie ich es dir sage.« Tim sprach unglaublich schnell, die Gelassenheit seiner sonst gedehnten Sprache wie weggefegt. Ingrid musste glauben, er redete auf Kirsten ein, drängte sie, Jonas gehen zu lassen, und tatsächlich tat er nichts anderes. »Verdammt, Kirsten, lass ihn gehen, das ist unsere einzige Chance!«

Kirsten öffnete ihre Finger. Jonas' Hand fiel aus ihrem Griff. Er sah so winzig aus in den dicken Kleiderschichten, seine grüne Mütze mit dem weißen Plüschbommel tief genug gezogen, um seine Augen halb unter dem Saum verschwinden zu lassen. Um seine Mutter anzuschauen, musste er den Kopf ganz weit in den Nacken legen.

»In Ordnung«, flüsterte sie. Sie bückte sich, nahm sein Gesicht zwischen ihre Handflächen. Ihre Tränen machten ihm Angst, also versuchte sie ein Lächeln, küsste ihn. »Tu, was Tim sagt, mein Schatz.« Ihre Hände in den klobigen Fäustlingen waren zu ungeschickt, sie konnte ihn nicht fühlen. Sie küsste ihn ein weiteres Mal. »Das ist wie Ich-sehe-was-was-du-nicht-siehst, verstehst du? Da darfst du auch nie zeigen, was du eigentlich meinst, und wenn du jetzt zu Ingrid gehst, dann schaust du einfach nur sie an.« Und mit diesen Worten schob sie ihn von sich fort.

Jonas stolperte vorwärts. Unschlüssig drehte er sich zu seiner Mama um. Kirsten wischte sich über die Augen, was Jonas noch mehr zögern ließ. »Der Bär wird sie ablenken«, murmelte Tim. »Vielleicht haben wir dann eine Chance, ihr das Gewehr abzunehmen.«

»Lauf zu Ingrid!« Diesmal schrie Kirsten, ihre Stimme viel zu laut und zu schrill. Zweihundert Meter entfernt stockte der Bär, die Vorderbeine angespannt gespreizt. Jonas rannte los, überwand die zwanzig Meter zu Ingrid und hielt neben ihr an. Ingrid achtete nicht weiter auf ihn. Stattdessen machte sie einen Schritt auf Tim und Kirsten zu und schlug mit der flachen Hand gegen den Abzug. »Es wird Zeit zu baden«, sagte sie.

Tim rief: »Geh weiter, Jonas! Bis ich dir sage, es reicht. Und wedele dabei mit den Armen!«

Ingrid warf einen flüchtigen Blick auf Jonas, der Schritt für Schritt von ihr zurückwich. Aber sie wandte den Kopf nur ein kleines Stück, es war ihr nicht wichtig, wie weit Kirsten und Tim den Jungen davonschickten, damit er den Tod seiner Mutter nicht sehen musste. Deshalb bemerkte sie auch den Eisbären nicht, dessen Wanderung über den Fjord die Richtung geändert hatte. Der schwankende Schädel und der leicht seitlich gewandte Körper verrieten seine andauernde Unschlüssigkeit, doch er kam langsam näher.

Jonas folgte Tims Befehl. Er tapste ein paar Schritte auf den Bären zu, stockte kurz, dann lief er weiter. Winkte. Kirsten wirbelte zu Tim herum, ihre Fäuste prallten gegen seine Brust. »Was soll das?«, schrie sie ihn an. »Soll er denn so sterben?«

Der Eisbär hatte abermals die Schnauze gereckt, seine gesamte Masse richtete sich neu aus, plötzlich ganz zielgerichtete Aufmerksamkeit. Jonas war jetzt etwa zehn Meter hinter Ingrid. Ingrid befahl Tim und Kirsten, ihre Diskussion zu beenden, oder sie würde sie erschießen und ihre Leichen danach im Wasser verschwinden lassen. Tim fing Kirstens Hände, verdrehte sie leicht. Sie hatte nicht gewusst, dass er solche Griffe kannte, es tat weh.

»Nein, schau nicht hin, lass ihn den Bären neugierig machen. Denk lieber nach! Kannst du sie noch eine halbe Minute ablenken?«

Jonas lief immer weiter. Er schwenkte beide Arme. Der Eisbär hatte begonnen, direkt auf ihn zuzutrotten. »Bleib stehen, wo du bist, und wink weiter!«, rief Tim, aber er tat dabei so, als würde er Kirsten anschreien.

»Irgendetwas, Kirsten! Wenn sie den Bären bemerkt, solange er noch so weit weg ist, tötet sie erst uns, bevor sie sich mit ihm befasst. Verstehst du mich?« Er ließ ihre Hände fahren.

»Geht jetzt ins Wasser!«, befahl Ingrid, zum ersten Mal ungeduldig und irritiert von dem Wortgefecht, das sie nicht verstand.

Kirsten wäre beinahe gestolpert, als Tim seinen Griff lockerte. Von dort, wo sie stand, bildeten Ingrid, Jonas und der Eisbär eine gerade Linie, wie Kimme, Korn und Ziel. Jonas hüpfte auf und nieder, so heftig winkte er mittlerweile. Das Rascheln seiner Jacke trug in der winterlichen Stille bis zu ihnen. Bevor Ingrid Anstalten machen konnte, sich zu dem Jungen umzudrehen, reagierte Kirsten endlich. Sie griff in ihre Tasche. »Ich glaube, ich habe da noch etwas, das dir gehört«, stieß sie hervor.

Ingrid lachte, als sie das grüne Notizbuch in Kirstens Händen erkannte. »Wie bist du denn daran gekommen? Nein, warte, es interessiert mich eigentlich nicht. Wenn du dem Gouverneur davon erzählt hättest, wüsste ich es wohl bereits.«

»Erland hatte es bei sich. Er hatte es sich aus Kristoffers Sachen genommen. Es ist dein Tagebuch gewesen, nicht wahr?«

»Eher ein Gedankenbuch. Über alles, was mir damals wichtig war. Wer mir wichtig war. Und für Dinge, für die Lösungen gefunden werden mussten. Damals – ich war zu jung –, damals konnte ich es nicht. Jetzt kann ich es.«

Ingrid hatte ihre Kapuze abgestreift, darunter trug sie eine dünne Mütze und über Hals und Kinn ein oranges Tuch, das sich beim Reden bewegte. Nachdenklich wiegte sie den Kopf. »Ich dachte, Kristoffer hätte es vernichtet. Das hat er zumindest behauptet, ganz der loyale Sohn. Komm, Kirsten, wirf es rüber!«

Der Bär hatte die Distanz zu ihnen halbiert. Das Notizbuch flatterte mit wehenden Seiten durch die Luft und fiel vor Ingrid in den Schnee, die offene Seite nach unten. Als ob es jemand aufgeschlagen und dann beiseitegelegt hätte.

In diesem Augenblick wurde der Eisbär zum Jäger. Die Änderung seiner Geschwindigkeit erfolgte lautlos und fließend, strafte die vorgeblich träge Masse des größten Landraubtieres der Welt Lügen. In einem Moment trottete er noch in seinem schwankenden Gang auf Jonas zu, dann war er in vollem Lauf, die mächtigen Vordertatzen flogen, eine halbe Tonne Tod, unter der das Eis des Fjords dahinschmolz.

Jonas wartete nicht auf Tims Ruf. Seine Hände fielen herab, er wirbelte herum und sauste so schnell ihn seine kurzen Beine trugen zurück. Ingrid hatte nicht bemerkt, wie Tim und Kirsten erstarrten, wie sich ihre Münder zu einem Schrei öffneten. Sie war vor dem Notizbuch in die Knie gegangen, um es aufzuheben, als Jonas in zwei Metern Abstand an ihr vorbeischoss. Aufspringend beobachtete Ingrid verblüfft, wie er sich in Kirstens Arme warf. Kirsten und Tim machten drei große Schritte zurück, Jonas mit sich ziehend, näher auf das offene Loch im Wasser zu. Ingrid lächelte zufrieden. Bis sie das Grauen auf ihren Mienen sah.

Der Untergrund vibrierte dumpf unter den Sätzen des angreifenden Eisbären. Ingrid fuhr herum. Der Bär war keine fünfzehn Meter von ihr entfernt. Zu nah, um das Gewehr hochzureißen und zu zielen. Sie feuerte sofort, aus Hüfthöhe. Der Schuss peitschte durch die Luft, das große Kaliber riss ein Stück Fell aus der rechten Schulter des Bären. Zum Nachladen fand sie keine Zeit mehr.

Das Knirschen von Schnee und ein schwaches Dröhnen brachten das Eis zum Seufzen, als der Eisbär den letzten Meter zu seinem Opfer überwand. Ein Wirbel aus Weiß, Orange und Schwarz, Pranken auf blaugrüner Jacke. Kirsten presste Jonas' Gesicht gegen ihren Bauch. Tim hatte ihren Oberarm umklammert, hielt sie fest, damit sie sich ja nicht umdrehte und davonrannte. Ingrid war gänzlich verschwunden unter der wogenden Masse aus weißem Pelz. Tiefes Grollen und ein scharfer Raubtiergeruch umwehten sie.

»Schau ihm nicht in die Augen«, flüsterte Tim. Er zog sie näher auf das Wasserloch zu. Das dünner werdende

Eis unter ihnen krachte, das berstende Geräusch ließ den Bären aufschauen. Kirsten, Tim und Jonas erstarrten in ihren Bewegungen. Atmeten nicht mehr. Kirsten spürte die schwarzen Augen des Bären auf sich, abwägend, ob sie einen Angriff wert waren, gleichgültig angesichts ihrer lächerlichen Leben. Seine Schultern schoben sich vor. Er kauerte. Und dann, übergangslos, attackierte er sein unter sich begrabenes Opfer erneut. Sein Maul riss Ingrid ein Stück weit in die Höhe, die Vordertatzen schlossen sich um ihren Körper. Frau und Bär – wie Tänzer aufgerichtet in inniger Umarmung, ehe der Bär abermals von oben über Ingrids Körper hereinbrach. Das zweite Gewehr, Tims Gewehr, flog davon. Tim schob Kirsten und Jonas drei, vier, fünf, sechs Schritte weiter, zur Seite und in Richtung Ufer.

Sie hörten das Knacken, mit dem Ingrids Schädel brach.

Sie hatten die Längsseite des Wasserlochs erreicht. Zwischen ihnen und dem Eisbären lagen nun ein paar Meter offener Fjord. Das Tier schaute ein weiteres Mal zu ihnen, das schwarze Maul geöffnet, eingefasst vom roten Saft des bevorstehenden Mahls. Ingrids Blut sprenkelte seinen Pelz, die Krallen, den Schnee. Schritt für Schritt schoben sich die drei Menschen weiter von ihm fort. Der Bär beobachtete sie, sein Gewicht auf Ingrids Leiche. Aber er griff nicht an.

Nach fünfzig Metern erlaubte Tim Kirsten und Jonas, dem Bären den Rücken zu kehren und langsam weiter in Richtung Flusstal zu laufen. Jonas hatte die Hände um den Nacken seiner Mutter geschlungen, die Ärmchen pressten so sehr, dass Kirsten fast keine Luft mehr bekam, sein Gewicht sie jedoch auch kaum nach vorne zog. Auf ihrem Ellenbogen spürte sie Tims Hand, wachsam, damit sie bloß nicht stolperte und die Aufmerksamkeit des weißen Jägers auf sich zog. Sie erreichten die Verwerfungen am Talende, kämpften sich eine schneebedeckte Flanke empor und stürzten fast auf der anderen Seite den Hügel herunter, mit weichen Knien vor Erleichterung, ein erstes Hindernis zwischen sich und den Eisbären gebracht zu haben. Kirsten fiel einige Schritte zurück, taumelnd in den tieferen Schneewehen, doch Tim zerrte sie weiter. Linker und rechter Hand markierten die Bergfüße den Beginn des Seitentals.

»Nicht anhalten«, drängte er, und dann: »Er kann uns noch riechen.«

Er wollte ihr Jonas abnehmen, aber sie ließ es nicht zu. Der Junge hatte sein Gesicht in den Kragen ihres Mantels vergraben, er war so still, dass sie erst nach einigen Minuten bemerkte, wie ihre Jacke am Hals feucht wurde. Vor ihnen schälten sich die Umrisse der Schneemobile aus der Dämmerung. Der Mund des Mineneingangs weiter oben am Hang war bereits von der Dunkelheit verschluckt. Kirsten presste ihre Stirn gegen Jonas' Ohr. »Wir schaffen es!«, flüsterte sie. »Gleich sind wir in Sicherheit.«

Jonas bewegte sich, drehte den Kopf. Ein kurzer Blick über die Schulter hin zu den Schneemobilen und dem regungslosen Leib seines Großvaters, dann versteckte er sich sofort wieder an Kirstens Hals. Es war unheimlich, wie still er war, während die Tränen sein Gesicht nässten und auf den Wimpern froren. Er schluchzte nicht, er zitterte nicht. Tim rannte los, die letzten Meter hinüber zu den Motorschlitten, wo er Fredriks Gewehr an sich riss, es sofort entsicherte. Doch hinter Kirsten und Jonas blieb die Landschaft leer. Kirstens Arme begannen, vor Erschöpfung unkontrolliert zu zittern. Sie drückte ihren Sohn bloß noch näher an sich.

»Hat der Eisbär auch Papa gefressen?«, wisperte Jonas.

Sie schüttelte heftig den Kopf. »Nein, Papa ist nicht gefressen worden. Er, er ist nur eingeschlafen. So wie Opa. Auf dem Schnee. Und dann ist er im Schlaf gestorben.«

Tim war neben Fredrik in die Knie gegangen. Mit den Zähnen riss er die Hülle einer Rettungsdecke auf, die goldsilberne Folie knisterte, als er sie entfaltete. An seinen Knien lehnte ein kleines eckiges Gerät mit einer Antenne: einer der Notpeilsender, endlich aktiviert. Einen Moment lang war Jonas noch still. Dann hörte Kirsten ihn einatmen, und mit dem Schluchzer löste sich auch die Starre seines kleinen Körpers.

»Stirbt Opa jetzt auch?«

Kirsten brach in einer Schneemulde ein und kippte nach vorne. Mit einer Hand hielt sie Jonas fest, die andere fing ihren Sturz auf. Ein stechender Schmerz zuckte erst durch ihr Handgelenk, dann durch ihre Brust. In ihre Lungen hatte sich der Frost gefressen, verzerrte ihre Stimme. »Ich weiß nicht, ob Opa wieder aufwachen wird. Ich weiß es nicht.«

Jonas flüsterte: »Schlafen tut nicht weh.«

»Nein«, weinte sie. »Schlafen ist schön.«

Das letzte Bild, welches Kirsten von dem Ort mitnahm, wo der Tod und Fredrik Stolt zum zweiten Mal zusammengekommen waren, waren die von Scheinwerfern beleuchteten und im Wind der Rotorenblätter aufsteigenden Wirbel aus pulvrigem Schnee. Dann verhüllte Nacht die

Fenster und Konturen des schlafenden Landes, während der Rettungshelikopter nach Longyearbyen drehte und beschleunigte.

Kirsten hielt Jonas noch immer auf ihrem Schoß. Der Pilot hatte ihr einen eigenen Gurt für ihn angelegt, damit sie ihn nicht loslassen musste. Ein Polizist hatte ihr Handgelenk bandagiert, während sich der Notarzt um Fredrik gekümmert hatte. Jetzt lag Fredrik eingewickelt auf einer Trage; bloß sein Gesicht war frei, der Mund seltsam verkrampft. Er rührte sich nicht. Der Arzt beugte sich im Sitzen und mit versteinertem Gesicht über ihn, hielt die Oberseite seiner Finger dicht unter Fredriks Nase. Es erschien Kirsten unmöglich, wie er durch das Vibrieren und Dröhnen des Helikopters hindurch überhaupt einen leisen Atemhauch fühlen wollte.

»Wird er leben?«, hatte Kirsten den Arzt gefragt, kurz bevor der Lärm der Rotoren ihre Stimmen übertönte.

»Das weiß man bei einem stark Unterkühlten erst, wenn man ihn aufwärmt.«

»Er hat ein starkes Herz«, hatte Kirsten sagen wollen, aber die Worte erreichten niemals ihre Stimmbänder. Sie war nicht mehr sicher, ob es noch zutraf, nicht nach zwei toten Söhnen.

Jonas bewegte sich in Kirstens Armen, seine rechte Faust öffnete und schloss sich um das Ende ihres Schals. Er zog daran, bis er den Stoff gegen sein Gesicht pressen konnte. Mit einem Handzeichen bat Kirsten Tim, ihr ihre Tasche zu reichen, damit sie nach Jonas' Seehund kramen konnte. Das Stofftier war nach ganz unten geschlüpft. Als sie danach griff, knisterte Papier unter ihren Fingerspitzen. Vergessen und versunken unter Bonbons, Taschentüchern, Spielzeug und Handschuhen seit Fredriks Geburtstagsdinner.

Das Päckchen war in etwa so lang wie eine Männerhand. Goldenes Geschenkpapier zerriss unter Kirstens Fingern, darunter kam eine längliche, aus Plexiglas gefertigte Box zum Vorschein. In dem kleinen Schaukasten schwebte auf zwei kurzen Stielen befestigt ein dunkel glänzender, grob geschnitzter Wal. Seine Fluke war unregelmäßig, die Finne abgebröckelt, der Kopf uneben gearbeitet und mit zahlreichen Kerben übersät. Als ob das Tier in Eile oder von ungeübten Händen geschnitzt worden sei.

Oder in vollkommener Finsternis.

Am Boden des Behälters klebte ein zusammengefaltetes Kuvert. Kirsten zog ein in Handschrift beschriebenes Blatt heraus. Sie musste es dicht an ihr Gesicht bringen, um es in der schlecht beleuchteten Kabine des Helikopters lesen zu können.

Kirsten,
diesen Wal habe ich einst für Kristoffer geschnitzt. Er hat mich am Leben, bei klarem Verstand gehalten, in einsamster Stunde. Ich werde Jonas, wenn er ein bisschen älter ist, seine Geschichte erzählen. Bis dahin wird dieser Wal ihn beschützen, wie er mich damals beschützt hat.

Ich wünschte bloß, Kristoffer hätte ihn Jonas selbst einmal schenken können.

Fredrik
Im Januar 2011

Kirsten drückte die Wange gegen Jonas' Kopf und blickte hinab auf die Insel aus Lichtern, die Longyearbyen der arktischen Nacht entgegensetzte.

Er balanciert auf einem Felsbrocken am Ufer des Flusses und betrachtet die Strömung. Ihn fröstelt, die Temperaturen sind in der letzten Stunde rapide gesunken. Gleich wird er das zweite, warme Fleece aus dem Rucksack holen müssen, Mütze und Handschuhe. Bislang hat die Bewegung ihn warm gehalten.

Vielleicht wird er umkehren müssen. Seit einer halben Stunde sucht er eine Stelle, um den Fluss zu überqueren. Vergebens. Das Wasser tost an ihm vorbei, wild, dabei so klar und rein, dass er es mit der Hand in den Mund schöpfen könnte.

»Ungewöhnlich viel Wasser für die Jahreszeit, nicht wahr?«

Unvermittelt steht sie hinter ihm. Lacht angesichts seines überraschten Gesichtsausdrucks, die graublauen Augen funkeln vergnügt. Gestern, gestern noch, da hatten sie sich im Streit getrennt. Wegen seines Vaters.

Er springt von seinem Aussichtsfelsen, an dem sein Rucksack und das Gewehr lehnen. Der Boden unter ihm gibt bei der Landung nach. Seine Füße saugen Wasser auf. Der Fluss hat sein Bett verlassen, der gefrorene Boden hindert das Wasser am Versickern, weshalb es sich an der Oberfläche staut. Hier und dort, auch direkt neben ihm, bildet es kleine Tümpel, gesäumt von Gras. Die Halme biegen sich im auf-

frischenden Wind. Ein Stück weiter endet das Gras, Steine gewinnen die Oberhand.

In seinen Wimpern verfangen sich erste wässrige Schneeflocken. Für einen Mann hat er lange Wimpern, er weiß das. Er blinzelt.

»Was willst du hier, Ingrid?«

Sie tritt näher. »Hast du das Notizbuch gelesen?«

»Das habe ich. Ich habe es weggeworfen, Ingrid. Es sind nichts als Lügen, das weißt du. Schon damals hat niemand diesen Idioten geglaubt.«

Sie nickt langsam. Sie konnte nichts anderes erwarten, nicht von ihm. »Du kennst meinen Vater nicht«, hat er ihr gesagt.

»Habe ich dich enttäuscht?«, fragt sie.

Er lässt die Frage unbeantwortet, sein angespanntes Kinn ist Antwort genug. Sie sieht zum Himmel hinauf. Er ist tiefer gesunken, die Wolkendecke bedrohlicher als noch vor wenigen Minuten. Das Wetter schlägt viel rascher um, als es der Wetterbericht vorhergesagt hat.

Sie steht jetzt neben ihm. »Es tut mir leid«, sagt sie. Ihre Hand greift unter seine Jacke, die Finger finden den Saum der Hose, gleiten unter den Stoff seines Shirts und streichen über die nackte Haut. Die Stelle fünf Zentimeter über seinen Lenden. Empfindsam. Die Reaktion erfolgt umgehend und ungewollt. In seinem Unterleib strömt das Blut zusammen.

Sie spürt die Bewegung in seiner Hose. Sie lächelt, rückt näher. Küsst ihn, seine Lippen müssen ihre erst erwärmen.

»Lass das«, murmelt er und will sie von sich schieben. Aber ihre Hand ist schon in seine Unterhose geschlüpft. Zielstrebig, fordernd. Erregend. Er stöhnt. Sie zieht den Reißverschluss seiner Jacke auf.

»Es ist zu kalt«, beginnt er, aber es ist eine halbe Lüge, denn von ihrer beider Becken strahlt Hitze aus.

»Ganz schnell!«, haucht sie in seinen Mund. Sie zieht ihm die Jacke hinunter; seine Hose ist nun offen. Sein dünnes Fleece, das Shirt darunter, sie schiebt beides hoch. Der auffrischende Wind streichelt seine Haut, ihre Zunge folgt, und das Wechselspiel aus Kälte und warmer Feuchtigkeit lässt ihn anschwellen. Er greift mit beiden Händen in ihr Haar. Sie blickt zu ihm auf, in der Hocke vor ihm, ihre Augen strahlen. Dann stößt sie ihn. Rückwärts fällt er in den aufgestauten Tümpel hinter sich. Das Wasser spritzt über seinem Gesicht zusammen. Er fängt den Sturz mit den Armen ab, springt sofort wieder auf, aber das Wasser ist schneller. Der Schrecken treibt ihm das Blut aus dem Gesicht.

»Verdammt, Ingrid, was soll das?« Er steht da, am Flussufer, durchnässt bis auf ein paar Zentimeter trockenen Fleece an seinem Hals. Wasser tränkt seine Socken, Unterkleider, kühlt seine Haut herunter, nicht schleichend, sondern jäh.

Ingrid ist zurückgewichen. Nicht mehr lächelnd. Jetzt hält sie das Gewehr in den Händen, entsichert. Seinen Rucksack hat sie hinter sich geschleudert, ebenso seine Jacke. Der Wind greift in seine Haare, schmelzender Schnee fügt seine Feuchtigkeit der des Flusses hinzu, dunkelt die kurzen, von Silber durchzogenen Strähnen.

Er versteht nicht. Langsam tritt Ingrid ein paar Schritte zurück. Sie sagt ihm, er solle sich nicht bewegen. Sie fragt ihn noch einmal. Ob er denn nicht glauben könne, dass sein Vater ihren Vater getötet habe. In der Mine damals. Um sein eigenes Leben zu verlängern.

Er steht da und schüttelt den Kopf. »Gib mir meinen Rucksack, Ingrid. Und meine Jacke!«

Sie steht da und erzählt ihm die ganze Geschichte. Ein weiteres Mal. Gestern, da hat sie ihm dasselbe erzählt. Er hat sie fortgeschickt. Das Notizbuch, mit dem sie meinte, ihn überzeugen zu können, ließ sie ihm da, obwohl er ihr sagte, er wolle es nicht. Sie redet langsam. Die Gewehrmündung zielt auf sein Herz. Hinter ihm donnert der Fluss über Steine hinweg, und der Wind kreischt sein Lied dazu.

Der Schrecken, die Angst. Kurz haben sie ihm eingeheizt. Jetzt lässt die Wirkung nach. Er beginnt zu zittern. Er schlägt die Arme um sich, bittet erneut um seine Jacke. Der Schneefall beeinträchtigt die Sicht. Ingrids Gestalt ergraut im finster werdenden Tag, bald wird sie ein Schemen sein, der ihn verfolgt.

Endlich sagt sie ihm, dass er gehen kann. Fort von seiner Jacke. Fort von seinem Rucksack mit den Ersatzkleidern, Biwaksack und Notsender. Er stolpert los. Nach zwanzig Schritten dreht er sich um. Sie steht dort, wo er ins Wasser gestürzt ist, und taucht seine Jacke ins Nass. Sie richtet sich wieder auf, merkt, dass er stehen geblieben ist. Sie legt das Gewehr auf ihn an.

Er fährt herum und rennt los.

Über die Entstehung dieses Romans – der Bericht einer Reise

Nehmen Sie sich einen Moment und konsultieren Sie Ihren Globus oder Weltatlas. Suchen Sie den skandinavischen Löwen, das Nordkap und fahren Sie von dort mit dem Finger immer weiter nach oben. Ungefähr auf halber Strecke zwischen dem Nordkap und dem Punkt, an dem die Welt endet, liegt eine Inselgruppe im Meer: Spitzbergen.

In den letzten Jahren bin ich an verschiedene Enden der Welt gereist, aber ob Feuerland, Neuseeland, Alaska oder Grönland – niemals zuvor hat mich ein Ort so gefesselt wie dieser abgeschiedene Archipel weit jenseits des Polarkreises. Lange bevor ich überhaupt meinen Fuß auf Spitzbergen gesetzt hatte, hatte ich mir vorgenommen, einen Roman über die Arktis zu schreiben. Hundeschlitten sollten darin vorkommen, die harsche Natur des Nordens eine Hauptrolle spielen. Die erste Idee, ein Roman über die Zeit der frühen Expeditionen, verwarf ich wieder, ein zweites Konzept, ein Thriller auf Spitzbergen, ging nicht auf. Mein Abflugdatum nach Spitzbergen rückte immer näher, und mit Ausnahme der Idee von als Unfällen getarnten Morden während einer Hundeschlittentour fehlte der Geschichte noch weitgehend das Gerüst. Ich musste auf Eingebungen vor Ort hoffen.

Im Flugzeug nach Longyearbyen ergab es sich, dass ich

inmitten einer Gruppe gut gelaunter Männer aus London saß. Es waren Banker, die nach Spitzbergen flogen, um dort den runden Geburtstag eines Kollegen zu feiern. Ich weiß nicht, wie ihre Party ausging, aber immerhin kam meines Wissens keiner um.

Meine Spitzbergen-Tour im Februar 2011 verlief ebenfalls ohne Mord und Totschlag. Ebenso ohne Familienfeier und Eisbärenbegegnungen. Dennoch ist der Roman ein Reisebericht. Die beschriebene Hundeschlittentour von Longyearbyen bis Tunabreen im Tempelfjord und zurück folgt weitgehend der Route meiner eigenen Tour. Die extremen Wetterwechsel von plus ein Grad an einem Tag zu minus einunddreißig Grad innerhalb von weniger als vierundzwanzig Stunden haben wir auf unserer Tour genauso erlebt wie beschrieben; wir haben bei eisigen Temperaturen und Wind mit Streichhölzern gekämpft, um Klopapier zu verbrennen, und mussten offene Stellen im Fjordeis im großen Bogen umfahren. Dazu kommen die unvergleichlichen Farben des frühen arktischen Lichtwinters, der Chor der heulenden Huskys und natürlich die »Noorderlicht«.

Das Segelschiff existiert tatsächlich. Mit der »Noorderlicht« kann man im Sommer und Herbst Segeltörns rund um Spitzbergen und die Lofoten buchen, im Winter liegt sie als Hotelschiff im Eis des Tempelfjords. Besonders dort bietet sie einen unglaublich fesselnden Anblick. Sowie wir mit den Hunden das erste Mal an ihr vorbeifuhren und sie in der Ferne im Eis liegen sahen, wusste ich, ein perfekteres Setting würde ich wohl kaum finden.

Wenn ein Roman so sehr Reisebericht ist, ist es nur angemessen, all jenen zu danken, denen ich auf diesen Reisen begegnet bin. Manchmal haben sie – wenn auch eher unabsichtlich – den Grundstein für die eine oder andere kleine Idee gelegt (Ähnlichkeiten mit realen Personen sind aber rein zufällig!). Dank gebührt meinen herausragenden Reiseleitern, die nicht nur darauf achteten, dass man sich nicht aus Versehen umbringt, sondern gar geduldig Fragen beantworteten, wie man sich denn auf Spitzbergen möglichst überzeugend aus Versehen umbringen *könnte*. Vor allem Robin, mein Guide auf der »Noorderlicht« im Oktober, hat sich mit eher ungewöhnlichen Fragen zu Selbstschüssen und tödlichen Flussüberquerungen herumschlagen dürfen. Ein Dankeschön geht auch an Michael Bieg, der mich in Fragen rund um das Bankwesen und Gesellschafterstrukturen beriet. Außerdem möchte ich den beiden Mitarbeitern des Gouverneurs von Svalbard danken, die sich Zeit nahmen, meine Fragen zu Rettungs- und Polizeiarbeit auf Spitzbergen zu beantworten, dem Redakteur von *Svalbardposten*, der mich an der Straße aufgabelte und fragte, ob mir meine Mutter nicht beigebracht habe, dass ein Mädchen nicht mit fremden Männern sprechen oder gar zu ihnen ins Auto steigen solle. Doch, hat sie. Aber im Auto frisst einen zumindest kein Eisbär.

Zum Thema Eisbären: Als ich das erste Mal nach Longyearbyen kam, berichtete die örtliche Zeitung über einen herumstreifenden Bären am Rande des Ortes, der zwei Hunde angegriffen hatte, bevor er vertrieben wurde. Der Zwischenfall mit Kirsten zu Beginn ihres Aufenthalts fand darin sein reales Vorbild. Bis zu meiner ersten Reise hatte es auf Spitzbergen seit mehr als einem Jahrzehnt keinen für Menschen tödlichen Zwischenfall mit einem Eisbären gegeben. Im Sommer 2011 brach dann ein Bär in ein Camp britischer Jugendlicher ein, verletzte mehrere und tötete einen Schüler. Die Gefahr durch Eisbären für Touristen ist – bei richtigem Verhalten und angemessenen Vorsichtsmaßnahmen – absolut beherrschbar. Dennoch ist sie sehr, sehr real. *Gjelder hele Svalbard* – das gilt überall auf Spitzbergen.